文庫

アンチェルの蝶

遠《とお》田《だ》潤子

光 文 社

目次

アンチェルの蝶

1

最後の客が帰ったのは十時を回った頃だった。

暖簾《のれん》を下ろすため、藤太《とうた》は店の外に出た。通り雨は止んだようだが、すこしも気温は下がらない。風の止まった町は、蒸れたアスファルトと安治川《あじがわ》の匂《にお》いがした。まとわりつく湿気の中、藤太は掛け竿《ざお》に腕を伸ばした。すり切れほつれた暖簾は、雨に濡《ぬ》れたかやたらと重い。「まつ」の「ま」の部分がべたりと顔に貼り付き、思わず舌打ちした。

父親の代から掛けたままの暖簾だから、何十年か分の汚れが染みこんでいる。もともとは紺《こん》地に白で「まつ」と染め抜いてあったが、今では白の部分は灰色にしか見えず、紺の部分は茶とも緑ともつかぬ煮染めたような色合いになっていた。

常連のなかには、居酒屋「まつ」を一見《いちげん》お断りの格式高い店だと笑うものもいる。たしかにそうだ、と藤太は思った。あの暖簾を見れば、はじめての客はまず入ってこない。

暖簾を取り込むと、足を引きずりながらレジへ向かった。レジといっても、鍵《かぎ》の壊れた手提《さ》げ金庫があるきりだ。たった数歩の距離だが、それでも右膝《ひざ》がぎしぎしと音を立てる。雨の日は特に辛《つら》い。杖《つえ》を使えばいいのだろうが、狭い店ではかえって動きにくい。

手提げ金庫を開け、売り上げを数えた。三万とすこし。まあまあの金額だ。そのとき、入口の引き戸が開いた。

「すみません、今日はもう終わり……」

入口には、大きなボストンバッグを提げた男が立っていた。歳は四十ほどか。藤太と同じくらいに見える。だが、似ているのは歳だけで、あとは毛ほども交わるところはない。藤太が焼け焦《こ》げと油染みだらけのTシャツに膝の抜けたジーンズなら、男は控え目な光沢のある紺のシャツに生成《きな》りのパンツだ。藤太が中途半端に伸びたまだらの坊主刈りなら、男はまるで床屋帰りのようにもみ上げも襟足《えりあし》も整っている。

無精髭《ぶしょうひげ》やら腕時計の有無やらといった細かな違いを並べ立てるより、ずっと簡単な言葉があった。ふたりを並べて、たった一言「上下」と言えばいい。男が上、藤太が下。それですべての説明がすむ。

男の横には女の子がいた。小学校四、五年生くらいか。袖《そで》のない水色のワンピースに、紺と白の縞《しま》の長い靴下をはいている。こちらも大きなカバンを肩から掛けていた。

こんな時間に子連れでなんだ、と男の顔を見て藤太は息を呑《の》んだ。

「藤太、久しぶりやな」

男はほんのわずか眼を細め、軽く首をめぐらせて笑った。上品で世慣れた仕草だ。あの頃、この男がやたらと大人びて見えたのは、少々諦《あきら》めを感じさせるこの笑いかたのせいだった。

「……秋雄《あきお》か？」

すこしも変わらない。

「悪いな。こんな時間に」

穏やかに微笑《ほほえ》みながらゆっくりと話す。ごく柔らかな大阪弁だ。これも、あの頃のままだ。

藤太は急いで膝の痛みに意識を向けた。このままでは、あの頃を思い出してしまう。思い出すな。そんなことになれば酒の量が増えるだけだ。思い出してはいけない。

期待どおり、すぐに膝は軋《きし》むような痛みを与えてくれた。藤太は厄介者《やっかいもの》の膝に感謝しながら、ふたりを店に招き入れた。うつむいたままスツールを無言で示す。どんな顔をしていいのかわからない。なんと言っていいのかわからない。

七つ並んだスツールはどれも大なり小なりどこかが破れていて、満足なものはひとつもない。秋雄は慣れた手付きで女の子を抱き上げ、真ん中のスツールに座らせた。自分はボストンバッグを足許に置くと、身体を半分斜めにして腰掛けた。

「ずいぶんな虎刈りやな」秋雄が藤太の頭を見て微笑んだ。

「バリカンが錆《さ》びてる」

「新しいの買えよ。痛いやろ」秋雄がまた気持ちのいい笑みを浮かべた。「相変わらずやな、その場違いな標準語」

言われるまでもない。大阪の港に近い下町、薄汚れた居酒屋の亭主が標準語ではおさまりが悪いことくらい承知している。客に酒を掛けられたこともあるが、改めるつもりはない。

女の子は先程まで寝ていたらしい。ときどき眼を擦《こす》りながら、ぼんやりした顔で店内を見渡している。

「注文は？」

「客で来たんやない」秋雄がすこし困った顔で笑う。

藤太は黙って店の片付けに戻った。焼き台を掃除しようとすると、秋雄が声を掛けた。

「この子の飲めるもの、なんかあるか？」

女の子が不安そうな顔でちらと藤太を見た。当然、酒は出せない。だが、「まつ」にはコーラやジュースのたぐいは置いていない。ウーロン茶も数日前から切れたままだ。牛乳はさっき常連が飲み干した。しばらく考えて、焼酎用のレモン果汁をソーダで割った。女の子は物珍しそうに、藤太の手許をじっと見つめている。

「いただきます」女の子はこくりと頭を下げ、ストローをくわえた。だが、次の瞬間、とんでもない顔をした。「酸《す》っぱあ」

あ、と思った。焼酎用のレモンだから無糖だ。慌《あわ》てて冷蔵庫からガムシロップを出して、女の子の前に置いた。女の子は上目遣《づか》いで藤太を見ている。不審の目だ。秋雄が笑いながらとりなした。

「シロップを入れたら甘くなる。大丈夫や」

　女の子はシロップを入れ、ストローで念入りに混ぜた。そして、こわごわ口をつけた。今度はそのまま飲みはじめたので、藤太はほっとした。小学生の女の子などそばで見たことがないから、扱いがわからない。

「店、変われへんな」秋雄がぐるりと見渡した。「なにもかもそのままや。懐《なつ》かしい」

　間口《まぐち》二間《けん》の店にはカウンター席しかない。あちこち破れたスツールは、立ち飲みよりはマシという程度の座り心地だろう。カウンターは輪染みと焼け焦げがいたるところにある。壁にはもともと白のビニールクロスが貼られていたが、油煙《ゆえん》と煙草のせいで黄色にしか見えない。カウンターの隅には古いラジオが置いてある。聴きたい客が勝手につけるが、夏の間は大抵《たいてい》ナイター中継が流れていた。

「なんにもないままや。懐かしい」秋雄が繰り返した。

　昔から飾りのない店だ。花もなければ、神棚も招き猫もない。それどころか、壁に品書きすらない。

　藤太は返事をしなかった。昔のままの秋雄なら返事はなにもいらないだろうし、昔の秋雄でないなら返事をする必要もない。すると、秋雄はまた笑った。

　この男は店に来てから何度笑っただろう。あの頃、俺《おれ》が一日に眉間《みけん》に皺《しわ》を寄せる回数と、この男が微笑む回数のどちらが多かっただろう。

過去を思い出しそうになり、慌てて藤太は膝に意識を向けた。さあ、痛め。思い切り痛んで、思い出さないようにさせてくれ。

そのとき、ふいに秋雄が真顔になった。

「この子、いづみの娘なんや」

ぎしっと膝が鳴った。普段ならうめいているほどの痛みだ。なのに、今度は少しも役に立たなかった。

いづみ。

この名を聞くくらいなら、フォークリフトに串刺しにされるほうがずっとマシだ。くそ、と藤太は役立たずの膝に毒づいた。

いづみの娘だという女の子に眼をやった。あくびを続けていた女の子は、いつの間にかうつぶして顔は見えない。いづみに似ていただろうか、と思い出そうとするが、浮かぶのはレモンの酸っぱさに引きつった顔だけだ。もし似ているとすればどこだろう。眼か、髪か。それともやたらと可動域《かどういき》の広い柔らかな身体だろうか。

「水くらいもらえるか？」秋雄がさわやかに催促《さいそく》した。

眼の前にいるのは成功した友人だった。この男は望んだとおりの結婚をしたわけだ。

「酒は？」

「車で来てるんや」

藤太は秋雄の前に水を置き、自分はシンク下からズブロッカの瓶《びん》を出した。店を閉めたあと、これを「一杯だけ」飲む。若い頃は過ごすことも多かったが、最近はほとんど一杯で抑《おさ》えるようにしている。だが、その習慣も昨日で終わりだ。今夜からは「一瓶だけ飲む」になるだろう。そうなれば先はわかりきっている。悪臭のする排水溝に顔をくっつけて眠るか、スツールの脚に挟《はさ》まって眠るだけだ。そんな夜が続けば、いずれ手が震えてまともに包丁も握れなくなる。

秋雄がズブロッカの瓶を見て一瞬はっとした。なにも言わず黙って赤い牛のラベルを眺めていたが、ふいに笑った。

「そんなん飲んでるんか」

「ああ」

藤太の返事を聞くと秋雄がまた笑った。今度は声を立てて嬉《うれ》しそうに笑った。藤太は思わず秋雄の顔を見た。すると、突然、秋雄は笑うのをやめると真顔になった。そして、グラスに指をかけたまままさらりと言った。

「いづみは死んだよ」

藤太は一瞬、わけがわからなかった。ただ呆然《ぼうぜん》と秋雄の顔を見つめていた。死んだ、という言葉を理解するまでに長い時間が掛かった。その間ずっと、秋雄は無表情で藤太の顔を見返していた。

「……死んだ？」それだけ言うのがやっとだった。

「ああ。とうに死んだ」

膝から力が抜けた。がくんと崩れ落ちそうになる身体を、カウンターにつかまり懸命に支える。いづみは死んだ。死んでしまった。もういない。この世のどこにもいない――。

藤太はよろめいた。硬い膝が胡麻油《ごまあぶら》の一斗缶《いっとかん》にぶつかって、いやな音を立てた。

「まさか」

「まさかやない」秋雄はあの頃と同じ、柔らかな笑顔を浮かべた。「でも、よかった」

「……よかった？」藤太は顔を上げた。

なにがよかっただ。いづみが死んでよかったというのか。思わず秋雄に手を伸ばしかけたとき、眼の端《はし》に眠る女の子が映った。乱れた髪が頬にかかって、それが寝息で揺れている。すうすうという音まで聞こえそうだった。

藤太はそのまま動けなくなった。子どもの横で親を殴《なぐ》るわけにはいかない。すると、その様子を見た秋雄がまた嬉しそうな顔をした。

「ああ、よかったよ。ほんまによかった。おまえがそんなに動揺してくれて」

「なに？　どういう意味だ？」

「いづみも喜ぶやろ」その言葉の終わらぬうちにスツールから滑り下りると、入口へ向かった。「その子を頼む」

あっという間に、秋雄の身体は店の外に消えていた。

「おい、待てよ」

藤太は慌ててカウンターから出て、入口に向かった。役立たずな足がビールケースとホースに引っかかって転びそうになる。よろけながら店を飛び出した。

「待てよ、秋雄」

辺りの店も家も、みな灯《あか》りが消えている。暗い通りに、秋雄の姿はどこにも見えなかった。そのとき、すこし先の広い通りから、音もなく車が走り去っていった。青白い街灯に反射したのは、真っ白なプリウスだった。

「秋雄」

藤太はもう一度叫んだが、声が届くはずもなかった。

途方に暮れて店に戻ると、女の子はカウンターに突っ伏して眠っていた。溜息をついて戸を閉めると、年代物の木の引き戸は普段よりずっと重たく感じられた。戸車に油を差さなければ、と思う。

引き戸の上半分はすりガラスで、太い桟《さん》を格子に組んで内と外から挟んである。下半分はぶ厚い板張りだ。すすけた店には不釣り合いなほど頑丈にできている。「まつ」のガラの悪い客が乱暴に開け閉めしようが、酔って倒れかかろうが、これまでちゃんと持ちこたえてきた。

女の子はスツールから今にも落ちそうだ。このまま放っておくわけにはいかない。

店の奥にはすぐ六畳間がある。卓袱台《ちゃぶだい》と古い小型テレビ、それに傷だらけの小箪笥《こだんす》があるだけの薄暗い部屋だ。卓袱台を脇に寄せて女の子を寝かせると、藤太はカウンターに戻って腰を下ろした。ズブロッカの瓶を引き寄せ、スクリューキャップに手をかける。

だが、やはりなにか落ち着かない。

店と六畳間の間には間仕切りがない。カウンターに座っていれば、いやでも眼の端に女の子が見える。長年ひとり勝手にやってきたから、他人がいることに慣れていない。それも小さな女の子で、しかもいづみの娘だというのだ。平気でいられるはずがない。

仕方ない。二階で寝かせよう。藤太は女の子を抱き上げ、急な階段を上った。普段なら手すりにつかまりながら足を引き上げるのだが、女の子を抱いていてはそれができない。いつもの倍の時間をかけて、階段を上った。事故の後、リハビリをはじめた頃のような苦労だった。

二階は六畳間がふたつで、奥が藤太の寝起きする部屋だ。手前は物置にしていて、床一面に壊れた什器《じゅうき》やらガラクタが放り出してある。もう長い間まともに掃除をしていない。

窓は開いているが、熱気のこもった部屋は蒸し暑かった。藤太はすこしためらって、女の子を自分の布団に寝かせた。いつ干したかも忘れた敷きっぱなしの布団だった。

女の子は汗と脂《あぶら》とで汚れた布団に寝かされたとも知らず、気持ちのいい寝息を立てている。藤太はぬるい自己嫌悪を覚え、扇風機のスイッチを入れた。クーラーがあるのは店だけだ。熱帯夜も扇風機で我慢してもらうほかなかった。

扇風機が震えながら、淀《よど》んだ空気をかきまわしはじめた。最大角まで首を振って戻るときに、ごりっと腹に響くいやな音を立てる。いつ火を噴《ふ》いてもおかしくない骨董品《こっとうひん》だ。藤太は扇風機の異音で女の子が目覚めないことを確認すると、階下の店に戻った。

ズブロッカをグラスに注《そそ》ぎ、一口あおる。

なにもかもが億劫《おっくう》に思われた。店の清掃をしなければならないが、身体がまるで動かない。藤太はスツールに腰を下ろし、強張《こわば》った左足を揉《も》んだ。右足をかばって歩くため、どうしても左足に負担がかかる。おかげで不格好に筋肉が付いてしまい、風呂で見れば左右の足の太さがはっきり違った。

身をかがめて足を揉んでいると、ボストンバッグと女の子のカバンが眼に入った。秋雄が置いていったものだ。

まず、ボストンバッグを開けてみる。一番上に紙袋、その下には女の子の衣類がぎっしり詰《つ》まっていた。紙袋をのぞくと、中にレンガほどの大きさの包みが見える。まさか、と思って包みを開けるとやはり札だった。帯封《おびふう》が付いたままの一万円札の束が五つ。五百万ということか。

金をカウンターに並べて、藤太はひとつため息をついた。面倒の予感がする。金が絡《から》んでただですむはずがない。もうないかと紙袋をのぞき込むと、母子手帳と白い封筒があった。
封筒にはごく薄青の便箋《びんせん》が一枚だけ入っていた。丁寧《ていねい》だが少々尖《とが》った筆跡は昔と変わらない。

藤太へ。
すこしの間、ほづみを預かってほしい。
自宅のマンションには絶対近づかないでくれ。
現金は当座の費用だ。安全な金だ。心配ない。
よろしく頼む。
この手紙は捨てないでくれ。
必要があれば、第三者に見せてくれても結構だ。

佐伯《さえき》秋雄と署名の入った手紙を読み終え、ふたたび藤太は途方に暮れた。わかったことは女の子の名前くらいで、あとは余計にわからなくなった。預かってくれということだが、すこしの間とはどれくらいだ？　二、三日か一週間か、それとも一ヶ月か。当座の費用が五百万とあるからには、もっと長期間なのだろうか。それに、自宅に近づくなとはどういうことだろう。

秋雄にしては不自然な手紙だった。あの男は怖《おそ》ろしく論理的で、曖昧《あいまい》を嫌った。こんなわけのわからない、ぶつ切れの文を平気で書く男ではなかった。藤太はもう一度手紙を見た。走り書きではない。時間を掛けて書いた丁寧な字だ。熟考した挙げ句の、不親切な短文ということだ。面倒の予感はいやな予感に変わった。ふいに背筋がぞくりとした。なにか、とてつもなく不快なことが起きているような気がする。

今度は母子手帳の表紙を見た。森下《もりした》ほづみとある。生年月日からすると、ほづみは十歳だ。中を開くと、最初のページに母親の名前が書いてあった。

森下いづみ。

藤太は歯を食いしばった。二度と口にしないと決めた名だ。この名をどれほど忘れようと思ったか。だが、一日たりとも成功した日はなかった。

ふと、おかしなことに気付いた。森下というのは旧姓だ。秋雄と結婚したなら佐伯いづみのはずだ。だが、父親の欄《らん》を見ると空白のままだ。秋雄といづみは結婚したのではなかったのか。では、ほづみはだれの子だ？　秋雄の子ではないのか？

次に住所を見た。中学生の頃、いづみが住んでいたアパートだ。だが、そこはバブルの頃に取り壊されたはずだった。

――あたしは藤太と一緒に、「まつ」をやる。

ふいに、いづみの声を思い出した。母子手帳の名がどうであろうと、いづみが死んだことには変わりない。二十五年前の約束が守られることはない。

藤太はズブロッカの残ったグラスを押しやり、顔を覆《おお》った。


翌朝、藤太は小さな手に揺り起こされた。眼を開けると見知らぬ顔がある。起き上がろうとした途端、硬い棒に頭をぶつけた。うめきながらも身体の向きを変えると、今度はスツールの脚が見えた。どうやら、酔いつぶれてスツールから転がり落ち、そのまま床で眠っていたらしい。

狭い店だ。スツールと壁の隙間《すきま》は六十センチほどしかない。スツールから落ちたときにあちこちぶつけたらしく、腕やら肩やらが痛む。シャツは汗でじっとり濡れていた。なんとか身を起こそうともがくと、膝が悲鳴を上げた。無理な体勢で寝たせいで、かなり負担がかかったようだ。

「大丈夫？」女の子がのぞき込んできた。

藤太は一瞬わけがわからなくなった。泥田《どろた》のような頭からこぼれた言葉は、二十五年ぶりに口にする名だった。

「……いづみ？」

「違う。あたしはほづみ。いづみはあたしのお母さん」女の子が心外そうに唇を尖らせた。

藤太はスツールにつかまり、なんとか立ち上がった。ひと足ごとに膝が軋む。よくない兆候だ。

昨夜の出来事を思い出そうとした途端、頭が割れるように痛んだ。カウンターの上には、空になったズブロッカが倒れていた。甘い酒とはいえ、四十度のウォッカだ。

「ねえ、足、怪我《けが》してる？」ほづみが心配げに藤太の右足をのぞき込んだ。

「いや」

「でも、すごく痛そうやったよ」

「怪我は昔だ」

「治らへんの？」

「これ以上治らない」

「ずっと痛い？」

「まあな」

ふうん、とほづみが藤太の膝に手を伸ばし、薄くなったジーンズの膝をそうっと撫《な》でた。丸く円を描くように、そっとそっと膝を撫でさすっている。ずっとのはずの痛みが、ほんのわずか退《ひ》いたような気がした。

「もういい」藤太は背を向け、よろめきながら厨房《ちゅうぼう》へ入った。焼き台もフライヤーも油まみれだ。シンクには汚れた皿が積み上がっている。昨夜、なにもせず飲んだくれたせいだ。

「ねえ」ほづみがカウンターの上の酒瓶を指さしていた。「これ、赤い牛のお酒？　それとも赤い牛乳？」

「ズブロッカ。ポーランドの酒だ」酒の説明ならいくらでもできる。「あの赤い牛はバイソン。今では希少種だ。ズブロッカはバイソンの好物の草で香りがつけてある」

「へえ」ほづみが眼を丸くしてうなずいた。「じゃあ、あの牛もそのお酒が好きやの？」

「牛は飲まない」

「じゃあ、ポーランドってどこ？」

「東ヨーロッパ。昔、強制収容所があった」

藤太は口をつぐんだ。なぜ、こんなことを口にしてしまったのだろう。ポーランドの説明としても適切ではないし、子ども相手に話すことではない。

「キョーセーなに？」

ほづみはいづみと同じだ。楽々と藤太の口を開く。ほかの人間相手なら無口を通せるが、いづみにかかると勝手に口が動いてしまう。藤太は納得した。やはり、ほづみはいづみの娘なのだ。

「強制収容所では大勢の人が殺された。アンチェルの妻と子どもも」

「アンチェル……あ」

ほづみがはっと顔を上げた。一瞬で大真面目な顔になる。カラフルなキャラクターの描かれたカバンに手を突っ込んだ。ノートやプリントと一緒に出てきたのはＣＤだった。

「これ、秋雄おじさんから預かってきた。これ渡したらわかる、って」
カレル・アンチェル指揮　チェコ・フィルハーモニー管弦楽団
ドヴォルザーク　交響曲第九番「新世界より」

藤太はCDのジャケットを眺めた。これを渡したらわかる、とはどういう意味だろう。「わかる」ことは山ほどある。山ほどというよりはすべてだ。あの頃の俺たちのすべては、と藤太は思った。俺たちのすべては、アンチェルの振る「新世界より」にある。すべての中から、秋雄はなにをわかってほしいのだろう。俺になにを伝えたいのだろう。

「藤太おじさんはこの曲好き？」

藤太おじさん。一瞬、だれのことかわからず、藤太はどきりとした。思わずほづみの顔を見たが、ほづみは臆《おく》した様子もない。藤太という名を呼び慣れている感じだ。

「……いや」とりあえず、ほづみの質問に答えた。「好きじゃない」

二度と聴くつもりのない曲だ。聴かない口実ならある。幸い、藤太の家にCDプレーヤーはない。そもそも、昔からレコードプレーヤーすらなかった。

「秋雄おじさんと同じじゃやね」ほづみがすこし辛そうな顔をした。「秋雄おじさんはこの曲聴いて泣いてた。夜中に真っ暗な部屋でソファに座って泣いてた。なんで泣いてるの？　って訊《き》いたら、この曲好きやないから、って。それやったら聴けへんかったらいいのに、って言ったら、それでも僕は聴かなあかんのや、って」

あの男はまだ泣いていたのか。あれほど成功しても、まだ泣いていたのか。藤太はやりきれない思いに胸がうずいた。泣くほど辛くても聴かなければならない——。あの男はそこまで自分を追い込んでいたのか。

昔、秋雄は藤太の前で泣いた。あのとき、秋雄は悲しいから泣いたのではない。あまりの情けなさに涙をこぼしたのだ。一方、同じとき藤太は泣かなかった。情けないとはもう感じなくなっていたからだ。

藤太は厨房に回って水を一杯飲んだ。閉めきった店は生ゴミの臭いがして、むっとするほど暑い。入口を開け、表の郵便受けから新聞を取った。歪《ゆが》んだ蓋《ふた》に引っかかって、なかなか抜けない。日曜版が入って分厚いせいだ。無理矢理に引き抜くと、郵便受けが壁から外れかけて傾いた。くそ、と舌打ちしてそのまま戸を開け放つ。だが、入ってきたのは涼しい風ではなくアスファルトに焼かれた熱風だった。

ほづみが鼻の頭に汗を浮かせながら、落ち着かない顔をしている。藤太は時計を見た。十時すこし前だ。

「学校は？」

「夏休み」ほづみがすこし呆《あき》れたふうに言った。「そもそも日曜日やし」

新聞を見ると、七月二十四日だった。学校は日曜日は休み。七月二十四日はもう夏休み。そんなことにすら頭が回らないとは、呆れられて当然だ。うらぶれた居酒屋で自堕落に二十五年過ごしている間に、すっかり常識がなくなったらしい。藤太はひとつ息を吸い込み、大昔にわずかながら持ち合わせていた常識やら良識の残り滓《かす》をかき集めた。

「朝飯、食うか」

「うん」ほづみがほっとした顔でうなずいた。

相当腹が減っていたのだろうが、言い出しかねていたようだ。だが、昨日の店の売れ残りしかない。焼き台でネギ串を焼き、煮詰まったスジ煮込み、もずくを出した。どう見ても小学生向けの朝食ではないが仕方ない。

「おいしい」意外なことに、ほづみは喜んだ。「秋雄おじさんの言ってたとおり」

「秋雄が?」

「秋雄おじさんはいつも言ってた。――藤太はリコーダーは下手《へた》やけど料理は上手って」

リコーダー。ずきりと胸が痛んだ。思い出すな、と素知らぬふりで話を変えた。

「秋雄はよく俺のはなしをしてたのか?」

「うん。しょっちゅう言ってた。なにかあったら藤太おじさんに頼むんやよ、って。居酒屋やってるからおいしいもの食べさせてくれる、って」ほづみは面白そうな顔をした。「藤太おじさんのこと話すとき、秋雄おじさん、すごく嬉しそうやったよ」

二度と会うことはないと思っていた秋雄は、ずっと自分の話をしていた。しかも相手はいづみの娘だ。胸にまた痛みが走る。だが、感傷に浸《ひた》る前にひとつの疑問が湧《わ》いてきた。なにかあったら、とはどういうことだろう。子ども相手に何度も言ってきかせるほどの、切実な問題があったのだろうか。

「ずっと秋雄と暮らしてたのか？」

「違う。あたしが三歳のときお母さんが死んだから、秋雄おじさんが引き取ったんやって」

ほづみが三歳ということは、今から七年前だ。七年か、と藤太は心の中でつぶやいた。いづみの死を知らずに、のうのうと七年も生きていたというわけか。

「ねえ、藤太おじさん」ほづみが真剣な顔で訊《たず》ねた。「藤太おじさんはあたしのお母さんのこと憶《おぼ》えてる？　秋雄おじさんはあんまり憶えてへんって」

「俺も憶えてない」

「そう」ほづみはしゅんとして、もずくに眼を落とした。

父親のことを訊《き》きたかったが、口には出せなかった。入籍もせず、母親が死んでも子どもを引き取りもしない父親だ。まともな事情でないのはたしかだった。

藤太はもう一杯水を飲んだ。大阪の水道水は美味くなったらしいが、酒の残った身体ではなんの味も感じられなかった。

「家はどこだ？」

「桜宮《さくらのみや》」ほづみはマンションらしい住所を言った。「ねえ、今日から天神祭やけど、藤太おじさんは行くん?」

「店がある」

「ふうん」すこしがっかりした顔をした。「秋雄おじさんも今年は忙しいから無理やって。毎年、連れてってくれるのに。藤太おじさんは船渡御《ふなとぎょ》見たことある?」

「ない」

「大川《おおかわ》にね、船がいっぱい浮かんで、すごくきれいやねん。マンションからも見えるんやけど、そばで見るほうが楽しいし、夜店も出てるし」

ほづみの話を聞き流しながら、藤太は六畳間のテレビをつけた。十年以上前に買った十七インチのアナログだ。上下の黒帯と目障《ざわ》りな警告を見て、ほづみがびっくりした顔をした。

「藤太おじさん。地デジにせな映れへんようになるよ」

「そのうちな」

地デジ地デジとやかましいのは知っている。ケーブルの勧誘も何度も来た。だが、面倒なのでそのままだ。

「早《は》よせな。ほら、きょう正午に終了します、って書いてあるよ」

ほづみがテレビを指さし、藤太を見上げた。柔らかな口調のせいか、すこしも押しつけがましくはない。催促されても素直に聞ける。だが、藤太は落ち着かなくなってきた。こんなふうに世話を焼かれるのは久しぶりだ。懐かしいのか、ただうっとうしいのか、よくわからない。

「秋雄はここに来ることについて、なにか言ってたか？」

「仕事が忙しいから、夏休みは藤太のところに行け、って」

「それだけか？　夏休みが終わったら迎えに来るのか？」

「憶えてない」ほづみが首をひねった。「お迎えのことはなにも言わへんかったと思う」

夏休みが終わるまで、あと一ヶ月以上はある。たとえ一ヶ月とはいえ、ほづみの寝起きする場所をつくらなければならない。

昔、父の部屋だった物置部屋を片付けるほかはない。布団の予備はあったろうか。父の布団なら押し入れに入ったままだが、まさかあんなものを使わせるわけにはいかない。藤太は顔をしかめた。あの押し入れを最後に開けたのはずいぶん昔だ。中がどうなっているかなど、考えたくもなかった。

「荷物はそのカバンだけか？」

「これだけ。着替えと夏休みの宿題と、あとバレエの用意だけ」

「……バレエ？」藤太は呆然としながらつぶやいた。

「うん。学校は夏休みやけどバレエのお教室はあるから」

「……行けばいい」

普通に言おうとしたが息が詰まった。バレエという話題はまだまだ平気ではないらしい。

「でも、秋雄おじさんが言ってた。危ないからひとりで行ったらあかん、って」

「いつも秋雄が連れてってくれたのか？」

「ときどき。秋雄おじさんは忙しいから、普通はエンゼルサービスの人と行った」

ほづみの話によると、エンゼルサービスというのは、子どもの送迎代行業のことらしい。塾やおけいこ事の送り迎えに金を払う親がいるということに、藤太はひどく居心地の悪いものを感じた。

「でもね、秋雄おじさんは仕事抜け出して連れてってくれたり、タクシーで迎えに来てくれたりしてん」

秋雄らしいな、と思った。真面目で責任感の強いところはすこしも変わっていない。だが、バレエの話などもうごめんだ。これ以上聞きたくない。藤太はテレビに眼をやった。十時のニュースのあとに天気予報がある。どうせ今日も猛暑だろうが。

「藤太おじさんはバレエ好き？　秋雄おじさんは大好きなんやって」

不意に吐き気が襲ってきた。今頃、昨日のズブロッカがきいてきたらしい。トイレに向かおうとすると、背後からほづみの声がした。

「マンションが燃えてる……」

藤太は胃を押さえながら振り向いた。夜火事だった。ほづみは六畳間の前で立ち尽くしている。テレビには、闇の中で燃えているマンションと放水するはしご車が映っていた。

「……八十八平方メートルを全焼しました。この部屋に住む弁護士佐伯秋雄さんと、同居している小学生と連絡が取れなくなっており、警察では行方を捜《さが》しています」

ほづみはぽかんと口を開けてテレビを見ている。やがて画面が切り替わり、佐伯秋雄弁護士（40）という字幕と共に秋雄の顔が映った。

「佐伯弁護士は昨年神戸《こうべ》で起こった少女殺害事件の付添人を務めており……」

藤太はトイレにはたどりつけず、そのままシンクに吐いた。昨夜からなにも食べていないので胃液しか出なかった。全身を粟立《あわだ》て、空っぽの胃を絞《しぼ》るようにして吐いた。涙と鼻水が溢《あふ》れて、何度も咳《せ》き込んだ。頭も、胃も、膝も、身体中がぎりぎりと痛んだ。

自宅に近づくな、というのはこのことか。昨夜のいやな予感が現実になった。今、はっきりとわかった。途方に暮れるだけではすまないことが起こっている。

「秋雄おじさんは？」ほづみの悲痛な声がした。「あたし、マンションに帰る」

「待て、ほづみ」藤太は怒鳴った。「勝手に行くな」

叫んだ瞬間、また吐き気がこみ上げてきた。燃えている、と思った。身体の中で火が燃えている。秋雄も俺も、結局は火から逃れることはできないらしいな、と。

その日の午後、藤太はほづみを連れて警察署に向かった。

地下鉄出口の長い階段を苦労して上る。酒の残った身体は泥のように鈍くて重いが、膝の痛みだけはやたらと鮮明だ。

毒づきながら地上にたどり着くと、容赦《ようしゃ》ない陽射しが照りつけて一瞬立ちくらみがした。角の植え込みの柵につかまり、息を整える。

「大丈夫？」ほづみが生気のない声で訊ねる。

「ああ」なんとか答えて顔を上げる。「大丈夫だ」

そのとき、柵の向こうにある小さなプレートが眼に入った。「農業用水門及び緑地《りょくち》帯《たい》造園」とある。植え込みの奥には、石と木でつくった小さな鳥居のようなものが立っていた。大昔の水門を再現したものらしい。

藤太はしばらくの間、呆然と水門を見つめていた。こんな街のど真ん中で水門に出くわした。これは皮肉か？　悪い知らせか？　それとも、すべてが終わる合図なのだろうか？落ち着け、と藤太は汗をぬぐってひとつ息をした。くだらない偶然だ。なんの意味もない。ばかばかしい。それに、もし悪いことがあったとしても、それがどうした？　俺など、もうとうの昔に終わっている——。

藤太はのろのろと歩き出した。ほづみも無言でついてきた。

警察署に着いて用件を話すと、通されたのは応接室だった。取調室ではなかった、と当たり前のことにほっとし、藤太は自分の小心にすこし呆れた。

藤太の横でほづみは黙りこくっている。泣きはしなかったが、あまりのショックに泣くこともできないというのが正しいようだった。まるで血の気のない顔をしながら、それでも背筋を伸ばしてソファに座っている。藤太はすこし感心した。なるほど、バレエをやる者はどんなときでも姿勢がいい。

ここに来ることに、ためらいがなかったわけではない。そもそも、秋雄は二度と会うはずのない男だった。生きて会わないのも死んで会わないのも同じこと。だから、火事で秋雄が死のうが行方不明になろうが、警察に出向くことなど決してなかった。一晩か二晩か、それとも一月《ひとつき》か二月、いや、十年二十年か。たったひとりの親友を思いながら酒を飲むだけだ。そのはずだった。

だが、それではすまなくなった。藤太の横にはほづみが座っていて、ソファの足許には秋雄の置いていった紙袋がある。入っていた金もそのままだ。今になって秋雄の手紙の意味がわかった。第三者に見せてくれても結構という一文をわざわざ書いたということは、見せなくてはならない事態を予想していたということだ。

応対してくれたのは、ふたりの刑事だった。五十前ほどの男が木谷《きたに》といい、三十過ぎが堅《かた》田《だ》といった。木谷は顔も身体も角張っていて、耳の潰《つぶ》れかたが尋常ではなかった。堅田は一見、営業マンのようにも見えたが、やはり潰れた耳が目立っていた。ふたりとも地味なスーツを着ているが、どこか崩れて見える。だが、「まつ」に来る客たちの崩れかたとはまるで違っていた。向かい合っているだけで冷たい緊張感が伝わってくる。

堅田がノートパソコンを広げた。

「調書をとるということ……ですか？」

藤太は慌てて言葉を継いだ。日頃の癖《くせ》で、つい乱暴な口をききそうになる。当たり障《さわ》りなくすませるには、最低限の礼儀は必要だろう。気をつけなければ、と思う。

「いえ。おうかがいしたことを記録にとるだけです」木谷が手を振った。「まだ事件と決まったわけではありませんから、調書という形にはなりません。失礼ですが、お名前とご住所を確認できるものをお持ちでしょうか？」

藤太は木谷に運転免許証を見せた。十六のときに取った小型自動二輪免許だ。

「中井《なかい》藤太さん。一九七一年二月二十日生まれの四十歳。現在、港区にお住まい、ということですね」

藤太は柔道コンビに昨夜のいきさつを話し、秋雄の置いていった手紙と金を見せた。木谷は藤太の説明には一切口を挟まず、黙って聞いていた。そして、堅田に眼で合図をした。堅田は立ち上がってドアを開けると、三十過ぎの制服姿の女性を招き入れた。女は一礼し指示を待った。木谷が女を紹介した。

「こちらは生活安全課の者です。申し訳ありませんが、もうすこしお話をうかがいたいので、ほづみちゃんは外で待っていていただきたいんですが」

ほづみが不安そうに藤太の顔を見た。

「大丈夫、外で待ってろ」

「うん」ほづみは半分泣きそうな顔をし、女性警官に連れられて部屋の外へ出て行った。

ふたりの足音が聞こえなくなると、木谷が口を開いた。

「たった一晩でずいぶん信頼されているようですね」

いやな探りを入れてくる。藤太は不快を示さぬよう、平然と答えた。

「聞き分けのいい子のようです。秋雄のしつけがいいんでしょう」

「昨晩のことを、もうすこし詳《くわ》しくおうかがいしますがよろしいでしょうか？　佐伯弁護士が来たのは閉店後まもなくということですが、何時頃ですか？」

木谷の声は表面上は穏やかだったが、すこし遅れて不気味な圧力がやってくる。

「十時を回ってすこしした頃だったと思います」

「正確な時間はわかりますか？」

「十時十分か十五分。三十分にはまだ間がありました」

「閉店時刻は決まっているんですか？」

「客の具合にもよりますが、毎晩大体十時くらいです」

「佐伯弁護士から、その日会いに行くという連絡はありましたか？」

「いえ、なにも」

「佐伯弁護士と会ったのは二十五年ぶりということですが、その間、連絡はなかったのですか？」

「なにもありません」

「電話の一本もなしですか？」

「ええ」

「年賀状のやりとりも？」

「ありません」

「じゃあ、佐伯弁護士のマンションに行かれたこともない？」

「桜宮に住んでいたことすら知りません」

「縁が切れていた、と言ってもいい状態ですね」

「実際、切れたと思っていました」

「なのに、いきなり子どもを連れてきて、預けていったということですか」

「そうです」

「おかしいとは思いませんでしたか？」木谷が藤太の顔をじっと見た。

「もちろん驚きました」

木谷が口を閉ざした。不自然な間《ま》に、堅田の叩《たた》くキーボードの音だけが響いた。藤太はちらりと堅田を見た。まったく手許を見ずに打っている。パソコンに触れたことすらない藤太には、まるで非現実的な仕草に見えた。

「以前は親しくされていたんですか？」ふたたび木谷が口を開いた。

「中学卒業までは仲がよくて……互いの家を行き来して、ずっと一緒に遊んでいました」

「それほど仲がよかったのに、縁が切れたのにはなにか理由が？」

「秋雄は大手前《おおてまえ》高校から東大。俺は中卒で居酒屋。世界が違うことに気付いたんです」

藤太はげんなりしつつも、自分自身に感心していた。その気になれば、多少はまともな言葉遣いができるらしい。

「店に来たとき、佐伯弁護士はどんな様子でしたか？」

「懐かしそうでした。相変わらず上品でおだやかで、久しぶりだな、と笑ってました。機嫌はよかった」

「なるほど。ほかになにか気のついたところはありませんか？」

「ありません」

「なにかトラブルを匂わせるようなことは？」

「いえ、まったく」

「佐伯弁護士はほづみちゃんを急に預けることになった理由について、なにか言っていましたか？」

「いえ、なにも」

「五百万といえば大金ですが、そのことについては？」

「ひと言もありません」

木谷はずっとしゃべり続けているが、まったく声の調子が変わらない。かといって、機械的ではない。矛盾した言い方だが、淡々とした粘《ねば》っこさといったふうだ。

「佐伯弁護士はなにか飲みましたか？」

「車で来ているから、と断ったので水を出しました。ほづみにはレモンスカッシュを」

「中井さんはなにか飲まれましたか？」

まだたっぷりと酒の臭いが残っているのに、白々しい質問だ。ためされているのだろうか。

藤太は懸命に平静を保とうとした。落ち着け。なんてことはない。警察はいつもどおりの手順を踏んでいるだけだ。

「秋雄が帰ったあとでズブロッカ……ウォッカをロックで」

「どのくらい飲まれました？」

「……ほぼ一瓶」

「かなりですね」

木谷は一旦口を閉ざし、ちらりと藤太の眼を見た。胃の奥がちりちりと疼《うず》いた。また吐きそうだ、と思った。

「佐伯弁護士が帰ったのは何時頃ですか？」

「店にいたのは十分くらいです。十時三十分までには帰ったと思います」

「佐伯弁護士が帰ったとき、ほづみちゃんはどうしていました?」

「カウンターで眠ってました。そのまま二階の俺の部屋に運んで寝かせました」

「飲んでから運びましたか? それとも、飲む前に?」

「飲む前に。子どもが寝ている横では落ち着いて飲めないので」

「ということは、中井さんはおひとりで店で飲んでいらっしゃった、と」

木谷がさらりと言った。藤太はまた吐き気を覚えた。藤太の行動を証明するものはいない、と言っているのだ。

「そうです」

「何時頃まで飲んでいらっしゃいましたか?」

「憶えていません。いつの間にか酔いつぶれて、眠ってしまいましたから」

「ご自分の部屋で?」

「いえ、店でそのまま」

「朝、眼が覚めたのは何時頃ですか?」

「十時前にほづみに起こされました。朝飯をつくって、十時のニュースを見て、秋雄のマンションが火事になったのを知りました」

「なるほど。わかりました」木谷はにこりともせずにうなずいた。「佐伯弁護士が帰ってから、ほかに電話や来客などはありませんでしたか？」

「いえ。なにも」

「では、その夜はずっとおひとりで飲んでいたということですね」

「……そうです」

酒が欲しい、と思った。ズブロッカさえあれば、吐き気も頭痛も膝の痛みも——秋雄のことも、いづみのことも、なにもかもみな忘れることができるだろう。

「佐伯弁護士がほづみちゃんの後見人《こうけんにん》になっていたことをご存知でしたか？」

「いえ、知りませんでした」

「母親の森下いづみさんとはお知り合いですか？」

「中学の同級生です」

「では、中井さんと佐伯弁護士と森下いづみさんは、同じ中学の同級生ということですか？」

「そうです」

「佐伯弁護士と森下いづみさんは付き合っていたんですか？」

「中学の間はなにもなかった。その先のことは知りません」

すると、木谷が畳みかけるように訊ねた。

「失礼ですが、中井さんは森下いづみさんとは親しくされていたんですか？」

「中学を出てから会ってません」

「一度も？」

「はい」

「連絡は取られていた？」

「いえ、まったく」

「では、森下さんとも縁が切れていた、と」

「はい」

「では、縁の切れた友人が縁の切れた知り合いの子どもを、いきなり置いていった、と」

「そうです」

「佐伯弁護士は森下いづみさんのことについて、なにか言っていましたか？」

「とうに……死んだ、と」藤太は右膝を握りしめた。激痛が走る。だが、この痛みがあれば、叫び出さなくてすむ。いづみがとうに死んだという現実にも、平気なふりができる。「でも、それだけです。くわしいことは言いませんでした」

「死んだ、ですか」

木谷はそこで口を閉ざし、ちらりと堅田に眼をやった。堅田はすごい速さでキーボードを叩いている。木谷は追いつくのを待っているらしい。

「佐伯弁護士はほづみちゃんの後見人になっていることについて、なにか言っていましたか？」

「いえ」

「では、ほかになにか話をされませんでしたか？　どんなことでも結構ですので、お聞かせ願えますか」

「本当になにも話してません。その子を頼む、と言ってあっという間に出て行ったんです」

「そのまま帰したんですか？」

「無論、追いかけましたが、この足じゃ走れない。車で行ってしまったんです」

「車種はわかりますか？」

「白のプリウスだったと」

木谷はじっと藤太の顔を見た。それから一礼した。

「わかりました。参考になりました。どうもご協力ありがとうございました」

藤太はソファから立ち上がろうとして、もう一度腰を下ろした。

「こっちからも訊きたいんですが、秋雄はなにか事件に巻き込まれたんですか」

「現時点ではまだなにも言えません。佐伯弁護士の所在は不明ですが、捜索願が出ているわけではありません。消防の火災調査はまだなので、出火の原因も特定されていません。これは事件であるというだけのものがないんです」

「いきなりやってきて、こんな大金と女の子を預けていっても？」

「マンションの駐車場にプリウスはありませんでした。たとえばですが、仕事と子育てに疲れた男が車でふらりと旅に出て、その間に漏電《ろうでん》でマンションが燃えた、という可能性だってあるんです」

「まさか」つい声が大きくなった。途端に敬語が吹っ飛んだ。「秋雄がそんな無責任なことをするわけがない」

「わかっています」木谷は片手を上げて藤太を制した。「ですが、今、起こっているのは事件性があるかどうかもわからない火災が一件だけなんです。佐伯弁護士になにかトラブルがあったかどうかは、現時点では調査中としか言えない。そのトラブルが今回の火災に関係するかどうかは、さらに調べてみないとわからない。つまりそういうことです」

藤太はため息をついた。これ以上なにを訊いても無駄だろう。話せないということだ。

「なにかわかりましたら、こちらからも連絡いたします。この先、中井さんにご協力をお願いすることもあるかもしれませんが、その際はよろしくお願いします」木谷が立ち上がった。

「ほづみちゃんのことはどうなさるおつもりですか」

「秋雄が戻るまで預かります」

藤太はソファから立ち上がった。足を引きずりながらドアへ向かう。木谷の視線を感じた。

「ああ、それから中井さん」木谷が思い出したように言った。「佐伯弁護士の同僚というかたが来ています。中井さんにお話があるということで」

「わかりました」藤太は顔をしかめた。面倒は果てしなく続くらしい。

「もし、佐伯弁護士から連絡がありましたら、こちらにもお知らせ願えますか」

「ええ」

「では、なにかありましたら、いつでもご相談ください」

木谷が深く一礼した。パソコンに向かっていた堅田も立ち上がり礼をした。

「中井さんはご出身はどちらで?」思い出したように木谷が訊ねた。

「大阪を出たことはありませんが」

「いや、意外ですね。あまりきれいな標準語なので」木谷は他意があるのかないのか、まるでわからない笑みを浮かべていた。「アナウンサー並みですよ」

「ええ、まあ」

藤太は軽く頭を下げた。途端に疲れを感じた。こんなにも人と話したのは、何十年かぶりだった。

ほづみと女性警官は一階の長椅子《ながいす》でジュースを飲んでいた。藤太が迎えに行くと、ほづみはほっとした顔で駆け寄ってきた。

「お疲れさまでした」女性警官は一礼し、すこし離れた椅子を指さした。「あちらにお客さまがお待ちです」

そこには三十過ぎのスーツ姿の女がいて、立ち上がって藤太に軽く会釈した。パンプスを響かせ近づいてくる。

「中井藤太さんですか？」灰色のスーツを着た女は深々と礼をした。「葉山和美《はやまかずみ》と申します。佐伯弁護士と同じ法律事務所に勤務しています」

差し出された名刺には弁護士、葉山和美とあった。それなりに整った顔立ちだったが、ざらついた印象のする女だった。後ろで束ねただけの無造作な髪型は若い頃なら通用したかもしれないが、今は疲労と年齢だけが目立って見えた。

「名刺はないんですが」

「ああ、いえ、結構です」

葉山和美はほんの一瞬眉《まゆ》を寄せた。不審を隠しきれないように見える。なぜこんなやつが秋雄の知り合いなのか、といったふうだ。だが、不審は藤太も同じだ。なぜ自分のことを知っているのだろう。

「こんにちは、ほづみちゃん」葉山和美が笑いかけた。すこし無理のある笑顔だった。「はじめまして」

「こんにちは」ほづみはにこりともせずに返事をした。

葉山和美はすこし黙った。愛想のないほづみをじっと見下ろしていたが、気を取り直したように言った。

「ちょうどこちらにお見えということで、ご挨拶《あいさつ》させていただこうかと」それでも頭を下げる。「お力になれることがありましたら、いつでも……」

「ああ」藤太は女の話を遮《さえぎ》った。こんな日に営業はごめんだ。「ご用件は？」

「申し訳ありません」女は慌てて頭を下げた。

弁護士というのも客商売なのだろう。だが、葉山和美はそう割り切れるところまで到達していないようだった。秋雄なら、と藤太は思った。もっとスマートに頭を下げただろう。

「佐伯弁護士から依頼された案件で、中井さんにすこしお話があるのですが、ご都合のよい日はございますでしょうか？」

「依頼？　秋雄から？」

「少々こみいった話になります。できればおひとりで」また、ちらりとほづみを見る。「至急というわけではありませんが、できれば早いうちに一度お時間をつくっていただけるとありがたいのですが」

「わかりました。連絡します」

「事務所に電話をいただけたら、だれかおりますので」葉山和美は落ちてきた前髪をかきあげた。色気などない、ただ疲れた仕草だった。「申し訳ありませんが、よろしくお願いします」

葉山和美はちらりとほづみに眼をやり、去っていった。今度は子ども向けの挨拶はなかった。

「ねえ」ほづみが藤太を見上げた。「秋雄おじさん、大丈夫やよね」

「ああ」

「火事で死んでないよね」

「死んでない」

「どこかに行ってるだけやよね」ほづみはすこし大きな声で訊ねた。まるで怒っているようにも聞こえた。「夏休みが終わったら迎えに来るよね」

「ああ」

「絶対やよね」ほづみは自分に言い聞かせるように繰り返した。「絶対」

もっとなにか安心させる言葉をかけてやらねばと思った。だが、なにを言っていいのかわからない。結局、黙り込むしかなかった。

いつにもまして陽射しの厳しい午後だった。地下鉄の駅までの道のりを、藤太は背を丸めて足を引きずり、ほづみはうつむき加減にすこし遅れて歩いた。

もう長い間、薄汚い川底の泥の中で亀のように首をすくめて生きてきた。なにも感じず、なにも思い出さず、このままひとりきり、ひっそりと死んで行くのだと思っていた。なのに、突然網《あみ》を打たれた。

身動きが取れない。なにもかもが悪い方向へ転がっていく。網は俺自身の記憶だ。遠い記憶が俺を絡め取る――。

藤太は思わず空を仰《あお》いで、強い陽射しに顔をさらした。火が降ってくるようだと思った。今頃になって悪い冗談だ。秋雄、一体なにがあった？　秋雄、今、おまえはどこにいる？　秋雄、どうして俺をそっとしておいてくれなかった？

ひどく喉《のど》が渇いて、そのときになって昼飯がまだだということに気付いた。あまり食欲はなかったが、ほづみにはなにか食べさせなければならない。

駅前まで戻ったところで、水門の先にそば屋を見つけた。ビール一本ざる一枚でいいんだが、と思ったが、通りの反対側にハンバーガーショップがあった。

ほづみを連れて横断歩道を渡り、黙ってハンバーガーショップに入った。休日の午後なので、店は混雑していた。隣は遅い昼食をとる家族連れだった。笑い声を聞いていると、また吐き気がこみあげてきた。ハンバーガーとポテト、それにオレンジジュースを頼んだが、ほづみはほとんど残した。

「食べないのか？」

「……ごめんなさい」

おなかが減ってなくて、などという言い訳はせず、ほづみはただ謝《あやま》った。藤太はそれ以上なにも言えなかった。

地下鉄の長い階段を下りて券売機にたどり着くと、無言で切符を買い顔を背《そむ》けたまま手渡した。ほづみもやはり顔を上げずに受け取った。藤太は痛む膝をひきずり、のろのろと長い乗り換え通路を歩いた。ほづみはずいぶん遅れてついてきた。あまり冷房のきかない構内は、湿って腐ったような臭いがした。

店に戻るとすぐにほづみは六畳間に飛び込んだ。どうしたのか、と藤太が足を引きずりながらあとを追うと、ほづみはテレビのすぐ前に座り込んでいる。リモコンを握りしめ、食い入るように暗い画面を見つめていた。古いブラウン管だから映るまで時間がかかる。数秒たってようやく映ったのは青い画面にアナログ放送が終了したことを知らせる文字だけだった。

「秋雄おじさんのニュース、見られへん」ほづみが絶望的な声を上げた。「見つかってもわかれへん」

「見つかったら、ちゃんと連絡がある」藤太はいらいらと答えた。尖った声になったのが自分でもわかった。「心配いらない」

「……嘘《うそ》や」

ほづみはぽそりと言った。

「いいから二階へ行け」藤太はカウンターに手をついて身体を支えた。長い距離を歩いたせいで膝がひどく痛んだ。「店を片付けなきゃならん。そこにいられると困る」

その言葉を聞くと、ほづみは一瞬で絶望的な表情になった。そして、なにも言わず階段を駆け上がっていった。

「くそっ」

藤太はいらなくなったリモコンをゴミ箱に投げ捨てた。

呆然と店の中を見渡す。

店は昨夜のままだった。汚れた皿、汚れた鍋、吸殻《すいがら》が山盛りの灰皿。カウンターには食べかけのほづみの朝食が残されている。

藤太はカウンターの端に眼をやった。グラスが三つ残されている。昨夜、秋雄に出した水のグラスとほづみに出したレモンスカッシュのグラス。それに、藤太が使ったズブロッカのグラスだ。

たった一晩。たった一晩で、なにもかもが終わった。

「くそ」

もう一度毒づいて、シンク下から新しい酒瓶を取り出す。昨夜の汚れたグラスにそのまま注いだ。一息であおって大きな息を吐く。幸い、今日は日曜だ。店は休みで仕込みはない。昼から多少飲んだところでなにも問題はない。片付けだけだ。片付けだけやればいい。

なにも考えるな、と言い聞かせながら、のろのろと体を動かした。できるはずだ。この二十五年間やってきたことだ。黙って皿を洗って、焼き台を掃除し、生ゴミを捨てる。ただそれだけのことだ。なんの問題もない。

無論、ほづみのことを忘れたわけではない。夕飯を食べさせなければならなかった。だが、あの打ちひしがれた様子を思うと、声を掛けることさえ気が重い。様子を見に行かなければと思いつつも、身体が動かなかった。

ようやく階段を上る決心がついたのは、もう十時を過ぎてからだった。藤太が自分の部屋をのぞいてみると、ほづみはもう眠っていた。ひどく泣いた跡があった。

「くそ」

藤太は舌打ちした。自己嫌悪でいっぱいになった。泣き疲れて眠る女の子など、苦しくて見ていられない。ほづみから逃げるように階段を下りた。

その夜、藤太は飲むだけ飲んで店の奥の六畳間で寝た。


翌朝月曜日、眠っているほづみを残して仕入れに出かけた。

中央卸売市場《おろしうりしじょう》に着いたのは六時過ぎだった。鱧《はも》と小ぶりのヨコワ、それに飯蛸《いいだこ》と野菜をすこし買った。いつもなら場内の食堂で朝飯を食って行くのだが、今はほづみがいる。もう一度戻って鯵《あじ》の干物《ひもの》を買い、なにげなしに枝豆を追加した。

店に戻るとほづみはもう起きて、はじめの夜と同じスツールに座っていた。

「どこ行ってたん？」藤太の顔を見るなり訊ねた。

ほづみの眼はすっかり赤く腫《は》れていた。見ないようにして藤太は答えた。

「本場《ほんじょう》」

「ホンジョウ？」

「市場だ」

「シジョウ？」

オウムなみの返事をするほづみを無視し、藤太は朝食の支度をはじめた。

「起きたら、だれもおれへんし……藤太おじさんまで行方不明かと思《おも》て……そしたら怖《こわ》くなって」

こんなときどうしてやればいいのだろう。なぐさめてやればいいのか。励ましてやればいいのか。それとも手を握ってやればいいのか。抱き上げてやればいいのか。

だが、藤太はなにもできなかった。やさしい言葉のひとつも出てこなかった。

黙って鰺の干物を焼き、だし巻きをつくった。とろろ昆布で簡単な吸い物を仕立て、焼き海苔《のり》を添えた。やはり黙ったまま、ほづみの前に出す。

「秋雄おじさん、見つかったん？」

「いや」

すると、ほづみが顔を上げて藤太をじっと見た。藤太は眼をそらし、さっき買ったヨコワを取り出した。

「……そうなん」

ほづみが諦めたようにつぶやいた。

藤太はヨコワの頭を落として腹を開きながら、自分で自分を罵《ののし》った。俺は救いようのない役立たずだ。とんでもない薄情者だ。でも、どうしようもない。女の子の扱いなどわかるわけがない。藤太はヨコワの下ごしらえを続けた。ワタを抜いて三枚におろして血合いをのぞく。黙ってひたすら包丁を動かした。

そのとき、ぽたりぽたりと小さな音がした。藤太が顔を上げると、ほづみはだし巻きを食べながら泣いていた。藤太は慌ててうつむいた。

ヨコワのさく取りが終わると、次は鱧をまな板の上に置いた。すまん、と藤太は心の中で繰り返した。すまん、秋雄。俺にはやっぱり無理だ。いくらいづみの娘でも、女の子の面倒をみるようにはできていない。

ほづみはそれきり口をきかなかった。食事を半分も残すと、藤太を見ずに階段を上っていった。正直なところ、藤太はほっとした。この歳になってわかった。「かわいそうな子」は大人から見れば、ただ面倒なだけだった。

開店準備の時間になった。

藤太は冷蔵庫から昨日の残り物を取り出した。「まつ」にはまともなメニューがない。残り物に串を打ってそれを出せば、「串カツ盛り合わせ」になる。今日の盛り合わせは牛バラ、玉葱《たまねぎ》、オクラだ。紅生姜《べにしょうが》をどうしようかと考えていると、階段を下りてくる足音がした。

「藤太おじさん、あたしも手伝う」ほづみが藤太の顔を見て元気よく笑った。

藤太は一瞬呆気《あっけ》にとられた。声も出ず、串を手にしたままほづみを見つめた。朝は泣いていた。昼はすねていた。なのに、一体どうしたというのだろう。

ほづみはカウンターの隅に積んだダスターを見つけると、嬉しそうに手に取った。

「これで拭《ふ》いたらいいいん？」

藤太の返事を待たず、ほづみは勝手にダスターを洗って絞ると、カウンターを拭きはじめた。だが、絞る力が弱いので、カウンターにはくっきりと拭き跡が残った。ほづみはカウンターを濡らすだけ濡らすと、顔を上げて藤太ににっこり笑いかけた。

「ねえ、藤太おじさん、次は？」

瞬間、藤太は我慢ができなくなった。どうしてこんな機嫌取りをする？　どうして大人に媚《こ》びる？

「もういい」思わず大声を出していた。

ほづみがびくりとして身を退《ひ》いた。ダスターを握りしめたまま、口をぽかんと開けて藤太を見上げている。藤太は我に返った。今、俺は一体なにをしたのだろう。

「いや、とにかく……もういい」手を振って、ほづみを追い払う仕草をした。

「え、でも」ほづみがそれでも笑おうとした。

それでも笑うのか。藤太はかっとした。いい加減にしてくれ。これ以上、俺に思い出させるな。

「二階へ行け」藤太は怒鳴った。「さっさと行け」

するとほづみはダスターをカウンターに放り投げた。しばらく黙って藤太をにらんでいたが、突然涙をぼろぼろとこぼした。

「あたし、もう、いやや」ほづみが叫んだ。「秋雄おじさんに会いたい。家に帰りたい」

「無理だ」

「今日は船渡御やのに……いつも秋雄おじさんと行ってたのに」ほづみはひっきりなしに涙をこぼした。「秋雄おじさんのニュースが見たいのに、テレビ映れへんし……」

ほづみはくるりと背を向けると、泣きじゃくりながら階段を駆け上がっていった。藤太は手にした串を濡れた床に叩きつけた。紅生姜とオクラがびちゃりと撥《は》ねた。

まったく朝と同じだ、と思った。いや、もっとたちが悪い。今度こそ完全に俺の八つ当たりだ。ほづみはほづみなりに努力しただけだ。落ち込んでいてはいけない、元気を出そうと思って、一所懸命に明るく振る舞っただけだ。それを機嫌取り、媚びとしか受け取れない俺が間違っている。

藤太は厨房を出てスツールに腰を下ろした。今すぐに酒が欲しいと思った。ズブロッカを一瓶空けて、このまま眠ってしまえたらどんなにいいだろう。膝の痛みがあれば、過去を思い出さずにすむ。だが、ほづみは過去ではない。今、今なのだ。今を考えずにすむには酒しかない。今から逃げたければ、父と同じように酒を飲んでだれかを傷つけるしかない。

ふと、ダスターを握りしめたほづみの顔が浮かんだ。それでも笑おうとしていた。その笑顔が、いづみの顔に変わった。

「くそっ」

ほづみが来てから、一体何度目の悪態《あくたい》だろう。もう膝がうまく痛んでくれない。いや、痛んでいるのだが、もう思い出すことを止めてくれない。あまりに力が違いすぎる。今まで、無理矢理押さえつけていたものが噴き出してくる。

安治川の水門が見えた。夕闇に巨大なアーチが浮かび上がる。その前で、白い傘を差したいづみが笑っていた。あのとき、それでもいづみは笑っていたのだ。

やがて、藤太はのろのろとスツールから立ち上がった。外に出ると、アスファルトの熱が薄いサンダルを突き抜け、直接足の裏を焼いた。ホースを繋《つな》いで乱暴に水を撒《ま》くと、水煙と独特の匂いが立ち上る。情緒もなにもなかったが、これも開店前の儀式のようなものだ。変色した暖簾を掛け、郵便受けに入っていた夕刊を取った。その場で開いてみたが、火事の続報はなかった。

店に入ろうとしたとき、道路の向こうで会釈する人影が見えた。

藤太は夕刊を小脇に挟み、刑事ふたりが近づいてくるのを待った。

「お忙しいところ申し訳ありません」

木谷が四角い頭を下げた。後ろの堅田も同じように頭を下げる。どちらもひどく汗をかいている。車が見当たらないので、先の広い通りに駐《と》めているのだろう。

「あれから、佐伯弁護士から連絡はありませんでしたか？」

「いえ、なにも」

「そうですか」

木谷がすこし黙った。堅田がちらと暖簾を見て、小さなため息をついた。どうやら、よいことを知らせに来たのではないらしい。藤太はひとつ息をして身構えた。

「なにかわかったんですか？」

「消防の火災調査の結果が出ました。佐伯弁護士の部屋からガソリンが検出されたそうです」

「じゃあ、放火ということですか」

「リビングの広範囲にわたってガソリンを撒いた形跡がありました」

「秋雄についてはなにか？」

「捜索はしています。ですが、まだなにも」

「秋雄はガソリンを撒いて火をつけたやつに連れ去られた、ということですか」

「そこまでは、まだなんともわかりません」

木谷は口を閉ざした。それ以上はなにも話せないようだった。

「わかりました」

やはり秋雄は事件に巻き込まれたのだ。ふらりと旅行に出かけたという、能天気《のうてんき》な可能性は消えた。

「ほづみちゃんはどうしていますか？」木谷がさりげなく店に眼をやった。

「かなりショックを受けています。不安定であまり飯を食わない」

「かわいそうに」木谷が額《ひたい》に浮いた汗を拭いた。「会えますか？」

「泣いて、部屋にこもってるんですが」

「お時間はかかりません。すこし話をしたいだけです」口調は柔らかいが、強制力のある声だ。

藤太は木谷の顔を見返した。ようやくわかった。こいつらはほづみに会いたいのではない。ほづみの無事を――ほづみがちゃんと生きているかどうか、俺に焼き殺されていないかどうか――確認したいだけだ。

やはり、俺は疑われているのか。藤太は背筋に冷たいものを感じた。こいつらはガソリン検出を知らせるふりをして、俺と「まつ」を調べに来た。ほづみと五百万を預かった俺は、どこから見ても立派な捜査対象というわけか。

刑事ふたりのYシャツの胸元には、大きな汗の染みがある。相当な距離を歩き回ったということだ。藤太は脇に挟んだ夕刊を思わず握りしめた。近所を聞き込みか。俺のことを調べて回ったか。

落ち着け、俺はなにもやっていない。ひとりで飲んでいたことを証明できないが、マンションに火をつけたという証拠もない。とにかく冷静になれ。つまらない勘ぐりをされるな。

「呼んできます。入ってください」

藤太はふたりを店に招き入れ、階段の下からほづみを呼んだ。

「ほづみ、刑事さんが来た。おまえに話があるそうだ」

その言葉がまだ終わらないうちに、二階で勢いよく扉が開く音がした。ほづみが階段を駆け下りてくる。

「見つかったん？　秋雄おじさん、見つかったん？」ほづみは真っ赤な顔で叫んだ。

藤太は息が止まりそうになった。返事ができず、黙って入口に眼をやった。困惑して佇《たたず》む刑事ふたりを見て、ほづみの顔から一瞬で表情が消えた。

「こんにちは、ほづみちゃん」はじめて堅田が口を開いた。

ほづみは呆然と立ち尽くしている。しばらく経ってから、ようやく返事をした。

「こんにちは」恐る恐る訊ねる。「秋雄おじさんは？」

「ごめん。一所懸命探してるけど、まだ見つからないんやよ」堅田は膝を曲げ、腰をかがめた。子どもと話し慣れているように見えた。

「……うん」ほづみが消えそうな声で答えた。

「秋雄おじさん、ほづみちゃんをここに預けにくるとき、なにか言ってへんかった？」

「……夏休み」

「夏休み？」

「藤太おじさんと、夏休み、って」

それだけ言うのが精一杯らしかった。ほづみはうつむいてしゃくりあげた。

堅田の顔が強張った。なにか言おうとするのを、木谷が無言で首を振って止めた。

木谷は藤太に向き直り、険《けわ》しい顔のまま言った。

「申し訳ありません」

「いえ」藤太はカウンターに手をついて体重を支えた。すこし立っていただけなのに、足が棒のようだった。「ほづみ、もういい。部屋へ行ってろ」

ほづみは洟《はな》をすすりながら、のろのろと階段を上っていった。藤太はその後ろ姿を見ながら、木谷に言った。

「ほづみは秋雄が迎えに来ると……信じたいんです」

信じている、とは言えなかった。その言葉の意味がわかったらしく、木谷と堅田は軽く視線を交わしてから眼を伏せた。

藤太も信じていたかった。秋雄は無事だ。夏休みが終わる頃には、あの気持ちのよい笑みを浮かべながらほづみを迎えに来る。そう信じて待っていたい。だが、状況は悪い。秋雄だけではなく藤太もだ。

気を取り直したように、木谷が訊ねた。

「このお店は長いんですか？」

「親父がはじめた店です」

「ずっとおひとりでやってこられたんですか？　大変ですね」

近所に聞き込みをしたのなら、「まつ」がどんな店で、親子二代の亭主がどんな人間かはわかっているだろう。「まつ」は薄汚くてガラの悪い居酒屋。亭主は二代とも偏屈《へんくつ》、近所づきあいはない。取り柄《とりえ》はゴミの日を守ることだけ。大体そんなところに違いない。

畜生《ちくしょう》、と藤太は思わずかっとして自棄《やけ》になりかけた。調べたければ勝手に調べろ。好きにすればいい。おまえたちに俺のなにがわかる？　俺と秋雄のなにがわかる？　なにもわかるわけがない。わかるわけはないんだ。やりたければやれ。もうどうなってもかまうものか。

なにもかも放り出して大声で叫び出したいのをこらえ、藤太はなんとか平静に返事をした。

「それほどの店じゃないですよ」

「ずっとこちらにいらっしゃるんですか？」木谷が疲れた顔を隠さずに訊ねた。

「どういうことですか？」

「夏休みですから、ご旅行の予定でもおありかと」

「いいえ。店がありますので」

「そうですか。ではお忙しいところ失礼しました。なにかありましたら、なんでもご連絡ください。こちらからもご報告するようにします」木谷がもう一度店に眼をやった。「ほづみちゃんのことでも、生活安全課のものが相談に乗りますので」

「よろしくお願いします」

木谷と堅田は帰って行った。堅田はとうとう最後まで藤太とは一言も口をきかなかった。

藤太は夕刊を握りしめたまま、ぼんやりと立ち尽くしていた。先程の打ち水はもう乾きかけている。

秋雄は連れ去られたのだろうか。どこかに監禁されているのだろうか。まさか、もうすでに……。

汗が流れて眼に入った。藤太は乱暴に眼をこすった。

虎刈りだと秋雄が笑った頭から汗が噴き出してくる。厨房の暑さならいくらでも堪《た》えられる。だが、この陽射しには勝てそうになかった。容赦のない西陽に煎《い》られながら、藤太は思った。結局、なにに堪えられるか堪えられないかを決めるのは自分だ。どんなに酷《むご》いことでも平気で堪えられるときもある。だが、ほんの些細《ささい》なことが堪えられないときもある。

堪えろ。

藤太は心の中で怒鳴った。とにかく今は堪えろ。今は俺ひとりではない。今はほづみのことを考えるんだ。秋雄から預かった娘、いづみの娘のことを考えるんだ。

藤太は先ほど掛けた暖簾を下ろした。もう一度店に戻り、スツールに座った。すこしくらい店を開けるのが遅れてもかまわない。どうせ、もともといい加減な店だ。

カウンターに肘《ひじ》を突き、じっと背を丸めたまま藤太は動かなかった。そして、この二日ほどのことを考えた。たっぷり十五分は考えた。それから、手すりにつかまって階段を上り、ほづみの部屋の前に立った。中からは扇風機の規則正しい異音に混ざって、押し殺した泣き声が聞こえてくる。

ひとつ深呼吸して、埃《ほこり》だらけの廊下から声を掛けた。

「すまん。俺が悪かった」

話さなければならないことを整理してきた。うまく言えるかどうかわからないが、とにかくなんとか最後まで話さなければならない。

「謝ることはふたつある。まずひとつめ。朝のことだ。黙って出かけて悪かった。書き置きでもしていけばよかったのだろうが……情けないが、俺は書き置きが苦手だ」

はじめての失敗ではない。これで何度も女を怒らせてきた。これまで親しくなった女は何人かいたが、みな、うまくはいかなかった。うまくいくことを望まなかったわけではないが、特に望んだわけでもなかった。そうするうちに、いつも女のほうから離れていった。女たちはだれも藤太に同じことを要求した。口に出すか出さないかの違いだけだった。

——あんたのこと、もっと知りたい。自分のこと、もっと話して。

藤太の趣味であろうが好物であろうが習慣であろうが、なんであろうと知りたがった。書き置きの件もそうだ。藤太がふらりと出かけると、行き先を知りたがった。

——出かけるんやったら、メモくらい置いていって。心配になるから。

だが、何度言われようと藤太は自分のことを話せなかった。メモも書けなかった。面倒だったということもある。だが、本当の理由は違う。

「書く前に考えてしまう。だれが俺の行き先を知りたがる？　だれが俺のことを気に掛ける？　だれがわざわざ俺の書いたものを読む？　そんなことがあるわけがない。だれも俺のことなんか気にしない——。そう思うから、いつも書き置き一枚が書けない」

自分に関心を持つ人間がいる、というのが信じられない。女が泣こうがわめこうがどんな文句を言おうが、大げさに言っているとしか思えなかった。

「でも、これからは書くようにする。出かけるときはちゃんと書く」

ほづみは泣き止んだようだが、返事はなかった。

「一応、朝のことを言っておく。俺は大抵の朝は……飲んだくれてないとき以外は市場に仕入れに行く」藤太は開かない扉に向かって話し続けた。「中央卸売市場は三つに分かれてる。本場と東部市場と南港《なんこう》市場だ。俺が行くのは野田《のだ》にある本場。五時半過ぎに出かけて、遅くとも八時頃には戻ってくる。だから……」

だから心配しなくていい。そう言わなくてはならないことはわかっている。だが、どうしてもこれ以上は言えなかった。藤太が黙り込むと、扉が開いた。眼と鼻を真っ赤にしたほづみが立っている。

「じゃあ」額と鼻の頭に汗を浮かべ、すこし怒ったふうだ。「これから毎朝、藤太おじさんがいなくても心配しなくてもええの?」

「ああ」藤太はうなずいた。ほづみの顔を見るとほっとした。「それからふたつめ。せっかく手伝ってくれたのに、怒って悪かった。あれは完全に俺の八つ当たりだ」

ほづみと同じ歳の頃、藤太はやはり同じことをした。父に気に入られようと、褒《ほ》められようと、喜ばせようと、幼いなりに店の仕事をしようとした。だが、なにをやっても父に認められることはなかった。藤太の期待は常に裏切られ、なにひとつ望みは叶《かな》わなかった。

「昔、店を手伝おうとして、親父に叱《しか》られたことがある。そのときのことを思い出して、つい腹が立った。すまん」

四十を過ぎた今でもやはり苦しい。いい加減に忘れなければと思う。だが、どんなにしても忘れられないことがある。いまだに夢でうなされる。膝と同じで治ることのない傷だ。

「うん」ほづみが小さなため息をついた。「わかった」

「言い訳はしたくないが、嘘もつきたくない。だから言うが、俺はダメな人間だ。これからも、今日みたいなことをしてしまう可能性がある。かなりある」

ほづみが黙った。ため息すらつかない。

「本当にどうしていいかわからない。こんなにきちんと人と話したのは二十五年ぶりだ」

「え？」ほづみが驚いた。「二十五年ぶり？」

「二十五年ぶりだ」

ほづみはじっと藤太を見つめている。信じられないという顔だ。やはり、いづみとよく似ている。髪の細くて柔らかそうなところ、真っ直ぐなところ、真っ黒なところ。それに、鼻のかたち、歯のかたち。そして、切れ長の眼だ。

藤太は息をひとつ吸い込んだ。眼の前にいるのはいづみの娘、ほづみだ。思い切って言ってしまえ。

「今度は俺から頼む。ほづみ、手伝ってくれ」

こんなふうに父に頼まれたらどんなに嬉しかっただろう。――すまん、藤太。店を手伝ってくれ。だが、そんな言葉はとうとう一度も聞けなかった。

「いいの？」ほづみが驚いた顔をした。

ほづみを連れて店に下りた。新聞紙にくるんだままの枝豆を渡すと、ほづみが眼を丸くした。

「枝豆って……木？」

「枝についてるから枝豆」藤太はひとつサヤをもぎ取った。「枝からサヤを全部はずす」

「わかった」ほづみが慌ててスツールによじ登った。

無心に枝豆をむしりはじめる。すぐにザルがいっぱいになった。藤太はザルを受け取ると、さっと水洗いした。ボウルに移し、ふたたびほづみに枝豆を返す。

「サヤの両端をハサミで切る」ひとつ見本をやってみせた。

枝豆のサヤの両端を切り落とすと、塩味が浸《し》みやすくなる。手間はかかるが、するとしないとでは全然味が違う。

ほづみはじっと藤太の手許を見つめていた。頬が興奮して真っ赤になっていた。藤太はほづみにハサミを渡した。ほづみはおそるおそるといったふうに、枝豆にハサミを入れた。すると、ぱちん、とハサミが鳴った。

あの音だ。胸がうずいた。時間が戻る。二十五年前、いづみが同じ席で同じことをしていた。ぽつりぽつりと話しながら、藤太を手伝ってくれた。

ほづみは真剣そのものだ。ぱちん、ぱちん、と切り続ける。

「藤太おじさん」

我に返ると、ほづみがボウルを差し出していた。いつのまにか枝豆で一杯になっている。

藤太はボウルを受け取ると、ひとつかみ塩を振った。軽く塩で揉んでから、鍋に放り込んだ。ほづみは心配そうに見守っている。

「毎日枝豆切ってるん？」

「いや」藤太は鍋の中でぐるぐる回る緑のサヤを見ていた。「いつもは冷凍もの」

「じゃあ、今日は特別？」

茹《ゆ》であがった枝豆にもう一度軽く塩を振る。三つばかり小皿に取ってほづみに出した。ほづみはふうふうと吹いて冷ますと、器用にサヤから豆を食べた。無心に枝豆を食べるほづみを見て、藤太は慌てて背を向けた。急な動きに膝が軋んだ。

そうだ、今日は特別だ。二十五年間、ずっと冷凍ものでごまかしてきた。なのに、今朝ふいにいづみのことを思い出して、つい一級品の枝豆を買ってしまった。

「もう店を開ける。おまえは二階へ行け」

「でも……」

「手伝いはここまでだ。酔っぱらいの相手はさせられん」

「でも、ひとりで退屈やし。さびしいし」

たしかに二階にはなにもない。店を見渡すと、カウンターにある古いラジオに眼が留まった。今日のところはこれで我慢してもらおう。

「これでも聴いとけ」

ナイターが聴けないと客が文句を言うかもしれないが、知ったことではない。

「……わかった」ほづみは旧型のラジオを困った顔で受け取ると、諦めて階段を上がっていった。

ほづみの姿がなくなると、ふいに力が抜けた。

藤太は倒れ込むようにスツールに腰を下ろした。さっきまでカウンターに座っていたのは、手に入らなかった未来だった。こんな未来を思い描きながら、結局手に入れることができなかった。それが、今頃、こんなねじくれたかたちでやってきた。感謝すべきなのか。

いいや、と思った。感謝どころではない。ほづみは苦痛を運んで来た。今まで押し込めてきた過去を思い出させ、俺をえぐるためにやってきたようなものだ。

藤太はカウンター下のズブロッカを思った。切実に酒が欲しかった。一杯でいい。一杯でいいから、今すぐ一息にあおりたい。そして、なにも感じない、なにも思い出さない最低の阿呆《あほう》になれたら――。

その誘惑を懸命に振り切り、改めて暖簾を出そうと外に出た。店の前ではもう客がふたりも待っていた。

「大将」ハンチングをかぶった年かさの男が言う。凄味《すごみ》のきいた声だ。「どれだけ待たすんや」

「やっとか」もうひとりが肩を揺すった。「暑うて死にかけたがな」

どちらも、週の半分は夜を「まつ」で過ごす常連だ。父の代から通ってくるが名すら知らない。

ハンチングの男はもう七十は超えているだろうが、かなり大柄だ。廃業した元力士といっても通るだろう。見た目の怖ろしさでは「まつ」の常連の中でも一、二を争う。迂闊《うかつ》に話しかけるものはいない。指定席は一番奥のスツールだ。

男は褪《あ》せたハンチングを脱いでカウンターに放り出した。指の欠けた左手で藤太に合図する。藤太は黙って焼酎をロックで出した。男は残った三本の指でグラスを受け取ると、音を立てずに舐《な》めるように飲んだ。

もうひとりは五十代くらいだろうか。しょっちゅう首にコルセットをしていて、当たり屋ではないかとささやかれている。

「ほんまにサービス悪い店や。お待たせしました、の一言もあらへん」男は悪態をつくと、藤太の正面、真ん中のスツールに腰掛けた。「焼酎、牛乳割りや」

藤太はやはり無言で焼酎と牛乳とシロップをグラスに注いだ。男はずるずると音を立てながら飲んだ。

「しょうもない一日やった」牛乳割りを飲みながら男が繰り返し続けた。「ほんまにしょうもない」

藤太は黙って飯蛸を鍋に放り込んだ。これが「まつ」という店だった。

翌日は「バレエのお教室」の日だった。

レッスンに必要なものはすべて、秋雄が持って来たボストンバッグの中に入っていた。つまりは、連れて行けということだ。

厄介だな、と思った。バレエ教室は天満橋《てんまばし》のはずれだった。地下鉄で行くとすれば乗り換えがある。階段が多いし連絡通路も長い。おまけに、教室は駅からすこし離れている。膝の悪い藤太には辛い。

藤太は普段の移動には大抵カブを使っている。今乗っているのはカブ90カスタムで、二代目だ。セルスタートだから、藤太にはありがたいバイクだった。

だが、ひとつ問題がある。いつもはトロ箱を積んで走っているので、タンデムシートはない。ほづみを乗せるようにはできていない。藤太はしばらく迷ったが、やはりカブで行くことにした。この前、警察に行った日のことを思えば、地下鉄は二度とごめんだった。

ほづみはカバンにタイツやらレオタードやらを詰め込んだ。それから、薄暗い洗面所の鏡の前で、器用に髪の毛をまとめお団子をつくった。

藤太は裏口のカブの荷台に座布団をくくりつけた。座布団は何年も干していないので、湿って酸っぱい臭いがしていた。ヘルメットは二階の物置部屋から、藤太が昔使っていたものを引っ張り出してきた。サイズも合わないし傷だらけだが、仕方ない。

ほづみは座布団を載せたカブをじっと見つめている。喜んでいるふうには見えないが、いやがっているふうもない。未知の体験に戸惑っているが、それなりに期待をしているようだ。

ヘルメットをかぶらせるとかなり大きかったが、顎《あご》のベルトを短くしてなんとか固定した。座布団の上に座らせ、ステップに足を載せてやる。

「足、この棒から絶対動かすな」

「うん」

カブが走り出した途端、ほづみが懸命にしがみついてきた。小さな手が触れていると、腹が鈍《にぶ》く痛む。くそっ、と藤太は懸命に過去を押し込めようとした。たかがふたり乗り。ただそれだけのことではないか。

みなと通りを東に向かって走らせると、まともに西陽が背中に当たった。暑いはずなのに、身体中が冷たい汗で濡れている。藤太は肌を粟立て震えた。子どもの温《ぬく》もりはあまりにも苦しすぎた。


駐車場にカブを駐めスタジオに入った途端、藤太の想像をはるかに超える居心地の悪さがおそってきた。藤太のような種類の人間はだれひとりいない。いたるところにスーツ、巻き髪、ブランドバッグが溢れている。漂《ただよ》う香水の匂いはほとんど拷問《ごうもん》に近かった。

せめてヒゲだけでも剃《そ》ってくるべきだったか、と悔《く》やむがもう遅い。だが、見苦しいのは無精髭だけではなかった。くたびれたジーンズは穴が開いて膝が抜けかけ、シャツは店の暖簾並みに褪せていた。虎刈りの頭は脱走兵か囚人かというふうに見える。

母親たちの視線を避けるように、藤太は廊下の端に立った。

廊下の窓からレッスンの様子が見える。中には三種類の女の子がいた。ひとつはスカートつきのレオタードに白のタイツをはいたグループ。次は、スカートなしのレオタードにピンクのタイツをはいたグループ。残りの年かさの女の子たちはそれぞれ思い思いのレオタードに、タイツやらレッグウォーマーみたいなものをつけたりいろいろだ。ただ髪型はみな同じで、ほとんどの女の子が頭の上でお団子をつくっていた。

ほづみは白タイツのグループにいた。壁際のバーにつかまって、足を上げたり下げたり、身体を曲げたり反《そ》らしたりしている。

その様子を見て、藤太はリハビリをしていた頃を思い出した。まだ若い作業療法士に呆れられたものだ。

——正直言って、あなたはやる気があるのかないのか、まったくわかりません。

それでも、藤太は療法士の決めたメニューを無言で消化していった。療法士は不服そうだった。

——ただ受け身でこなすには辛いはずです。なのに、あなたは文句も愚痴《ぐち》も言わない。かといって、努力とか希望といった前向きの姿勢はすこしも感じられない。本当に不思議です。

不思議だったのは藤太も同じだ。自分でも、なぜこんな単調な訓練を続けているのかわからなかった。心の底では、リハビリなどしてなんになる、と感じていた。どうせ、狭い店の中を這《は》いずり回るだけだ。多少膝が曲がらなくても、それほどの不便があるとは思えない。それに、俺は胸を張って大股《おおまた》で歩けるような人間ではない。背を丸め足を引きずって歩くべき人間だ。そう思いながらも、なぜかバーにつかまってリハビリ室の中をぐるぐると歩き続けた。

だが、その単調な訓練で藤太はある知識を得た。痛みはありがたいということだ。痛みがあればなにも考えずにすむ。なにも思い出さずにすむ。決してほかのことではそうはいかない。痛みの唯一で最大の効能は、思い出さずにすむということだった。

いつの間にかバーレッスンが終わっていた。白タイツたちはジャンプをはじめた。両手を頭の上に差し上げ、足を前後に大きく開いて跳ぶ。着地して数歩すり足をし、また足を開いて跳ぶ。それを繰り返して、スタジオを端から端まで何度も往復していく。

藤太はうめいて窓から背を向けた。廊下の突き当たりのドアから駐車場に出た。建物脇には大きな桜の木が一本、細長い影を落としている。その影がぎりぎり届くところにベンチがあった。藤太は足を引きずりながら、ベンチに腰を下ろした。

思い出さずにはいられない。たとえこの膝が逆にへし折られようと、引き裂かれてちぎれようと、どんな痛みも思い出すことを止められるわけがない。藤太と秋雄にとってバレエとはバレリーナが踊るものではなく、西陽の射す工場でいづみが踊るものだった。

藤太はベンチでぼんやりと西の空を見上げた。ビルの向こうに中途半端な夕焼けが広がっている。

このままどこかへ逃げ出せたら、とほんの一瞬本気で思った。

レッスンが終わる時間になりスタジオにほづみを迎えに行くと、受付の女に呼ばれた。

「森下ほづみちゃんの保護者の方でいらっしゃいますか？」

「……ええ」

「佐伯秋雄さんのこと、ニュースで拝見しましたが」首から紐《ひも》で名札を提《さ》げている。吉川《よしかわ》香《かおり》とあった。やはり団子髪だった。「立ち入ったことをお訊きして申し訳ないのですが、ほづみちゃんは今はどこにお住まいですか」

「うちで預かっていますが」

「そうなんですか」安心したように笑ったが、眼は笑っていない。「この教室は続けられるおつもりですか？」

「一応、そのつもりです」

「そうですか。失礼ですが、お名前をおうかがいしてもよろしいでしょうか」

「中井です」

「……さしあたり、当分は中井さんがほづみちゃんの保護者ということでよろしいでしょうか？」

吉川香はすこし迷って、さしあたりという前置きを口にした。無論、秋雄の生死がはっきりしないということもあるが、それ以上に保護者という言葉が到底藤太にはそぐわないからだろう。

「はい」

「では、手続きをお願いしたいのですが」

藤太は舞台写真がずらりと並んだ応接室に招き入れられ、何枚も書類を書かされた。同意書、誓約書、各種変更届、緊急連絡先などなどだ。

「すみませんが、緊急時のために携帯の番号もお願いします」

「ないんですが」

「は？」吉川香が素《す》っ頓狂《とんきょう》な声を上げた。

その瞬間、ふいに藤太はなにもかもが面倒になった。どう思われてもかまうものか、と投げやりに返事をした。

「携帯は持ってない」

「え、持ってないんですか？」

「持ってない」

「じゃあ、ほかに連絡がつく番号をお願いします」

「それもない」

藤太の家には黒電話が一台。自宅も店も同じだ。吉川香はしばらく黙り込み、藤太をちらっと見上げた。

「では、結構です。次にお月謝のことですが……」

携帯を持っていないというのは、どうやら致命的だったようだ。すべての書類を書き終えてよそよそしい挨拶をするまで、吉川香はもう口をきかなかった。

しばらくロビーで待っていると、着替えを終えた子どもたちがロッカールームから出てくるのが見えた。その中にほづみもいた。不安そうにあちこちきょろきょろと見回していたが、藤太を見つけると途端にほっとした顔をした。慌てて駆けてくる。藤太の前まで来ると、小さな声でよかった、と言った。藤太はどきりとした。先ほど逃げ出したいと思ったことを、見透かされたかのようだった。

廊下は次のレッスンを待つ女の子たちで溢れていた。女子高生をかき分けながら、藤太は早足で駐車場に向かった。無理に足を引きずると、サンダルが床にこすれて耳障りな音を立てた。くそ、どうかしている。落ち着け、と思う。

「携帯、持ってるか?」適当な話題を口にしてみる。

「ほら、これ」

ほづみが差し出したのはピンク色をした二つ折りの携帯だ。バレリーナの衣装を着たクマがぶら下がっている。

「藤太おじさんのは?」

「持ってない」

「え? ケータイないの?」

「ない」

ほづみが信じられない、という顔をする。まだ子どもなので遠慮がない。

藤太は携帯もパソコンも持っていない。というより使ったことがない。ないことはほかにもある。車の免許もないし、学歴もない。父が死んだ後、「まつ」を維持するのに精一杯だったからだ。

一方、秋雄は東大を出て司法試験に一発で合格し、少年事件では有名な弁護士になった。二十五年前は西陽の射す工場で遊んだ仲だが、決定的に道が分かれた。

「大人でケータイ持ってへん人、はじめて見た」ほづみがしみじみと感心していた。

駐車場でほづみの友達と一緒になった。上品そうな母親がついていて、ひとりはアウディ、もうひとりはセルシオだ。母親はどちらも栗色の巻き髪で、藤太に胡散臭《うさん》げな視線を投げている。女の子はふたりともお団子頭で、藤太には区別がつかなかった。

ほづみをカブの後ろに乗せようとすると、そのうちのひとりが近寄ってきた。

「ふたり乗り？」

「うん」ほづみが嬉しそうに答えた。

「いいなあ。かっこいい」女の子は本当にうらやましそうだった。「リサも乗ってみたい」

ほづみがなにか答えようとしたとき、片方の巻き髪が慌ててやってきた。

「すみません。ご迷惑をお掛けしました」

すこしも心のこもらない声で言い、リサの手を引っ張ってアウディに押し込んだ。残念そうなほづみにヘルメットをかぶせようとして、藤太はふと思い出した。

「脚を前と後ろに大きく開いてジャンプしたやつ、あれ、なんて言うんだ?」

「グラン・ジュテ」

ほづみはすっと両手を頭の上に伸ばし、駐車場の白線の上を跳んで見せた。そうして、すこし得意気な顔で振り向いた。

藤太はヘルメットをほづみにかぶせてつぶやいた。

グラン・ジュテ。

あのネジ工場が焼け落ちたのは、もう二十五年も前、風のない冬の夜のことだった。


翌日、開店時刻を前にまだ藤太は迷っていた。

自分の判断が正しいのか自信がない。本当にこれでいいのだろうか。俺はとんでもない非常識なことをしているのではないだろうか。

ほづみは下ごしらえのすんだ枝豆を前に、不思議そうに藤太を見ていた。さっさと茹でればいいのに、と眼で催促をしている。

「藤太おじさんがせえへんのやったら、あたしがするよ」とうとう痺《しび》れを切らした。

その瞬間、決心がついた。藤太は思いきって言った。

「今夜から店を手伝ってくれ」

「お店も？　ほんとにいいの？」ほづみが驚いた顔で訊き返した。

「おまえに手伝ってもらいたい。頼む」

「あたしに？」藤太の言葉を聞くと、ぱっとほづみの顔が輝いた。

「ああ。でも最初に言っておくが、相当ガラの悪い客も来る。覚悟しておいてくれ」

「わかった」ほづみがうなずいた。

父の代から通っている救いようのないアル中もいるし、聞くに堪えない言葉を口にするものもいる。酔って絡んだり、くだを巻いたり、ケンカをはじめるものだっている。だが、店の物を壊されない限り、面倒くさいので放っておく。そんな店だ。

だが、それでもほづみに手伝ってもらおうと思った。藤太には、ほづみをなぐさめたり安心させたりすることはできそうにない。なにかできることはないかと一晩考えた挙げ句に思いついたのが、店を手伝わせることだ。リハビリと同じだ。身体を動かしていれば、いやなことを考えずにすむ。

「あたし、なにしたらいい？」ほづみがいそいそとスツールから滑り下りた。

「客が来たら割り箸《ばし》を出す」藤太は答えた。

「お客さんが来たら、割り箸を出す」ほづみが復唱した。

「客が帰ったら、皿を下げてカウンターを拭く」

「お客さんが帰ったら、お皿を下げて、カウンターを拭く」

ほづみは大真面目に言うと、じっと藤太を見つめた。藤太は慌てて眼をそらした。

「練習してもいい？」

ほづみの眼を見ないようにして、割り箸を渡した。ほづみは真剣な顔で割り箸をカウンターに置いた。

「これでいい？」

「ああ。それでいい」

ほづみがぱっと笑った。よほど嬉しかったらしい。藤太は息が詰まりそうになった。ほづみはしばらく笑っていたが、やがて思い出したように訊ねた。

「おしぼりは？　おしぼり出さんでええの？」

「そんなものはない」

ふうん、とほづみがおかしな顔をして、藤太はすこしだけ恥ずかしくなった。久しぶりに思い知らされた。「まつ」はおしぼりすら出さないレベルの店だった。

その夜、店にはいつものように常連が顔を並べた。

割り箸を配るほづみを見て、指のないハンチング帽の男も牛乳割りを飲む男も一瞬絶句した。ほかの客たちも藤太とほづみの顔をこっそり見比べている。亭主の愛想のなさは知っているため、声を掛けていいのか戸惑っているらしかった。みな黙って様子をうかがっていたが、やがてひとりの男が声を上げた。

「なんや、えらい別嬪《べっぴん》さん連れ込んだな。大将のコレか？」

六十を超えたほどの男が馴《な》れ馴れしく話しかけてきた。髪を茶に染め、太いネックレスをしたひどい酒焼けの男だ。古くからの常連だが、あまり好ましくない客の筆頭だ。ハンチングの男は荒《すさ》んではいるが、ほかの客と揉めたりはしない。だが、この男は下劣な冗談で他人をからかう癖がある。他人を怒らせてケンカになったことも一度や二度ではない。

早速の軽口に、藤太は思いきり男をにらんだ。

「今度、そんなこと言ったら出て行ってもらう」

店の中が静まりかえった。藤太の言葉が予想外だったようだ。ネックレスの男は信じられないといったふうで口をだらしなく開けて藤太を見つめていたが、やがて気を取り直して怒鳴った。

「客に向かってなんや、その口の利《き》きかたは。えらそうに」男が同意を求めるように、周囲の客を見渡した。「なあ」

客たちはちらっと藤太を見て、みな慌てて眼をそらした。よほど物騒な顔をしているらしかった。ほかの賛同が得られなかった男は鼻白《はなじら》んで、乱暴に煙草を揉み消した。

「どうせ、大将の隠し子とかそんなんやろ。いや、それとも、別れた嫁はんが新しい男と暮らすいうて、邪魔になった子ども押しつけた。……どや、図星か」

藤太は黙って串を置くと、厨房から出た。

「なんやなんや」

驚く男の襟首をつかんでスツールから引きずり下ろした。ネックレスが首に食い込み、男が蛙《かえる》に似た声を上げる。そのまま、入口まで無理矢理に歩かせると、放り出して戸を閉めた。

「こら、なにすんねん」男の怒鳴り声がして、入口の戸が揺れた。外から蹴りつけているらしい。「おまえの親父の代から通てるんやぞ、わかってるんか」

藤太は男の言葉に思わず噴き出しそうになった。たしかに、あの男はもう三十年も「まつ」に通ってきている常連だ。だが、心を許したことなど一度もない。あの男に限らず、藤太はすべての常連に一線を引いてきた。どんなに親しげな言葉を掛けられても、どんなに失礼な態度を取られても、ただ相手にしなかった。

「わざわざこんな店に来てやってるんや。感謝するのはおまえのほうやろうが」

たしかに、と藤太はもう一度笑いをかみ殺した。この薄汚い店であの男が無駄にした金と時間を思うと、申し訳ないような気さえした。

引き戸が揺れてびりびりと震えた。「まつ」の戸が頑丈なのは、酒に酔った父が勢いで建具屋に不相応な発注をしたからだ。ほんの一瞬父に感謝しそうになり、藤太は慌てて自分を怒鳴った。バカ野郎。たとえ一瞬でも、あの男に感謝などするな。たとえどんなことがあろうと、毛ほども感謝などするな。

しばらくすると音も止んだ。諦めたようだ。店の中は静まりかえっている。ほづみが心配そうに藤太を見上げた。藤太はなにもなかったように、ほづみに指示を出した。

「カウンター、片付けてくれ」

「うん」ほづみがほっとした顔でうなずく。

「うん、じゃない。はい、だ」

「はいっ」ほづみが慌てて言い直した。危なっかしい手つきでグラスと皿を下げる。

「あと、これで拭いとけ」

ダスターを渡すと、力を入れてカウンターをごしごし磨《みが》きはじめた。その様子に、周りの男たちの顔が緩《ゆる》んだ。

「枝豆」ハンチングが言った。

藤太は枝豆の小鉢《こばち》をほづみに手渡した。ほづみは小鉢を両手で包むように持ち、そろそろとハンチングの席まで運んだ。

「おう」ハンチングが三本指の手を突き出した。

小鉢を差し出そうとしたほづみの動きが止まった。

「なんや」ハンチングが低い声で言った。「どうかしたんか」

店中がみな、ふたりのやりとりに聞き耳を立てていた。ハンチングの左手には小指と薬指がない。詰めたわけではなく港の倉庫で働いていたとき荷で潰《つぶ》しただけなのだが、それを知っているのは藤太だけだ。ほかの客はその筋の人間だと思っていた。

「反対の手で持ったほうがいいです」ほづみがおずおずと、でも真剣な顔で言った。「お皿、落としたら大変やから」

ハンチングはしばらくの間ほづみの顔をじっと見ていた。そして、なにか釈然《しやくぜん》としない顔でうなずいた。

「そやな。落として割ったら大変やな」今度は右手をのろのろと差し出した。

「どうぞ」

ほづみが小鉢を手渡すと、ハンチングはなにか口の中でつぶやいて受け取った。それきりなにも言わず、背を丸めて枝豆を食べた。

いつの間にか、常連たちは孫ほどの年齢のほづみが働くところを懸命に眼で追っていた。

「掃《は》き溜《だ》めに鶴や」ハンチングがうつむいたまま、ひとりごとを言った。

「いや、まだ鶴の子やな」牛乳割りだった。

周りの客が驚いてふたりを見た。自分で返事をしておきながら、牛乳割りも驚いた顔をしている。しまった、なぜ答えてしまったのだろう、という様子だ。しんと「まつ」が静まりかえるなか、ハンチングが突然笑いだした。

「なるほど、うまいこと言いよる」ハンチングは赤黒い顔を震わせて楽しそうだった。「そや。鶴の子や」

「ああ。鶴の子や」牛乳割りがほっとしたように笑った。

藤太は顔には出さなかったものの、意外な展開に驚いていた。藤太が怒るよりも、ほづみの無心な仕事ぶりのほうが効果があった。この子どもはたったひとりで、かなりガラの悪い連中に自分を認めさせてしまったのだ。

「この子は鶴の子や。まだまだこれからや」

ハンチングは大真面目な顔で宣言し終わると、ほづみを見ながら静かに笑っていた。グラスに指の欠けた手を置いてはいたが、それ以外はまるでまともな隠居に見えた。

「しかし、大将でも怒るんやな。なに言われても、いっつも黙ってるだけやのに」牛乳割りがしみじみと驚きを表した。

藤太は返事をせずに薬味《やくみ》の大葉を刻んだ。


その夜、店を閉めたあと、藤太はほづみを呼んだ。

「手伝ってくれて助かった」

改まって言うのは不自然かもしれない。だが、藤太がどんなふうに言っても不自然になるのは確実だ。だったら、開き直って正攻法《せいこうほう》で話すしかない。

「ほんま?」ほづみの顔がぱっと輝いた。「ほんまに助かった?」

ほづみの嬉しそうな顔が照れくさい。藤太は慌てて話を変えた。

「明日は忙しいから早く寝ろ。二階を片付けておまえの部屋を作る。それに、買い物にも行かなきゃならん。布団とか扇風機とか……ほかになにかあったら言ってくれ」

「シャンプーとコンディショナー」

「え、ああ」

シャンプーはわかるがあとのひとつはわからない。だが、ほづみが必要なら買えばいい。

「それから、お絵かき帳と色鉛筆も。それから……」ほづみが真剣な顔で考え込んだ。「それから、なんやろ?」

「ヘルメットだ」藤太のほうが思いついた。「ヘルメットもいる。夏休みの間だけとはいえ、サイズの合わないぼろヘルメットじゃ危ない」

「ヘルメット? あたし専用の? ほんま?」

ほづみはやったあ、と言いながら狭い店の中を跳ねた。子どもは嬉しいとき本当に跳ねるのだ、ということを藤太は四十にしてはじめて知った。

ほづみが店を手伝うようになると、すこしずつ「まつ」の雰囲気が変わっていった。相変わらず客層は悪かったが、猥語卑語《わいごひご》のたぐいを大声で口にする者は減った。たった一言でもほづみをからかう者がいれば、藤太は遠慮なく叩き出した。ほづみに酌《しゃく》をさせようとした客と殴り合いにもなった。それでも、「まつ」はすこしずつよい店に向かっているらしかった。

「まつ」のどこかに細い線が引かれた。それ以上は落ちないという一線だった。

そうやって、七月が終わった。

＊

八月一日の朝だった。

仕入れから戻った藤太はほづみと一緒に洗濯をした。ずっと秋雄とふたり暮らしだったせいか、ほづみは思ったよりも家事ができた。掃除をしろと言えばきちんと掃除機を掛けたし、風呂を洗ってくれと言えばちゃんと洗った。

だが、洗濯は無理だった。藤太の家の電化製品はなんでも古い。扇風機やテレビ、ラジオがそうだったように、洗濯機もかなりの旧型だ。おまけに二槽式《にそうしき》だから全自動のようにボタンひとつというわけにはいかない。濡れた洗濯物を洗濯槽と脱水槽の間を行ったり来たりさせるのは面倒だし、結構な力仕事だ。手順を憶えて慣れるまでは、一緒にやるしかない。凄《すさ》まじい音を立てて振動する洗濯機を前に、ほづみが呆れ顔をした。

「こんなうるさい洗濯機、はじめて見た」

そのあと二階の窓に洗濯物を干した。ほづみは干すのは上手だった。洗濯物の皺《しわ》を伸ばし、藤太よりずっときれいに干した。秋雄の仕込みらしい。さすがだな、と言うと本当に嬉しそうな顔をした。

昼飯がすむと、ほづみは絵を描くといって二階へ上がっていった。映らなくなったテレビを諦め、最近では部屋でラジオを楽しんでいるようだ。藤太は開店準備まで、店の奥の六畳間で昼寝をすることにした。

どれくらい寝ただろうか。ほづみに起こされた。

「……ラジオで秋雄おじさんのこと、言ってた」

ほづみの顔は真っ青だった。

その日の午後、ひとりの少年が家裁の前で焼身自殺をした。自室から遺書が見つかり、マンションに火をつけ佐伯秋雄を殺害したことが書いてあった。少年は神戸で起こったある少年事件の被害者の家族だった。遺書にはさらにこうあった。これはただの復讐《ふくしゅう》ではない。少年法と、少年犯罪の弁護士、そして、家庭裁判所に抗議するために死ぬのだ、と。そして、少年は遺書をこんな言葉で終わらせていた。

目には目を、火には火を、と。

2

琵琶湖《びわこ》から流れ出て大阪湾《わん》に注ぐのが淀川《よどがわ》だ。

淀川は現在二本ある。大川と呼ばれる旧淀川と、明治の改修で造られた新淀川だ。二本の川は毛馬《けま》の水門で分かれ、大川は南へ、新淀川は西へと流れていく。

大川は場所によって呼び名が変わり、大阪の中心地、中之島《なかのしま》あたりでは島を挟んで堂島川《どうじまがわ》、土佐堀川《とさぼりがわ》と二つに分かれる。合流すると今度は安治川となり、海近くではさらに支流に分かれていった。

そんな支流の町に「まつ」はある。このあたりは海抜《かいばつ》が低く、過去の台風で何度も高潮の被害に遭《あ》っていた。戦前なら室戸《むろと》台風、戦後ならジェーン台風、第二室戸台風と、そのたびに町は水に浸《つ》かった。「まつ」も一階部分が浸水したそうだ。

みな、藤太の生まれる前のことだが、店の客から繰り返し聞かされたせいで、まるで自分の経験のように思うときがある。屋根に上って救助を待ったこと、道路が運河のようになって、ボートが行き来していたこと――。今は、それぞれ河口に防潮《ぼうちょう》水門が整備された。もう台風が来ても、町が水に浸かることはない。

燃えた秋雄の住まいは毛馬水門のすこし下流、大川を見下ろす高層マンションにあった。

広い河川敷《かせんじき》は公園として整備され、遊歩道沿いには桜並木が続いている。コンクリートの護岸と倉庫が並んでいた安治川河口とはまるで違う光景だ。

それでも、秋雄は川のそばを選んだ。あの男は、と藤太は思った。やっぱり川から離れられなかったのだ。


木谷と堅田は朝一番でやってきた。この前、署の応接室で話したときよりも、ずっと表情が険しくなっていた。藤太はふたりを店に招き入れた。

「酒、水、牛乳、レモンスカッシュ。どれにしますか？」

「いえ、お構いなく」木谷がにこりともせずに言った。「家裁前での焼身自殺の件はご存知ですか？」

藤太は水のグラスを二つ置いた。思い切り乱暴に置いてやった。

「できればニュースになる前に教えてほしかった。ほづみがショックを受けたんです」

「申し訳ありません。こちらも確認に手間取りました」木谷と堅田がそろって頭を下げた。

藤太との暮らしを受け入れ、ようやくほづみが落ち着いてきたところだ。なんとかふたりで夏休みを過ごそう、と思いはじめた矢先の出来事だから余計に腹立たしい。

「神戸の少女殺害事件のことはご存知ですか？」木谷は水を一口飲んで話を続けた。

「多少は。秋雄が担当した事件でしょう？」

藤太は立っているのが辛くなってきた。厨房を出て、刑事ふたりから離れたスツールに腰を下ろした。

「そうです。自殺した少年は、神戸の事件の被害者の兄です。彼は何度か事務所まで押しかけ、佐伯弁護士とトラブルになっていました」

「じゃあ、秋雄がほづみを俺に預けた理由は、その少年とのトラブルを避けるためですか？」

「その可能性もあります」木谷はカウンターの上で指を組んだ。「ですが、佐伯弁護士はその件に関してさまざまな中傷や嫌がらせを受けていましたので、特定はできません」

「嫌がらせ？」

「ネット上での中傷や、事務所へ脅迫まがいの抗議電話もあったそうです」

藤太はあの夜の秋雄を思い出した。あの男は昔と変わらず穏やかに笑っていた。だが、実際はトラブルまみれだったということか。

「秋雄はまだ見つからないんですか？」

「少年の遺書にはマンションに火をつけ佐伯弁護士を殺した、とありましたが詳しいことは書かれていません」それから、と木谷はさらに水を一口飲んだ。「佐伯弁護士の部屋から検出されたガソリンと少年が自殺に使ったものは、同じ種類である可能性が高いそうです」

「じゃあ、その少年が夜中に秋雄のマンションに侵入し、ガソリンを撒いて火をつけ、秋雄を殺した……ということですか？」

「いえ。侵入というのは違います。たまたま同じ階の住民が見たというんですが、零時頃、佐伯弁護士の部屋に来客があったそうです。まだ若い男で、顔見知りのようだった、と」

秋雄が店に来たのは十時過ぎだ。十分ほどいただけで帰ってしまったが、家で少年と会う約束があったからなのか。

「秋雄はまだ見つからないんですか？」

「火災現場には遺体はありませんでした。別の場所で殺害されたのかもしれませんが、当の少年が亡くなっている以上、手がかりがないんです」

「防犯カメラは？　最近のマンションはそういうのがあるんじゃないですか？」

「少年がマンションを出て行くところは確認できました。ですが、佐伯弁護士が出て行った様子はありませんでした」

「まさか、秋雄はまだマンションにいる、と？」

「いえ、非常階段にはカメラがないので、もしそちらを使ったなら把握《はあく》のしようがありません」

「じゃあ、車は？　どうして車がないんです？」

「少年がマンションを出てしばらく経った頃、北へ向かう白のプリウスが、コンビニの防犯カメラなどに映っていました」

「じゃあ、秋雄は生きてるんですね」

「運転者まではわかりません。もし仮に佐伯弁護士が車を運転していたとしても、少年の遺書が真実ならそのあとどこか別の場所で……という可能性も」

木谷が口をつぐんだ。気休めを言うつもりはないらしかった。

「少年事件の弁護士が少年に殺された。こんな皮肉があるか」

藤太は吐き捨てるように言った。認めたくはなかったが、秋雄はたぶんもうこの世にはいない。

すると、今まで黙っていた堅田が口を開いた。

「少年がらみではどうしようもないんです。迂闊《うかつ》なことはなにもできない。少年の両親も一切協力してくれません。当たり前ですよ。娘は殺され、息子は放火殺人で自殺ですから」Yシャツに汗を浸《しと》ませて、堅田が擦《す》り切れたように笑った。「仲のいい幸せな家庭だったそうです。それが、突然こんなことになってしまった。母親はまともに話ができなくなって、今、入院してますよ。父親は五十なのに今は七十に見えます」

今まで我慢してきたものが溢れ出してしまったというふうだ。この男にはこの男なりの屈折があるらしかった。

「堅田」木谷が鋭く言って黙らせた。「この件に関して、こちらにも少年を擁護《ようご》する電話が何本もありました。佐伯弁護士のことをよくは思っていない人たちからです。そういった人間がいることを理解しておいてください」

藤太は黙ってうなずいた。容易に想像がつくことだった。

「改めて参考人としての供述調書を取らせていただきたいのですが。この前一度うかがっていますので、それほど時間はかからないと思います」

「わかりました」

時間を打ち合わせると、木谷と堅田は帰って行った。

藤太はひどい疲れを感じた。膝がまたじくじくと痛み出した。

なぜ、秋雄を殺した少年は、妹を殺した直接の加害者に復讐しなかったのだろう。たとえ、今は少年院の中だとしてもそのうち出てくるのだ。待って復讐すればいい。なのに、秋雄を焼き殺してさっさと自分は自殺した。相手が違うではないか。

だが、藤太には少年の怒りが理解できるような気がした。直接の加害者はクソだ。カスだ。畜生だ。そうやって怨《うら》めばいい。憎《にく》めばいい、軽蔑すればいい。わかりやすい相手だ。

なのに、その畜生を守るシステムが世間では正しいとされる。それが許せないのだ。たとえば少年法は子どもを守るための正義の法のはずだが、ひとりの子どもを守れば別の子どもを守らない。だれかを守るために別のだれかを犠牲にして、どうだ、と得意な顔をする。自殺した少年にしてみれば、秋雄は理不尽な正義をふりかざすペテン師だ。

だが、と藤太は思った。少年は間違っていない。正しいのは少年で、間違っているのは秋雄だ。そのことを一番よく知っているのは秋雄のはずだった。

歯を食いしばりながら膝をさすっていると、ほづみが二階から下りてきた。

「刑事さん、なんて？」むくんだ顔はまるで別人だった。

「捜査中らしい」

「秋雄おじさん、死んだん？」

「わからない」

「殺されたん？」

「わからない」

ほづみは食い入るように藤太を見上げていたが、突然ぺたりと座り込んだ。

「もし死んでたら、もうずっと会われへんの？」

「死んでいればな」

ひどい返事だと思うが、嘘をついてどうなるものでもない。秋雄が殺されているのはほぼ確実で、ただ遺体が見つからないだけだ。藤太は痛む足をひきずって、ほづみの前に立った。見下ろし、詫《わ》びる。

「すまん。俺はうまく言えない」

「わかってる」ほづみはうつむいた。「そんなん、もうとっくにわかってるから」

ことの起こりは半年前だった。

夜、十時過ぎのことだ。遊び仲間の少年三人が、いつものようにコンビニの前で座り込んでいた。そこへ、塾帰りの女子中学生が通りかかった。少年のひとりが声を掛けた。だが、女子中学生は相手にしなかった。無視された少年は恥をかかされたと思い、女子中学生を追いかけて軽く殴った。

本当はそこで終わるはずだった。だが、仲間のひとりが「ぬるい」と少年をからかった。少年はライターを取り出し、少女に火を近づけて脅《おど》した。すると、突然少女の服が燃え上がった。表面フラッシュという現象だった。怖くなった少年たちは少女を見捨てて逃げた。

捕まってから、少年たちはこう言った。

「受験勉強でイライラしていた」「殺すつもりはなかった」「火で怖がらせてやろうと思っただけだ」

少女は十三歳、少年たちは十四歳だった。少年たちに非行歴はなかった。逆送は行われず、事件は非公開の少年審判で決着した。その付添人が佐伯秋雄だ。

家裁の前で焼身自殺をしたのは、焼き殺された女子中学生の兄だった。兄は高校生で、日頃から妹をかわいがっていたという。少年たちの処遇に強い不満を持っていて、日頃から怒りを口にしていたそうだ。少女の兄は秋雄のマンションに火を放ち、家裁の前でガソリンをかぶった。遺書にあったのは、「目には目を、火には火を」という言葉だった。

家裁の前で、少年犯罪被害者の家族が抗議の焼身自殺。

それはことの起こりの少女殺害事件よりも、もっと衝撃的だった。事件の関係者がみな少年のため、実名も写真も報道されることはなかった代わりに、秋雄の名と写真が便利に使われた。たまたま通りがかった電器屋のテレビでは、家裁前の広い階段を上る秋雄の姿が流れていた。藤太は顔を背けて通り過ぎた。ほづみがいなかったことが幸いだった。

新聞やラジオのニュースでは、「少年の遺書に殺害をほのめかす内容があった」という言いかたがされた。だが、「佐伯弁護士の安否が気遣われます」という言葉とは裏腹に、秋雄の死はほとんど確定事項として扱われた。

藤太は映らなくなった家のテレビに感謝した。アナログ停波、地デジ化万歳だ。秋雄のニュースをほづみに見せずにすむ。

天気予報が見られなくてもかまわない。どうせ今夜も熱帯夜だ。酒なしでは眠れない夜がやってくるだけだった。

*

少年の焼身自殺から一週間が経った。

暦は立秋だ。夏が終わったらしいが、藤太とほづみの夏休みは最悪の状態で続いている。

ほづみは一週間バレエを休んだ。藤太は調書を取られた。秋雄は行方不明のままだった。

実感のない死は重苦しかった。せめて秋雄の遺体が見つかれば、ほづみもすこしは楽になれるだろう。死を受け入れ、区切りを付ける準備ができるだろう。だが、秋雄はあの夜、ほづみを預けて行ったままだ。だから、夏休みが終われば迎えに来るはずだった。

ほづみはもう泣かなかった。だが、あまりしゃべらなくなり、不安定になった。ちょっとした物音に怯《おび》えたかと思うと、呆《ほう》けたようにぼんやりすることもある。外で遊んでこい、と藤太が言っても、つまらなそうな顔ですぐ戻ってきてしまう。二階の自分の部屋にこもり、ラジオをつけっぱなしにして絵ばかり描いていた。

それでも、客の前では普段と同じように笑顔を見せ、枝豆を運んだ。店の手伝いをしているときは、幾分だが生気が戻るようだった。客の中ではハンチングだけが、ほづみのわずかな変化に気付いた。だが、ハンチングはほづみにはなにも言わなかった。焼酎を飲みながらただ一言、藤太にこう言った。

「大将」鋭い眼だった。「しっかりせえや」

藤太は痛いところを突かれ、うなずくことすらできなかった。

実際、藤太は途方に暮れていた。この前のように怒ったり、すねたり、泣きじゃくったりしてくれたほうがマシだった。黙りこくられたのではどうしようもない。そもそも藤太が無口なのだから、ほづみが話さなければまったく会話がなくなってしまう。だが、それがわかっていても、相変わらず藤太はうまく言葉を掛けることができない。秋雄の死が辛いのは藤太も同じだ。今から二十五年前、あの頃、藤太のそばにいてくれたのは、秋雄といづみだけだった。秋雄とはまるで性格は違ったが、互いに気を許しあった。四十年生きてきた中で、もっとも幸せだった数年間だった。

秋雄の死を悲しみたい。ズブロッカを浴びるほど飲んで、店の床に反吐《へど》を吐くまで飲んで、そのまま眼が覚めなくてもいいと思えるほど飲んで、飲んで飲んで飲みまくりたい。だが、今はほづみがいる。哀しむことすらできない。

開店準備をする時間が来た。

藤太は厨房に入った。湯を沸かし、ザルと枝豆を出す。

「ほづみ」階段の下から呼んだ。

ラジオの能天気なおしゃべりが止んで、ほづみが下りてきた。無言でスツールによじ登り、枝豆のサヤを外し、ハサミを入れはじめた。その眼にはなんの輝きもない。はじめて枝豆を茹でた日とはまるで違う。機械的に手を動かしているだけだ。

「枝豆のことだけ考えろ」藤太は包丁を並べ、砥石《といし》を取り出した。「怪我をするぞ」

余計なことを考えると怪我をする。

ほづみの母、いづみもそうだった。あの頃、夏を過ぎたあたりから、怪我が増えた。ハサミで手を切った、焼き台にうっかり触れた、串で自分の指を刺したなど、そのたびにいづみは笑った。——あたし、不器用やなあ……。

あのときのいづみの顔が浮かぶ。消えかけた語尾を引きずるように、笑っていた。

思い出すな。膝だ。膝の痛みを感じろ。

事故から十五年近く経った今でも、ビスとボルトで継ぎ接《は》ぎした人工関節がなじむことはない。一秒も休むことなく、違和感として鈍い痛みを発し続ける。

膝に埋めた人工関節には寿命があって、保《も》って二十年ほどだと言われた。そのとき、藤太はまるで実感が湧かなかったのをはっきりと憶えている。自分が四十過ぎまで生きているとは到底思えなかったからだ。だが、いつの間にかもう四十だ。最近、膝の痛みが強いこともあって、思っていたよりも手術は早いかもしれない。もうしばらくは保つと思っていたが、見通しが甘かったようだ。

藤太は砥石に水を掛け、包丁を研ぐ準備をした。ほづみに眼をやると、先ほどよりは集中しているようだ。すこし眼に力が戻って一心に枝豆を切っている。藤太はすこし安心して、出刃を研ぎはじめた。

ふと、思った。いづみのことを話してやれば喜ぶだろうか。昔、おまえの母親もここで笑って枝豆を切っていたんだぞ、と教えてやれば元気がでるだろうか。

眼を輝かせるほづみが想像できたが、藤太は思い直した。きっと、ほづみは言うだろう。

もっと話して。もっとお母さんのことを話して。身を乗り出して、藤太を質問攻めにするだろう。もしそんなことを言われたら、なにを話せばいい？　いづみがどうなったか、それを訊かれたらどう言えばいい？　あのあと、いづみがどうなったか——。

そんなことは到底言えない。だから、秋雄も憶えていない、と言うしかなかったのだ。

「くそっ」

藤太は指を押さえた。血が人差し指の腹から噴き出た。子どもに注意しておいて自分が怪我をしている。しかも、毎日の包丁研ぎでだ。一体、どんな阿呆だ。

「大丈夫？」ほづみが痩《や》せた顔で訊ねた。

「ああ」藤太は顔を上げずに返事をした。


店を開ける時間になった。

親友が死のうと、押しつけられた子どもが落ち込もうと、生活のためには働かなければならない。秋雄の置いていった五百万はあるが、できることなら手を着けたくなかった。今さら見栄《みえ》を張ってどうなるものでもないが、女の子のひとりくらい自分の力でなんとかしたい。

そして、と藤太は思った。秋雄がほづみを迎えに来たら、さらりとそのまま返すのだ。

——この五百万、別に必要なかった、と。

暖簾を出しながら、藤太は歯を食いしばった。いい加減にしろ。秋雄が迎えに来る可能性は低い。期待などすれば後が辛いだけだ。

仕事をはじめると、さすがにほづみも落ち込んでいる暇はないようだった。カウンターを拭いたり、グラスを出したりと無心で動き回っている。

最近、ハンチングは皆勤《かいきん》だ。焼酎片手に枝豆を口に運んでいる。ほづみが隣の客にビールを運んで来たときだった。

「美味いな」指の欠けた手で枝豆をつまみ上げた。「これ、おすすめか？」

いつも仏頂面《ぶっちょうづら》のハンチングから声を掛けられたのが意外だったようだ。ほづみはしばらく当惑していたが、やがて恥ずかしそうに言った。

「……おすすめです」

「そうか」ハンチングはそれだけ言うと、また黙った。

おすすめ、か、藤太は心の中でつぶやいた。あまり聞きたくもない言葉だった。「まつ」にはメニューのたぐいがない。「刺身」と言われれば、その日仕入れた魚を出す。「串」と言われれば、その日仕込んだ串を出す。「なんかくれ」と言われれば、「なんか」を適当に出す。藤太の父親の代から、ずっとそれでやってきた店だった。

「ほづみちゃん、おすすめの枝豆、俺も欲しいわ」

「わしも」

日頃無口なハンチングだから、一言に影響力がある。突然、枝豆が売れ出した。自分が下ごしらえをした枝豆を褒《ほ》めてもらえたのが、よほど嬉しかったらしい。ほづみは久しぶりに眼を輝かせ、真っ赤になって枝豆を配って歩いた。

「大将。おすすめやったら『本日のおすすめ』いうて、大きく書いて壁に貼っとかなあかんで」

客のひとりが話しかけてきたが、藤太は顔も上げなかった。愛想が悪いのはいつものことなので、客はだれも文句を言わない。

「ほづみちゃん、おすすめはほかになにがある？」

「えーと」ほづみがちらりと藤太を見た。

「イワシ」

「イワシです」ほづみが藤太の言葉を伝えた。

「イワシか。じゃあ、大将、それ焼いてくれ」

「刺身にもできるが」新鮮ないいイワシだった。焼くのはもったいない。

「今日は焼いてくれ」

仕方ない。藤太は黙ってイワシに塩をして焼き台に載せた。じきに派手に煙があがる。「まつ」の換気扇は古いので、あまり換気効率がよくない。たちまち厨房が煙だらけになった。

そのとき、ぼっという音がして焼き台のイワシと網に火が点いた。一瞬だが高く火柱が上がる。脂の多い魚は仕方ない。イワシを裏返そうと菜箸《さいばし》を取ったときだった。

「火事？」ほづみが悲鳴を上げた。手に汚れた皿を持ったまま、立ち尽くしている。

「イワシの脂が燃えただけだ。火事じゃない」

藤太が言い聞かせたが、ほづみは眼を見開き震えたままだ。顔には血の気がない。

「火事になるん？　このお店も燃えるん？」

その言葉を聞き、ほづみが怯えた理由がわかった。急いでイワシをシンクに投げ捨て、焼き網に水を掛けた。大きな音がして水蒸気が上がった。客がみなこちらを見た。

「火事にはならない。店も燃えない」ほづみの眼を見ながら繰り返す。「大丈夫だ」

「大丈夫やね？　ほんまに大丈夫やね？」ほづみはすこしずつ落ち着いていった。「火事なんかなれへんよね」

「ああ。火事になんかならない」

「うん」ほづみは深呼吸を繰り返しながらうなずいた。

「どうする？　今日はもう上がるか？」

「ううん」ほづみは青い顔のまま首を振った。「まだやる」

「よし」

客たちは心配げにほづみを見つめている。藤太は何事もなかったように網の始末をした。

「今日は焼き物は終わりだ」そして、イワシを頼んだ客に言った。「刺身にしてくれ」

翌日はバレエ教室の日だった。

一週休んだので、今日はどうしても行かなければならなかった。ひとりで通わせるには少々遠いので、藤太の送迎が必要だ。先々週は開店を遅らせてバレエ教室に行ったが、これからずっとというわけにはいかない。日銭商売なので、休めば休んだだけ稼《かせ》ぎが減る。頭の痛い問題だった。

藤太はいつもより早めに開店準備をはじめた。バレエ教室から戻ったらすぐに店を開けられるようにするため、あらかたの作業をすませておかなければならない。ほづみは枝豆を切り、藤太は蛸の下ごしらえに取りかかった。

蛸を塩で揉んでぬめりをとり、まな板の上に載せた。大根を取り出す。蛸を柔らかくするには、根気よく大根で叩いていくのが一般的だ。

藤太は大根を蛸に振り下ろした。ばん、と大きな音がして、ほづみが顔を上げた。藤太の仕事を眼を丸くして見ている。

なにか言ってくれ、と藤太は思った。跳ねて騒いでもかまわない。すこしでいいから笑ってくれ。頼む。

だが、ほづみはにこりともしなかった。しばらく蛸を見つめていたが、ふたたび黙ってハサミを動かしはじめた。

秋雄、と藤太は心の中で呼びかけた。俺はだめだ。やっぱりなにもできない。どうすればいいのかわからない。

やりきれない思いで、藤太は蛸を叩き続けた。

準備がすむと、ほづみをカブに乗せて店を出た。

藤太は途中のバイクショップに寄った。ヘルメットを買う約束だった。

ずっと押し黙ったままのほづみだったが、色とりどりのヘルメットが並んだ棚を見ると途端に表情が変わった。ほづみが見つめているのは、ピンク色のヘルメットだ。その一列はカラフルな女性用のヘルメットが並び、花や蝶をプリントしたものまである。だが、みなジェットだった。どうせなら、安全を考えてフルフェイスにしたほうがいい。

「子ども用はこっちだ」

藤太が言うと、ほづみは名残惜しそうにピンクのヘルメットの前を離れた。

子ども用のヘルメットをいくつかかぶって試してみる。一番合ったのはアライのアストロライトだった。ほづみは一目見て白を選んだ。

白か、と思った。思い出すな、と慌てて記憶を押し込める。いづみではない。眼の前のほづみのことを考えろ。

真っ白なヘルメットのほづみは、頭でっかちの雪だるまか、耳のとれた兎《うさぎ》かといった具合だった。ヘルメットをかぶったまま歩くと、頭が左右にぐらぐら揺れて見えた。鏡を見たほづみがシールドの向こうで笑った。

藤太はほっとした。このまま元気になってくれ。泣いている子どもを見るのは辛い。泣いている女の子を見るのは辛すぎる。

だが、ヘルメットを脱いだほづみは、もう笑ってはいなかった。それどころか眼に涙を薄く浮かべ、口をへの字にしている。

「秋雄おじさん死んだんやから、はしゃいだらあかん」怒ったようにつぶやくと、顔を伏せた。

藤太はなにも言えず、ため息をついて支払いをすませた。

バレエ教室に着き、駐車場にカブを駐めた。座布団から下りると、ほづみは苦労してヘルメットを脱いだ。顔は真っ赤で一面に汗が浮いている。ほづみは髪に手をやって困った顔をした。見ると、出かける前につくった団子がすっかり崩れている。泣きそうな顔で髪をなでつけていると、後ろから甲高《かんだか》い声が聞こえた。

「ほづみちゃん、それすごい」アウディの窓にリサの顔があった。「かっこいい」

リサは車を降りると、ほづみのところまで駆けてきた。

「そのヘルメット、ほづみちゃんの？」ヘルメットをのぞき込んだ。

「……うん」ほづみはすこし気圧《けお》された様子だ。

「メチャメチャかっこいい。いいなあ」

「ほんま?」ほづみがおずおずと訊ねた。「これ、かっこいい?」

「うん。ほんまにかっこいい」リサはわめき立てながら、ほづみの周りをぐるぐると回った。

「あたしもそんなん欲しい」

「これ、藤太おじさんに買ってもらってん」ほづみがヘルメットを抱きしめた。「さっき買ったとこ」

「えー、いいなあ」

ほづみはすっかり表情が和《やわ》らぎ、久しぶりに声を立てて笑っていた。ふたりは歓声をあげながら、ロッカールームに駆け込んでいった。藤太はリサに感謝した。

どんなに辛くとも、ほんのすこしの言葉さえあればやっていける。藤太にはよくわかっていた。秋雄といづみはいつでも褒めてくれた。それが一杯のレモンスカッシュでも、あり合わせの食事でもだ。あの頃、藤太がやっていけたのはふたりのおかげだった。

だが、そのふたりはもういない。世話になった俺だけがのうのうと生きている。

うずく心を押し殺し、藤太はふたたびカブにまたがった。レッスンが終わるのは一時間半後。あまり時間はない。さっさと用事を片付けなければならなかった。

天満橋を南に下って谷町筋《たにまちすじ》を走ると、左手に大阪城が見える。

大阪市内を南北に走る道路は大抵、筋と呼ばれる。その中でも主要な道路が、御堂筋《みどうすじ》、四《よ》つ橋《ばし》筋、堺《さかい》筋、谷町筋、松屋町《まつやまち》筋だ。どれも渋滞を防ぐため一方通行になっているが、唯一両方向に走ることができるのが谷町筋だ。この一帯は府庁と国の行政機関が並んでいて、弁護士事務所や司法書士事務所が集中していた。

秋雄の所属していた弁護士事務所も谷町筋に面する古いビルにあった。空襲にも焼け残ったらしい古い建物で、かつて心斎橋《しんさいばし》にあった百貨店に雰囲気がよく似ている。中へ入ると天井の高いホールはひやりと涼しかったが、エレベータは今にも止まりそうなほど遅かった。

弁護士事務所を訪ねると、通されたのはやはり応接室だった。藤太はすこしおかしくなった。警察署、バレエ教室、そして弁護士事務所。もう何年も応接室などに縁はなかったのに、一体どうなっているのだろう。

「先日は失礼いたしました。お忙しいところをご足労願いまして、申し訳ございません」

すぐに葉山和美がやってきた。白のブラウスに紺のパンツをはいている。この前見たときよりも明らかに痩せていた。

「いえ」藤太は年代物の黒革のソファから腰を浮かし、軽く頭を下げた。

アイスコーヒーが運ばれてくると、早速話をはじめた。

「佐伯弁護士は生前、死後事務委任《いにん》契約をすませていました」

「死後事務？」

すると、葉山和美は大きな茶封筒からファイルを取り出した。

「葬儀や埋葬、債務の弁済《べんさい》、賃借《ちんしゃく》建物の明け渡しといった、人が死んだ後に発生するさまざまな事柄です。それとは別に当事務所に委託がありました。自分が森下ほづみの養育の責《せき》をまっとうすることができなくなった場合、中井藤太を森下ほづみの後見人として指定する、と」

手回しのいいことだ、と思った。なにもかも秋雄の決めたとおりに進んでいる。勝手に決めて、勝手に死んだ。だが、仕切り屋のくせに肝心なところで投げ出してしまう癖は、相変わらずだった。

「佐伯弁護士とは親しくされていたんですか」

「いや、二十五年会ってません」

「二十五年も？」葉山和美が驚いて眼を見張った。「電話やメールでは？」

「それもありません。中学を出てそれきりです」

「じゃあ、森下ほづみさんのことはご存知なかったんですか？」

「まったく」

「私たちもそうでした。事務所の者はだれひとり、佐伯弁護士が女の子を引き取って育てていることを知りませんでした。一言、言ってくれたら、力になれることだってあったのに……」葉山和美は小さなため息をついた。

「ほづみは秋雄の娘というわけではないんですか？」

「認知はしていません。あくまで後見人という立場でした」

もし、秋雄がほづみの父なら、絶対に認知をして責任を取ったはずだ。それをしなかった以上、秋雄とほづみには親子関係はないということだ。

「秋雄は例の少年とトラブルになっていたと聞きましたが」

「ええ。そうです」葉山和美が一瞬眼を伏せた。「あの少年は何度も電話を掛けてきましたし、ここにもやってきました。かなり感情的になっていました」

「そのとき秋雄は？」

「誠実に応対していました。成人相手なら法的措置《そち》に訴えるところなのですが、相手が少年ではそうもいきません。でも、今から思えば対応を間違えたのかもしれません。もっと毅然《きぜん》とした態度を取っていればよかったのですが」

「でも、秋雄が望まなかった？」

「そうです。相手は被害者の兄ですから、その気持ちを一番に考えなければ、と言っていました。少年はかなり興奮してひどい言葉を投げつけることもあったんですが、佐伯弁護士は辛抱強く話を聞いていました。でも、その後はひどく疲れた様子で、苦しそうで本当に気の毒なほどでした」葉山和美が声を詰まらせた。「佐伯弁護士はずっと長い間、難しい少年事件に真摯《しんし》に取り組んできたんです。なのに……」

そうだ。秋雄はいつでもやさしくて真面目だった。俺に親切にしてくれた。藤太は右膝を思い切り手で押さえた。跳び上がるほどの激痛がやってくる。ありがたい痛みだ。うめき声をかみ殺しながら、なんとか話を元に戻した。

「秋雄が俺を予備の後見人に指定したのはいつですか？」

「七年前ですね。佐伯弁護士が森下ほづみさんの後見人になったとき、この書類が作成されています」

「そんな昔からトラブルの予想を？」

「さあ、そこまでは。でも、慎重なかたでしたから」

「じゃあ、ほづみの母親に関してわかることは？」

「森下いづみさんは現在所在が不明です」

「え？」藤太は息を呑んだ。「秋雄はとうに死んだ、と」

「そうなんですか？」葉山和美が驚いた顔をした。「こちらはなにも聞いていません。死亡届は出ていませんが」

「まさか、いづみは生きているのか？」藤太は勢い込んで訊ねた。「だとしたら、今、どこに？」

「今回、連絡を取ろうとしましたが、生存も死亡も確認できませんでした。佐伯弁護士がそう言ったのだとしたら……」

藤太は眼を伏せた。先ほど舞い上がった心が一瞬で叩き落とされた。生きていると信じたいが、秋雄が嘘をつくはずはない。やはり、いづみはこの世にいないのか。

「秋雄の遺体は見つかっていないのに、勝手に俺を後見人にしていいんですか？」

「佐伯弁護士が後見人としての不適格な状況にあるのは、疑う余地はありません。佐伯弁護士の意志も書類で確認できますし、中井さんご自身にも問題もありません。家裁に中立てをすれば選任されると思います」

一度会ったきりの胡散《うさん》臭い男に向かって問題ない、と言い切るということは最低限の身元調査はすんでいるのだろう。幸い前科はない。税金の滞納もない。国保はずっと納めていないが、そもそも六十過ぎまで生きるつもりはない。とりあえずはまっとうな市民というやつだ。だが、なにか釈然としない。

「俺の意志は？」思わず乱暴な言い方になった。「二十五年も会っていない友人に、突然子どもを押しつけられたんだ。これは普通か？」

「いえ、ですが」

うろたえた葉山和美を見て、藤太は軽い自己嫌悪を感じた。これは八つ当たりだ。

「後見人は引き受けます。書類やら手続きやらは任せますから」葉山和美がなにか言い返そうとしたのを遮《さえぎ》り、藤太は立ち上がった。「秋雄のことだ。不備はないでしょう？」

「ええ」葉山和美は冷静を装《よそお》って、藤太に書類を一枚手渡した。「家裁に未成年後見選任の中立てをするので、戸籍謄《とう》本《ほん》の全部事項証明書を一通、準備しておいてください。そのほかにも追加書類の提出を求められる場合もありますので、ご了承ください。詳しい説明はここに書いてあります」

そろそろバレエ教室に戻らなければならない。ドアに向かいかけたとき、葉山和美が思い切ったふうに言った。

「森下いづみさんというのは、どんなかただったんですか？」

「憶えてません」

「昔、森下いづみさんと佐伯弁護士はなにか関係があったんですか？」

「さあ」

「じゃあ、森下いづみさんと親しかったのは、中井さんなんですか？」葉山和美が藤太を探るように見上げた。

「いえ、別に」

思わずむっとした。不快が声に出ると、葉山和美が冷静に詫びた。

「申し訳ありません。先程、中井さんは、いづみ、と呼び捨てにされたので」

藤太は黙った。迂闊にしゃべって、これ以上詮索《せんさく》されたくなかった。

「ほづみちゃんの父親のことが少々気になりまして」葉山和美はとってつけたように笑った。

「佐伯弁護士が父親でない以上、一体だれが？　と思ったわけです」

「俺じゃありません」

「そうですか」葉山和美が事務的にうなずいた。

信用されてないのか、どうでもいいのかよくわからなかった。

葉山和美はしばらく秋雄のファイルを見つめていたが、すこし投げやりな口調で言った。

「一体、佐伯弁護士はなにを考えていたんでしょうね。独身男性がひとりで子どもを育てるなんて、大変なことだと思います。ましてや、赤の他人の子どもの後見人になるなんて……正直、異常に感じます」

言うだけ言うと、葉山和美が黙り込んだ。そして、ファイルを応接セットのテーブルの上に放り出すように置くと、はっきりと悔《くや》しそうな顔をした。

藤太はのろのろと降りるエレベータに毒づきながら、ビルを出た。

ハンドルに引っ掛けておいたヘルメットをかぶり、カブにエンジンを掛ける。思ったよりも時間がかかった。このままでは、ほづみを待たせることになってしまう。藤太は限界までアクセルを開けた。ひどい音がしたが、気にしてはいられなかった。出足のよくないカブに信号のたび苛々《いらいら》しながら、藤太は秋雄のことを考え続けていた。

たしかに、弁護士という職業柄、なにかしらのトラブルは覚悟していただろう。だが、はなからスペアを用意したのは、不測の事態に備えただけではないはずだ。

秋雄も俺と同じだ、と思った。自分が生き続けていくということを信じられなかったに違いない。藤太が人工関節の再置換《ちかん》手術まで生きているとは思えなかったように、秋雄も自分が生き続けていくとは思えなかった。いつかきっとそう遠くない日に、自分はこの世からいなくなるだろう。寿命をまっとうできるはずがない。当たり前だ――。きっと、秋雄もそんなふうにしか考えられなかったのだ。

バレエ教室に戻ると十五分の遅刻だった。

ほづみは着替えを済ませてロビーで待っていた。藤太を見つけると、嬉しそうに駆け寄ってきた。ヘルメット効果か、上機嫌のようだ。

「藤太おじさん、遅い」

「すまん」

ほづみの後を追って、受付の吉川香がやってきた。藤太の顔を見ると、ごく丁寧だが嫌悪を隠せないふうで言った。

「お迎えが遅れるときは、ご連絡いただけると助かります。余計な心配をせずにすみますので」

「はい」

「携帯をお持ちになったほうがいいのでは？　小さなお子さんがいるなら、必需品だと思いますよ」

藤太は返事をせずに背を向けた。そのまま無言で駐車場へ向かった。ほづみが藤太の険しい顔に気付いたか、すこし顔を曇らせる。

「吉川さんね、ずっと心配してた。おじさんは本当に迎えに来るの？　本当に来るって言ってた？　って。だから悪気はないと思う」

　藤太はやはり返事をしなかった。ほづみは吉川香をかばったつもりらしい。だが、かばうつもりが藪蛇《やぶへび》だ。つまりは、藤太はまるで信用されていなかったということだ。ほづみを置き去りにしたのではないか、と思われていたのだ。

　腹が立ったが、当たり前だという気もした。子育てが似合わないのは当たり前だ。あんなお上品な連中の中では、俺は完全な異分子だ。胡散臭く思われても仕方がない。それに、実際に逃げ出したいと思ったことがある。

　だが、そんなふうに自分を納得させても不快が消えるわけではない。藤太はほづみを乗せて乱暴にカブを発進させた。ほづみが小さな悲鳴を上げた。

　きっと、ほづみは俺と秋雄を比べて幻滅するだろう。それだけではない。俺と一緒に暮らすことで、周りに引け目を感じるようになるだろう。こんな男と暮らさなければならない運命を怨むようになるだろう。それは、秋雄といれば一生感じずにすんだものだ。

　藤太は舌打ちした。また、なにもかもひねくれて考えている。子どものようにすねている。いい加減にしなくてはと思うが、一度裏道に迷い込んだ感情が大通りに戻るのは難しい。わかっていてもできないことがある。藤太にとって、世の中のほとんどのことは「わかっていてもできないこと」のような気がした。

そのとき、突然眼の前に大きな壁が現れた。藤太は慌ててブレーキを踏んだ。車線変更をしてきたトラックに気付くのが遅れたのだ。後続のタクシーがクラクションを鳴らす。ほづみが悲鳴を上げて藤太にしがみついた。子どもの手が腹に食い込んだ。

藤太はうめいた。突然、思い出してしまった。いづみの手が腹に食い込んだことがあった。あのときは嬉しくてたまらなかった。いづみの手は俺を心地よくさせてくれた。なのに、今はどうだ。いづみの娘、ほづみの手は責め立てるだけだ。

カブを停めてほづみを下ろした。このまま運転しては事故を起こしかねない。傷だらけのハーフヘルメットを脱ぎ、ガードレールにもたれて眼を閉じた。自分の情けなさを呪《のろ》った。どれだけ子どもの前で醜態をさらせば気がすむのだろう。

「大丈夫？」ほづみが藤太の顔をのぞき込んだ。

なにもかも同じだ。昔、いづみもこうやって気遣ってくれた。なぐさめられて心地よかった。だが、と思う。今はもうだめだ。甘えるな。四十にもなって子どもに気遣われてどうする？　しっかりせえや、とハンチングにも叱られたではないか。

ひとつ深呼吸をして顔を上げたとき、道路脇の喫茶店が眼に入った。店の前にホワイトボードが置いてある。本日のおすすめ。ハンバーグセット。オムライスセット。ワンコイン五百円――。

ぼんやりとホワイトボードを眺めながら、自分に言い聞かせた。なんとかして踏みとどまらなければならない。いづみの娘だ。秋雄に託された娘だ。どんなに最低でも、最低なりにできることをやらなければならない。

藤太はほづみを乗せるとふたたび走り出した。だが、まっすぐ店には戻らず、道路沿いのホームセンターに寄った。ほづみを連れて店舗用品というコーナーへ向かう。

「なに買うん？」

「新しい仕事だ」

答えになっていないと思ったが、それ以上説明するのが面倒だった。藤太は棚を見渡した。さまざまな種類のボードが並んでいる。ホワイトボードにコルクボード、黒板もある。藤太は中くらいの大きさのホワイトボードを選んだ。

「なんに使うん？」

「おすすめを書く。おまえの仕事だ」

「あたしが？」ほづみが驚いた顔をした。「書いていいん？」

藤太は無言でうなずいた。結局、これしか思い付かなかった。おすすめという言葉にいい思い出はない。だが、藤太ができるのは店のことだけ。ほづみに新しい仕事をつくってやるだけだ。

「うん。わかった。あたし、書く。きれいに書くから」一瞬でほづみの顔が輝いた。

藤太はほっとした。だが、胸に鈍い痛みを感じた。こんなことで喜んでしまう、子どもという生き物が苦しくてならなかった。

レジに向かう途中、ふと気付いて消火器を手に取った。ほづみがはっとして藤太を見上げた。

「念のために買う。これがあれば安心だ」

「うん」ほづみがうなずいた。


店に戻ると、ほづみは早速包みを開けてホワイトボードを取り出した。スツールによじ登って、マーカーのキャップを開ける。

「ねえ、なんて書くん？」

「まず、本日のおすすめ、と書く」

ほづみはボードの右端に、本日のおすすめ、と大きく書いた。「本」という字が一番大きく「め」が一番小さい。全体的に斜めになっていて「の」のあたりで左に曲がっている。

「書けた。次は？」

「枝豆」藤太は答える。枝豆はこれから毎日おすすめだ。

「枝……豆、と」

ほづみは真剣そのものだ。バランスの悪い子どもの字で、お世辞にもきれいとは言えないが文句は言えない。

「それから？」

「蛸」

「た、こ」ボード一杯に書いていく。「それから？」

「イサキ」

「イサキってなに？」

「魚」

「それから？」

「おばけ」

「おばけ？」ほづみが素っ頓狂な声を上げた。

「鯨《くじら》の皮を晒《さら》したもの」

たったそれだけの説明だが、ほづみは納得したようだった。おばけ、と書き終えると満足そうにホワイトボードを見た。

「これでいい？」

藤太がホワイトボードを壁に掛けると、ほづみはうなずいて得意げに笑った。

下ごしらえをすませた蛸を冷蔵庫から出した。スダチと柚子胡椒《ゆずこしょう》を添えて、蛸ぶつにする。ただ切っただけのように見えるが、活《い》け蛸の下準備に手が掛かっている。

まともな蛸を出すのは久しぶりだった。すこし前までは、茹でた蛸を買ってきて適当に切るだけだった。だが、ほづみが来て以来、すこしまともなものを出してみようかという気になってきた。もしかすると、「おすすめ」はほづみではなく、本当は藤太がやりたかったただけかもしれない。

ほづみはよほど嬉しいのか、ずっと鼻歌を歌っている。カウンターを拭きながら、くーもーりーガラスの……と歌い出すのを聴いて、藤太は噴き出しそうになった。寺尾聰《てらおあきら》の「ルビーの指環」だ。とんでもない懐メロだ。二階でずっとラジオを聴いているせいらしい。

「ねえ、前から思ってたんやけど」ふいにほづみが歌うのをやめて、藤太を見た。「藤太おじさんは東京の人やの？」

「いや」

どんなに無口でいても、年に一度は、こんな問いを投げかけられる。大抵の場合、純粋な疑問というよりは、不快やら怒りといったものが込められているので厄介だ。

「じゃあ、なんで東京弁やの？」

ほづみは不快こそ示さなかったが、遠慮のある口ぶりがかえって不自然だ。

「べつに意味はない」

大阪弁をしゃべらないと決めたのは小学校の頃だった。以来、決心が揺らいだことはない。

「ふうん」ほづみは納得したのかしないのか、よくわからない返事をした。

暖簾を出す前に、藤太は買ってきた消火器を厨房の隅に置いた。

「あたしにも使える？」

「ほづみは使うな。下手に火を消そうとして逃げ遅れたら大変だ」

「でも、念のために」ほづみが真剣な顔で訴えた。

知っていないと不安らしい。仕方なしに説明した。

「まず、黄色の安全ピンを引き抜く」上に引っ張る真似をする。「それから、ホースを外して、ノズルを火に向ける。先を持つんだぞ」

「うん」

「それから、このレバーを握る。そうしたら消火剤が出る」

ほづみは復唱した。「黄色いのを上に抜いて、ホースを外して、先を火に向ける」

「そうだ。前が見えなくなるくらい煙が出るが、慌てるな」

「うん」ほづみは大きくうなずいた。

消火器ひとつでずいぶん落ち着いたようだ。藤太もほっとした。

店を開けると、初日からホワイトボードは好評だった。ガラの悪い常連たちは口々にほづみの字を褒めた。

「なんや、大将。結局、本日のおすすめ、はじめたんかいな」

「でも、これでちょっとはマシな店になったたな」

「そや、高級になった」

ついすこし前までは、くだを巻いてカウンターにグラスを叩きつけ、床に串やら枝豆のカラが落ちようが平気でいた、どうしようもない連中だったはずだ。なのに、店にほづみがいるだけで、浮かれて舞い上がっているように見える。

この男たちはこんな些細《ささい》なことにすがりついてまで、なぐさめられたいのだ。そう思うと、藤太はふと軽い無力感にとらわれた。それは藤太の父親と藤太が二代かかっても、提供することのできなかったものだ。

常連とも交わらずにきた藤太だから、この男たちがどういう日々を送っているのかは知らない。ただ、まともな家族がないのだろう、ということだけは想像がついた。もともとないのか失ったのかはわからないが、十歳の女の子に割り箸をもらって喜ぶ様子を見れば、いろいろあったのだろうとは思う。

「蛸」ハンチングが、いつもより一品多く注文した。

店を開けて一時間ほどで蛸も枝豆も売り切れた。「本日のおすすめ」の効果はたいしたものだった。ほづみが赤のマーカーで、ホワイトボードに「売り切れ」の字を書き入れたときだった。いきなり、表の戸が乱暴に開いた。

「大将、久しぶりに来たで」

戸にもたれながら立っているのは、以前ほづみをからかって叩き出された男だ。相変わらず太いネックレスを胸元に光らせている。年齢にそぐわない茶色の髪がひどく下品に見えた。ほづみは心配そうに藤太を見た。

ネックレスは店を見回した。だが、空いている席はなかった。

「なんや、いっぱいか」ネックレスは舌打ちした。「珍しいこともあるもんや。なんでこんなに繁盛してるんや。なあ？」

ネックレスは大声を張り上げたが、だれも答える者はいない。ハンチングはじろりとにらんだだけで横を向いたし、ほかの客も知らぬふりだ。無論、藤太もまな板から顔を上げない。イサキを丁寧に刺身に作っていく。

「だれか返事せえや、こら」無視されたネックレスは入口脇に積んであったビールケースを蹴飛ばした。「ちょっとガキが来たからいうて、なんや、おまえら。気持ち悪いんや」

空のビールケースが壁にぶつかって、大きな音を立てた。藤太は刺身包丁を置いた。

「なんや、やる気か？　ええんか？　そんなことして」ネックレスが得意気に声を張り上げた。「この大将、なんかやばいことやったらしいで。警察が大将のこと訊いて回ってた、って近所のもんが言うとったわ」

くそ、と思った。ほづみの前でこれ以上言わせるか。

厨房を出ようとしたとき、ハンチングが立ち上がった。無表情でネックレスに近づいていく。ネックレスは後退《あとずさ》りした。

「……おまえ」ハンチングが低い声で言った。「そんなことして、おもろいんか?」

藤太は心の中で笑いをかみ殺した。これでヤクザでないというのだからおかしなものだ。ネックレスはなにか言おうとしたが、結局なにも言い返せなかった。捨て台詞《ぜりふ》すら残せず、店から出て行った。

藤太は黙ってハンチングに頭を下げた。ハンチングは何事もなかったかのように席に戻り、残りの蛸を口に運んだ。ほづみはビールケースを片付け、イサキを運んだ。だれもネックレスのことを口にする者はいなかった。

「ほづみ」藤太は客の様子を見た。どうやら一段落というところだ。「晩飯にしろ」

ほづみの晩飯は手が空《す》いたときになる。六時前に食べるときもあれば、八時近くになるときもある。あまり遅くならないように気遣うが、客が立て込むとなかなか難しい。

「ほづみちゃん」客のひとりが声を掛けた。「ゆっくり食べ。急がんでええから」

「はい」

ほづみは嬉しそうに返事をして、六畳間に御飯と汁を運んだ。藤太がきゅうりもみとしめ鯖《さば》を手渡そうとしたとき、突然、外で大きな音がした。

なんだろうと藤太は外に出た。すると、ネックレスがなにか道路に叩きつけている。よく見ると、「まつ」の郵便受けだ。外れかけていたのを、もぎ取ったのか。

「くそ、バカにしやがって」今度は郵便受けを足で思い切り踏みつけた。「アホか」

通行人が立ち止まって呆れた顔で見ていた。だが、ネックレスは完全に我を失っている。何度も何度も郵便受けを踏み続けた。

藤太はかっとした。殴ってやろうと思ったが堪《こら》えた。今、これ以上の警察沙汰《ざた》は賢くない。黙って店に引き返すと、蛇口にホースをつないで栓をいっぱいに開けた。ネックレスにホースを向け、顔を狙う。次の瞬間、勢いよく噴き出した水がネックレスの顔面に当たった。

「なにするねん」驚いたネックレスが叫んだ。

ネックレスは両手で顔を覆い、逃げようとする。追うように藤太は水を浴びせ続けた。ひたすら顔を狙う。

「やめろ、こら」息のできなくなったネックレスは顔を振って、口をぱくぱくさせた。「やめてくれ」

道路に倒れ込んでうつぶしたところに、角度を変えてさらに水を当てる。ネックレスはアスファルトにできた水たまりの中に顔を突っ込み、激しく咳き込んだ。藤太は無言でさらに水を浴びせた。そのとき、突然水が止まった。振り向くとハンチングがいた。ハンチングはホースを取り上げると、藤太の頬をひとつ張った。

「阿呆。やりすぎや。見てみい。ほかの人まで濡れとる」

藤太はあたりを見回した。逃げていくネックレスの後ろ姿が見えた。それだけではない。

ズボンの裾を濡らしたサラリーマンが舌打ちしていた。胸と腹に大きな染みを作った男もいる。

しまった、と思った。ついやりすぎた。せっかく殴らずに堪えたのに、このザマだ。

「藤太おじさん」ほづみがいつの間にか横にいた。すこし怯えた顔だ。

「すまん」藤太は唇を噛《か》んだ。こんなつもりではなかった。

そのとき、ハンチングが叫んだ。

「今、濡れたもん、大将がすまんから一杯おごる言うてるで」藤太を押しのけ手招きする。

「はよ、店入れ。ほら、遠慮せんと」

「そんな勝手な……」

ハンチングに言い返そうとすると、ほづみがすっと前に出た。

「どうぞ、いらっしゃいませ」ぺこりと頭を下げる。

「ほづみちゃんのほうがよっぽど賢い」ハンチングが鼻で笑った。「商売いうもんをわかってる」

藤太は黙って店に戻った。ほづみに招き入れられた客がふたり、遠慮しながら入ってきた。

「ほら、席、空けたれ」

ハンチングと牛乳割りが自分の席を新客に譲った。ほづみはもう中ジョッキを用意している。藤太が無言でビールを注ぐと、ほづみはせっせと、とばっちりの客に運んだ。

ひとりめのとばっちりは、絵に描いたような初老のくたびれたサラリーマンだった。ネクタイは馬が一頭大きく描かれた西陣織で、馬鹿馬鹿しいほど太い。

「えらい騒ぎやったけど、一体、なにがあったんや？」

馬ネクタイがハンチングに訊ねた。だが、ハンチングはあっさりと無視した。馬ネクタイは仕方なしにビールを一口飲んで、言い訳のようにつぶやいた。

「しかし、この店、何十年も前からあるのは知ってたけど、まさか自分が入るとは思えへんかったなあ」

「たまたま通りがかっただけやのに、悪いなあ」もうひとりのとばっちりは、白いポロシャツの胸と腹を濡らした男だった。藤太よりも二つ三つは若いだろうか。グラスを手にほづみに笑いかける。「店の手伝いしてるんやね。偉いなあ」

「でも、さっきの男、なにがあったんや？」馬ネクタイがまた訊ねた。

「ただのアホや」グラスを持ったまま立っている牛乳割りが答えた。「前にな、大将に叩き出されたくせに、性懲《しょうこ》りもなくのこのこ顔出して」

「なんで叩き出されたんや？」馬ネクタイが繰り返した。詮索好きらしい。

「説明したら長い」ハンチングがうっとうしそうに言い返した。

「謝りに来たんと違いますか？　償《つぐな》おうと思て」ポロシャツが気の毒そうな顔をした。「それやったらかわいそうでしょ」

「アホか。そんなことあるわけない」牛乳割りが手を顔の前で大きく振った。「それにな。ここの大将、なめたらあかん。一回あかん言うたら、二度とあかんのや」

「へえ、厳しい大将なんですねえ」

ポロシャツはあまりこういう店には馴染《なじ》みがないのだろう。あちこち面白そうに見回している。串と豆腐、それに刺身の盛り合わせを頼み、自腹でビールを追加した。

「気になるなあ、なにがあったんや」馬ネクタイはまだつぶやいている。この男はタダ酒一杯きりだった。

帰り際、牛乳割りがこっそりささやいた。

「……大将、よかったら弁護士紹介するで。いろいろと話のわかる先生や」

「悪いが間に合ってる」

「ああ、もう頼んでるんか。それやったら安心やな」

気を悪くした様子もない。牛乳割りは勘違いしたまま帰って行った。


店を閉めたあと、藤太はほづみを呼んだ。

風呂上がりのほづみは赤い頬をしている。緊張した顔でスツールに腰掛けた。

「ほづみ、勝手なことをするな」藤太はほづみに言った。「おまえは客に媚びなんか売らなくていい」

「でも」ほづみはきっぱりと言った。「あたしのせいで濡れたんやから」

「おまえのせいじゃない」藤太は言い返した。「悪いのは向こうだ」

「でも……」

「何でもかんでも自分のせいだと思うな。余計な責任感なんていらない。責任は取らなくてはならないやつが取るんだ」

ほづみはしばらく黙っていたが、すこし怒った顔で言った。

「秋雄おじさんは？」

「秋雄がどうかしたか？」

「秋雄おじさんはときどき泣いてた。あたしがなぐさめたら、こう言うた。——自分のせいなんや、って。なにもかも自分のせいやから、って。じゃあ、秋雄おじさんは悪いことしたん？　それとも余計な責任感？」

ほづみはじっと藤太を見つめている。藤太は息苦しくなった。

「秋雄は真面目すぎた」

「真面目すぎたらあかんの？」

「夜中に泣くはめになる」

ほづみはすこし考え込んで、小さくうなずいた。

「秋雄おじさん、かわいそうに」

藤太は返事をしなかった。ほづみは黙ってスツールを下りると、二階へ向かおうとした。だが、階段の下で振り向いた。

「藤太おじさんは泣くん？」

「俺は真面目じゃない」

ほづみはしばらく藤太を眺めていたが、おやすみ、と言って階段を上っていった。


その夜、藤太はズブロッカを痛飲した。

泣くのと酔うのとどちらがよいか。どう考えても泣くほうだ。現に秋雄はそうした。昼間は立派な弁護士をやって、夜には子どもの前でめそめそ泣いたというわけだ。だが、泣けない以上、藤太には飲むしかなかった。

閉店後の酒が習慣になったのは十八のときだったか。きっかけは、ちょっとした噂を聞いたことだった。

父の遺したカブの調子が悪くなってきたため、買い換えを考えていたときだ。バイクショップで中学時代の同級生と会った。たしかパチンコ屋の息子で、いづみと同じ高校に行ったはずだった。その男はNSRを買うのだと嬉しそうに話したあと、いらぬお節介でいづみの消息を伝えてくれた。

――たしか、二こ下の男と付き合ってるで。

へえ、と興味のないふりをして男と別れた。結局、カブの買い換えはやめた。帰り道、酒屋に寄って自分のための酒を買った。それがズブロッカだ。ポーランドの酒と言うだけで手に取り、以来飲み続けている。だが、最初に見つけたのがズブロッカだったのは幸運だったのだろう。もし、手に取ったのがスピリタスだったら、店はとっくに潰れていたし命があるかどうかも怪しい。スピリタスは九十六度。とりあえず、肝臓がいかれていたのは確実だ。

ズブロッカを飲めばポーランドを思う。ポーランドを思えば収容所を思う。そして、天井のシャワー穴から噴き出してくる青酸ガスを思った。

二杯目のズブロッカを飲み干すと、今日ホームセンターで買った三つ目の荷物を開けた。小型のCDラジカセだ。

古いラジオはほづみが二階で聴いている。六畳間のテレビは映らない。野球好きの客から文句が出たせいもあるが、本当の目的は違う。

藤太はCDラジカセをカウンターに置いて、秋雄から預かったアンチェルを入れた。「新世界より」の第一楽章が低く静かにはじまった。

あの頃は、まさかこんな人生を送ることになろうとは、すこしも思わなかった。だが、だれに強《し》いられた人生でもない。今、ここにあるのは、自分が選択した人生だった。

三杯、四杯とグラスを重ねながら、端正な音の響きに身体を任せる。

曲は第二楽章に入った。あの有名なメロディーが聴こえてきた。あの頃何度も何度も、くり返しくり返し聴いたメロディーだ。

苦しすぎる。頭がおかしくなりそうだ。藤太は乱暴に酒を注いだ。

秋雄、おまえも泣くくらいなら飲めばよかった。最低のアル中になったとしても、子どもの前で泣くよりはマシだ。秋雄、そうだろう?

第三楽章がはじまった。激しく短い音を叩きつけるような序奏が響く。思わず顔を上げると、CDラジカセの向こうの黒電話が眼に入った。

あのときのように、突然またこの電話が鳴ってくれたら——。

あれは十年ほど前、珍しく大阪でも雪の舞った夜のことだった。店の片付けを終えた藤太がカウンターで飲んでいると、電話が鳴った。藤太は時計を見た。ちょうど日付が変わったときだった。

電話を鳴らしている相手には心当たりがあった。今夜、この時間に電話を掛けてくるのは、ただひとり、あの男以外にはない。だが、藤太は動かなかった。鳴り続ける電話を見つめたまま、ゆっくりとグラスを空けたのだった。

あの夜、電話はちょうど十五回鳴って止んだ。十五回。つまり十五年ということだ。

藤太は傷だらけの電話を見つめた。

秋雄、もう一度電話を鳴らしてくれ。ただ鳴らすだけでいい。お願いだ——。

藤太は空《から》のグラスを手にしたまま、うつむいた。

3

藤太は腕組みしたまま、足許の暖簾をにらみつけた。

自分ひとりで店を開けるべきか、それとも父の帰りを待つべきか。

藤太の足許で十一月の冷たい夕風にあおられているのは、紺地に白で「まつ」と抜いた暖簾だ。全体的に色褪せ、どことなくみすぼらしい。一度洗って汚れを落としたほうがいいと思う。こんな暖簾は、わざわざ亭主のだらしなさを宣伝しているようなものだ。

藤太は時計を見た。もう四時半を回っている。とうに開店時刻は過ぎた。迷っていても仕方ない。やっぱり出そう。ぐずぐずしてはいられない。思い切って暖簾をつかむと、ビールケースに片足を乗せた。

藤太の身長は百四十五センチほどだから、掛け具までは踏み台がないと届かない。だが、五年生になって半年で五センチも伸びた。もうじき、台を使わずに暖簾を出せるはずだ。

でも、やっぱり――。暖簾の竿を掛け具に載せるほんの手前で、ふたたびためらった。一旦、ビールケースから下りて考えてみる。

まず、今日の麻雀《マージャン》で父が勝ったときのことだ。藤太が勝手に店を開けたとしても、なにも言わないだろう。だが、開けずにいれば「気が利かない」と軽く一発殴られるだろう。

次に、父が負けたときのことを考えた。店を開けたとすれば、「生意気なことをしやがって」と思い切り一発殴られるだろう。店を開けずにいれば、今度は「役立たずの怠け者」と思い切り何発も殴られるだろう。

パターンは四つ。そのうち三つは殴られる。それは藤太にはどうすることもできなくて、なにもかも父の麻雀の結果次第ということだ。それなら、と藤太は心を決めた。殴られる確率のほうが高いなら、とっとと店を開けよう。なにもせずに父を待てば余計に気が滅入《めい》る。身体を動かしているほうがまだマシだ。

店の仕事は苦痛ではない。むしろ好きだ。掃除も皿洗いも平気だ。料理ならもっと好きだ。枝豆を茹でるだけ、魚をさばくだけ、モツに串を打つだけ。たったそれだけの単調な作業が楽しい。いっそ、父が帰ってこなければ全部自分でできるのに、と思うときすらある。

藤太がふたたびビールケースに足を掛けたとき、店の電話が鳴った。暖簾を扉に立てかけ、カウンターの黒電話を取った。藤太の家には電話はこれ一台。店も自宅も共用だ。

「はい、『まつ』で……」

「阿呆、はよ出んかい」父の怒声がした。「いつまで待たせるんや」

最悪だと思った。父は相当酔っている。そして、相当負けている。

「おい、ちょっと金が足れへんのや。持って来てくれ」

「金って……」

「手提げ金庫ん中にあるやろ。あるだけ持ってこい」

「でも、あれ使《つこ》たら、今日の分の釣り銭なくなるし……」

「そんなん知るか。とにかく、はよ持ってこい」父の怒声がいっそう凄まじくなった。「公園向こうのネジ工場や。佐伯ネジ工場」

父は怒鳴るだけ怒鳴って電話を切った。藤太はスツールを蹴飛ばした。言うことをきくしかない。くそ、と言いながら手提げ金庫を開けて、唖然《あぜん》とした。千円札が四枚と小銭がすこし。今朝確かめたときには万札があったはずだ。藤太はもう一度くそ、とつぶやいた。いくらなんでも全部持っていくわけにはいかない。千円札を一枚冷蔵庫に隠して、残りをポケットに突っ込んで店を出た。

佐伯螺子《ねじ》製作所は川からすこし離れた住宅街の中にあった。住宅が密集する中に、小さな町工場の点在する一角だ。工場と言っても普通の民家、むしろこぢんまりとした家の一階が工場というところも少なくない。間口二間の玄関前には、しょぼくれた植木鉢と一緒に金屑《かなくず》の詰まったドラム缶が置いてある。家の奥から旋盤《せんばん》だかプレス機だかの音が聞こえてくる。音だけで人は見えず、まるで活気のない死んだような工場があちこちにあった。

だが、佐伯螺子製作所は違った。小さな庭のついた二階建ての家があり、その隣が工場になっていた。広い作業場では、オレンジ色のフォークリフトが動いている。プレハブの事務所まであって、個人の工場にしてはかなり大きな部類だ。

藤太が作業場をのぞくと、フォークリフトが停まった。降りてきたのは見たことのある顔だった。すこし線の細い生真面目な表情は、たしか隣のクラスの優等生だ。

「中井、やったっけ?」優等生は気まずそうな顔で藤太を見た。「なんか用か?」

「親父がここで麻雀やってるらしい」

「ああ」優等生はプレハブの事務所を顎で示した。「そん中や」

「わかった」藤太は事務所に向かおうとして振り向いた。「それ、乗れるんか。すごいな」

「ほんまはあかん。無資格やから」優等生は口ごもった。「だれにも言わんといてくれ」

「わかった」

すこし後ろめたそうな表情に、藤太は意外な気がした。佐伯はとにかく頭がいいと聞いていた。今まで百点しか取ったことがないとか、週に三日も四日も塾に通っているとか、私立中学を受けるとかの噂がある。藤太は今まで佐伯のことを、自分とは別種のエリートだと思っていた。だが、フォークリフトの無免許運転を口止めとは、意外と小心者でせこい。すこし親近感が湧いた。

アルミドアに手をかけると、下卑《げび》た笑い声が聞こえてきた。藤太はひとつ深呼吸をしてから、ノブを回した。

事務所の中は想像とは違って畳敷きだった。ボロいアパートの一室といった雰囲気で、どうやら従業員の休憩室を兼ねているらしい。八畳ほどの和室の真ん中にこたつが置いてある。

その周りを四人の男が囲んでいた。もともとは倉庫か物置だったのだろうか。窓のない部屋の中は煙草の煙でかすみ、酒の臭いと入り混じって吐き気がするほどだった。麻雀は終わったところらしく、牌《パイ》は片隅に寄せられ、点棒が散らばっている。卓の真ん中には吸殻が山盛りになった灰皿が二つと、焼酎の瓶とグラスが置いてあった。

「遅いやないか」父が怒鳴った。「いくら持ってきたんや」

「三千」

「阿呆。なんでそんだけやねん。おまえ、俺に恥かかせる気いか?」

むっとしたが堪えた。ここで言い返してもはじまらない。

「これが『まつ』の跡取り息子か」

父の向かいで煙草を吸っていた男が藤太の顔を見た。黒縁眼鏡をかけ、太って髪が薄い。胸元に佐伯とネームが見えるから、これが優等生の父親だろう。線の細い息子とはまるで似ていなかった。

「ああ、かわいげないやろ。挨拶ひとつせえへん」父がコップに残った酒を飲み干して、赤い眼で藤太をにらんだ。「しょうもないやっちゃ」

「うちのもあかん。嫁はんが勉強勉強言うさかい、頭ええだけの根性なしになってもうた」

優等生の父は天井に向かって派手に煙を噴き上げた。「我が息子ながらガリ勉は好かん」

藤太は聞かないふりをした。さっさと立ち去ろうと、父に金を差し出す。

「まあ、こんだけでもええわ。あれからちょっと勝ったからな」父は藤太の手から金をひったくると、右隣の男を指さした。「こちらのおかたがひとりで振り込んでくれたからなあ」

指さされた男は返事もせずに頭を抱えている。ごま塩の髪は枯れ草のようで量だけ多い。顔は見えないが、腕は細くてやたらと色白だ。髪に指を突っ込んで掻《か》き回すさまは、絵に描いたようなツキに見放された男だった。

「ここはドボンなしやから、そらきっついわ」

優等生の父親がまた煙を吐いた。相当なヘビースモーカーのようだった。百キロ近くあるのではないかという肥満体で、煙草をつまむ指は太くて丸い。巨大な芋虫《いもむし》のようだ。

そのとき、父の左隣の男が顔を上げた。頭をきれいに剃っている。この中で一番若い。今までうつむいてなにやら書いていたのだが、ノートを閉じて事務的に言った。

「じゃあ、次回に繰り越しいうことで。森下さんにはきついことになりましたが、まあ、こういうことはきっちり行かなあきませんから」

すると、藤太の父親と優等生の父親がどっと笑った。

「坊主が一番金に汚いがな」

「いつか罰が当たるで」

ノートを手にした坊主はにこりともしない。ひとり負けらしい、白くて細い男は頭を抱えたまま、顔も上げない。優等生の父が乱暴に肩を叩いた。

「帰って、嫁はんにお祈りしてもろたらええ」

「そや。主《しゅ》よ、哀《あわ》れみたまえ、とかなんとか言うてなあ」

父親ふたりが大笑いすると、ひとり負けの男がか細い声でつぶやいた。

「あいつ、朝晩ほんまにするんや。それだけやない。最近は、娘にまで無理矢理お祈りさせるんや。かわいそうなお父さんのために祈りなさい、いうて」

男たちがまたどっと笑った。坊主まで笑った。藤太はさすがに堪えきれず逃げだそうとしたが、一瞬遅かった。

「おい、藤太」父が怒鳴った。「なに突っ立っとんねん。さっさと戻って、店のことせんかい」

黙って事務所を出ると、フォークリフトの前に優等生が手持ち無沙汰に立っていた。

「帰るんか？」

「ああ。金、届けに来ただけやから」藤太は服の臭いをかいだ。すっかり煙草臭い。「店、開けなあかんし」

「ふうん」優等生は藤太の顔を見た。「僕の親も相当やけど、おまえの親も相当やな」

「親？　だれや、それ」藤太は鼻で笑った。「親や思たら自分が惨《みじ》めになるだけや。知らんオッサンや思て無視するんや」

優等生は驚いてすこしの間絶句していたが、やがて得心したようにうなずいた。

「そのとおりやな」藤太の言葉が気に入ったようだ。「そのとおりや。あんなん知らんオッサンや」

優等生は嬉しそうに何度も繰り返すと、軽く首をめぐらせて笑った。びっくりするほど大人びた笑顔だった。

「ええこと聞いた。ありがとう」

大真面目に礼を言われると照れくさい。藤太はさっさと帰ることにした。

「じゃあな」背を向けると、優等生が慌てて声を掛けてきた。

「中井。今度これの運転教えたる」

いきなり言われて藤太は面食らった。だが、優等生は必死に見えた。

「結構、簡単なんや。ちょっと練習したらすぐに乗れる」

「そんなことして、佐伯が怒られへんか?」

「秋雄でええ」優等生は本当に真剣だった。「大丈夫や。だから、また来いや」

「じゃあ、今度、店が休みのとき」

「ああ、待ってる。絶対やで」優等生はまた嬉しそうに笑った。

次の日曜日、藤太は約束どおり工場に出かけた。

秋雄は大喜びで藤太を迎えてくれた。藤太は早速、フォークリフトに乗せてもらった。

「一応、シートベルトして。エンジンはそのキーをひねる。そうそう」秋雄の教え方は丁寧でやさしかった。「奥の右のレバー、手前に引く。ほら、前のフォークが上がるやろ。もっと。もっと上げて。そうそう」

「お、すげえ。上がった」藤太は歓声を上げた。

「じゃあ、クラッチとブレーキ一緒に踏んで、で、手前のレバーの左のほう、これを一速に入れる。で、隣のレバーを前進に入れる。大丈夫、トルクあるから絶対エンストせえへん。……そうや」

狭い座席に無理矢理ふたり乗り込んでの教習だ。秋雄はかなり窮屈《きゅうくつ》な姿勢なのだが、それでも気持ちよく笑いながら教えてくれる。

「左のサイドブレーキ、ボタン押しながら下げる。よし、じゃ、左足のクラッチ、ちょっとずつ上げながら、右足のブレーキも緩めていく」

「こうか?」

言われたとおりにすると、フォークリフトが動き出した。埃《ほこり》を巻き上げながら、のろのろと工場の中を進んで行く。

「動いた」藤太は思わず叫んだ。「すげえ。動いた」

「そうそう。うまいうまい。おまえ、うまいなあ」秋雄が笑いながら褒めてくれる。「ゆっくり、ハンドル右に切ってみて。ゆっくりな」

「右か。うわ、曲がった、曲がった」

「そう、気いつけなあかんで。急にハンドル切ったら、こけるんや。下敷きになったら下手したら死ぬから」

藤太はフォークリフトを夢中で走らせた。生まれてからミニカーのひとつも買ってもらったことがない。フォークリフトははじめてのおもちゃのようで、面白くてならなかった。藤太はすぐに運転に慣れ、前進もバックも自在にできるようになった。僕より上手や、と秋雄が褒めてくれた。

一時間ほどフォークリフトを乗り回していると、秋雄の父が帰ってきた。ふたりは慌ててフォークリフトから降りると、秋雄の部屋に逃げ込んだ。

「怒られへんか？」藤太は心配になった。秋雄が叱られては気の毒だ。

「大丈夫やろ。ガソリン減っててもばれたことないから」

「なら、ええけど」

秋雄の部屋は二階で、机とベッドと本棚、それに本格的なステレオセットがあった。整理簞笥がひとつきりで、机もない藤太の部屋とは大違いだった。

思ったとおり、机の上には大量の問題集と参考書が積んである。意外だったのは、外国映画のピンナップが何枚も貼ってあったことだ。どれも、黒い髪を真ん中で分けた少女のスチールだ。

「これ、だれや?」

「『ロミオとジュリエット』のオリビア・ハッセー」

「知らんな」

「それ、生まれる前の映画やから。でも、昔はすごい人気やってんで」

秋雄が恥ずかしそうだったので、それ以上はなにも言わずにおいた。秋雄は真面目そうな顔をして、結構ませたタイプらしかった。

秋雄はベッドに腰掛けると、父親の悪口を言いまくった。酒のこと、賭け麻雀のこと、下品なこと、理不尽なこと。とにかく不満がたまっているようだった。藤太は聞き役に徹し、ただただ相づちを打った。だが、もうはっきりと秋雄に好感を持っていた。秋雄は別世界の優等生ではなく、実際は同志だった。

その午後、ふたりは完全に親しくなった。

*

藤太が学校から帰ると、父が店の床で寝ていた。

正月からずっと飲み続け、月の半分も過ぎたというのにこんな調子だ。掃除と称して水を流してやろうかと思うくらいだが、放っておくことにした。さっさとできる仕込みをすませようと、腕まくりをして厨房に入る。大鍋に水を張っていると、店の戸が開いた。暖簾も出していないのに厚かましい常連だ、と思って顔を上げると見知らぬ女が立っている。白のブラウスに灰色のスカート。化粧気のない顔にひっつめ髪。さえない事務員のような女だ。

「お忙しいところ、すみま……」

女は黒い辞書のような本を差し出そうとして、床を見てぎょっとした。父が足許でいびきをかいて寝ている。

「あの……大丈夫なんですか？」

女が露骨に顔をしかめた。完全に人を見る眼ではない。生ゴミや川に浮かんだ野良犬の死体を見る眼だ。無論、当然の反応なのだが、あまりの冷たさに藤太ですら父が気の毒になったほどだ。

「なにか？」父の説明はせずに藤太は無愛想に答えた。

「僕、聖書って読んだことある？」女は黒い本を引っ込めて、カラー刷りの大判の冊子を取り出した。子ども向けの絵本のようだった。「ここには神さまの御心《みこころ》の……」

「結構です」僕、と呼びかけられて藤太はぞっとした。「今、忙しいから」

「面白い本やよ。読むだけでね、神さまのことがわかるようになってってね」女はまるで藤太の言葉が耳に入らなかったように、生暖かい笑顔を振りまいて本を押しつけた。「今までに読んだ子はね、みんなもっと神さまのことが知りたいって……」

「いりません」

藤太はしつこい女に声を荒らげた。すると、女の後ろでびくっと影が動いた。なんだろうとのぞき込むと、髪の長い女の子がひとり立っている。

「あれ？」

同じクラスの森下いづみだった。藤太と眼が合うと、いづみは顔を強張らせ、慌てて店の外に出て行った。

「なに、僕、うちのいづみと知り合い？」

母親が眼を輝かせたので、とっさに藤太は嘘をついた。

「別に」藤太は本を突き返した。「仕事の邪魔やから」

「じゃあ、本だけでも」

女が本をカウンターに置いたときだった。

「なんや、さっきから」父がむっくりと起き上がった。

「聖書をお読みになったことはありますか？」女は一瞬ひるんだが、無謀にも父に聖書を差し出した。「神さまは、私たちがよりよく生きるための手助けをしてくれるんです」

父はすこしの間どろんとした眼で女を眺めていたが、ふいに怒鳴った。

「あほか。出て行け」父はすさまじい剣幕で叫んだ。「神さまなんかけったくそ悪い」

「いいえ、そういうかたにこそ、神さまの言葉が必要なのです」

藤太は呆れた。この女はどうかしている。酔っぱらいにケンカを売ってどうする気だろう。いや、酔っぱらい相手でなくても、この物言いは腹が立つ。もしかしたら、森下いづみの母親は人を苛立たせる天才ではないか。

「なんやと」父の目がつり上がった。無精髭《ぶしょうひげ》だらけのたるんだ顔は酒と怒りで真っ赤だ。

女は父の剣幕に驚いて戸口まで後退りした。だが、一度激昂《げっこう》した父はそれでもおさまらなかった。

「馬鹿にすんなや」父は女を店の外に押し出した。「俺はかわいそうと違うぞ。なにが神さまや」

怯えた女は足がもつれて尻餅《しりもち》をついた。父は女を見下ろし、さらに怒鳴った。

「偉そうな顔しやがって」

父はまっすぐ立っていられないほど酔っていて、前後左右にぐらぐら揺れている。もともと身体が大きい上に下駄を履いているので、かなりの上背《うわぜい》だ。相当な威圧感だろう。いくらなんでもひどい、と藤太は思った。

「親父、もうええやろ」藤太は父の腕をつかんで引き戻した。

すると、父がいきなり振り向いて、思い切り藤太の腹を蹴った。下駄の歯がまともに鳩尾《みぞおち》に食い込む。藤太はよろめいて、店の前に出したままのペールにぶつかった。胃液が上がってくる。勝手に涙が出て目の前がにじんだ。外れたペールの蓋がアスファルトの上を転がっていくのが見える。その先には呆然と立ち尽くすいづみがいた。

「さっさと行けよ」藤太はいづみに向かって叫んだ。「見んな」

女が立ち上がって逃げ出した。父はその背中にまだ怒声を浴びせている。女はいづみの腕をつかむと引きずるようにして、足早に去っていった。いづみは何度も振り返って藤太を見ていた。半分泣いているように見えた。

父は気がすんだらしく店に戻った。藤太はのろのろと歩いてペールの蓋を拾った。まだ痛む腹をさすって落ち着かせる。

泣きそうな顔で振り返る森下いづみの顔が浮かんだ。いづみとは同じクラスだが話したことはない。藤太はもともと無口だし休み時間もひとりでいる。いづみは地味なグループにいたが、そのグループの中でも一番地味な女の子だった。声が思い出せないほどだ。

元どおりペールに蓋をし、藤太はその上に腰を下ろした。

母が父に愛想を尽かして出て行ったのは、藤太が二歳の頃だ。なにも記憶はない。それでも、ずっと考えていた。母ならきっとやさしくしてくれるだろう。母とならまともな暮らしができるだろう。母さえいれば、と思い続けてきた。

だが、いづみの母を見て思った。父も母も大差ない。酒好きか神さま好きかの違いだけだ。結局、親なんかいないに越したことはないのかもしれない。

店の中から父の怒鳴り声が聞こえてきた。

「あほう。なにやってんねん。店の用意、なんにもできてへんやないか。ほんまにしょうもないやっちゃ。カスやな」

酔った父は悪態をつき続けた。藤太は父を無視してペールの上に座り続けた。すると、父が店から出てきた。

「こら、無視すんな。俺は怒ってるんやぞ」あっという間に店の中に引きずり込まれた。

「親をバカにしやがって。なんちゅうガキや」

ビールケースにつまずいて転びかけたところを、ぐいと引き戻される。そのままいきなり平手で張られた。

火傷痕《やけどあと》だらけの腕だ。仕事熱心だからではない。べろべろに酔っぱらって厨房に立つせいだ。

「バカにしやがって。カス、カスや。世の中、みんなカスや。腐っとる」

父の怒りの対象は藤太から世間一般、人生そのものに変わっていた。父はたっぷり三十分はわめき散らし、時折思い出したように藤太を殴った。父が吐き出す言葉はあまりにも卑《いや》しく、身勝手で、あさましく、情けなかった。

俺の成績が悪いのは、と藤太は思った。親父に殴られるせいだろう。昔、どこかで聞いたことがある。脳細胞は衝撃を受けると壊れてしまうそうだ。きっと俺の脳細胞は半分くらい壊れているのかもしれない。それが証拠に秋雄は頭がいい。あそこの親父は酒を飲んで賭け麻雀をするだけで、殴ったりはしないからだ。

翌日、学校で森下いづみに会った。藤太の腫《は》れた顔を見て、ごめんと言った。藤太は返事をしなかった。

*

藤太と秋雄は互いの家を行き来して遊んだ。

秋雄は藤太にとって、はじめての友達だった。秀才だけあって人にものを教えるのがうまい。フォークリフトの運転も学校の勉強も、簡潔でわかりやすかった。

お返しに、藤太は秋雄に釣りを教えてやった。日曜の朝、早起きしてふたりで天保山《てんぽうざん》の岸壁《がんぺき》で糸を垂れた。釣れるのはボラが多くて、ごくまれにチヌやらタチウオやらも掛かった。秋雄はボラ一尾でも喜んだ。秋雄が喜ぶと藤太も嬉しくなった。

風の冷たい二月の日曜のことだった。

凍《こご》えながらボラ釣りをして、ふたりで「まつ」に戻ったのは昼過ぎのことだった。日曜は「まつ」は休みだ。だが、店に入るといきなり酒と煙草の臭いがした。店の奥の六畳間から牌の音がする。藤太と秋雄がそのまま店を出ようとすると、父が怒鳴った。

「おい、藤太。なんかつまむもんつくれ。それから、焼酎と氷」

どうする？　と秋雄が顔を見た。仕方ない、と藤太はため息をついた。言うことを聞かなければ殴られるだけだ。

「秋雄、おまえもなんか食うか？」藤太は冷蔵庫を開けて材料を探した。

「なんでもええわ」秋雄はカウンターに頬杖をつき暗い顔をした。

藤太は残り物を串揚げにし、釜の底に残った御飯で焼きおにぎりをつくった。秋雄のためには鍋焼きうどんをつくった。六畳間に酒と料理を運ぶと、藤太と秋雄は黙ってうどんをすすった。

一方、六畳間は盛り上がっていた。メンツはこの前と同じだった。ちらりと見ると、あの細い男はまた負けているようだ。悲壮な顔をしている。父親ふたりは笑い続けていたし、坊主はごくまじめな顔で点棒をいじっていた。

窓のない部屋だから煙草の煙がひどい。酒をこぼしたらしく、濡れた座布団が上がり框《かまち》に放り出してある。つけたまま、だれも見ていないテレビがのど自慢をやっていた。

「森下さん、延々箱下《ハコテン》か」坊主が冷静な口調で言った。「さすがに、これ以上滞《とどこお》るのはまずいんと違いますか」

「待て、待て。もう半荘《ハンチャン》だけやろうや。ちょっとずつツキが来てる。さっきもほんまはドラが乗るとこやってんや」

「それはかまいませんけど、とりあえずいくらか入れてもらわんと」

「……わかった」ごま塩頭が腹をくくったようだ。「大将、電話貸してぇな」

「ああ、かめへん」父が店の黒電話を顎で示した。

男はカウンターの黒電話を取った。家に電話して金を持って来させるつもりらしいが、うまくいかないようだった。

「もうすでに借金しとるんや。おまえが持ってけえへんかったら、借金踏み倒すことになるんや。それでもええんか？　神さまは借金踏み倒しても許してくれるんか？」

神さま？　藤太は思わずごま塩頭の男を見た。そう言えば、坊主がこの男のことを森下と呼んでいた。森下いづみの父親なのか？

押し問答が続いていたが、男は一方的に電話を切られたようだ。怒ってもう一度掛け直すと、長い呼び出しのあとでやっと電話が通じた。

「勝手に切るな。……なんや、いづみか。お母さんは？　もう出て行った？　やったらおまえでええ。ちょっとでええんや。金、持ってきてくれ。黙ってたらばれへん」

やはり森下いづみだ。藤太は急に息が苦しくなってきた。なぜだかわからないが緊張している。ちらりと秋雄の顔を見たが、まるで気付いていないらしい。頬杖を突き、つゆに浮かんだネギをつついていた。

しばらくすると、いづみがやってきた。秋雄があれ、という顔をした。いづみは走ってきたらしい。頬は真っ赤で、長い髪は汗で額に貼り付き、息を切らしている。藤太や秋雄と眼を合わさないようにうつむいたまま店の奥に進むと、父親に紙に包んだ金を渡した。

「おとなしそうな、ええ子やんか」秋雄の父が笑った。

「ああ、やっぱり女の子は控《ひか》えめなんが一番や。生意気はいかん」父もゲップをしながら笑った。

いづみは逃げるようにして六畳間を出た。そのまま帰ろうとしたので、藤太は呼び止めた。

「おい、森下」

「なに？」いづみは驚いて立ち止まった。

呼び止めたものの、なにを言っていいのかわからない。いづみが一刻も早く「まつ」を出て行きたいことくらいわかっている。だが、行って欲しくないような気がした。

「水でも飲んでけや」結局、こんな言葉しか思いつかなかった。

「え、うん」いづみが困った顔でうなずいた。

藤太は水道の水をコップに注ぎ、カウンターに置いた。いづみはやはり困った顔で見ている。

「なあ、ジュースくらいないんか？」秋雄が呆れた顔をした。「一応、ここは食いもの屋やろ？　それ、淀川の水やないか。柴島《くにじま》かどっかで採った水や」

「安治川の水と違うだけマシや」

藤太が怒ったように答えると、いづみが慌ててコップを手に取った。

つくるから」

「いや、やっぱ飲むな」藤太はいづみの手からコップをひったくった。「なんか、別のもん、
いづみも秋雄もぽかんとしている。藤太は焦《あせ》って冷蔵庫を開けた。ソーダと焼酎用のレモン果汁が見つかったので、それでレモンスカッシュをつくった。シロップは多めにした。店の客に出すときの何千倍も丁寧につくって、いづみの前にグラスを置いた。いづみは硬い表情でレモンスカッシュのグラスを見つめている。飲めるのかどうか疑っているようだ。藤太はむっとした。

「いらんかったら、飲まんでええ」

またコップをひったくろうとすると、取られまいといづみが押さえた。

「ごめん。そうやない。あたし、ジュースあんまり飲んだことないから、なんか緊張して」

「え?」いづみの返事を聞いて藤太も秋雄も驚いた。「飲んだことない?」

「お母さんがジュースなんか飲んだらあかん、って」

「なんで?」秋雄が訊ねた。

「贅沢《ぜいたく》やからって」

「贅沢?」

「贅沢は罪やって。神さまは贅沢する人間を喜ばない、って」

「神さま?」いづみの母を知らない秋雄が不思議そうな顔をした。

「うん。あたしのお母さん、神さま信じてて……」いづみは言葉を濁した。

藤太はかっとした。神さまはジュースを飲むことすら許してくれないのだろうか。神さまにそんな権利があるのか? だとしたら、どれだけ器の小さい、わがままな神さまだろう。

「あほらしい」藤太は思わず大きな声を出した。「この店、見てみい。どこに贅沢感があるねん。『まつ』のジュースが贅沢なわけないやろ」

「たしかに」秋雄が噴きだした。「贅沢とは正反対の店や」

「なんで神さまの言うことなんか、聞かなあかんねん」藤太は吐き捨てるように言った。

「そんなしょうもないことで他人に命令するようなやつが、一番タチ悪いんや」

藤太の剣幕《けんまく》に秋雄といづみが一瞬ぽかんとした。だが、いづみはすぐに嬉しそうに笑った。

「そやね。あたしもそう思う」もう一度、いづみは笑った。「じゃあ、いただきます」

いづみはストローに唇を近づけた。一口飲むと、ぱっと顔が輝いた。

「これ、甘い。すっごくおいしい」

「当たり前や」

藤太は得意げに言った。だが、本当はやっぱり緊張していた。ずっと心臓の鼓動が早かったのだ。だが、いづみがおいしいと言ってくれた途端、急に胸が楽になった。

「そんなんでよかったら、いつでも飲ましたる」

そう言ってから気付いた。飲ましたる、はなんだか偉《えら》そうだ。恵んでやる、と言ったのと同じだ。これでは神さまと変わらない。

「いや、気が向いたら飲みに来たらええ。別にたいしたジュースちゃうし、こんな店やし」

急に自信がなくなった。だれが「まつ」に来たがるだろう。だれが藤太のジュースを飲みたがるだろう。だが、いづみは本当に嬉しそうに笑った。

「ありがとう」いづみは子どもがおもちゃをひとりじめするかのように、グラスを握りしめた。「でも、やっぱり、ここのジュースは贅沢やと思うよ。こんなにおいしいから」

「あ、ああ」藤太はうまく返事ができなかった。面と向かっておいしいと言われたのは、生まれてはじめてだった。

いづみはジュースを飲むと、冷たい風の吹く町を走って帰っていった。

藤太はいづみの苦労を思った。藤太には父しかいないから面倒はひとり分だ。ただ、そのひとりがめちゃくちゃに殴るだけだ。だが、いづみには、ばくち打ちの父と神さま狂いの母がいる。殴られない代わりに面倒はふたり分で、ときには板挟みになるということだ。

いづみの使ったグラスを洗おうとカウンターに手を伸ばしたとき、秋雄が眼に入った。秋雄は空になったグラスをじっと見つめていた。そして、嬉しいのか困ったのかよくわからない顔で、やたらと大きなため息をついた。

それから、いづみはときどき「まつ」に来るようになった。

約束どおり、藤太はジュースを作った。すこしずつ話すようになったのだが、わかったことは、いづみの家も藤太の家に負けず劣らず最低だということだ。

「お父さんは富山の人で、昔は置き薬の仕事してたんやけど、うまくいかへんようになって」

うまくいかへんようになって、と言うのは「まつ」の客がよく言う言葉だ。なぜうまくいかなくなったかは決して語らない。それが酒やギャンブル、自分の怠惰《たいだ》や無能、さらには使い込みといった不正の結果であったとしても、そのことは言わない。みな、単に「うまくいかへんようになって」と言う。

「すごい、このレモン」

レモンスカッシュに添えた飾り切りのレモンを見て、いづみが声を上げた。

「図書館行って、料理の本見たんや」切れ目を入れて、ねじっただけだ。それほど大したものではない。

「器用やねえ。藤太は一流の料理人になれるわ」

「そうか」

お世辞だとわかっていても、嬉しくてたまらない。レモンにすこし細工をするだけ、缶詰のサクランボを添えるだけでも、いづみは笑って褒めてくれる。

でも、そんな天国のような時間でも、やっぱり話題は湿っぽい。

「お酒飲んで麻雀ばっかりしてる。いっつも負けるのに」いづみはサクランボをつつきながらため息をついた。「お母さんは無理矢理奉仕活動させるし」

「俺んとこも同じや。酒と麻雀ばっかりしてて、店のこと、まともにせえへん」

「うちんとこ、お父さん、負けたら暴れる」いづみがぽそりと言った。

「殴るんか?」藤太は思わず身を乗り出した。

顔色を変えた藤太を見て、いづみが慌てて首を振った。

「ううん、物に当たるんよ。お皿割ったり、なんでも投げつけたり」

「ほんまか? ほんまに暴力はふるえへんのか?」

「大丈夫。それはない。ちょっと家の中がぐちゃぐちゃになるだけ」

「そうか」藤太はほっとした。いづみが嘘を言っている様子はない。「それやったらええけど」

「……ありがとう」

いづみが小さな声で言った。なんの嘘もごまかしもない、心からのありがとうに聞こえた。

藤太は涙が出そうになって、懸命に堪えた。だれかから感謝されるのは、はじめてだった。

その日からなにもかもが変わった。父に殴られるだけの毎日が、たとえ父に殴られても秋雄といづみがそばにいてくれる毎日になった。たとえ、頬が腫れても、唇が切れても、いづみと秋雄がカウンターに座ってくれた。レモンスカッシュを飲んでくれた。勉強を教えてくれた。

六年になると、藤太、秋雄、いづみは同じクラスになれた。秋雄はひどく喜んで、始業式の日はずっと興奮していた。藤太も口には出さなかったが、やはり興奮してずっと心臓が苦しかった。

＊

新学期がはじまると、すぐに体力測定があった。

その日は授業がなく、一日かけて身体測定と運動機能測定をやる。スポーツがあまり好きではない秋雄は朝から憂鬱《ゆううつ》そうだ。

「別に運動音痴ってわけやないやろ？」

「でもなあ。得意ってわけやない。走るのも投げるのも並みや」

「贅沢言うな」

秋雄は勉強では一番しか取ったことがない。だから、並みでも満足できないらしい。

「おまえはええな。足、速いし」

「足だけや」

さっき、五十メートル走のタイムを計った。藤太は六秒九だった。秋雄は八秒五だった。藤太が人に誇れるのは足の速さだけだ。短距離でも長距離でも学校で一番。これだけは絶対だ。中学に上がったら陸上部に入ればいい、と言うものもいるが、店がある。部活で遊んでいる暇はない。

グラウンドでの計測を終えて、今度は体育館に行った。反復横跳びの列に並ぼうとすると、横に女子がいた。立位体前屈の計測をしている。担当はこの春来たばかりの新任の女教師だった。

「あそこ、いづみや」秋雄が藤太をつついた。

秋雄の指さすほうを見ると、ちょうどいづみが計測をはじめるところだった。いづみは台に上って足をそろえた。そして、膝を伸ばしたまま身体を前に折り曲げていった。あっという間に、いづみの身体はふたつ折りになり、顔が完全に膝の下に潜《もぐ》り込んだ。そろえた指先はまっすぐ伸びて、目盛りのずっと下を指していた。

うわあ、すごい、という声が女子の間から上がった。

「森下さん、すごい柔らかいねえ。バレエでもやってんの？」女教師が大きな声で訊ねた。

「いえ、やってないです」いづみはみなに見つめられて、すこし恥ずかしそうだ。

「ああ、そうなん。身体も細いし、てっきり小さい頃からバレエ習ってんのかと思たわ」どうやら、本当に感心しているようだった。「もったいないわあ。バレリーナになったらよかったのに」

「はい……」

いづみは真っ赤になっていた。秋雄はじっとそんないづみを見つめていた。藤太はすこし居心地が悪くなった。


放課後、三人は秋雄の部屋で一緒に宿題をした。

宿題が終わると工場に行った。秋雄の父は配達に行ったらしく、軽トラがなかった。久しぶりに、藤太はフォークリフトを運転させてもらった。最初は一斗缶をコーンに見立ててスラロームをしていたが、ただ遊ぶだけでは悪いので金屑《かなくず》を載せたパレットを廃材置き場まで運んだ。

「おまえは勘、ええなあ」秋雄が褒めてくれる。「僕はバックの作業は苦手や」

いづみはフォークリフトには興味がないらしい。先ほどからひとりでなにか体操のようなことをしている。

「いづみ、なにやってんねん」秋雄が訊ねた。

「柔軟」いづみは屈伸に夢中だ。

「今日、先生に褒められてたな。あれ、僕も見てたんや。たしかにすごかった」秋雄が勢い込んで言った。

「うん。バレリーナみたいって」

いづみはまた赤くなっていた。よほど、褒められて嬉しかったようだ。

「ほら、どうやろ？」

いづみが立ち上がって、爪先立ちになった。そして、両腕を頭の上に伸ばし、いかにもバレエらしいポーズを取って見せた。

「すごい、似合ってる」秋雄が手を叩いた。

いづみはそのままの姿勢で、ゆっくりと片足を真後ろに上げていった。スカートがめくれて膝が丸見えになった。藤太はどきりとしたが平気なふりをした。そっと横目で見ると、秋雄がはっきりと真っ赤になっていた。

いづみの足は糸で引いたように、爪先までぴんと伸びていた。真っ直ぐなまま腰の高さまで上がっていき、そこでほんのわずかだがきちんと静止した。

「すごい、すごい」秋雄が大きな音で拍手した。

「今からでも、バレリーナになれると思う？」いづみが真剣な顔で訊ねた。

さあ、と藤太が答えようとしたら、秋雄が先に口を開いた。

「大丈夫。今からでも絶対なれるわ」秋雄はきっぱりと言った。

「そう？」いづみはぱっと顔を輝かせた。

「ああ。絶対や。いづみやったらできる。バレエ、やるべきや」

その言葉を聞くと、ふいにいづみの顔が曇った。そやね、と口の中でつぶやいて、薄く笑ってうつむいた。

秋雄はしまった、という顔をした。どれだけ酷《ひど》いことを言ったか気付いたのだ。いづみにとって、バレリーナなど所詮は夢だ。間に合う、間に合わないの問題ではない。もし仮に間に合ったとしても、いづみの親にはバレエを習わせるような理解はない。父親は賭け麻雀でおけらだし、母親は贅沢だと言うに決まっている。だから、いづみは夢だと知って口にした。いづみはただ夢を見たかっただけだ。

だが、しゅんとした秋雄を見ると、いづみは元気よく立ち上がった。

「昼休み、図書室でバレエの本見つけてん」いづみは周りを見渡し、足場を確かめた。「ジャンプのポーズ、ちょっと憶えてきた」

天窓から西陽が射している。いづみのいる場所はちょうど明と暗の境目だった。斜めに光の筋が射し込んで、細かい塵《ちり》がきらきらと輝いて見えた。まるで豪華な舞台効果のようだった。

いづみは数歩走って弾《はず》みをつけると、踏み切った。脚を前後に開いて高く跳ね上がった。藤太も秋雄も息を呑んだ。ほんの一瞬だが、いづみは宙に浮いた。そのまま飛んでいけそうだった。

いづみが着地すると、金屑と埃が舞い上がった。

「本物のバレリーナや」秋雄が叫んで拍手した。「ブラボー」

藤太も小さな音で拍手した。なにか言おうかと思ったが、なにも言えなかった。

「ありがとう」いづみは今にも泣き出しそうな顔で笑った。

*

五月の連休が終わった頃だった。

理科の授業で蝶の羽化の観察をすることになった。藤太と秋雄といづみは三人で班をつくった。

班にひとつずつ透明の飼育ケースが配られた。中には、冬越ししたアゲハチョウのさなぎが入っている。さなぎは緑色をして、蜜柑《みかん》の枝に斜めにぶら下がっていた。すっかり乾いて、到底生きているようには見えない。本当に蝶が入っているのか不思議だった。

担任は五十過ぎのベテランの女教師だった。人を競わせるのが好きで、みなに個人単位、班単位の勝負を強制しては悦《い》に入っていた。

「はい、どの班が一番先に羽化するでしょう？　どの班の蝶が一番大きいでしょう？」

一週間ほどすると、ある班のさなぎが薄く透けて黒っぽくなった。死んでしまったのか、病気なのか、とみなが騒ぎ出すと、担任が声を張り上げた。

「その黒いのは羽の模様です。こうやって中が透《す》けてくるのは、羽化がはじまる合図です」

担任の言ったとおり、やがてさなぎに亀裂が入り、アゲハチョウが現れた。蝶は時間を掛けて羽を広げた。ケースの蓋を開けると、蝶は窓から飛んでいった。みなは拍手で蝶を送った。

毎日、どこかの班が羽化したが、藤太の班はさなぎのままだった。心配になった秋雄が図書室から図鑑を持ち出してきた。ケースの前で本を広げ講釈をはじめる。

「キイロタマゴバチ、アゲハヒメバチとか、さなぎに寄生して中を食うやつがいるんだ。もしかしたら」

「大丈夫かなあ」いづみは顔をしかめて必死でケースをのぞいている。

「小さな穴とか色が変わってるところがあったら、寄生されてるらしい」秋雄もいづみと並んでケースに顔を近づけた。

藤太はすこし離れたところでふたりを見ていた。すると、秋雄といづみがそろって振り向いた。ふたりとも不満そうだ。

「藤太は蝶に興味ないん？　ちゃんと羽化してほしくないん？」いづみの眼にはすこし非難の色がある。

「おまえもちゃんと観察せんとあかんやろ」秋雄はいづみの尻馬に乗ったというふうだ。

「心配したって仕方ない。こっちからはなにもでけへんし。黙って待つだけや」

藤太はつまらなそうに答えた。興味がないわけではない。羽化してほしいと思っている。だが、それで騒いでなんになる。どうせ、自分からできることはなにもない。

「そりゃそうやけど」そう言いながらも、いづみは納得していない。

「こいつはこういうやつや」秋雄がいづみをなだめた。「黙って待つだけや、とかいって実は一番偉そうにしてる」

「うるさいな」秋雄を蹴る真似をして、藤太は廊下に出た。

羽化してほしい。ちゃんと蝶になってほしい。本当は切実に願っている。だが、そんなことを願ってはいけないとも思っている。心の底から願って、それが叶わなかったらどれだけ辛いだろう。どれだけいやな気持ちになるだろう。そう思うと、簡単に願いを口にできない。待つだけ、というのは偉そうなのだろうか。世の中のほとんどのことは、自分の力ではなんともできない。どうしようもないことばかりだ。だから、待つしかない。それがどうして偉そうなのだろう。なにもできないから、待つしかないのに。

だが、秋雄といづみの心配も杞憂《きゆう》だった。

翌朝登校すると、さなぎの色が黒くなっていた。中の羽の模様が透けているのだ。

「よかった、生きてた」いづみがほっとした。

「ああ、よかった」秋雄も大きくうなずく。

もちろん藤太もほっとした。ちゃんと蝶が羽化できた。いづみが哀《かな》しまずにすんだ。哀しむいづみを見て、秋雄が落ち込まずにすんだ。なにもかもがうまくいった。

「午前中には羽化するな」秋雄が生真面目《きまじめ》に笑った。「心配して損した」

羽化は一時間目の終わりにはじまった。さなぎに小さな裂け目ができたかと思うと、それがゆっくりと広がっていく。

「おい」秋雄をつついた。「そろそろや」

「ほんまか？」秋雄が手を上げた。「先生、羽化がはじまりました」

「はい、じゃあ、授業は一旦中断。羽化の観察をしましょう」

飼育ケースの周りにみなが集まった。藤太といづみと秋雄はケースの一番前に陣取った。さなぎの裂け目がどんどん大きくなり、蝶の頭が見えてきた。次に前足が出て、羽が出た。だが、羽はまだくしゃくしゃで小さい。胴体の半分ほどしかないように見える。みな、蝶が羽を広げる瞬間を見ようと、息を詰めて見守った。

ゆっくりと片方の羽が伸びて広がっていく。黄色と黒の模様がはっきりとわかるようになった。だが、もう一方の羽はいつまでたっても広がらない。さなぎから出たときのまま、くしゃくしゃに縮《ちぢ》れている。

「ああ、その蝶は失敗やね」担任が飼育ケースをのぞいてことも無げに言った。「ああ、よかった。失敗も観察できて」

藤太は血の気がひくのを感じた。いづみの顔が強張《こわば》ったのがわかった。その横で、秋雄は呆然としている。

「はい、静かに。よーく見てください。これが羽化の失敗例です」担任が説明をはじめた。

「うわあ。羽、一枚だけぐしゃぐしゃや」

「なんで？　もう飛ばれへんの？」

「この蝶、病気ちゃうんか？」

口々に声が上がる。担任はさらに大きな声を張り上げた。

「この蝶のように、たまに羽化に失敗することがあります。羽がくっついたまま固まって、二度と開きません。だから、飛ぶことはできません」

「飛ばれへんかったらどうなるんですか？」秋雄が冷静な声で質問した。

「花の蜜を吸うことができないから死にます。飛べないから、ほかの昆虫にすぐつかまって、食べられてしまいます」

うわあ、ともう一度、声が上がった。担任がもう一度声を張り上げた。

「そこ、しゃべってないでちゃんと見る」

横にいるいづみは真っ青になってうつむいていた。肩が震えていた。

「この班の蝶は羽化に失敗しました。はい、よく観察してくださいねー。こういう失敗例も大事やからね」

藤太は知らぬ間に拳《こぶし》を握りしめていた。さっきは血が引いたのに、今は頭に血が上っている。身体中が熱い。勝手に震える。次の瞬間、腹の底が大きくうねってわけがわからなくなった。

そのとき、ふいに腕をつかまれた。ぎくりとして横を見ると、いづみが真っ青な顔で首を振った。

「藤太、あかん」

いづみの眼に見つめられ、気付いた。もうすこしで担任を殴るところだった。

「深呼吸し」いづみがぼそりと言った。

小さな細い声だったが、頼もしく聞こえた。藤太は深く息を吸った。

「もう一回」

いづみに言われるまま、深呼吸を繰り返した。その間、いづみはずっと藤太の腕を押さえていた。やがて、ゆっくりと藤太の身体から震えが引いていった。

「……もう大丈夫やね」

いづみがそっと手を離した。藤太は黙ってうなずいた。ようやくまともに頭が動き出したようだ。さっき、わけのわからぬまま担任を殴っていたら、大変なことになっていただろう。教頭や校長に叱られるくらいなら平気だが、きっと父にも連絡が行く。そんなことになれば、恥をかかされたと言ってどれだけ父は怒るだろう。二、三発殴られるどころではない。下手をすれば半殺しだ。

「はい、じゃあ席に戻って。忘れないうちに、今の失敗例をノートに書いてください。観察記録は家で仕上げて提出すること。明日中です」

みな、騒ぎながら自分の席に帰っていくと、飼育ケースの前は藤太といづみだけになった。藤太はいづみに礼を言おうとした。だが、うまく言葉が出てこなかった。なにも言えないのに、いづみの顔から目が離せない。顔を引きつらせて口をぱくぱくさせていると、いづみがほんのすこし笑った。

藤太はどうしていいのかわからなかった。羽化を一番楽しみにしていたのはいづみだ。だから、きっと一番哀しい思いをしたのもいづみだ。なのに、それでも笑いかけてくれる。

「藤太、早よ席に着けよ」秋雄が珍しく苛立った声を上げた。

振り返ると、担任がこちらをにらんでいる。藤太といづみは慌てて席に戻った。

秋雄はため息をつきながらも、几帳面《きちょうめん》な字で記録を仕上げた。いづみは蝶の絵を描いていた。縮れて二度と開かない羽を、ごく細かい部分まで時間を掛けて丁寧に描いた。藤太はノートを広げたがなにも書く気がしなかった。結局、ノートを提出したのは秋雄といづみだけだった。


その日から、いづみは飛べない蝶の世話をはじめた。

脱脂綿に砂糖水をしみこませ、ケースに置いた。砂糖水ばっかりやったらかわいそう、と休み時間ごとに新鮮な花を摘《つ》んだ。雨の日には藤太も手伝った。花を摘むいづみに傘を差し掛けてやった。羽の縮れた蝶はケースの中をよたよたと歩いて蜜を吸った。

羽化の失敗から、すこし経った頃だった。

いづみは日直の仕事で忙しく、代わりに藤太が花を集めることになった。昼休みになると、藤太はビニール袋を持って中庭へ出た。すると、どこからか下手くそなリコーダーが聞こえてきた。何度も何度も繰り返し同じところを練習している。ずいぶん熱心だ。だれだろう、とのぞいてみると、藤棚の陰に隠れるようにして秋雄がリコーダーを吹いていた。

秋雄はビニール袋を持った藤太に気付くと、ほんの小さなため息をついた。藤太はむっとした。

「秋雄、おまえも手伝えや」すこしきつい言いかたになった。

「ちょっと待てや。ここんとこ、もうちょっとで吹けるから」秋雄は藁半紙《わらばんし》の楽譜を示した。

「そんなんあとでいいやろ？」藤太は苛々と言い返した。

「なに言うてんねん。笛のテスト、来週やろ？　このままやったら不合格や」

「蝶のほうが大事や」

「藤太」秋雄が言いにくそうにした。「アゲハチョウの寿命は二週間程度や」

あの蝶が羽化に失敗してから、もう十日ほど経っている。秋雄の言いたいことはわかるが、そんな簡単に割り切ることはできない。

「もうじき死ぬから、餌《えさ》やっても無駄や言うんか？」

「違う」秋雄が心外な顔で言い返した。「そんなこと言うてない。ただ、おまえもいづみも、ちょっとムキになりすぎてる。あんまり入れ込んだら、あとが辛い」

「わかってる」藤太はそれ以上言い返せなかった。

秋雄が正しいことはわかっている。おまけに、本気でいづみと藤太のことを心配してくれているのもわかっている。それでも、蝶を見捨てることはできない。

秋雄がまた小さなため息をついて、練習に戻った。だが、数小節吹いただけで、リコーダーを下ろした。

「やっぱ手伝う」秋雄も花を摘みに来た。

花壇には色とりどりのペチュニアの花が咲いていた。途端に秋雄の眼の色が変わった。どの花がよいか、とひとつひとつの花を真剣に見比べて悩んでいる。

ふいに、藤太は秋雄にすまないと思った。正しいのは秋雄だ。なのに、俺が悪者に仕立ててしまった。秋雄は真面目だから、俺のようにいい加減になって開き直ることができない。なまじ頭がいいから、いろいろなことを考えすぎてしまう。

「この花、メチャメチャ大きい」秋雄が汗をかきながら歓声を上げた。「なあ、絶対いづみも喜ぶなあ」

「ああ」藤太はうなずいた。

そして、もう一度、秋雄にすまないと思った。

数日して、蝶は死んだ。放課後、三人で花壇の隅に蝶を埋めた。わざとらしく手を合わせたりしない、簡単な埋葬だった。校舎横の洗い場で手を洗うと、藤太は言った。

「秋雄、今日、一緒にリコーダーの練習せえへんか？」

「悪い。今日は塾やねん」秋雄がすまなそうに言った。

「じゃあ、藤太、あたしとやる？」いづみが言った。

「あ、うん。そやな」いづみはあっさり言ったのに、なぜか藤太はどきりとした。

「くそー。塾さえなかったらなあ」秋雄はひどく残念そうだった。

店に帰ると父はいなかった。またどこかふらついているらしい。早速、藤太といづみはスツールに並んで腰掛け、リコーダーの練習をはじめた。藁半紙に印刷された楽譜を見ながら、たどたどしく指を動かしていく。

遠き山に日は落ちて　星は空をちりばめぬ　きょうのわざをなし終えて　心軽く安らえば
風は涼しこの夕べ　いざや楽しき　まどいせん　まどいせん

いづみに教えてもらいながら、一音一音確かめていく。一小節吹くのがやっとだ。それに、いざや楽しき、の楽しきのところで、高いミの音がある。そこが全然うまく出ない。ピーと甲高い耳障りな音になるか、一オクターブ低いミの音が混ざってしまうかする。何度も繰り返し練習していると、突然、リコーダーをひったくられた。

慌てて顔を上げると父が立っていた。顔は赤黒かった。ずいぶん飲んで、しかもいつもより機嫌が悪い。たぶん、ひどく負けたのだろう。

「ピーピーピーピー、やかましい」

父は思いきりリコーダーを床に叩きつけた。リコーダーはセメントを流しただけの床で跳ね上がり、半分に折れた。父は顔を上げ、いづみに眼をやった。

「今日はおまえんとこの親父にすっかりやられたわ」父はいづみの顔をにらみつけた。「おまえの顔見てるだけでも、けったくそ悪い。帰れ、帰れ」

父はいづみの腕をつかむと、ぐいと戸口に押しやった。藤太はかっとして父につかみかかった。

「いづみになにすんねん」

「なんやと、親に向かって」

「だれが親や」思わず藤太は言ってしまった。「そんなん思たことないわ」

父の顔が変わった。藤太はいきなり胸ぐらをつかまれて壁に叩きつけられた。後頭部を打ち付けて、一瞬眼の前が暗くなる。次の瞬間、思い切り頬を殴られた。平手ではない、拳だ。

酔っているから加減がない。

「もう一度言うてみい、え？」父はふたたび藤太を殴った。「だれのおかげで生きてる思てるんや。だれのおかげで飯が食えると思てるんや」

くそ、と藤太は思う。いつもなら適当にかわして逃げ出すのだが、今日は思うように身体が動かない。最初に頭を打ったせいだ。

「あかん。やめて」

いづみの声がすぐ近くでした。父を止めようとしている。やめとけ、と藤太はもつれた舌で言った。怪我でもしたら大変だ。早く逃げろ。

「のけ」

父がいづみを振り払った。いづみはスツールにぶつかってカウンターに倒れ込んだ。

「いづみ」藤太が手を伸ばそうとしたとき、今度は父の膝蹴りが腹に入った。

藤太はうめいて身を折り曲げた。

「こんなしょうもない店、だれが好きこのんでやるか」倒れ込む藤太の頭の上から、父の声が降ってきた。「おまえさえおれへんかったら、こんな店、さっさと畳んでどこでも好きなとこ行けるんや。おまえさえおれへんかったら、好きなことができるんや」

「……好きなことて、なんやねん」藤太は床の上から父の顔を見上げた。一言話すだけで切れた唇が痛んだ。「好きなとこて、どこやねん」

「なに？」

「好きなことする言うても酒飲むだけや。好きなとこ行く言うても雀荘《ジャンそう》行くだけや」

「なんやと？　だれに向かってもの言うてんねん」

父が激昂し、うずくまった藤太を蹴りつけた。藤太は店の床に頭から突っ伏した。

「このカスが。生意気言うな。阿呆、死ね」

父は聞くに堪えない言葉で藤太を罵りながら、何度も何度も踏みつけた。

「ばかにしやがって。毎日毎日辛気《しんき》くさい顔しやがって。かわいげのない。くそ。うっとうしいんや。おまえのせいや。なにもかもおまえのせいや。死ね」

父の言葉はただただ汚かった。これほど下品で低劣で、嫌悪感を催す言葉があるのかと思うほどだった。藤太は父に蹴られながらぼんやりと想像した。――一度も掃除をしたことのない便所。真夏に生ゴミを入れたまま一週間放っておいたペール。油で詰まった排水溝。そして、父の言葉。この中で一番汚いのはなんだ？　考えるまでもない。決まっている。父の言葉だ。汚い。汚すぎる。

そのとき、低い凄味のある声がした。

「大将、やりすぎや」

朦朧《もうろう》とした頭で藤太は、男が父を押さえつけるのを見た。父の腕をねじり上げる男の左手には指が三本しかなかった。ああ、と思う。いつも飲みにくるヤクザだ。今までほとんど話すのを聞いたことはなかったが、やっぱりこんなドスのきいた声だったのか。

「ひっこめ。邪魔すんな」父は振り払おうとしたが、ヤクザの顔を見て我に返った。

「いや、別に、そんなつもりは……」

父は慌てて藤太から離れると、逃げるように店を出て行ってしまった。藤太は店の床に倒れたままだった。ヤクザは眉を寄せて藤太を見下ろしていた。

藤太は父を追い払ったヤクザを見上げた。もう五十前くらいだが、筋肉のついた身体はプロレスラー並みに見えた。

「大丈夫か？」

「なあ、ヤクザになったら、親父に殴られんですむか？」

「そんなしょうもないこと、二度と言うな」ヤクザは藤太をにらみつけた。「それにわしはヤクザと違う」

「でも、その指、なんやねん」

「港の倉庫で潰しただけや。人に言うなよ。……それより」男は不愉快そうに顔をしかめて言うと、いづみに向き直った。「早くこいつの血、拭いたれ」

その言葉を聞いて、いづみが駆け寄って藤太の横に膝をついた。泣きながら藤太の顔をのぞき込む。ヤクザはそれと入れ替わりに、振り返りもせずに店を出て行った。

「ひどい」いづみは藤太の鼻血を拭きながら泣いた。「いくらなんでもひどすぎる」

藤太はいづみの顔を見た。涙でぐしゃぐしゃの顔はとてつもなくかわいかった。藤太はいづみの手を払いのけた。いづみの手が汚れてしまう。

「いづみ」しゃべると口の中に溜まった血が溢れて出た。「俺は決めた」

たしか、こんなイントネーションだったはずだ、と藤太は思った。テレビのアナウンサーのようにしゃべればいい。ニュースを読み上げるつもりで話すのだ。

「大阪弁は嫌いだ。二度と話さない」

「え？」いづみが不思議そうな顔をした。「なに？」

「今、親父に怒鳴られながら思ったんだ。俺は一生、大阪弁はしゃべらない。親父と同じ言葉はしゃべらない」

いづみはすこしの間藤太を見つめていたが、やがて泣き出しそうな顔でうなずいた。

「藤太がそうしたいんやったら、そうし」


藤太は顔の腫れが引くまで、三日、学校を休んだ。久しぶりに学校へ行くと、秋雄もいづみもなにごともなかったように迎えてくれた。大阪弁をやめた件は、いづみから伝わっていた。秋雄は口には出さなかったものの、ずっと居心地の悪い顔をしていた。

リコーダーのテストは休んでいる間に終わってしまった。藤太は秋雄にリコーダーを借りて再テストを受けることになった。幸い、短縮授業で学校は昼で終わりだった。午後から、秋雄の部屋でリコーダーの特訓をすることにした。

「音楽ってなんか役に立つのか？　こんな笛吹いて意味あんのか？」

いつの間にか、秋雄の部屋からはピンナップがなくなっていた。参考書とステレオばかりが目立つ部屋だ。

「違和感ありまくりや」秋雄が藤太の顔を見てため息をついた。「その言葉、なんかあかん」

「いやなら話しかけんな」

「標準語なんて人為的なもんやで」

「大阪弁でなかったらいいいんだ。アナウンサーのでいい」

「そうか」秋雄はまたため息をついた。「ま、とにかく練習しよか」

リコーダーの練習といっても、そもそも藤太は楽譜が読めない。音楽の時間に習ったはずだが、興味がないので憶えていない。耳で憶えて吹くことになるのだが、やる気が起こらないので短い曲なのにまったく頭に入らない。

――遠き山に日は落ちて。

「全然ぴんと来ない」藤太はリコーダーを置くと、あぐらをかいた。

「たしかにそやな。このへん、海と川はあるけど山はない」

「天保山があるだろ」

天保山というのは大阪港の入口にある山で、昔、港を浚《さら》ったときに出た土砂でできている。

山と言っても高さはほんの数メートル。しょぼくれた公園の中にあるただの築山《つきやま》だ。

「やっぱあかん。その口調で天保山言うたら、なんかメチャメチャ気持ち悪いわ」秋雄がなんとも言えない顔をした。

「うるせえ」

ふざけていると、遅れていづみがやってきた。

「ちゃんと練習してるん？　リコーダーの音、聞こえへんけど」いづみが見慣れない紙袋を持っている。一度家まで戻ったらしい。

「あかん」秋雄がいづみに笑いかけた。「こいつ、全然うまくなれへんねん」

「仕方ないだろ。音楽は全然興味ないんだ。楽譜はさっぱり読めないし」

「そう思って、あたし、これ持ってきた。お母さんのやけど」いづみが紙袋から一枚のＬＰレコードを取り出した。「耳から聴いて憶えたらいいんよ」

「ああ」秋雄がいづみの手元をのぞき込み、うなずいた。「『新世界より』って、たしかこれの第二楽章が例の――遠き山に日は落ちて、なんだよな」

「よく知ってるな」

「音楽の先生が言うてたやろ」

なんだかんだと言っても、やはり秋雄は優等生なのだろうと思う。成績は常に一番、忘れ物もしないし授業中も真面目だ。一方、藤太は成績は完全に下位。宿題をやってこない日のほうが多いし、授業中はしょっちゅう寝ている。なぜこんなふたりがつるんでいるのか、と周りはよくは思っていない。この前など、担任に遠回しに釘《くぎ》を刺された。——佐伯君の足を引っ張らないように、と。

「あたしらがお手本吹いてもぴんとけえへんのでしょ？　プロの演奏やったらどう？」

藤太は半信半疑だった。家にはステレオセットどころか、レコードプレーヤーそのものがない。あるのは店に置いてあるラジオだけだ。クラシックなど一度も聴いたことがない。自分には縁のない世界だと思っていた。だが、せっかくいづみが持ってきてくれたのだ。とりあえず、その第二楽章を聴いてみることにした。

秋雄のステレオセットは、秋雄の父が知り合いから押しつけられたものだ。型は古いが高級品らしい。腰の高さほどある箱形のスピーカーが左右に一本ずつ、きちんとブロックの上に置いてある。秋雄はターンテーブルにレコードを置くと、慎重に針を下ろした。

ぼつん、という音に続いて、低くて柔らかな音が流れ出した。ゆっくりと、ごくゆっくりと飾り気のない和音が響いている。続いて聞こえてきたのは、聞き覚えのあるあのメロディーだ。だが、その音は藤太が知っているリコーダーの音とはまるで違っていた。穏やかで、静かで、やさしく、包み込むような心地がする。

藤太はしばらくの間、じっとレコードを聴いていた。不思議な気持ちだった。世の中に、こんな種類の音があるのか、と思った。今まで藤太が聞いてきたのは、父の怒鳴り声、酔《すい》客《きやく》の笑い声、雑音混じりのナイター中継、麻雀牌の音だった。だが、このレコードの中にはまったく知らない世界の音が入っていた。

——新世界より。

まさに、新しい世界から流れてくる音だ。

そのとき、秋雄が母から呼ばれて部屋を出て行った。藤太は秋雄がいなくなったことすら気付かなかった。

やがて、長い二楽章が終わり、いづみがレコードを裏返した。次は三楽章だ。ゆったりと穏やかな二楽章から一転、突然、テンポが速くなる。急流に引き込まれるような感じだ。かと思うと、またゆっくりとしたメロディーが流れ、そして、また速くなる。音にもてあそばれているようだ。なのに、懐かしい。気持ちがいい。藤太は眼を閉じた。

やがて音が途切れた。曲が終わったのかと思うと、突然、低いうなるような音が響いて、藤太は思わず眼を開けた。

第四楽章がはじまった。低く短くゆっくりと入った音は次第に高まり速度を増した。たちまち、輝かしく上りつめ、あたりに響き渡る。藤太は針とターンテーブルの上で回るレコードを食い入るように眺めた。信じられなかった。世の中にはこんな音がある。こんな音楽がある。

全身に音が浴びせかけられる。耳も腹もびりびりと震えている。藤太は顔を覆った。涙が出た。悔しかった。音楽は美しすぎて悔しかった。俺はこんなに下品で惨めだというのに、世の中には圧倒的に高く、美しいものがある。これほど人を感動させるものがある。なのに、俺はどうだ。親父はどうだ。「まつ」はどうだ。だらしなく、薄汚く、地を這いずるだけだ。違いすぎる。あまりに違いすぎる。俺に新しい世界などない。きっと、きっと親父と同じような人生を送るだけだ。

最後の和音がひっそりと消えていったが、藤太は顔を覆ったまま動くことができなかった。泣いていることは、とうにばれているはずだった。

「藤太」いづみが小声で呼んだ。

「悔しいんだ」藤太は思わず正直に言ってしまった。「思い知らされた」

なにを、といづみは訊かなかった。その代わり、レコードのジャケットを手に取り裏の解説を読み上げた。

「この曲を演奏してるのは、チェコ・フィルハーモニー管弦楽団。指揮者はカレル・アンチェル」

いづみはそこでまた黙った。だが、今度はすぐに言葉を続けた。

「チェコは第二次世界大戦でドイツに占領されて、アンチェルはユダヤ系やったから、ポーランドのアウシュヴィッツの収容所に送られたんやて」

藤太は思わず手を下ろして、顔を上げた。

「そこで、アンチェルの家族は両親も奥さんも子どもも、みんな殺されて……アンチェルひとりが生き残った」

藤太は呆然といづみの顔を見つめていた。いづみはまっすぐに藤太の眼を見返した。

「それでも、こんな演奏ができるんやね」

「それでも、か」藤太はつぶやいた。

俺にも、それでも、と言えるときが来るのだろうか。母に捨てられ、父に殴られ、勉強もできず、リコーダーも吹けない。そんな俺でも、いつかなにかができるのだろうか。一体なにができるだろう。俺にできるのはなんだ？

「俺でも、それでも……」

藤太が口を開きかけたとき、秋雄が戻ってきた。

「悪い。用事ができて出かけなあかんねん」

「ああ、いや」藤太はあくびをしたふりをして、目をこすった。「じゃあ、帰る」

「なんや、また寝てたんか」秋雄が手早くレコードを片付けた。「せっかく、いづみがレコード持ってきてくれたのに」

秋雄がいづみにレコードを返そうとすると、いづみは首を振った。

「そのレコード、ここに置いといて。藤太も聴けるように」

「え？　ああ、そやな。わかった」秋雄はすこし困惑したようだった。

藤太はいづみと秋雄の家を出た。だが、家に戻る気はしなかった。店の手伝いをしなければ怒られるとわかっていながら、藤太は歩き続けた。いづみもずっとその横を並んで歩いた。

ふたりとも口をきかなかった。どこへ行くのか、なぜ一緒に歩いているのか。藤太にはわからなかった。いづみもわからないはずだったが、なにも訊ねてはこない。ふたりは行くあてもなく、ただ安治川を遡《さかのぼ》った。

藤太はなかば放心していた。まだ、あの「新世界より」が鳴り響いて、一向に止む気配がない。さっきレコードを聴いたときの爆発的な興奮は収まった。だが、身体の奥が静かに沸いている。しかも、ただ沸いているだけでなく、ずっしりと芯まで熱いのだ。藤太はとろ火で煮た豆を思った。表面の皮はつるりと張って平気なふりをしているが、中は指で押しただけで潰れるほど柔らかい。そのぐずぐず溶けた豆の熱さときたら、湯や油の比ではない。

歩き続けるうちに、いつの間にか弁天埠頭《べんてんふとう》までできた。フェリー客で賑わう一角を通り抜け、さらに歩き続けた。すると、やがて前方に巨大な水門が見えてきた。

安治川水門は大小ふたつの門からなっている。アーチがあるのは大きい門で幅が六、七十メートル、小さい門は二十メートル弱といったところだ。今は、赤いアーチが半分ほど閉じた状態だった。

「あ」いづみが小さな声を上げた。「水門が」

「ああ。試験運転の日か」

水門上部の信号は通行禁止を示す赤だった。川には船の通行を遮断するように鎖が張られ、小さな船が警告灯を点滅させながら待機している。

「月に一回、水門の点検やるんだ。いつも開いてるのを閉めて、それからまた開ける。今は閉めたのを開けてるところだろうな」

水門ができたのは大阪で万博があった年、つまり藤太が生まれる前の年だ。普通の水門はゲートが垂直に下りるタイプが多いが、安治川水門は違う。弓形のアーチが弧《こ》を描いて下りる仕組みだ。

「ふうん、よう知ってるね」

「前に店の客が言ってた。川船に乗ってるやつで、試験運転の日は午後から仕事にならない、って」

ふうん、といづみが水門を見上げた。「ねえ、全部開ききるまで見てよか」

「いいよ」

少々、歩くのに疲れたというのもある。ふたりは水門がよく見える場所まで移動することにした。このあたりで水門の全景が見渡せるのは、水門のすこし上流に架かった安治川大橋だ。ふたりは橋の上まで歩いた。

橋は国道四十三号が通っている。片側四車線、計八車線あって交通量が多い。おまけに、この区間は高架で信号がないため、かなりの車がスピードを出していた。ダンプ、トラックといった大型車がひっきりなしに走りすぎ、歩道に立っていると橋が揺れているのがわかる。たしかに水門はよく見えたが、車の音がすさまじかった。

ふたりはそれきり黙って水門を眺めていた。歩道は風で吹きさらしだ。水門のアーチは見た目にはすこしも動いているようには見えない。だが、よく見ると、先ほどよりはアーチが上がったような気がした。

いつの間にか、陽が傾きかけていた。水門の向こうでは、川も海も赤く染まっている。

――遠き海に日は落ちて、と藤太は思った。そう、これならぴんとくる。

「新世界、か」藤太はつぶやいた。

「……なに？」

車の音で聞こえなかったらしい。いづみが振り向いた。その途端、髪が風で吹き乱された。慌てて髪を押さえるが、吹きつける風の前ではあまり意味がなかった。

「新世界」藤太は叫んだ。「それでも……俺にも新しい世界はあるのかな、って」

「あるよ」いづみも叫び返した。「きっとある。藤太にも、あたしにも」

藤太はいづみの顔を見つめた。いづみは真剣そのものだった。弓形の眉、薄い唇。ほんのすこし切れ上がった眼。頬にはかすかに血が上っている。こんなに強い表情をしているのは、はじめてだ。

そのとき、開門を知らせるサイレンが鳴った。霧笛《むてき》のような音が三度、低く、低く、低く鳴った。信号が青になった。通行を待っていた船がゆっくりと水門をくぐっていく。

ふいにわかった。俺にだって新世界はある。遠いところではない。探しに行く必要なんかない。ちゃんとここにある。俺にできることはすぐそこにある。

「俺は『まつ』をやろうと思う。親父はしょうもない店だと言うけど、俺は『まつ』をちゃんとした店にしようと思う」

どこかへ逃げるのは簡単だ。だが、それは親父が酒に逃げるのと同じだ。なにもかから逃げて、逃げたことが恥ずかしくて、それをごまかすために俺を殴るのと同じだ。なら、俺は逃げずにここにいてやる。この川の町を新しい世界にしてやる。

藤太はいづみの顔から眼を離さずに言った。

「俺は親父とは違う。『まつ』をきちんとした店にしてみせる。一流の割烹《かっぽう》……いや、一流の料亭にしてやる」

「うん」いづみが力強くうなずいた。「うん、そやね」

勉強は嫌いだ。リコーダーも嫌いだ。だが、店は好きだ。どんなに殴られようが「まつ」で仕込みをやっているときが一番楽しい。なら、ここを俺の新しい世界にする。

「ねえ、藤太」いづみが先ほどとは打って変わって、困った顔になった。

「なんだよ」

いづみはしばらくの間ためらっていたが、やがて思い切ったふうに言った。

「あたしも手伝っていい？」

藤太は驚いていづみの顔を見た。返事ができなかった。いづみは髪を押さえていた手を離した。途端に髪が巻き上げられて渦を巻いた。

「藤太と一緒に『まつ』をやってもいい？」

もっと大きな声で返事をしなければ聞こえない。そう思ったが、声は喉の奥で詰まってしまい、ふにゃふにゃと上滑《うわすべ》りの息が出ただけだった。だが、いづみにはちゃんと聞こえたらしい。髪を絡みつかせたまま嬉しそうに眼を細め、ゆっくりとうなずいたからだ。

4

深酒が続くと膝に来た。

秋雄と再会したとき、こう思った。閉店後の一杯が一瓶になるだろう、と。その予想は間違ってはいなかった。「まつ」の裏口には客ではなくて店主の消費した空瓶が、呆れるほどの速さで積み上がっていった。

そこまでは藤太の予想どおりだった。一杯が一瓶になっても、ただ酔い潰れるだけだと思っていた。二日酔いで苦しむか、冷えた床で寝て翌朝身体が痛むか、最悪でも吐瀉物《としゃぶつ》の処理をする程度だと思っていた。

だが、その先は違っていた。酒はいきなり膝に来た。無論、スツールと壁の間に挟まって不自由な姿勢で眠ったせいもあるだろう。セメントを流しただけの床が冷たかったせいもあるだろう。だが、それだけでは説明のできない激痛がやってきた。

藤太はまるで曲がらない膝を抱えてうめいた。頭も背中も腰も痛みはしたが、膝の激痛に比べれば赤ん坊に撫でられる程度のものでしかなかった。

一体どれだけ飲んだだろう。藤太は昨夜のことを思い出そうとした。たしか、ネックレスが仕返しに来たのだ。水を撒いて追い返したら、ハンチングに叱られ、とばっちりの男ふたりにおごる羽目になった。そして、「新世界より」を聴きながら秋雄のことを思って、ズブロッカを一瓶空にしたのだった。

そのとき、ほづみがやってきた。

「眼、覚めた?」床で寝ている藤太を呆れ顔で見下ろしている。

吐き気はさほどしない。それほどひどい二日酔いではなさそうだ。

「藤太おじさん、顔が真っ赤やよ」

なんとか身体を起こして壁にもたれるように座った。右膝をハンマーで殴られたような気がした。手を額に当ててみたが、手の感覚自体が鈍くなっているようでよくわからない。すると、ほづみが自分の手を当てた。冷たい手だ。気持ちがいい。

「すごく熱いと思う。体温計ある?」

「ない」

床で寝て風邪を引く季節ではない。熱の原因は膝だろう。藤太は床を這って六畳間によじ登った。

「お布団で寝たら？」

「ここでいい」到底、二階への階段を上れる状態ではない。

「お医者さん、行く？」

「いい」

「お薬は？」

「いらない」

「秋雄おじさんはいつも言うてたよ。早くお薬飲んだら早く治るって」

「あいつが言いそうなことだ」

これだけ話しただけなのに息が切れた。よほど熱が高いようだ。湿った座布団の冷たささえ心地よく感じられる。藤太は眼を閉じて息を吐いた。痛みを逃そうとするが効果がない。間の悪いことに激しい尿意が襲ってきた。藤太はまた這ってトイレまで身体を引きずった。息を切らしながら六畳間に戻ってくると、ほづみが洗面器とタオルを準備していた。

「氷、使っていい？」

ほづみは氷水にタオルを浸して絞った。ずいぶんタオルを絞るのがうまくなったものだと思う。店に来た頃はびしょびしょのダスターでカウンターを拭いて、藤太を苛立たせたものだ。ほづみはタオルを藤太の額に載せてくれた。

「ほづみ、もう一枚タオルを絞ってくれ」

「わかった」

ほづみが転がるようにタオルを取りに行った。そんなに慌てなくていいのに、と思う。おかしな気持ちだった。人に看病してもらうのははじめてだ。四十を過ぎてから、まさか血のつながらない子どもにタオルを載せてもらうとは思いもしなかった。

四十。ふいに藤太は気付いた。なるほど、四十を過ぎたのだ。酒が膝に来て熱が出たのは、年齢のせいなのだろう。無理がきかなくなってきたということだ。今は一番弱い膝に出たが、やがては場所を選ばなくなる。肝臓がいかれ、胃がいかれ、眼と歯がいかれる。これまでのツケを払う時期がきたということだ。

「はい、これ」ほづみが新しいタオルを差し出した。

藤太はめまいを堪えながら身体を起こして、ジーンズをめくり上げた。熱を持った膝にタオルを置くと、ふたたび倒れるように横になった。

「膝、痛いの？　お薬、買ってこよか？」ほづみが落ちたタオルを拾って、ふたたび額に載せてくれた。

たしかにこの痛みではなにもできない。だが、薬を飲むのは面倒だし、そんなことをしてまで健康になりたくない。長生きしたくない。

「秋雄おじさんは頭痛いとき、しょっちゅう薬飲んでたよ。仕事があるから早く治さんとな、って」

なるほど、と思う。このままだと店を休むことになる。だが、店を休むと金が入らない。金が入らなければ、ほづみを食わせていけない。秋雄との約束が守れない。

「薬を、買ってきてくれ」熱のせいでぶつ切れにしかしゃべれなかった。薬など飲むのは膝の手術のとき以来だ。「痛み止めだ。よく効くやつ。三つくらいまとめて。金は手提げ金庫だ」

「わかった」

ほづみは大きくうなずくと、六畳間を飛び出した。転ぶなよ。そう声を掛けようとしたが、藤太はそのまま意識を失った。


夢を見ていた。

いつもの夢だ。酒に酔った父が眼の前にいる。阿呆、カス、死ね、と怒鳴って父が拳を振り上げた。火傷だらけの腕だ。酒臭い息が顔に吹きかけられ、息が詰まる。懸命に逃げようとするが、追い詰められた。観念した途端、父の拳が頬を打った。骨に響く鈍い音がする。聞き慣れた音だ。胸にも腹にも拳が入る。抵抗することなどできない。殴られるままになっている。殺されるかもしれない、と思う。いや、殴られ続けるくらいなら、いっそ殺されたほうがマシだろうか。

痛みははっきりとある。頬が痺《しび》れ、顎がじんじんと痛む。頭が揺れて吐き気がする。眼がかすんで焦点が合わない。唇が切れて鼻血が流れる。血の味が口の中いっぱいに広がる。身体がばらばらになってしまいそうだ。

ただの夢だとわかっている。父は死んだ。とうに死んだ。そんなことはわかっている。なのに痛い。苦しい。怖ろしくてたまらない。

藤太は泣きながら願った。早く眼が覚めてくれ。たとえ夢の中でも、もう殴られるのはごめんだ。助けてくれ。だれか助けてくれ。だれか――。

眼が覚めると、またほづみの顔があった。

「大丈夫?」ほづみは今にも泣き出しそうだ。「そんなに痛い?」

いや、と言おうとして気付いた。頬が濡れていた。夢を見てひどく泣いたらしい。藤太は額で熱を診《み》るふりをして、涙を拭いた。最近、こればかりだな、と思う。目覚めてはじめに見るのが、ほづみの顔だ。

「薬、買ってきたか?」

すると、ほづみが驚いた顔をした。眼を見開いた拍子に涙が一粒落ちて、慌てて手の甲で拭《ぬぐ》った。子どもを泣かせたことに、藤太は自分で自分を罵った。いい加減に大人になれ、と思う。父に殴られたのは二十五年も前の話だ。いつまで昔にこだわっている？　とっとと忘れてしまえ。

「お薬、さっき飲んだやん」

「え？」今度は藤太が驚いた。「そうだったか？」

朦朧としたまま薬を飲んだらしい。なるほど、ほんのすこし痛みがマシになったのは薬のおかげか。

「ほづみ。俺はいいから、もう遊んでこい」この調子では店は無理だ。いい機会だ。ほづみに休みをやろう。「公園でもどこでも……」

起き上がろうとすると息が切れた。なんとか壁にもたれたとき、声がした。

「大丈夫ですか？」

カウンターに男が座っている。見たことのある顔だ。すこし考えて思い出した。たしか、昨夜、ネックレスに水を撒いたとき、迷惑を掛けてしまった男だ。だが、なぜ開けてもいない店に座っているのだろう。藤太はちらりとほづみを見た。勝手に客を入れられても、今日は商売は無理だ。

「ああ、違うんです」男は相変わらずこざっぱりしたなりをしていた。「ほづみちゃんは悪くない。俺が無理言うて入れてもらったんです」

藤太はかすむ眼で男を観察した。胸にラインの入ったポロシャツとジーンズだ。小柄だが首も腕も太い。胸板もかなり厚い。あまり日焼けはしていないので、筋トレマニアなのだろうか。

「昨日飲んだとき、ライター忘れたから取りに寄ったら、なんかご主人、具合悪そうで」男はほづみをちらりと見た。「ほづみちゃんも泣きそうな顔してたから、眼を覚ますまで一緒にいたほうがいいんやないかと思たんです。勝手にすみません」

「……どうも」

「それからご主人、余計な口出しかもしれませんが、アルコール残ってるときに下手に薬飲んだら危ないいんですよ」

「藤太おじさん、ごめん。あたし、知らんかったから薬飲め言うて……」

ほづみがまた泣きそうな顔になった。

「いや、俺も知らなかった。おまえが悪いんじゃない」

余計なことを言いやがって、とカウンターの男を軽くにらむ。だが、男は気付かないようで、にこにこ笑いながら話しかけてきた。

「ご主人、さすがに今日は店、休みですか？」

「たぶん。それで、ライターは？」

これだけの会話も辛い。さっさと帰ってもらおうとしたが、男には通じなかった。

「え。ああ。ありました。椅子の下に落ちてました。これ、俺のお守りなんですよ。煙草は吸わへんけど、いつも持ち歩いてるんです」男は胸のポケットから真鍮《しんちゅう》のオイルライターを取り出して、示した。「しかし、ご主人。ほづみちゃんは偉いですねえ。さっきから見てると、ほんまに甲斐甲斐《かいがい》しく看病してるんです。小さいのに立派ですよ」

男はべらべらとしゃべり続ける。人はよいが少々鈍いようだ。善意さえあれば、なにをしても許されると思っている。他人の胸の内を踏み荒らしていることに気付かない。藤太は思った。もし身体が動いたら、このご親切な男の襟首をつかんで店の外に叩き出しているところだ。

「お客さん」藤太は精一杯冷静な声を出した。「すみませんが、もう」

「ああ、それは気付かずに申し訳ない」男は頭を下げながら立ち上がった。「じゃあ、ご主人が元気になったら、またゆっくりと飲みに来ます」

男は入口の扉を半分開けて振り返った。

「じゃあ、ほづみちゃん、また」

ほづみに手を振りながら帰って行った。

「まつ」が休業したのは、藤太がフォークリフトに踏まれて膝を潰されて以来だった。倒れて一日目。

男が帰った後、藤太はひたすら六畳間でうめいていた。その間、ほづみはずっと藤太を看病してくれた。タオルを裏返したり絞ったりしながら、横で絵を描いている。この前買ったお絵かき帳はもうなくなって二冊目だ。花やら女の子の絵ばかりだが、ちらと見た限りでは細かいところまで丁寧に描き込んであった。

「アゲハチョウ、描けるか？」

「アゲハチョウ？」

「……いや、いい」熱のせいでバカなことを言ったと思った。

倒れて二日目。

藤太はまだ六畳間に転がっていた。薬が効いたのか、三十九度を超えていた熱は三十八度まで下がった。膝の痛みはずいぶんマシになっていた。

午後を過ぎると、木谷、堅田の両刑事が来た。

ふたりは藤太の死にそうな顔を見て驚いたふうだったが、ほづみがなにくれと世話を焼く様子を見てはっきりと嬉しそうな顔をした。それなりに本気で心配していたらしい。

「びっくりするくらい馴染んでますね」珍しく堅田がしゃべった。

その後で、秋雄のことを訊かれた。連絡はない、と答えた。藤太も捜査状況を訊ねたが、特段の進展はないとのことだった。

北へ向かった白のプリウスの行方はわからないらしい。高速を利用した記録もなく、幹線道路を避けて裏道を走ったのならお手上げということだ。

「なにかありましたら、ご連絡ください」いつもの言葉を残して、刑事ふたりは帰っていった。

倒れて三日目。

藤太はなんとかカブに乗って仕入れに行き、店を開けた。薬を飲み続けていたが、熱と痛みが完全に消えることはなかった。対症療法には限界があるということらしい。膝を診てもらえば即入院手術になりかねない。だが、今はそれどころではなかった。

暖簾を出した「まつ」にはすぐに常連が顔をそろえた。ライターを取りにきた、あのご親切な男もいた。

「愛想は悪いし、汚いし、安いだけしか取り柄のない店やけど、休まれると寂しいもんや」牛乳割りが言うと、ほかの客がみなうなずいた。

藤太は顔も上げずに、なめろうにする鯵を細かく刻み続けた。口の悪い賛辞が面映《おもは》ゆい。

「鶴の子がおる」ハンチングがぼそりとつぶやいたが、聞こえたのは藤太だけだった。

「ほづみちゃん、いい子ですねえ」ご親切な男が言った。「小さい頃からずっとお手伝いを?」

「いや、ここ最近の話や」牛乳割りが枝豆を食べながら答えた。

「へえ。じゃあ、ここのご主人とはどんな関係で?」

「ちょお、あんた」牛乳割りが口から枝豆を飛ばしながら声を荒らげた。「えらいぶしつけな物言いやな。よそさまの事情に口出しすんなや」

「いや、すみません」男は深々と頭を下げた。「だって、ご主人のことをおじさん、って呼んでるけど、どことなく他人行儀だし顔も全然似てないし。血のつながりはないんでしょう？　どう見ても赤の他人だ。なのに一所懸命働いてる。偉いなあ、と思って感心してるんです」

藤太は思わず鯵を刻む包丁を止めた。まじまじと男の顔を見る。男は藤太を真っ直ぐに見つめ返して、にこりと笑った。

「……おまえ、黙っとれ」ハンチングがすごんだ。

「ああ、すみません。申し訳ない」男は軽く頭を下げて残りのもずくをすすりこんだ。

そこで牛乳割りが高校野球の話をはじめ、「まつ」の雰囲気が変わった。ほづみがなめろうの皿を運び、藤太は焼き台に戻った。

八時を過ぎ、ほづみを下がらせた。常連がまたな、と手を振る。ほづみはすこし名残惜しそうだ。客がひとり減りふたり減りして、十時になった。最後の客は慇懃《いんぎん》無礼なあの男だった。ジョッキの底にわずかに残ったビールを前に、動かない。

「そろそろ店を閉めたいんですが」

「ご主人」男がジョッキを差し出した。「お代わり」

「もう閉店なんです」

「ちょっとご相談があるんですよ。長い話になりそうなんで」

「明日の仕込みがあるんです」

「じゃあ、できるだけ短い話にしましょうか」

「いや、結構だ」

もう我慢ができなかった。藤太は男の横に伝票を置き、入口の戸を開けた。男は呆れた顔で藤太を見上げた。

「……ここまで失礼な店も珍しいのと違うかな」

「さあ」藤太は外を指さした。「ありがとうございました」

男はひとつため息をついた。「ご主人、暖簾を下ろして戸を閉めてきてくださいよ。勘違いして客が来たら困る」

「あんたが出て行ったらそうする」

男はまたため息をついた。そして、気の抜けたビールを飲み干した。

「ほづみは俺の娘です」そしてにこりと笑った。「似てるでしょ?」

藤太は反射的に耳を澄ませた。二階からは、ラジオと一緒にほづみの歌声が聞こえてくる。会いたかった、会いたかったと連呼しているが、藤太の知らない歌だった。

ほづみには聞こえていない。藤太はほっとした。暖簾を下ろし、入口の戸を閉める。膝の痛みが鈍いということは、痛みを感じないくらい動揺しているのだろう。だが、なぜか驚いたという実感がない。

「いづみとは高校の頃からのつきあいなんです。俺は二こ下なんですけど、なんか気が合ってね」

いづみが歳下とつきあっている。そんな話を昔聞かされたことがある。ホンダのNSRを買うと話していたパチンコ屋の息子からだ。

「俺はずっと結婚したかったんですが、いづみがうんと言わなくて。でも、子どもができたんで、今度こそきちんとしようと思ったんです。そうしたら、いづみが出て行ってしまったんですよ。俺、ずっと探してました。そうしたら、佐伯のところにいるのがわかって。ほづみを返してもらおうとしたら、あの事件です。ほづみは消えてしまうし……こちらにたどり着くまで苦労しました」

「あんたがほづみの父親だという証拠は？」

「お望みならDNA鑑定でもしますよ。もっとも、金の無駄遣いやと思いますけどね。俺がほづみの父親なのは確実なんです」

男は上機嫌だった。あくまでも自然に見える、如才ない笑みに藤太は苛立った。

「ずいぶんな自信だな。男に父親の確証なんかあるものか」

この男がいづみを抱き、そして孕《はら》ませた。自分になんの権利もないとわかっていても、それは圧倒的な不快だった。到底、受け入れられることではない。

「それはいづみが尻軽やと言いたいんですか？」男が怒りをあらわにした。「ほかの男とやりまくってたから、だれが父親だかわからないと？」

「そんなことは言ってない」

「言ったのと同じですよ。いづみに対して失礼やないですか」

藤太は返事ができなかった。眼の前の男がいづみの名を無造作に口にするたび、腹の底が波打って吐き気がした。そして、あっさりと言い負かされた自分に腹が立った。

「佐伯弁護士はね、いづみが死んだと言うたんです。もちろん俺は信じません。いづみが死ぬわけがない」

藤太は黙っていた。これ以上迂闊なことはしゃべれない。

「俺、信用されてないみたいですね」男はセカンドバッグから茶封筒を取り出した。「一応、持って来ました。ほら、いづみの写真です。長い付き合いが嘘やないというのが、わかってもらえるかと思います」

十数枚の写真がカウンターに並べられた。高校の制服を着たいづみから三十前後のいづみまで、いろいろな年齢のいづみがいた。

藤太は思わず写真に見入った。そこにいるのは紛れもなくいづみだった。

髪型は中学のときとそう変わっていない。まっすぐな髪を額の真ん中で分けている。下ろしているときもあれば、後ろでひとつに結っているときもある。髪の長さは時によって多少違うが、肩より短くなったことはなく、胸より長くなったことはない。化粧は薄い。唇にも眼の上にもほとんど色がない。背景はカラーなのに、いづみだけモノクロに見える。

いづみ。中学卒業とともに別れたきり、一度も会ったことのない女だ。思い出したくないのに、忘れることができない。

薬など飲むのではなかった、と思った。あのときのように、気を失うほど痛んで熱に浮かされればよかった。だが、もう遅い。写真の中にはいづみがいる。二十五年前を思い出してしまう。

だが、過去の記憶以上に藤太の心をえぐったことがある。それは、どの写真のいづみもすこしも幸せそうではなかったことだ。いづみは笑っていない。微笑んですらいない。白い死体のような顔でどこかを見ている。レンズを、カメラを構えた男を見てはいない。断言できる。撮影者と被写体の間に通い合うものなど、なにもない。なのに、いづみは顔を背けもせず、いやな顔もせず、ただ撮影者に従っている。

男はいづみの写真をかき集めると、ふたたび封筒に戻した。

「アルバムから剝《は》がしてきたんですよ。また貼らないと」

そのとき、音楽と歌声が止んだ。階段を下りてくる足音がする。藤太は怒鳴った。

「ほづみ、二階へ行ってろ」

ほづみはちらと顔をのぞかせたが、なにも言わずふたたび階段を上っていった。

「素直ですね。それとも、あなたに怯えているんかな」男は笑ってから藤太をにらんだ。

「ですが、ひとの娘を怒鳴りつけるのは止めてもらえますか」

「俺はあんたがほづみの父親だと信用したわけじゃない。あんたはいづみの写真を見せただけだ。それに、あんたは自分がどこのだれかも言っていない。これで信用しろというほうが無理だ」

「坪内裕之《つぼうちひろゆき》、三十八歳。地方公務員。――あいにく名刺は切らしておりまして」男は皮肉と怒りをない交ぜにして鼻先で笑った。「佐伯弁護士も同じことを言いましたよ。じゃあ証明するから、と言ったのに、DNA鑑定すら拒否した。俺は勝手にほづみを認知することだってできるのに、それをせずに礼を尽くした。なのに、佐伯弁護士は相手にしてくれない。会わせてもくれない。仕方ないから、こっそり眺めているほかなかったんです。ほづみはいづみにそっくりです。遠くから見ても一目でわかる」

藤太は黙ってシンク下からズブロッカを取り出した。しゃがむと膝が割れたように痛んだが、ありがたい痛みだった。

「俺は秋雄に賛成だ」甘い酒を注いで氷を放り込んだ。これで今夜は薬を飲めない。思う存分、痛みに浸れる。「あんたにほづみは渡せない」

「どういうことですか」坪内の顔色が変わった。

「写真を見ればわかる。あんたにカメラを向けられて、いづみはちっとも幸せそうじゃない。

そんなやつにほづみを渡せるか」一息にズブロッカを飲み干し、ほづみに怒られるだろうと思いながら二杯目を注いだ。「いづみはあんたを嫌って逃げ出した。そして、なんらかの事情でほづみを育てることができなくなり、秋雄を頼った。そして、秋雄はほづみの後見人になった。これで間違いないか？」

「嫌って逃げ出したんやない。ちょっとした誤解です。男と女ならよくあることやないですか。いづみはやさしいから、俺に気い遣《つこ》て遠慮してしまうんですよ。もっと甘えてくれたらいいのに」

「わかりやすい負け惜しみだな」

すると、坪内の顔に血が上った。藤太をにらみつけて言う。

「だから、あんたは黙ってるいうわけか？」

「そうだ。負け惜しみを言うくらいなら黙って負けている。とにかく、これでわかった。秋雄が俺に保険を掛けた理由がな」

「保険？」

「秋雄は後見人になったときに、俺をスペアに指定した。なにかあったときのことを考えてだ」藤太は二杯目も一息で飲み干した。酒を飲むといくらでも舌が動いた。もう自制はきかない。「おまえには、絶対にほづみを渡したくなかったからだ。おまえに渡すくらいなら、俺みたいな社会の底辺のクズに渡すほうがマシだと思ったんだ」

「客に向かっておまえ呼ばわりは失礼やろ。いくらなんでもその言いかたはないんと違うか」坪内が立ち上がった。

「ここは俺の店だ。俺は店を閉めた。だから、おまえは客じゃない。ただの押し込みだ」もう一杯注いで、そのまま飲み干す。グラスを手に持ったまま、さらに次を注いだ。「わかったら出て行け。俺の酒の邪魔をするな」

「ほづみは俺の娘や」坪内は店の奥の階段に向かって歩き出した。

「アンチェル」藤太はつぶやいた。

「なんやて?」

振り向いた坪内に、藤太はとっさにグラスの酒を浴びせた。坪内は悲鳴を上げ、身を折り曲げた。酒がまともに眼に入ったらしい。坪内はうめきながら顔を押さえている。

「なにすんねん」坪内は真っ赤になった眼から涙をこぼしながら、叫んだ。

藤太は返事をせずに坪内の胸ぐらをつかんで店の外へ突き出した。膝がひどい音を立てた気がしたが、酒のせいであまり痛みを感じずにすんだ。やっぱり酒はありがたい。薬などよりよほど役に立つ。

坪内は涙と鼻水だらけになりながら、アスファルトの上でもがいている。

「念のため、火には気をつけろよ」藤太はズブロッカの瓶を傾けると、坪内の頭の上から残りを全部掛けてやった。「ま、こいつは四十度しかないけどな」

坪内は倒れたまま咳き込んだ。藤太は店の戸を閉めると錠を下ろした。

「藤太おじさん」後ろから声がした。

藤太ははっとして振り向いた。いつからいたのだろうか。まさか、坪内との話を聞かれたのだろうか。

「下りてくるなと言っただろ」

「でも、すごいケンカしてるみたいやったから」

「酔っぱらいをつまみ出しただけだ」

ほづみは心配げではあるが、動揺してはいない。どうやら、坪内との会話は聞かれていないようだ。ほっとして、無意識の仕草で酒を注ごうとした。だが、瓶はすっかり空だった。軽く舌打ちすると、ほづみがにらんだ。

「またお酒飲んでる。お酒飲んだら、薬飲まれへんのに」

「ほっといてくれ」藤太はほづみに背を向けた。

「でも、また膝が痛くなったら」

「うるさい」藤太は思わず怒鳴った。

ほづみはびくりとし、後退った。

「すまん」藤太は一瞬呆然とし、慌てて詫びた。

ほづみはなにも言わず階段を駆け上がっていった。

藤太は壁にもたれ、眼を閉じた。また、同じことをしている。いつまで経っても学習しない。成長しない。俺は最低だ、と思った。何度も子どもに八つ当たりなど、どれだけあさましいのか。

いづみがほかの男に抱かれ、ほかの男の子どもを産んだことなど、とうに平気になったはずだ。自分には文句を言う資格も傷つく資格もない。なにもかも納得したはずだった。だが、実際にいづみを抱いた男を眼にすると、平気でいられなくなった。坪内に抱かれるいづみを想像してしまったせいだ。あんな写真を見せられたせいだ。

坪内の下で、いづみは表情のないままあえいでいる。いづみの顔は中学生だったり、高校生だったり、二十代だったり三十代だったりする。どの年代にも共通するのは白い死体の顔ということだ。冷たく揺らされている。

「……バカ野郎」よろめきながらスツールに腰を下ろし、頭を抱えた。

せめて笑っていてほしかった。幸せになっていてほしかった。なぜ、好きでもない男に抱かれ子を産んだ？　なぜ、もっとまともな男を選ばなかった？　俺よりも坪内よりも、もっとマシな男はいくらでもいたはずだ。

そう、たとえば秋雄だ。真面目でやさしくて優秀で金を持っている。申し分のない男ではないか。秋雄なら諦めがつく。いや、心から祝福できる。

シンクの下をあさったが、ズブロッカの買い置きはもうなかった。酒のない時間に堪えられず、藤太はCDラジカセの電源を入れた。やがてアンチェルの振る「新世界より」が流れ出した。

カレル・アンチェルは一九〇八年にボヘミアで生まれた。若くして才能を認められ、プラハ交響楽団の音楽監督になった。だが、ナチスの侵攻により楽団を追われ、収容所に送られる。アウシュヴィッツで両親、妻、子どもを殺され、生き残ったのはアンチェルひとりだった。

戦後、アンチェルはチェコ・フィルハーモニー管弦楽団を指揮し世界的名声を博した。だが、アメリカ・カナダ公演の最中に「プラハの春」事件が起こる。ソ連の軍事侵攻を知り、アンチェルはチェコには戻らず亡命した。その後、カナダでトロント交響楽団の首席指揮者になるも、わずか四年で死んだ。

アンチェルが死んだのは一九七三年。そのとき、藤太は二つ。母が出て行った頃だ。

藤太は眼を閉じ、アンチェルの「新世界より」に耳を澄ませた。

音のひとつひとつが身に突き刺さる。柔らかなフルートとオーボエは撫でるようにえぐり、弦《げん》は規則正しく引きちぎった。金管は響くたびに胸と腹を貫通し、コルク抜きで開けたような穴を残した。

きっと秋雄も苦痛を味わったはずだ。苦痛でしかないと知りつつ、泣きながらこの曲を聴いた。深夜、血のつながらない幼い娘になぐさめられ、みじめにこの曲を聴いた。

藤太はすこし笑った。秋雄は苦痛を手に入れるために、わざわざ「新世界より」を鳴らさなければならなかったが、藤太の場合はもっとお手軽にすんだ。たった一度の「新世界より」で、絶え間のない苦痛を手に入れることができたのだ。

もう十五年近くも前になる。

目当ての魚を仕入れ、市場の食堂で朝食をとっていた。テレビでは若手芸人がコントをやっていた。明日放送されるお笑い番組の予告のようだった。薄ら寒い一発芸のあとに響き渡ったのは、高らかなホルン。「新世界より」の第四楽章、冒頭のモチーフだった。

瞬間、藤太はたまらなくなって席を立った。味噌汁もサヨリの一夜干しも半分以上残っていたが、もうじっとしていられなかった。藤太は雨の中を駆けだした。あの頃を思い出したくない。勘弁してくれ——。

叩き付ける雨が全身を濡らした。息ができない。溺《おぼ》れてしまいそうだ。

「阿呆」

低いエンジン音と野太い叫び声に顔を上げた瞬間、藤太は落ちた鱗《うろこ》が点々と光るアスファルトの上に引き倒された。急ハンドルを切ったフォークリフトがバランスを崩して傾いた。藤太の背ほどに積まれた木箱が、ゆっくりと崩れてくるのが見える。中に入っていたのは、湿った草の色をした鮎《あゆ》だ。——いい鮎だ。どこの川のものだろう、キロ幾らだ？　と思った瞬間、激痛がやってきた。藤太はぬるぬるした鮎に埋もれながら、自分の右足が逆に曲がっているのを見た。横倒しになったフォークリフトから、男が這い出てくる。あちこちから人が駆け寄ってくるのが見えた。それでも、「新世界より」は高らかに鳴り続けていた。藤太はアンチェルに申し訳なく思った。あの頃、「新世界より」は光であり道であり扉だった。新しいなにかそのもので、決して止まらない未来へと流れていく時間を与えてくれた。だが、今はこんな薄汚い目的のために使われている。

背を丸めてすすり泣く秋雄の姿が浮かんだ。かわいそうに、と思った。気の毒でならなかった。あの男は真面目すぎた。

藤太は顔を覆った。秋雄のように泣くことはできなかったが、思う存分、自虐に酔うことはできた。痛みは心地よい。痛みがあれば自分をごまかせる。勘違いができる。

新世界とは、藤太と秋雄といづみが決してたどり着くことのできなかった世界のことだった。

坪内に酒をくれてやったおかげで、その夜、藤太は酔いつぶれなくてすんだ。だが、眠ることもできなかった。酒がないとこれほど夜が辛いのだ。なにをしたらいいのかわからない。仕方なしに、藤太は店の掃除をし、包丁を研いだ。熱を出して以来おざなりの清掃しかしていなかったので、厨房には細かい汚れが残ったままになっていた。藤太は背を丸め足を引きずりながらフライヤー周りを拭き、排水溝を浚《さら》った。なにも考えない作業は楽だった。

明け方近くになって湯を浴びて、仕入れに出かけた。

店に戻ると朝食の支度をした。土鍋で米を炊き、味噌汁とだし巻きを作った。カマスを炙《あぶ》っていると、ほづみが起きてきた。六畳間からこちらをうかがっている。藤太はカウンターに箸を並べ、ほづみの茶碗に飯をよそった。すると、おそるおそる近づいてきた。あきらかに寝不足の顔だ。

「昨日はすまん」

「うん」ほづみはうなずいた。「薬は？」

「酒が抜けたら飲む」

「うん」ほづみは味噌汁のガシラをつついていた。「なんでケンカしたん？」

「うっとうしかったからだ」

「人のこと、うっとうしい、なんて言うたらあかんよ」そこで、ほづみは決まり悪そうな顔になった。「でも、あたしもそう思た」

その日は早めに仕込みをすませて、午後一時にほづみをバレエ教室まで送っていった。本来はレッスン日ではないが、講師の都合で振り替えになった。ほづみが言うには、有名な先生だから時間や曜日の変更はしょっちゅう、だそうだ。

髭も剃ったし、膝の抜けていないジーンズも穿《は》いた。一応、目を背けられるほどは見苦しくないはずだ。だが、やはり藤太の周りには微妙な空間がある。人より余計に陣地を確保しただけだ、と前向きに解釈することにしてレッスン室の窓に陣取った。

通いはじめた当初は、ほづみを探すのに苦労した。みな同じような髪型で、同じようなレオタードにタイツだからだ。だが、最近は一目でわかる。顔で探すのではなく、頭の形や手足の付き方、長さやらといった全身の印象で判別できるようになった。

レッスンの最初には毎回同じ動きをやる。バーにつかまって脚を開いたり交差させたりといった練習で、たぶん準備運動にあたるものではないかと思っている。膝の自由のきかない藤太には、どれも絶対に無理なポーズだ。見ているうちにわかったのは、ごく単純な動きでも出来にはかなり個人差があることだ。

たとえば、両方の踵《かかと》を合わせたまま、膝と爪先は外を向いた状態で立つ。そのまましゃがんでいくと、膝は完全に外側に開いた状態になる。股間に菱形の空間ができて、ちょうど電車のパンタグラフのような感じだ。お尻を突き出したり、ぐらぐらしたりと不格好な子どももいるなか、比較的ほづみは楽々とこなしているように見える。酔っぱらいのひいき目かもしれないが、ほづみは他の子どもよりも上手に見えた。間違いなくバレリーナの才能が感じられる。

いづみにはバレエの才能があった。正しく言えば、あったかもしれない、だ。新任教師の何気ない一言で、三人は夢を見た。いづみも藤太も秋雄も思い込んでしまった。いづみにはバレエの才能がある。本当なら、一流のバレリーナになれたはずだ、と。

本当なら舞台の上でスポットを浴びるバレリーナ。

小学生のたわいない夢想だ。だが、いづみはその夢想にずいぶんなぐさめられていた。そして、藤太も秋雄も、そんないづみを見ているだけで、同じように心地よくなった。秋雄はその夢を憶えていた。そして、三十年近くも経った今、いづみの夢を叶えたというわけだ。

あの頃の光景が鮮やかに映った。工場でいづみが踊っている。金屑と錆《さび》と油の臭いがした。舞い上がる埃まで見えた。額の真ん中で分けた真っ直ぐな髪が揺れていた。頬は上気して輝いていた。西陽の当たる工場で踊るいづみはどれほど美しかっただろう。

あの頃のいづみは生きていた。決してあの写真のような死んだ顔はしていなかった。

藤太は思わず舌打ちをした。問題はなにも片付いてはいない。坪内だ。色々な年齢のいづみの写真を持っていたところをみると、長い付き合いという言葉に嘘はない。しかも、隠し撮りというわけではないから、ある程度の関係があったのは事実だろう。ただ、たしかなのはいづみが幸せではなかったということだ。

なぜ、好きでもない相手と長年付き合った？　いわゆる腐れ縁か？　坪内の言うように男と女ならよくあることなのか？　それとも、いづみの意志ではどうにもならないことだったのか？　もし、無理矢理に関係を強いられていたのだとしたら？

ふいに、心の片隅から歓喜が湧き上がってきた。いづみがあの男を選んだのではない。いづみがあの男を好きになったのではない。ただ、いやいやつきあっていただけだ。決して、ただの一度でもあんな男を好きになったわけではない。

その想像は藤太の心をあさましくなぐさめ、排水溝にへばりついた生ゴミ程度の自尊心を満たしてくれた。だが、見せかけの満足を舐めながら、藤太は同時に慄然《りつぜん》とした。

仮にその想像が正しいとすれば、いづみは高校生の頃から十数年にもわたって、自由を奪われた状況にあったことになる。挙げ句の果てに、好きでもない男の子を産んだ。

堕《お》ろすことだってできたはずだ。それでも、いづみはほづみを産んだ。なのに、そうまでして産んだ子を育てることはできなかった。どうしてそんなことになった？　いづみ、なぜだ？

「くそっ」レッスン室のガラス窓を思わず叩いた。

周囲の母親たちが驚いて藤太を見た。藤太はみなの注視に堪えられなくなり、窓を離れてトイレに逃げ込んだ。ひどい顔だった。熱を出して以来、かなり体重が落ちた。頬の痩《こ》けた青黒い顔は、アル中というよりはヤク中に見えた。

あちら側へ行ってしまうのは簡単だ。今夜から、いや、今すぐにでも酒瓶を両脇に抱えて眠ればいい。だが、まだだめだ。今はなんとかして踏みとどまらなくてはならない。岸に戻るのだ。川を渡るのは、ほづみを守りきってからだ。

藤太は思い切り乱暴に顔を洗った。飛沫が飛び散り、鏡も洗面台も床も、シャツもジーンズもなにもかもずぶ濡れになった。だが、藤太は冷たい水を顔に浴びせ続け、最後には頭から水をかぶった。

気は進まないが、もう一度あの弁護士事務所に行かなければならないらしい。お上の決めた法律に頼るのは胸くそ悪いが、ほづみを守るためなら紙切れの威力を借りる必要がある。我慢してすり寄るしかなかった。

葉山和美の名刺は財布に突っ込んである。藤太は公衆電話を探して街に出た。だが、どこにも電話ボックスが見当たらない。すこし前まではどこにでもあったはずだ、と思う。濡れた頭はとっくに乾いて、今はだらだらと汗が流れている。携帯を持たないとこんな罰があるというわけか。

結局、駅前まで歩いてようやく電話を見つけた。事務所に掛けると、幸い葉山和美はいた。盆だが交代で出勤しているらしい。午後から空いていると言うので、帰りに寄ることにした。ほづみを連れて行くことになるが、仕方ない。昨夜の坪内の様子は常軌を逸していた。一刻も早く手続きを済ませたほうがいい。

思ったよりも時間がかかった。足を引きずりながら走ってバレエ教室に戻る。

「藤太おじさん、どうしたん？」出てきたほづみは汗だくの藤太を見て呆れた顔をした。

今日はだれも友達はいなかった。ほづみはひとりだった。

昼下がりの強い陽射しが照りつける中、谷町筋の事務所に向かった。カブのタイヤは今にも溶けそうだった。盆休みということで道路は空《す》いていて、あっという間に着いた。

葉山和美はすこし構えたような顔で挨拶し、藤太とほづみの前にアイスコーヒーを置いた。香りが強い。かなり濃くて苦めのタイプだ。

「おひとりでいらっしゃるかと思っていましたが」

どうやら遠回しに文句を言っているらしいが、藤太は無視した。葉山和美は一瞬鼻白んだが、なにごともなかったかのようにすぐに事務的な表情を作った。ロッカーからファイルを取り出し、藤太の前に書類を並べる。

「これが未成年後見人選任申立書です。これを家裁に持って行きます。印紙は八百円」

藤太は言われるままに書類に記入していった。中立ての原因という欄があって、そこは「未成年後見人の所在不明」に丸をするように言われた。中立ての動機は「未成年者の監護教育」に丸だった。

監護とはずいぶんと相手をなめた言葉に思われた。自分は他人を監督できるような、ご立派な人間ではない。嫌みのひとつも言いたくなったが、無言で一連の書類書きを終えた。ほづみは藤太が書類を書いている間、おとなしく座っていた。

「なにかご質問はございますか？」葉山和美が訊ねた。

「認知についてなんだが、父親は勝手に認知できるんですか。その場合、後見人はどうなるんですか？」

「父親は任意で認知できます。ですが、認知したからといって親権が手に入るわけではありません。まったく別のものです」

「あと、坪内という人を知ってますか？　秋雄の知り合いらしいんだが」

さりげなく訊ねた。坪内が父親だと名乗ったことはほづみには話していない。あの男には胡散臭いところが多すぎた。

「坪内？　どういった関係ですか？　個人的な付き合いならわかりませんし、佐伯弁護士が過去に担当した案件の関係者だとしたら、すこしお時間をいただかないと」

「今回の案件についてなら？」

「いえ、この件に関してなら、そういった名前はありません」

「わかりました」

さりげなくほづみの顔をうかがった。

ほづみは顔をしかめながらアイスコーヒーを飲んでいた。苦すぎてもてあましているらしい。シロップとミルクがポーションひとつでは足らないようだが、葉山和美はまるで気付かない。仕方なしに藤太が催促した。

なるほど、と思う。秋雄がこの女になにも相談しなかったのは当然だ。仕事はできるかもしれないが、子育てにはまるで向いていない。

追加のミルクとシロップを入れて、ほづみは嬉しそうにアイスコーヒーを飲みはじめた。コーヒーに気を取られて、こちらの話はわかっていないようだ。藤太はすこし安心し、念のため持参した母子手帳を見せることにした。

「秋雄はほづみの母子手帳を置いていったんだが、これは必要ないんですか」

「母子手帳ですか？　今回の申立てには特に必要ありませんが」葉山和美はすこし首をかしげた。「見せていただけますか？」

すこしの間、葉山和美は黙って母子手帳を眺めていた。何度もページを繰って行きつ戻りつしてから、ちょっとお待ちください、とパソコンを開いた。キーボードを叩いてなにかしているが、藤太にはさっぱりわからない。葉山和美はモニターと母子手帳を見比べ難しい顔をしていたが、やがて口を開いた。

「母子手帳は普通、住民票のある場所で交付されるんです。森下いづみさんも一度は地元に戻ってますね」

「戻ってる？」

「ええ。でも、交付は出産のひと月前です。臨月近くになってからということですね。ずいぶん遅い……」

藤太は呆然とした。いづみは町に戻っていた。大きな腹を抱えて戻っていたのだ。

「それから、妊婦検診というものがあって自治体から補助が出ます。大阪市内の産婦人科に受診票を出せば無料になるんです。森下いづみさんも二度検診を受けていますが、病院が違います。里帰り出産かな、と思って調べてみたら、一度目は石川県の病院。二度目は鹿児島の産婦人科。結局、大阪では一度も検診を受けていません」

どういうことかよくわからないが、藤太は黙って説明を聞くことにした。

「出産は鹿児島の……今度は助産院ですね。出産後の検診も赤ちゃんの予防接種も受けています。でも、保健所ではなくて、個人で病院に行って受けているんです。それもやっぱり場所がばらばらで、日本全国に散らばっています。三ヶ月検診は東京で、半年の検診は岐阜。BCGは高知で、三種混合ワクチンは三重。たぶん、同じ場所に三ヶ月くらいしか住んでいません。はっきり言って異常な状況ですね。でも、欠かさず検診に行って、予防接種にも行っている。森下さんなりに努力してらっしゃるようです」

口調は丁寧だったが、人を見下す言い方に思えた。藤太は不快を感じたが、今日は短気を起こさずにすんだ。怒りがどうでもよくなるくらい、辛くなったからだ。

努力という言葉に胸が締めつけられた。いづみは決して楽とはいえない状態で、懸命にほづみを育てていた。

「自治体の検診や予防接種は無料ですが、個人で病院に行ったら実費になります。注射一回で五千円くらい取られるときもあって、母子家庭には結構な出費だと思います。経済状況はわかりませんが、赤ちゃんがいるのに、ひとつところに落ち着けないというのはお気の毒だと思います」

葉山和美が母子手帳を返してよこした。お気の毒という言葉には、同情の素振りさえ感じられなかった。

ほづみは今の話がわかったのかわからなかったのか、表情を変えない。空になったグラスを見下ろし、真っ直ぐに背を伸ばして座っている。

藤太は母子手帳を見つめ、赤ん坊とふたりきりのいづみを想像した。エアコンのない古びたアパートだ。扇風機がぬるい風を送っていて、西陽で窓が真っ赤になっている。赤ん坊はぐずぐずと泣き、いづみは寂しく笑ってあやしていた――。

一瞬、息が詰まりそうになった。だが、なんとか気を取り直して藤太は言葉を続けた。

「森下いづみが転々とした理由は?」

「住民票を動かさないのは、居場所を知られたくないからでしょう。たとえば、ストーカーやDVの被害に遭っていた可能性が考えられます」

「DV?」

「ドメスティック・バイオレンス。夫婦や内縁関係、または恋人の間で起こる、さまざまな暴力のことです」

「じゃあ、いづみは暴力を振るわれていたということか」思わず大声になった。

そのとき、ほづみがこちらを見ているのに気付いた。なにか言いたげに、強張った顔で瞬きを繰り返している。

しまった、と思った。これ以上余計なことを言うな、と藤太は葉山和美をにらみつけた。

葉山和美は当惑したふうで、しばらく言葉を探していたが、やがて歯切れの悪い返事をした。

「いえ、あくまでも可能性ですから」

気休めにもならない言葉だった。

赤ん坊を連れて逃げ回るなど、よほどの理由があるはずだ。藤太はテーブルの下で拳を握りしめた。怒りで震えが止まらない。坪内はいづみにひどい暴力をふるったに違いない。

「森下いづみさんに関しては、こちらでも本当になにもわからないんです。佐伯弁護士がほづみちゃんの後見人になったのも当事務所が受けた案件ではなく、あくまでも佐伯弁護士が個人的に処理したかたちです。お役に立てなくて申し訳ありません」

葉山和美はそこで話を打ち切った。書類を片付けると今度はひどく事務的に言った。

「ほかになにか質問はございますか」

「いえ」

「では、家裁の決定がありましたら、またご連絡いたします」

藤太はほづみを連れて事務所を出た。ほづみは黙ったきりだった。エレベータを待つのがもどかしく、熱気のこもった階段を下りた。下りはじめてすぐに後悔した。上るより下りるほうがずっと膝には悪い。

ほづみを連れてきたのは失敗だった、と思った。辛い話を聞かせてしまった。だが、葉山和美を怨むのは筋違いだ。できればひとりで、とはじめに言われていた。それを守らず、勝手にほづみを連れてきて、挙げ句に傷つけた。無神経なのは葉山和美ではない、俺自身だ。

藤太はなかば自動ドアにぶつかるようにして、ビルの外に出た。すさまじい陽射しが脳天を焦がしてくる。シートに手を置くと、焼けるかと思うほど熱かった。ヘルメットをかぶろうとしたが、手が滑ってアスファルトに転がった。顎紐のちぎれかけたヘルメットは二度跳ねて、街路樹の根元で止まった。

ヘルメットを拾わなければ、と思うが身体が動かない。見かねてほづみが拾ってくれたが、藤太は礼を言うことすらできなかった。

十年前、いづみは町に戻っていたという。藤太は懸命に十年前を思い出そうとした。どこかでいづみを見かけなかっただろうか。どこかでいづみとすれ違わなかっただろうか。いや、もしかしたら、いづみは「まつ」まで来たかもしれない。どこか物陰からこっそり藤太を見ていたかもしれない。

だが、どんなに考えても思い出せない。なにひとつ思い出せない。頭の中ではただ想像ばかりが膨らんでいく。

いづみが大きな腹を抱えて店の前に佇《たたず》んでいる。「まつ」の汚れ擦り切れた暖簾をながめ、立ち尽くしている。中で待っている男がいるのを知って、だが入ることができない。

町を離れることのできなかった自分と、町を離れてさまよい続けたいづみ。藤太が狭い店で足を引きずっていた間、いづみは赤ん坊と遠い町を歩き続けていた。赤ん坊とふたり、いづみは一体なにを思っていたのだろう。

藤太はヘルメットを抱えたまま、動けなくなった。うつむいているので首筋が焼けた。階段を無理に下りたせいか。ねじくれた膝が釘でも打たれたような痛みを伝えてくる。だが、それでも、いづみの顔が消えない。

それでも笑っていたんだ、あいつは。

藤太は唇を嚙みしめた。少しでも口を開けると、なにかわけのわからないことを叫んでしまいそうだった。

「ねえ、藤太おじさん」ほづみが泣き出しそうな声で言った。「お父さんはお母さんにひどいことしたん？　だから、お母さんは逃げてたん？」

「わからない」

「お母さんはひとりで大変やったの？」

「ああ」

「ものすごく大変やったの？」

「そうだ」藤太は平静を保とうと懸命に声を絞った。「おまえを守ろうと懸命だった。たったひとりで必死でおまえを育てようとしていた」

「うん」ほづみはうつむいたまま返事をした。

もちろん、そんな簡単に割り切れる問題でないことくらいわかっている。たとえどんな事情があろうと、ほづみにしてみれば父がいないことには変わらない。

「おまえも辛いと思う。でも、これだけはわかってくれ。いづみには、きっとどうしようもないことがあったんだ」

珍しく長く語ると、最後は声が震えた。バカか、と藤太は自分で自分を罵った。なにが、おまえも辛いと思う、だ。葉山和美の話にショックを受けたのは俺だ。情けないほどに動揺している。

「おまえの母親は父親よりも秋雄を選んだ。秋雄のほうがおまえをきちんと育ててくれると思ったからだ。おまえの母親は人を見る眼がある」

「うん。そやね」ほづみは小さい声だがはっきりと言った。「そして、秋雄おじさんは、今度は藤太おじさんを選んだ」

藤太はほづみを座らせると、ヘルメットをかぶってセルを回した。残念ながら、と思った。秋雄には人を見る眼がなかったようだ。

ほづみを抱いたいづみ。なにかに追われながらも、懸命にほづみを育てていたいづみ。帰る家もなく、さまよい続ける日々だ。いづみは赤ん坊とあてもなく歩いている。遠い町だ。俺の知らない町だ。その町に川はあっただろうか。水門はあっただろうか。そのとき、いづみはなにを思っていたのだろうか。

藤太はゆっくりとカブをスタートさせた。

いづみはほづみを守ろうとした。懸命に守ろうとした。ほづみを守るのがいづみの望みだとしたら、なにがあっても俺はそれを叶えなくてはならない。

つまり、と藤太はヘルメットの下でつぶやいた。つまり、俺はもう死ねなくなった。ほづみを守るために生きていかなければならない、ということか。

だが、それは、ずいぶんおかしな考えに思われた。果たして、自分にそんなことができるだろうか。死なずに生きていくことができるだろうか。

そのとき、ふいにヘルメットのことが浮かんだ。

「ほづみ。ちょっとバイク屋に寄ってくぞ」藤太は振り向かずに言った。

死ねなくなった。生きていかなければならない。

藤太は口の中で繰り返した。それは大げさな決意ではないような気がした。それよりもむしろ、日常のごく些細なことではないだろうか。大上段に構えてしまえば、すぐに必ずぼろが出る。俺のような人間は、もっと当たり前のことからはじめなければ。

たとえば、きちんと飯を食う。深酒をしない。床で寝ない。そして、バイクに乗るときはまともなヘルメットをかぶる。まずはそこからだ。

今のハーフヘルメットはもう十年はかぶっている。おまけに何度も落としているので、機能面は相当怪しい。転倒すればそれで終わりだ。

この前のバイクショップに入って、真っ直ぐにヘルメットのコーナーに向かった。

「おそろいにする？」ヘルメットの並ぶ棚を見上げ、ほづみが遠慮がちに言った。

「おそろい？」藤太は思わずほづみの顔を見た。

「あたしとおそろいはいや？」

「そうじゃない」

おそろい。おかしな言葉だ。だれかとおそろい。藤太には生まれてはじめての経験だった。おそろい。藤太は何度も心の中で繰り返した。今まで、おそろいだとかペアだとかはくだらないものだと思っていた。だが、今、藤太は不思議な安心感を覚えていた。だれかと同じであるというのは、心地よいことなのだろうか。

そのとき、藤太は気付いた。ほづみは俺とおそろいにしたいと言った。それは、俺を認めてくれたということだろうか。こんな俺を選んでくれたということだろうか。こんな最低の男でもいいのだろうか。

藤太は黙って腕を伸ばすと、棚からアライのアストロを下ろした。光沢のない黒いヘルメットは自分にふさわしいような気がした。

「色違いのおそろいだ」

「色違い」ほづみが納得して大きくうなずいた。「あたしは白で、藤太おじさんは黒」

「おまえの母親は白い傘を差していた」藤太は思いきって言った。「よく似合っていた」

ほづみがぽかんと口を開けて藤太を見上げた。

「お母さんが？」

「ああ。だから、おまえも白が似合う」

「うん。あたしも白が似合う」ほづみは泣きそうな顔でうなずいた。

本当はほづみがヘルメットを選ぶときに言ってやればよかった。だが、言いそびれた。言うべきときに言わなかったこと、言えなかったことは山ほどある。そのほとんどはもう取り返しがつかない。

だが、これからは違う。もし間に合うのならば、間に合う可能性があるのならば、たとえどれだけ愚かに見えようとも滑稽《こっけい》に見えようとも、口に出すべきだ。それがどんな些細なことでも、きちんと言葉にしなければならない。

支払いを済ませて店を出ようとして気付いた。おそろいの真新しいヘルメットがあるのに、すえた臭いのする座布団では釣り合わない。引き返して、タンデム用のピリオンシートを買った。そして、ほづみの見守る中、店で取り付けてもらった。角張った黒の純正シートはお世辞にもかっこいいとは言えないが、ほづみは眼を輝かせた。

「よかった」ほづみがシートをぽんぽん叩いて笑った。「これやったら、お尻、痛くなれへんんね」

ほづみの笑う顔を見ると、もっと早くに買ってやればよかったと思った。すると、なんだか急に気が大きくなった。いっそ、タイヤも交換してやろうか。いずれはやらなくてはいけないことだ。いっそ今日やってしまえば、手間がはぶける。

「ほづみ、もう一度店に戻るぞ」

これで坊主タイヤにもお別れだった。


いつもより一時間遅れで店を開けた。

「本日のおすすめは」ほづみがホワイトボードを読み上げた。「枝豆、はも、水なす、しゃこ、おばけ、空豆」

すぐに店のカウンターはいっぱいになり、ほづみは忙しく飛び回りはじめた。藤太はここ数日あまり眠っていなかったが、疲れはまったく感じなかった。膝の痛みもあまりに日常になりすぎて、もはやそれが痛みなのかどうかもわからなくなっていた。

七時半を過ぎた頃、坪内がやってきた。鱧の骨切りをしていた藤太は、一瞬気付くのが遅れた。出て行けと怒鳴ろうとしたときには、坪内はもう眼の前のスツールに座っていた。

ほづみが藤太の顔を見る。割り箸を運んでいいものか迷っているらしい。

「ほづみ」藤太はほづみに声を掛けた。「今日はもういい。二階に行ってろ」

ほづみは時計を見て一瞬戸惑った顔をしたが、すぐにうなずいた。

「なんや、まだ早いやろ。もうちょっとええんとちゃうか？」

牛乳割りが文句を言ったが、藤太は無視して坪内に向き直った。

「帰れ」

藤太の鋭い声に、ざわついていた店が静まりかえった。客たちはみな、信じられないという顔で藤太を見つめている。

「大将、それはあんまりとちゃうか」別の馴染みが強い口調で言った。「客に対する口のき方とちゃうやろ」

藤太は男の言葉などまるで聞こえなかったかのように、坪内だけをにらみ続けた。

「こいつは客じゃない」藤太は坪内から視線を外さずに、ほづみに怒鳴った。「ほづみ、さっさと二階へ行け」

だれもなにも言わない。常連客もなにかが起こっていることに気付いたようで、じっと様子をうかがっている。箸を動かすものもグラスに口をつけるものもいない。

「いや、ご主人の言うとおりですよ。俺は客やない」坪内はにこにこと笑いながらカウンターに腕を置いた。「ほづみを迎えに来たんですよ。父親としてね」

聞こえるのは、フライヤーで油がはねる音とガタガタとうるさい換気扇だけだ。ほづみは呆然と立ちすくんでいる。

「バカ野郎」藤太は怒鳴った。

まさかここまで卑怯《ひきょう》なやつだと思わなかった。いくら最低の男だとしても、ほづみを傷つけるようなことはしないと思っていた。甘かった。

「ご主人と話をしても埒《らち》が明きませんからね。都合が悪くなると黙るくせに、嫌みだけはうまい。おまけに、こちらが穏やかに話をしているのに暴力に訴える始末やから」坪内はほづみに笑いかけた。「だから、ほづみと直接話をしようと思ってね。親子なんやからすぐにわかり合えるはずでしょ」

「ほづみ」藤太は怒鳴った。「早く行け」

だが、ほづみは動かない。ぽかんと口を開け、坪内と顔を見合わせている。

「ほづみ、お父さんやよ」坪内が非の打ちどころのないほどのやさしい声で語りかけた。

「今までほったらかしにしてごめんな。お父さん、ほづみのこと、知らんかったんや」

なにも知らない者の眼には、きっと感動的な親子の名乗りに見えただろう。うっとりとほづみに語りかける坪内からは、父としての情愛が、詰まった水洗便所並みに溢れ出していた。

「ずっとひとりで寂しかったやろ。でも、お父さんも寂しかったんやから許してな」坪内は目を潤《うる》ませ声を震わせた。「みんな、あの弁護士が悪いんやよ。お母さんをだまして、ずっとおまえを隠してたんや。でも、もう大丈夫。お父さんは、ほづみをひとりにした償いをするから」

「黙れ」藤太はカウンター越しに坪内の胸元をつかんだ。膝がシンク下のスチール棚にぶつかって激痛が走った。「秋雄を悪く言うな」

「殺されたんが、いい証拠やないですか。要するに悪徳弁護士やったいうことですよ」

「違う」ほづみが真っ赤な顔で叫んだ。「秋雄おじさんはそんなんやない」

もう我慢できなかった。うまく動かない右足をあちこちにぶつけながら厨房から飛び出すと、思い切り坪内を殴りつけた。――しまった、とかすかに思う。もしかしたら、子どもの前で親を殴ってしまったのか。

眼の端にハンチングが映った。今日は動こうとしない。落ち着き払った顔で藤太を見ている。

坪内はよろめき壁にぶつかったが、顔を上げてぐるりと店を見回した。

「証人になってください。この男はすぐに暴力をふるうんです。おまけに、なんの血のつながりもないくせに、娘を返してくれへんのですよ」

「こんなことわざ、知ってるか？」ほづみの前だろうが、秋雄をばかにする人間は許せなかった。藤太は坪内を揺さぶった。「生みの親より育ての親、ってな」

「血は水よりも濃い、って知ってますか？」坪内はすかさず言い返した。「あんた、ほづみを引き取って、まだひと月も経ってない。そんなん育てたうちに入りませんよ」

「俺のことじゃない」藤太は坪内を壁に押しつけた。「秋雄はちゃんとほづみを育てた。負け惜しみばかりのあんたよりは、ずっとずっとまっとうにな」

「まっとう？　所詮、他人やないですか。そもそも、そこが間違ってる。俺は実の父親や。

俺よりいい親はいませんよ」

「実の親だからいい親？　笑わせるな」藤太は坪内をもう一度強く揺さぶった。「こんな酒の席で親子の名乗りをして、娘を晒《さら》し者か。挙げ句、その娘の前で今まで育ててくれた人の悪口を言う。無神経にもほどがある」

「おとなしくほづみを渡してくれてたら、なにもこんな場を選びませんよ」坪内は藤太をにらみ返した。「あんたのせいです」

「なんでも人のせいにするな」

「人のせい？」坪内が突然声を荒らげ、すさまじい力で藤太を突き飛ばした。「俺は人のせいにしたことなんかない。ちゃんと責任をとってきたんや」

藤太は入口の戸にぶつかって、床に倒れ込んだ。膝がねじれた。息が止まりそうになった。

「俺はずっとずっと責任を取ろうとしてきた。逃げたことなんかない。ずっとや。二十五年前の責任を取るために生きてきたようなもんや」坪内が激昂した。「俺はほづみを連れて帰る。ほづみは俺の娘や」

瞬間、藤太の心臓が跳ね上がった。今、この男はなんと言った？　二十五年前？　二十五年前の責任とはなんのことだ？　坪内は二十五年前のなにを知っている？

みな、唖然として坪内を眺めていた。藤太は膝の痛みで気が遠くなりそうだったが、懸命に意識をつなぎ止めた。しっかりしろ。踏みとどまれ。落ち着け。もうなにも怖れる必要はないのだから。

坪内は完全に眼が据わっていた。

「そりゃ、佐伯秋雄は弁護士やった。消防士の俺なんかより、よほど金もあるし世間では偉いと思われてた。それは認める。でも、あんたは？　あんたはただの小汚い居酒屋の亭主やないか」坪内は一言話すたびに怒りをつのらせる。顔を歪めて罵り続けた。「店も最低、来てる客も最低。なにからなにまで最低や。こんな吹きだまりで一国一城の主を気取っても、そんなもん傍《はた》から見たら惨めなだけや。笑い者や」

坪内はカウンターの上の小皿やグラスを床へ払い落とした。ガラスの砕ける音にほづみが震えた。

「なんやと」

「もっぺん言うてみい」

常連客がスツールから立ち上がった。だれかが藤太を引きずり起こして厨房に避難させた。

「やかましい」坪内が叫んだ。「父親が娘を連れて帰ってなにが悪い」

「父親がどうした？」ハンチングの声だった。ゆっくりと立ち上がると、ごく静かな声で言った。「父親父親。おまえ、それしか言葉知らんのか」

「ヤクザなんか怖ないぞ」

坪内がハンチングをにらみ返した。ハンチングが坪内に近づいた。それを合図に、他の客たちも坪内を取り囲んだ。牛乳割りが怒鳴った。

「ここの大将は愛想悪いし、客を客とも思てへんし、最低かもしれへんけどな。それでも、絶対に人の悪口は言わへん」

「そや。大将が最低やったら、おまえは最低以下。最低の、さらにそのまだずっと下や」

「わしらは最低のこの店が気に入ってるんや。ほっといてくれ」

酒の入った客たちは口々に坪内を罵った。

藤太は冷蔵庫にもたれ、痛みを逃がそうと息を吐いていた。常連たちの援護が信じられなかった。自分を助けてくれる者がいるなど、考えたこともなかった。痛みと困惑でどうしていいのかわからないほどだった。

「二度と来んな」

「中から鍵掛けとけ」

坪内は男たちに押し包まれるようにして、戸口から放り出された。入口の戸が乱暴に閉められ、錠を下ろす音がした。

「藤太おじさん、大丈夫?」ほづみが駆け寄ってきた。「大丈夫? 大丈夫?」

ほづみも混乱しているらしい。大丈夫しか言えない。

「ああ」藤太は調理台につかまって、なんとか立ち上がった。「転んだだけだ」

そのまま包丁を握った。鱧の骨切りが途中だ。

「大将」ハンチングが声を掛けてきた。「今日はもうええ」

「ええから、奥で寝ときいや。わしら、これ飲んだら適当に帰るわ」牛乳割りが言った。

「ああ、そうしとき」ほかの客も口をそろえた。「心配せんでええ。飲み逃げなんかせえへん。ちゃんと勘定は置いていくさかい」

藤太は引きずられるようにして六畳間に放り込まれた。ほづみが洗面器に氷水を張ってタオルを浸している。

「藤太おじさん」ほづみが小さな声で訊ねた。「あの人、ほんまにあたしのお父さんやの?」

「まだわからない」

「ほんまのお父さんやとしたら、秋雄おじさんとか藤太おじさんとかと、どう違うんやろ」

「わからない」

「ほんまのお父さんやとしたら、あたし、どうしたらええんやろ」

「わからない」

「ねえ、でも、ほんまのお父さんやとしたら、お母さんはあの人から逃げてたん?」

「……わからない」

藤太の返事にほづみはうつむいた。そして、黙って膝を冷やしてくれた。

藤太が天井をにらんでいると、ハンチングがやってきた。六畳間の上がり框に腰を掛けると、じっと藤太を見た。

「いけるか?」

ハンチングは黙って藤太を見下ろしていたが、やがて例の三本指でつまんだものを示した。

「あの男、これ、忘れていったで」

例のオイルライターだった。

「……またか」

また来る、という意思表示らしい。見え見えの手口を使うからには、もう遠慮はしないということだろう。

ハンチングはライターを卓袱台の上に放り投げると、藤太の顔を見た。なにか言おうとして、言い出しかねているといった顔だった。ほづみはうつむいて、藤太の膝のタオルを何度も置き直している。やはり落ち着かないらしい。

やがて、ハンチングが重い口を開いた。

「大将。わしはあんたの親父のことをよう知っとる。あんたがどんな目に遭《お》うてきたんかも知っとる」

藤太は思わず男を見上げた。ハンチングはじっと藤太を見返した。その眼はひどく哀しそうだった。こんな弱々しい顔を見るのははじめてだった。

「わしの親父もそうやった。さんざん殴るだけ殴って、どっか行ってもうた。しばらくして新しい親父が来たけど、そいつもやっぱり殴った。そやから……」

ハンチングは一旦口を閉ざすと、うつむいたきりのほづみに眼を向けた。「血がつながってようがつながってなかろうが、そんなんどっちでもええ。自分のこと大事にしてくれる人と暮らすんが一番や」

「うん」ほづみは返事はしたものの顔を上げない。

ハンチングは藤太に向き直った。「大将、あんたがしっかりせなあかんで」

「ああ」藤太もうなずいた。「すまん。今日は面倒掛けた」

「勘違いすんな」ハンチングはどっこいしょ、と言いながら立ち上がった。「あんたを助けたんちゃう。ほづみちゃんを助けたんや」

ほづみが顔を上げた。ハンチングはさも厭《いや》そうに言葉を続けた。

「大将の東京弁、ほんま苦手や。何年聞いてもあかん」

「我慢してくれ」

「言われんでもしてるがな」鼻で笑って背を向けた。「そろそろあっち戻るわ。酒がまだ残っとるからな」

藤太は黙って眼を閉じていた。歳をとると涙もろくなるという。腕を上げて顔を隠し、歯を食いしばる。そこまでしないと泣き出してしまいそうに感じるのは、やはり年齢のせいなのだろうか。四十はもうそんな歳なのだろうか。

「藤太おじさん、これ、おでこに」

間の悪いことに、ほづみが額を冷やせとタオルを差し出してくる。今、腕を下ろすと、どうなってしまうかもわからないというのにだ。藤太は聞こえなかったふりをして、じっとしていた。

「藤太おじさん、いらへんの？」ほづみが困った声を出す。

「今はいい」藤太は精一杯さりげなく言った。「それより、残っている客に中ジョッキを一杯ずつサービスしてきてくれ。俺とおまえからのおごりだ、と言ってな」

「あたしと藤太おじさんからの？」

「そうだ」

「わかった」

ほづみはタオルを洗面器の縁に掛けると、飛び出していった。しばらくすると、歓声が聞こえてきた。藤太は手を伸ばしてタオルを取ると、額ではなく眼の上に載せた。冷たいタオルに背筋が震えた。すこしずつ、膝の熱と痛みが引いていくのがわかる。藤太は自分の身体から黒い煙が立ち上るのを想像した。長年かけて身体の中に溜まった悪い熱が、しゅうしゅう音を立てて消えていくようだ。

そのとき、藤太はふと思い出した。痛みと混乱ですっかり忘れていた。あのとき、坪内はなんと言ったか。二十五年前の責任。そして、消防士。

坪内は消防士だと言った。つまり、いづみは消防士とつきあっていたということか。そして、二十五年前の責任とはなんだ？

身体の奥に腐った火が点った。いやな熱がふたたび沸いてきた。熱は藤太の身体に産み付けられた卵のようなものだ。次から次へと孵《かえ》って肉やら骨やらを鈍く焦がしていく。

藤太はタオルの下でうめいた。

5

一時間目の数学が終わると、秋雄がやってきた。

「珍しく起きてたな。今朝は仕入れ、なしか」

「いや、行った」あくびをかみ殺しながら藤太は窓の外を見た。

梅雨に入って、毎日雨が続いている。今朝は明け方から土砂降りだったが、父がここのところずっと飲んだくれているため、代わりに藤太が仕入れに行った。半分寝ぼけながら雨の中をカブを走らせて、一度転びそうになった。後輪が坊主だからだ。

「大変やったな」秋雄が穏やかになぐさめてくれる。「学校来ただけで偉い」

藤太が中学に入った頃から、父はいっそうなにもしなくなった。中三になった今では、仕入れに行くなら藤太が無免許でカブに乗っても黙認だ。最初はさすがにやばいと思ったが、すぐに平気になった。今まで何度も警官と出くわしたが、トロ箱を積んで走るボロカブが怪しまれたことはない。

もちろん、仕入れ以外でもこっそりカブに乗ることがある。父に怒鳴られたり頬を張られたりして腹が立ったときは、行く当てもなくカブを走らせる。特にスピードを出すわけではない。ただ、だらだらと港の倉庫街を走ってみたり、川沿いの堤防を走って水門を眺めたりする。藤太は背だけは高いから、ヘルメットをかぶっていればまず中学生には見えない。いづみは危ないからやめろと怒るが、カブに関しては譲る気はなかった。

藤太は窓から教室へと眼を戻した。いづみの席が空いている。

「いづみ、今日休むって言ってたか?」

「いや、知らん。でも、おまえが来ていづみが休むなんて変やなあ」

藤太はしょっちゅう学校をサボるが、いづみと秋雄は基本的に皆勤だ。今日は高校受験の説明会がある。藤太には関係ないが、進学予定のいづみが休むのは変だ。止む気配のない雨を眺めていると、どんどん不安になってきた。とうとう我慢ができなくなり、様子を見に行こうと昼休みに学校を抜け出した。

いづみの家はほとんど校区の端だから、時間に余裕がない。藤太は雨の中を全力で駆けた。傘は差していたがほとんど役に立たない。アパートに着いた頃には、汗と雨とでシャツは貼り付き、ズボンの裾はいたるところに撥ねが上がっていた。駆けてきた勢いのまま、赤錆びた鉄の外階段を一段飛ばしで駆け上る。途中で滑って転びそうになった。

いづみの部屋の前まで来ると、中から掃除機の音が聞こえてきた。ドアをノックすると、掃除機の音が止まった。出てきたのはいづみだった。

「学校来ないから、どうしたのかと思って」息を切らしながら言う。

「わざわざ来てくれたん」いづみは眼を丸くしたが嬉しそうだった。「びしょびしょやよ」

いづみは青いチェックのワンピースを着ている。具合が悪いようには見えない。

「今日、どうしたんだよ」

「単にサボリ」

「サボリ？　いづみが？」

いづみの肩越しに部屋の中が見えた。すこし散らかっている。片付けの最中のようだ。いづみは困った顔で笑った。

「今朝、お父さんが怒って暴れて……。ほら」いづみは玄関の隅を示した。半分に折れた傘が倒れていた。「あたしの傘、半分に折って……。どうせ、ボロ傘なんやけど」

藤太は無言で顔をしかめた。いづみの傘はたしかにボロだった。小学校の頃からずっと使っている小さな黄色の傘だ。贅沢は罪だという母親と、娘の傘を買うくらいなら酒と麻雀に使おうという父親の意見がたまたま一致した結果だった。

「それでおふくろさんは？」

「奉仕活動」いづみは笑った。「忙しいんやって」

藤太はなにも言えなかった。亭主が暴れて家をめちゃくちゃにしても、後始末を娘に任せて自分は奉仕活動だ。結局、子どもより神さまのほうが大切ということだ。

「雨降ってるし、傘もないし、なんか急に学校行くのいやになって」そこで、いづみはへへっと照れくさそうに笑った。「サボることにした」

その笑顔は辛かった。だが、藤太はいづみの望むようになんでもないふりをした。わざと軽く言ってみる。

「とうとう、いづみも不良の仲間入りか」

「一回サボったくらいで不良やったら、藤太はどうなんの」怒った顔を作りながらも、いづみはほっとしたようだった。「早《は》よ戻らな。昼休み終わるよ」

このまま一緒にサボってしまいたい。いづみのそばにいてやりたい。だが、それではいかにも同情したようだ。いづみがなんでもないことのように振る舞うなら、それにつきあってやらなければならない。

「ああ。じゃあな」背を向けて立ち去ろうとすると、いづみが後ろから声を掛けた。

「店の手伝いは絶対行くから」

藤太は引き返して、いづみの手に自分の傘を押しつけた。客が「まつ」に置き忘れたビニール傘だが、ないよりましだ。

「じゃあ、これ、差してこいよ」

「でも、それやったら藤太が濡れる……」

いづみがなにか言っていたが、返事をせずにアパートの外階段を駆け下りた。

どしゃぶりの雨の中に飛び出した途端、堪えていた思いが爆発した。

怒りで頭がおかしくなりそうだ。娘の傘を折ってなにが楽しい？　なにが面白い？　そんなことをしてなんになる？　世の中にはまともな親のほうが圧倒的に多いはずだ。なのに、俺たちの親はまともじゃない。異常だ。どうして、俺たちの親はあんなふうなのだろう。

多くを望むわけではない。ただ、まともに仕事をしてほしい。酔って子どもを殴らないでほしい。ギャンブルで借金をつくらないでほしい。暴れて傘を折らないでほしい。望むのはそれだけだ。それだけ、ただそれだけでいいのに、そんな望みが叶わない。

別に幸せな家庭でなくてもいい。すこしくらい不幸でもいい。でもあとすこしだけ、あとすこしでいいから、まともな親であってほしかった。

どうして、と藤太は心の中で繰り返した。どうして、俺たちはあんな親の子どもなんだろう。どうして、あんな家に生まれてきたんだろう。まともな家に生まれて、まともに暮らしているやつだっている。なのに、どうして俺たちは、こんなに惨めなのだろう。どうして、どうして俺たちだけ——。

そんなことに理由がないことくらいわかっている。だから、悔しくてたまらなかった。

藤太はどうして、と叫びながら雨の中を駆け続けた。すれ違う人がみな驚いて身を引いた。

よほどひどい形相で走っているらしかった。

ずぶ濡れで学校へ戻ると、秋雄がどこへ行っていたと訊ねてきた。いづみのところ、と答えると、秋雄は、僕も誘え、と怒った。

雨は昼過ぎには止んで、蒸し暑い午後になった。

藤太は授業が終わるとまっすぐに店に戻った。父が酔っていなければ、「まつ」の開店は四時だ。父が酔っていれば学校から帰った藤太が店を開けるから、開店は五時前になる。

この一番忙しい時間を、毎日いづみが手伝ってくれた。カウンターを拭き、店の前を掃いて水を打ってくれる。下ごしらえだってやってくれる。足らないものがあれば、近所の市場に走ってくれる。感謝してもしきれない。

だが、藤太はいづみに感謝はしない。礼も言わない。なぜなら、「まつ」は藤太だけの店ではない。いづみの店でもあるからだ。礼を言うことはかえって失礼だ。

学校をサボったいづみだが、ビニール傘を持って夕方にはちゃんと「まつ」に来た。早速、枝豆のサヤを外しはじめた。

いづみを心配してか、今日は秋雄もカウンターに座っている。だが、秋雄は手伝いはしない。カウンターでひとり宿題をしている。あとでちゃんと藤太に見せてくれるので、ありがたい。

「藤太、おまえ、いづみに甘えすぎやろ」

秋雄は方程式を解く手を止めて顔を上げた。面白くなさそうだ。

「別にええよ。あたし、好きでやってるんやから」いづみは料理用のハサミで枝豆のサヤの両端を切っている。「家にいてもお母さんの神さま訪問に付き合わされるだけやから。『まつ』で手伝いしてるほうがよっぽど楽しい」

「でも、こう毎日やと、なんかなあ」

「じゃあ、秋雄の工場も手伝いに行こか？」いづみがくすりと笑った。

「あかん。あんな危ないとこ」秋雄が慌てて首を振った。「それに、最近、手伝うほどの仕事もあれへん。人減らしの最中や」

藤太はふたりの話を聞きながら、アイスピックでがんがん氷を砕いた。「まつ」の売り上げはわずかだが最近上向きだ。たとえ一円でも売り上げが伸びると嬉しい。将来の資金になるからだ。

「世間では景気がよくなってきた、って話だけどな」

土地だとか株だとかの値段が上がっているという。だが、無論、「まつ」には関係のない話だ。

「その気配はあるらしいんやけど、みんな親父が潰しとる」秋雄がため息をついた。「この前も納入期日間違えよった。酒飲んで麻雀ばっかりしてるからや」

秋雄の家は町内にいくつか駐車場を持っている。父親が若い頃に株で儲《もう》けて、安い土地を買いあさったということだ。だが、駐車場の収入があるから、秋雄の父は仕事をしなくなったとも言える。

「終わったよ」いづみが枝豆の入ったザルをカウンター越しに手渡した。「次は？」

「今日はもういい」

「ほら、そこや」秋雄が噛《か》みついた。「ちゃんと、ありがとう、言わなあかんやろ」

秋雄は真剣に怒っている。だが、藤太は相手にしなかった。

「とにかく、もう店開けるから、おまえら帰れ。親父も帰ってくるし、酔っぱらいも来る。さっさと出てけ」

毎日のように手伝ってもらっても、それは開店準備だけだ。いづみはもっと手伝うと言うが、藤太は許さなかった。いづみを酔客の前に出すわけには行かない。それはもっと先の話、なにもかもがきちんと整ってからのことだ。

「じゃあ、水だけ打っとくから」

いづみがバケツに水を汲《く》んで外に出た。慣れた仕草で柄杓《ひしやく》で水を打っていく。藤太は思わずうっとりと眺めた。「まつ」が高級料亭のように思えた。だが、それはもう夢ではない。すこしずつ、その日が近づいている。いづみとなら新しい世界を作れる。この町を新しい世界に変えられる。もうすこしだ。そう思えば、なんだって我慢できる。

水を打ち終わったいづみが戻ってきた。「藤太、もうお客さん待ってるよ」

「わかった。入ってもらってくれ」

「うん」いづみが外へ声を掛けた。「いらっしゃいませ」

藤太は暖簾をつかんで表へ出た。今はもうビールケースは要《い》らない。腕を伸ばすだけで暖簾を出せる。店の前にいたのは、昔、助けてもらった指の欠けた男だった。藤太は軽く頭を下げたが、男はまるで無視して店に入ると一番奥に腰掛けた。

「いづみをこきつかって悪いやつや」秋雄がため息をついて立ち上がった。「いづみ、帰ろか」

「うん」いづみがビニール傘を差しだした。「藤太。傘、ありがとう」

「それ、持って帰れ」

「でも……」

「客の忘れ物のビニール傘が腐るほどあるんだよ。持って帰ってくれたら助かる」

たとえ傘一本でも、いづみは両親に頼み事などしたくないだろう。あの親に買って、とねだるくらいなら、ビニール傘を差しているほうがマシなはずだ。

藤太はふたりを見送り、男に焼酎を出した。男は三本の指でグラスをつまむようにして、音も立てずに飲んだ。

*

梅雨も終わりに近づいた。激しい雨はないが、まだうっとうしい天気が続いている。

一学期の期末テストも終わり、進路面談がはじまった。授業は昼で終わったが、店の仕込みまでにはまだ時間がある。藤太は家には戻らず、秋雄の家に寄って時間をつぶしていた。

窓からは、ときどき酔っぱらい特有の笑い声が聞こえてくる。工場の事務所では、真っ昼間から相変わらずの麻雀大会らしい。なにをするでもなく、ただぼんやりしていると、窓の外から声がした。のぞいてみると、道路に白い傘を差したいづみが立っていた。

「上がっていい？」

「ええよ」秋雄が急に明るい顔をした。「へえ、その傘、新しいやつやな。きれいや」

新しい傘は眼に痛いほど真っ白で、端のほうに上品な青い花模様が入っていた。

「……あ、うん」いづみはうつむいてしまった。

どうしたのだろう、と藤太は思った。新しい傘が嬉しくないのだろうか。

「とにかく上がってきいや」秋雄が困惑したふうに言った。

いづみが部屋に入ってきた。傘は玄関に置いてきたらしい。藤太はいづみをじっと見た。

いづみは眼を伏せた。

「なんかあったんだろ?」

「ううん、別になんにもあれへんよ」いづみがすこしとってつけたように笑って見せた。だが、藤太はそんな無理な笑顔に腹が立った。絶対になにか隠している。

「はっきり言えよ、別に隠すことないだろ」

「東京弁で言われると、なんか怖いなあ」いづみがまた笑った。

「ふたりとも、さっきからなんやねん」秋雄はわけがわからないといったふうだ。

「ごまかすなよ、いづみ」

藤太がきつい口調で言うと、いづみはしばらく黙った。そして、泣きそうな顔をした。

「昨日、お父さんが傘、プレゼントしてくれてん。この前、壊してごめん、って」

藤太には思い当たる節があった。数日前、酔った父がひどくいづみの父を罵っていた。とうといづみの父にツキが回ってきたらしい。最近、ずっとひとり勝ちしているという。

「ごめん」いづみがうつむいた。

「なんでいづみが謝るんだよ」藤太はまた腹が立った。

「でも、あたしのお父さんが勝ったら、藤太のお父さんが負けるってことやから、また機嫌が悪くなって、酔っぱらって藤太が殴られるかもしれへんから」

「それがどうした? せっかく親父に買ってもらったんだろ? 俺に気を遣う必要なんかない」藤太は怒鳴った。「そんな後ろめたい顔すんな。堂々とその傘、差してろよ」

「でも……」

「もし、親父に殴られたとしても、今度は殴り返してやる」

「そんなん……」

「本気だ。いつまでも殴られっぱなしでいられるか。やるとこまでやってやる」

たった傘一本だ。だが、いづみはどれだけ嬉しかったろう。なのに、素直に喜ぶことすらできない。藤太は激しい怒りを覚えた。

「なあ、藤太」秋雄が強く言った。「おまえ、最近やばいんちゃうか」

「やばい？」

「気のせいかもしれへんけど、標準語で言うたらシャレに聞こえへん。なんか……ほんまに親父さんを殴り殺しそうな感じや」

秋雄の心配げな顔に藤太は笑って見せた。

「殴り殺してもかまわないと思ってるけどな」

「藤太」いづみが大きな声で言った。「冗談でも言うたらあかん」

「冗談じゃない。でも、そんなことをしたら損をするのは俺だ。それくらいわかってる」

今日、藤太は進路面談の日だった。藤太と父と担任の三人で話をするはずだった。夕方からは店があるからといって、一番早い時間に面談を設定してもらったのだ。なのに、父は来なかった。電話をしたが家にもいなかった。

担任も諦め顔で、藤太とすこし話をしただけで終わった。だが、父が来なくて正解だった、と藤太は思った。酔っぱらって担任に暴言を吐いたり、校内で下品な振る舞いをするくらいなら来なくてよかった。父が来たら、きっと自分が恥をかいただろう。

学校に来なかった父は秋雄の家にいた。いつもの四人は工場の事務所で麻雀の真っ最中だった。藤太はもう腹を立てる気にもなれなかった。

そのとき、思いついたように秋雄が言った。

「なあ、『新世界より』かけよか」

藤太は我に返った。そして、自分がどれほど不快な空気を振りまいていたかに気付いた。

「ああ、アンチェルか。うん。いいな」

秋雄といづみがほっとした顔をした。藤太はすまない気持ちになった。

「おまえは単純や」秋雄が呆れたように言う。「あの曲かけたら機嫌が直る」

藤太はばつが悪かったが否定しなかった。たしかに今はどん底だ。最低の世界だ。だが、いつかきっと新しい世界をつくってみせる。だれにも引け目を感じることもなく、だれにも恥じることもなく、顔を上げて堂々と前を向いていられる世界だ。あの第四楽章のように誇らしく輝かしい世界だ。

「秋雄、ボリューム上げてくれ」

秋雄が目盛り二つ分音量を上げた。藤太のもたれている壁がびりびりと震えた。藤太は眼を閉じた。この曲を聴いていれば、新世界が信じられる。

りっぱな「まつ」が見える。藤太は若いけれど腕のよい板前で、横には色白で着物の似合う、印象的な女将《おかみ》がいる。店は繁盛している。毎日予約がいっぱいだ――。

そのとき、ドアが開いて秋雄の母が飛び込んできた。亭主と同じで小太りの女だが、顔は秋雄によく似ている。すこし気は弱いが悪い人間ではない。

「ちょっと、秋雄。なんとかしたって」

「なんや、どうかしたんか？」秋雄が慌てて立ち上がった。

「事務所でえらい喧嘩してる」秋雄の母は藤太といづみに向かって怒鳴った。「あんたらのお父さんもや」

藤太たちが工場に駆けつけてみると、事務所の前で騒ぎが起こっていた。男が三人で輪になっていて、中でひとりの男が土下座していた。

「謝ってすむものと違うやろ」父が怒鳴った。

「人間、やってええことと悪いことがあるんちゃうか？」秋雄の父もひどく怒っている。

「すまん、ほんまにすまん。悪気はなかったんや」

赤錆の舞う床に頭をすりつけて詫びているのは、いづみの父だった。

「あほか。悪気のないイカサマなんてあるか」父が真っ赤な顔でいづみの父を見下ろしている。「おかしいと思てたんや。へったくそなイカサマや。でも、まさかそんなことせえへんやろ、と信用してたらこのザマや。しょうもないことしやがって」

「つい、ついやってもうただけや。もう二度とせえへん。許してえな」

「あのなあ、わしらもこんだけ舐められて、はいそうですか、いうて引き下がれるかい」秋雄の父は腕組みして唾《つば》を飛ばした。

いづみは真っ青になって立ち尽くしている。秋雄はうろたえ、みなの顔を順番に眺めていた。

「森下さん」坊主が冷静な声で話しはじめた。「バクチの世界でイカサマやるいうのが、どれだけのことかわかってますか？　私らは堅気《かたぎ》やからええけど、あんた、よそで同じことしたら命に関わりますよ」

藤太はぞっとした。落ち着いているぶん、この男が一番やばい。そう思ったのはいづみも同じようだった。いづみはぶるっと身体を震わせると、父親に駆け寄ろうとした。だが、藤太は腕をつかんで引き戻した。いづみは振り向いて藤太をにらんだ。

「離して、藤太」

「やめとけ。ガキが出て行っても仕方ない」

いづみが父を心配するのはわかる。土下座している親を見るのは、自分が土下座するより辛い。だが、今出て行けばもっと辛い思いをする。親をかばっても、親は感謝してくれない。むしろ余計に恥をかかされたと逆恨《さかうら》みする。藤太の今までの経験だ。

そのとき、坊主がちらりとこちらを見た。それからみなに向き直って言った。

「子どもの前でこんな話やめましょか。かわいそうですわ。もう、しない言うてるんやから、ええんちゃいますか」

「そんなこと言うても、わしらの気がすまへん」秋雄の父が食い下がった。

「もちろん、お金のことはきっちりしてもらいましょ。イカサマ分も計算し直しですわ」

「でもなあ……」秋雄の父はまだ納得しないようだ。

すると、坊主は穏やかに説いて聞かせた。

「あんまり追い詰めたら、こういう人は無茶するんです。とばっちりはごめんですわ」

「せやな。サラ金強盗でもしかねへんな」父が吐き捨てるように言った。「で、結局、一円も取れんで失敗するタイプや」

「すまん、ほんとにすまん」いづみの父はふたたび頭をすりつけた。「必ず金は払うから」

堪えきれなくなったいづみが背を向けた。足早に工場を出て行く。藤太は黙ってあとを追った。

いづみはどんどん歩いて行った。藤太はすこし離れて後ろを歩いた。声を掛けるべきだろうか。それとも、ひとりにしてやるべきだろうか。思いあぐねて、ただひたすら早足で歩くいづみのあとをついていった。

いづみは人と行き会うたび、人気《ひとけ》のない道を選ぶ。そのうちに住宅街を抜け倉庫街まで来た。風に乗って果物の匂いがした。バナナか、パイナップルか。甘い香りが今は腹立たしい。

いづみは歩き続けた。保税上屋《ほぜいうわや》の建ち並ぶ道路を抜けると、眼の前に安治川の高い堤防が見えた。あちこちでフォークリフトが動いて、トラックが出入りしている。だが、人の声はまるでしなかった。

堤防には錆びた石段が刻まれていた。いづみは無言で石段を上って堤防を越えた。反対側の石段を下りると、そこは船溜まりで小型船と艀《はしけ》が浮いていた。あたりには捨てられたタイヤやロープなどが散乱している。どろりと淀んだ水の臭いがした。

川は静かだった。上流のように流れがあるわけでなく、かといって海のように波が寄せるわけでもない。ただただ広いだけだ。

いづみは水際で足を止めると、大声で泣き出した。

「あたし、もういやや」

藤太は黙っていづみを見ていた。どんな言葉を掛けても意味がないことくらいわかっている。できることは、そばにいてただ黙って話を聞くだけだ。

「あんなみっともないことして恥ずかしくないの？　理解でけへん」いづみはぼろぼろと涙をこぼしながら言った。「わかってる。もっとひどい親だってたくさんいてる。子どもを虐待して殺してしまうような親かていてる。うちのお父さんは酒飲んで暴れて、麻雀してイカサマして土下座するだけや。きっと、まだマシなほうなんやと思う。でも、もういやや。藤太はどう思う？　自分の親をどう思てる？　あんな親で平気やの？」

いづみの顔は真っ白で、眼だけが真っ赤だった。細い足を踏ん張って懸命に倒れないようにしている。

「俺にも理解できない」藤太は自分も泣きたくなっているのに気付いた。だが、ここで泣くわけにはいかなかった。なんとかして、いづみをなぐさめなければならない。

「俺の親父は悪人ですらない。人を殺すわけでもないし、大きな事件を起こすわけでもない。ただ単に下品なだけだ。だらしないだけだ。酒を飲んで賭け麻雀をして、憂さ晴らしに俺を殴るだけだ。腹が立ったら殴る。気に入らなかったら蹴る。酒を飲んだから、むしゃくしゃしたから、麻雀に負けたから、信号が赤だったから、雨が降ったから……」

くそ、と藤太は思った。いづみを落ち着かせてやるはずだった。いづみの力になるはずだった。なのに、俺のほうがこんな泣き言を言っている。逆じゃないか。

「ただそれだけのことなんだ。おまけになんの工夫もない。ただただ単純な暴力なんだ。なんにも考えてない。低俗で下劣で卑しくて醜くて汚くて、とにかくチンケな人間、俺の親父はそういうやつだ」

「じゃあ、どうしたらええの？　親がそんなんやったら、あたしら、どうしたらええの？」

いづみが涙で声を詰まらせながら、食ってかかった。

「どうしようもない。世の中にはそういう人間がいるんだ。俺たちは運が悪くて、たまたまそんな人間のところに生まれてきてしまっただけだ」

「運やの？　たまたまやの？」

「ああ、それだけのことだ」

「でも……」いづみがなにか言い返そうとした。

「それだけのことなんだ」藤太は我慢ができなくなり怒鳴った。「それだけ、それだけだ。考えたってどうしようもないんだ」

いづみがびくりと顔を強張らせた。だが、藤太は溢れ出した感情を抑えられなかった。

「考えたら自分が惨めになるだけだ。無視するんだ。自分のことだけ考えるんだ」

藤太はなぜ自分がいづみを怒鳴りつけているのかわからなかった。とうに心の中では親のことなど諦めたはずだった。どうでもよくなったはずだった。なのに、こんなに動揺している。興奮して乱れている。くそ、と思う。親なんか完全に無視したはずなのに。

「いないと思うんだ。最初から親なんかいないと思うんだ。それしかない」

いづみがしがみついてきた。藤太の胸の中でしゃくり上げる。くそ、と思った。泣くつもりはなかった。なのに涙が出てきた。いづみをなぐさめなければならないのに、いづみの力にならなければならないのに、俺が泣いてどうする。

「いづみ、もうすこし辛抱したら、大人になったら、俺たちは親のいない新しい世界で生きていける。親さえいなかったら、俺たちは幸せになれる」

「ああ。俺には『まつ』がある。絶対に『まつ』を立派な店にしてみせる」

「あたしも手伝っていいんよね？」

「ああ。『まつ』は俺といづみの店になる」

「うん。絶対、約束やよ」

いづみを抱きしめ、唇を吸った。


翌日、藤太は思い切って父に書類を差し出した。

「なんや、これ」

「調理師学校のパンフレット。今度、体験入学があるから」

すると、父はパンフレットを乱暴に払いのけた。パンフレットは封筒ごと床に落ちた。

「阿呆、そんなん見せてどうする気いや？　学校なんて中学までで十分や」

「でも、ちゃんと料理の勉強したら、店でも役に立つし」

すると、父がいきなり藤太の頰を張った。

「なに生意気言うとんねん。ちょっと学校で勉強したくらいで俺に指図する気いか？　そんな偉そうな真似させへんぞ」

思わず殴り返しそうになったが、なんとか堪えた。藤太はパンフレットを拾い、父に背を向けた。最初からわかっていたことだ。傷つく必要はない。念のため確認しただけだ。藤太は何度もそう言い聞かせた。

次の日曜は朝から雨だった。藤太は勝手に書類を書き、ひとりで体験入学に出かけた。

調理師学校は想像よりもずっと立派だった。磨き上げられた厨房施設に、藤太は眼を丸くした。シンクも調理台も広く、曇りひとつない。引き出しにはさまざまな種類の包丁があった。みな、すばらしく切れた。藤太は唖然とした。「まつ」とはなにもかも違っていた。

実技指導では甘鯛《あまだい》のかぶら蒸しと天ぷら、炊き込み御飯をつくった。藤太は魚のさばき方を褒められたが、盛りつけを注意された。手慣れてはいるが雑だ、と。講師は藤太のかぶら蒸しの皿を見て、彩りの紅葉麩《もみじふ》と三つ葉を置き直した。それだけで、皿はまったく別のものになった。藤太は眼を見張った。

帰り道、藤太は興奮が抑えられなかった。雨の上がった空を見上げた。はっきりと道が見えたような気がした。「まつ」は一流を目指すのだ。場末の居酒屋で終わってたまるか。藤太はもう一度言い聞かせた。「まつ」は一流の店になる。そして、なにもかも、すべてをやり直すのだ。いづみと、もう一度、ふたりで最初からやり直すのだ。

体験入学の一日は至福の時だった。だが、店に戻ると現実が待っていた。

六畳間には煙草と酒の臭いが充満している。父は隅でいびきをかいていた。つい先ほどまで、ここで麻雀をやっていたようだ。酒の瓶が散乱し、灰皿のひとつはひっくり返って畳に焼け焦げをつくっている。藤太は舌打ちして吸い殻を拾った。火事になったらどうするつもりだ。畳に水を掛け、念のため横にある座布団にも水を掛けた。汗と酒の浸みこんだ座布団は、持っただけでじっとりと指先が冷たくなった。藤太は顔をしかめて、ひとつ咳払いをした。

もうすこしの辛抱だ。「まつ」を自分の力でやる。父には手出しさせない。それまでの辛抱だ。

汚れたグラスを流しに運んでいると、カウンターの隅に白い傘が見えた。いづみの傘だ。そのとき、父がのそりと起き上がった。よろめきながら歩いてくると、藤太の手から汚れたグラスを奪い取った。水道から水を注ぎ一息に飲み干す。父はひどい臭いがした。

「いづみが来たのか?」藤太は訊ねた。

「ああ、そや」別のグラスの底に残った酒を飲み干し、ゲップをする。しばらくしてから思い出したように言った。「森下がまた負けたんや」

藤太はかっとした。いづみはこっそり金を届けにきたのだ。思わず拳を握りしめた。イカサマがばれてあんな眼に遭ったというのに、まだ性懲りもなく麻雀をやっているのか。どんな顔であのメンバーに混ざっているのだろう。恥ずかしくないのだろうか? どれだけいづみを泣かせたら気が済むのだ?

大事な傘を忘れて帰るということは、よほどいやな思いをしたということだ。きっと、大負けした父親が土下座やら泣き落としやらをしているところを見てしまったのだ。

いづみの傘をつかんで、藤太は裏口へ向かった。父が仕入れに使っているカブはキーが差しっぱなしだ。いづみの傘を前バスケットに入れ、カブにまたがった。最近機嫌の悪いエンジンだが、一回のキックでかかった。ヘルメットは見当たらなかったが、もうどうでもよくなった。どうせ、免許だってないのだ。

いつもは裏通りを走るが、すこし自棄《やけ》になって大通りを突っ走っていづみのアパートに向かった。わざと乱暴に音を立てて外階段を上る。ドアをノックすると、いづみが出た。藤太の顔を見ると、一瞬驚いた顔をした。

「傘、店に忘れてたから」

藤太が傘を手渡すと、いづみは眼を伏せうつむいたまま、ありがとうと言った。いづみはひどく疲れ切って見えた。

ドアの隙間から部屋の中をのぞいて、藤太は思わず息を呑んだ。隅では座卓がひっくり返っている。その横にはなぜか鍋が転がっていた。一面に散乱しているのは、神さまのパンフレットらしい。いづみの鞄《かばん》は中身がぶちまけられ、教科書もノートも開いたままになっていた。

「ひどいな」藤太は顔をしかめた。こんなにひどいのははじめてだ。

「ちょっとね」

そのとき、藤太ははっとした。いづみの顔がおかしい。

「いづみ、顔上げてみろ」

だが、いづみはうつむいたままだ。藤太は無理矢理に顔を上げさせのぞき込んだ。左頰の色が変わっている。

「殴られたのか？」藤太は血の気がひいた。

いづみの父にたったひとつ良い点があるとすれば、それは暴力をふるわないことだった。それさえなくなってしまったら、どうすればいいのだろう。

「今、いるのか？」藤太はいづみを押しのけて部屋に入ろうとした。「こんなの許せるか」

「もう出て行った」いづみが遮った。「違うんやよ、藤太。暴れたときに手が当たっただけやから」

「殴るやつはそう言うんだ」

藤太の父もそうだ。痣《あざ》のできた藤太の顔を見て、学校が何度か父に事情を訊いたことがある。すると、父はいつもこう答えた。手が当たっただけだ。さらに追及されると、今度はこう答えた。しつけのためだ。

「でも……ほんとやから」いづみはやっぱりうつむいたままだ。

「いづみ……」藤太は思わずいづみを抱きしめたくなった。

だが、そのときいづみが顔を上げた。

「大丈夫」そう言って、いづみは笑って見せた。

その顔を見た途端、藤太はわけがわからなくなった。悔しくて腹が立って頭の中がぐちゃぐちゃになった。涙が出そうになった。

「カブで来たん？」いづみが道路に眼をやった。

「ああ」無免許を怒られるかと思ったが、いづみは眼を細めてカブを見ていた。

「水門、見に行こか」

「ええよ。今日は試験運転の日じゃないけど」

「ええよ。後ろ、乗せて」

「いいけど」藤太はむしゃくしゃしたときは無免許でカブを乗り回す。いづみだって、そんな気持ちになってもおかしくないだろう。「でも、後ろ、シートないから痛いぞ」

「ええよ」

「ヘルメットもないし」

「ええよ。乗せて」

いつの間にか、またかすかな雨が落ちていた。いづみは傘をバスケットに積むと、むき出しのキャリアにまたがった。かなり乗り心地が悪いらしく顔をしかめた。

安治川沿いはずらりと工場と倉庫が続いている。チューブとパイプのうねったプラントにサイロ、それに球形のタンクもある。どれも巨大で、ジャンボジェットやマンション一棟くらいなら入りそうだ。

藤太はゆっくりとカブを走らせた。いづみが腹を抱いている。こんなに長い間、いづみと触れているのははじめてだ。この前キスしたときは、あっという間に離れてしまった。あのときはもっと抱いていたいと思った。だが、いざこうやってぴたりと背と腹を合わせていると、勝手に身体が熱くなってきた。くそ、と思う。いづみに気付かれたら、なんと思われるだろう。

倉庫街を左に折れると弁天埠頭に出る。海ではなくあくまでも安治川の河口なのだが、埠頭があって九州や四国へ行く大小のフェリーが発着している。船腹に太陽のマークを描いた大型フェリー「さんふらわあ」は子どもの憧《あこが》れだった。

「なあ、藤太」いづみが後ろから叫んだ。叫ぶ拍子に腹を抱く手にぎゅっと力を込めたので、藤太の心臓が跳ね上がった。「あたし、昔から思ってた。『さんふらわあ』乗って九州行きたいなあ、って」

「ああ。俺も思ってた。鹿児島に着くんだな」

「そう。バイクも積めるんやって」

カブを積んで、いづみとふたりで「さんふらわあ」で九州に行く。船で一晩を過ごすのだ。そこまで考えて、藤太ははっとした。まるで新婚旅行だ。新婚旅行という気恥ずかしい言葉は、藤太を余計に焦らせた。落ち着かなければ、とこっそり深呼吸をするがまるで効果がない。いよいよ苦しくなってきた。

埠頭に突き当たると、今度は右に曲がる。カーブですこしカブが倒れると、藤太の腹を抱くいづみの手にまた力が入った。やばい。やばすぎる。

藤太は心の中で悲鳴を上げた。ばれないように、とひたすらそれだけを願った。

一度キスしたきりで、あれから機会がなかった。その先に進むどころか、手を握るきっかけすらない。お互いにいやなことばかりが多すぎて、なにか行動を起こすとつけこんだようになってしまう。だがこの前だって、と思う。この前抱きしめてキスしたことだって、つけこんだだけだ。もしかすると、いづみは卑怯な男だと思ったかもしれない。だが、あのとき、藤太はいづみを抱きしめずにはいられなかった。

今日、もう一度抱きしめてもいいだろうか。セックスしたいからなんかじゃない。ただ、いづみをなぐさめてやりたいからだ。いづみを安心させてやりたいからだ。

殴られることは恐怖だ。幼い頃からさんざん殴られて慣れっこになっている藤太でも、突然の父の暴力は怖ろしい。痛みに平気になったふり、鈍感になったふりはできる。だが、ふりができるだけだ。痛みは痛みだ。どんなにごまかしても、なくなるわけではない。確実に身と心とを削っていく。はじめて殴られたいづみはどれほど怖ろしかっただろう。

だが、やっぱりそれは言い訳なのだろうか。いづみの弱みにつけ込んだ卑怯な振る舞いなのだろうか。

それでも、いづみを抱きしめたい。もう一度キスしたい。頭がおかしくなりそうだ。

広い通りから工場と住宅の間を抜けて、水門事務所を目指した。この前は橋の上から見た。国道四十三号線はあまりにうるさいし、それに人目を遮るものがない。丸見えだ。

安治川水門事務所は水門の南端のたもとにある。アーチと同じくらいの高さの建物で、マンションで言えば五、六階くらいだろうか。もっとあるような気もするが、比べるものがないのでよくわからない。藤太は事務所をすこし行き過ぎたあたりでカブを停めた。

あたりはすっかり暗かった。両側のセメント工場も人気《ひとけ》がない。ふたりは歩いて水門のすぐそばまで行った。

「こんな間近で見たの、はじめて」いづみが感嘆の声を上げた。

下から見上げる水門はあまりに大きくて、不気味に思えるほどだった。巨大なアーチが黒々と川をまたいでいる。こんなものが動くのが信じられないくらいだ。

「夜に見ると、おかしな感じだ。死んでるみたいだ。はじめから命なんかないのに」

水門は夕闇ににじんで溶けそうだった。腐りかけの化物《ばけもの》に見える。

「そやね。前は生きてたのに、今は死んだ、って感じ……」いづみはしばらく影になった水門を見上げていたが、ふと振り向いた。「藤太、体験入学どうやった？」

「ああ、すごかった。やっぱりプロの料理人は違う。なにからなにまで違う。あれを見たら、目標がはっきりした」

「そう」いづみが笑った。「よかった」

「やっぱり独りよがりじゃだめだ。だから、自分ですこしずつ金を貯めて学校へ行くか、ちゃんとした店で修業するかしないとな。とりあえず、卒業したら昼間だけ使ってくれる店を探そうかと思うんだ」

「それやったら『まつ』と掛け持ちになる。大変やよ」

「ああ、でも、勉強にもなるし金も貯まる。将来の『まつ』の資金になる」

「お金が貯まったら、まず、暖簾を新しくしよ。第一印象は大事やから」

「たしかに今のはひどいからな。普通の人は入るのに勇気がいる」

「ある意味、お高い店やね」いづみは笑いながら、水門を見上げていた。「この水門くらい高い」

もう我慢ができない。もう一度、唇を吸いたい。あのときのように、抱きしめて強く吸いたい。手を伸ばそうとしたとき、いづみが笑うのを止め真顔になった。

「小学校の頃、アゲハチョウの観察したん、憶えてる？」

「ああ、憶えてる」

「ときどき、今でも夢に見るんよ。ちゃんと羽化でけへんかった蝶が、しわくちゃの羽で蜜を吸ってるところ」いづみは眼を伏せ、またすこし笑った。「なんでやろうね。忘れられへん」

藤太の身体が一瞬で冷えた。ずっとキスをする機会を狙っていたのに、そんな気持ちが跡形もなく消し飛んだ。

「なあ、やっぱり橋まで行けへん？　高いところのほうがよく見えるし」

「ああ、うん」

藤太といづみはカブを置いて安治川大橋まで歩いた。階段を上って橋の上の歩道に出る。途端に雨と風が強くなったように感じられた。いづみが傘を差しかけた。

「藤太、入って」

「いい」

「でも、濡れるよ」

「相合傘は恥ずかしい」

「ふたり乗りはええのに？」

藤太は笑ってごまかした。橋からは半円の水門のシルエットと、その向こうに大阪湾の夜景が見えた。オレンジ色の光が一列に並んでいるのは、海に沿って走る湾岸線の照明だ。

「きれいやね」

白い傘を差したいづみが橋の上で笑っていた。傘の色のせいだろうか。いづみの顔も真っ白に見えた。藤太は息が詰まった。まるで死んでいるようで、寂しすぎてぞっとした。

「ほんまにきれい」

いづみはそれでも笑っていた。

＊

夏休み、藤太は自分に課題を課した。

ほかの中三が受験勉強をするなら、藤太は経営の勉強をすればいい。「まつ」を立派な店にするためには、避けては通れないことだ。図書館で飲食店経営の本を借りると、毎日すこしずつ経営の基本を学びはじめた。

藤太が読みあさった本によると「まつ」は、まさに悪い店の見本だった。サービスの理念がない。経営計画がない。なによりも店主にやる気がない。おまけに店舗自体も条件が悪い。間口は二間しかないし、カウンターの幅は狭い。いっそ、立ち飲みにしたほうがいいような店だ。

藤太が不思議だったのは、指南書のいう悪い店でありながら「まつ」には結構客が来ることだ。ほとんどが近所の常連ばかりだが、繁盛店とは言えないまでも閑古鳥《かんこどり》が鳴く店ではなかった。ならば、と思った。よい店にすればもっと客が来るのではないか。店をきれいにし、ちゃんと手を掛けた料理を出し、サービスに気を配る。そうすれば、きっともっと繁盛するに違いない。そう思うと、嫌いな勉強も苦にはならなかった。

まず損益《そんえき》計画をつくらなければならない。それには正しい原価率を把握する必要がある。単品ごとに原価率を計算し、そこに季節により仕入れ値の変動があって、さらに光熱費や消耗品費だってある。損益分岐点はどれくらいになるだろうか。店を改装したとすれば、きっとそのローンもある。減価償却《げんかしょうきゃく》とはなんだ？　運転資金はどれくらい必要だ？　税金はどれくらいかかるのだろう。税理士も経営コンサルタントも雇えない。全部自分でやらなければ。

まずは一日の売り上げの把握だ。藤太は大学ノートに「まつ」の収支を書き出していった。こんなにも数字を書いたのははじめてだった。

夏期講習の帰りに顔を出した秋雄は、ノートを見て呆れた顔をした。

「もったいないなあ。ひとりでこんだけ勉強できるんやったら、学校の成績かてもうちょっとなんとかなるやろ」

「料理と店のことなら、いくら勉強してもいやにならないんだけどな」

「なあ、今から死ぬ気で勉強して、大手前高校受けへんか？　僕が手伝うから」

「バカ言うな」

大手前高校は学区のトップ校だ。秋雄なら文句なしに受かると言われている。

「本気や。おまえと一緒の高校行きたかったのに」秋雄が一瞬泣きそうな顔をした。「おまえのおれへん学校なんて考えられへん」

「秋雄」藤太はすこしじんとした。「俺は『まつ』にいる。卒業しても顔出せよ」

「当たり前や。おまえが来るな言うても顔出したる」秋雄が泣き笑いの顔で言った。

最近では、いづみも受験勉強が大変なのか、あまり「まつ」には顔を出さない。たまにやってきても、勉強疲れでぼんやりしていることが多かった。この前は仕込みの手伝いの最中、うっかり焼き台で火傷をした。その前は料理バサミで指を切った。

今日もそうだ。久しぶりに手伝いにやってきたのに、なんだか心ここにあらずに見える。

「なんかあったのか？」

「え、ああ。昨日、遅くまで勉強してたから」

明らかに嘘とわかる返事だった。藤太は眉を寄せた。また家でなにかあったのだろうか。

そのとき、開店前だというのに入口が開いた。入ってきたのはいづみの父だった。ずいぶん酔っている。

「なんや、おまえ、こんなとこおったんか」いづみの父が一瞬ぎくりとした。

いづみは顔を背けた。いづみの父は気を取り直したふうで、藤太に話しかけた。

「大将、おらへんのか？」

「まだ帰ってない」

「……しゃあない。ネジ屋のほう行くか」いづみの父は酒臭い息を吐いた。

藤太は心の中で舌打ちした。こんなやつ、いづみの父でなければ追い出してやりたい。

「まつ」を上品な店にするためには、絶対お断りのタイプだ。

「おまえも親孝行で感心やなあ。親父も感謝しとるやろ。やっぱり、いざというとき頼りになるんは家族いうことや」呂律《ろれつ》の回らぬ口で説教をはじめた。

藤太は思わずかっとした。あの父が感謝などするわけがない。都合よく一方的に頼りにされるだけだ。いや、食い物にされるだけだ。いづみの父親だってそうだ。こんなやつらに家族だなんて言われたくない。

「世の中、うまいことできとる」いづみの父はひきつけたように笑った。「なんとかなる、ケセラセラちゅうわけや」

いづみの父は戸に一度ぶつかってから出て行った。不自然なくらい強気に見えた。もしかしたら、イカサマに代わるなにかを見つけたのかもしれない。それがいづみの気がかりではないだろうか。

「なあ、親父さん、またなんか面倒を起こしたのか？」

「別に、そんなんちゃうよ」

「嘘つくなよ」藤太はじっといづみを見た。「ほんとのこと、言ってくれ」

「なあ、藤太」いづみはふっと笑った。「親のことなんか考えるな、無視しとけ、って言ったのは藤太やよ」

藤太は返す言葉がなかった。

＊

冬のはじまりの日曜のことだ。

藤太は秋雄に釣りに誘われた。たまには気分転換がしたいということだった。秋雄の成績なら楽勝なのだが、それでも多少のプレッシャーはあるのだろう。

藤太はカブで迎えに行ったが、秋雄は乗らなかった。もしばれたら内申書《ないしんしょ》に響くというのだ。仕方なしに、藤太は秋雄の自転車と併走することになった。

久しぶりの釣りだった。日曜ということで、天保山の岸壁には何人もの釣り客がいた。秋雄は藤太のぶんのミミズも捕ってきてくれていた。早起きして掘ったんや、と得意そうだった。

意気込んで岸壁に座ったわりには、その日はふたりともすこしも気分が乗らなかった。ただ黙々と針に餌をつけ、海に落とし、ウキをながめる。その繰り返しだ。せっかく掘ったミミズもあまり役には立たなかった。

どんよりと曇った日で、時折、思い出したように細かい雨が落ちた。昼になったが、釣《ちょう》果《か》はさっぱりだった。

「今日はあかんか」秋雄がつぶやいた。「……なあ、藤太は調理師学校行けそうか?」

「たぶん無理だな」

体験入学には行ったものの、入学できる可能性はほとんどなかった。

二学期に入っての懇談にも父は来なかった。父が不在の懇談で藤太は担任とふたりで話をした。まず訊かれたのは、どの高校を受けるかでもなく進学意志の有無でもなく、単に卒業後はなにをするか、だった。

「親父は調理師学校なんか行く必要はないってよ。だいたい、そんな金もないしな」

「働きながら夜間コース行くいうのは？」

「店は夜だからな。余計に無理だ」

「ああ、と」秋雄は慌てて竿を上げた。餌だけなくなっていた。「じゃあ、中学出たらずっと店やるんか？」

「わからん。親父は日によって言うことが違うんだ。店を手伝えと言ったり、よそに就職して金を家に入れろ、って言ったりな」

藤太はぴくりとも動かないウキを眺めていた。まるで現実の自分のようだと思う。淀んだ水に間抜けに浮かぶだけ、自分ではどこへも行けない。いくら新世界への夢があっても、今はまだなにもできない。

「藤太はどうしたいねん」

「俺か？　俺はきちんと料理の勉強がしたい。それだけだ」

調理師免許の取れる専門学校に行くか、それともどこかちゃんとした店に入って修業したい。だが、どちらも父が許さない。

さっさと家を出て、住み込みで修業すればいいのかもしれない。だが、もう父には「まつ」を任せられない。最近、以前にも増してやる気がない。今、藤太が出て行ったら、確実に「まつ」は潰れる。

それに、いづみのことも心配だ。たとえなにもできなくても、そばにいてやりたい。

「きっついなあ」秋雄が上品にため息をついた。

「仕方ない。わかってたことだ」藤太は心の中で繰り返した。そうだ、仕方ない。「秋雄は大手前高校で決まりか？」

「まあな。でも、親父は文句ばっかりや」

「どうして？」

「勉強なんかせんでええ。テストの点なんか世の中出たら関係ない。ネジ工場やるのに学歴なんか邪魔になるだけや、って」

「成績よくて文句言われるんじゃ、どうしようもないな」

「ほんま、しゃーないわ」

秋雄が声を詰まらせて笑った。泣き出しそうに見えたので、藤太は気付かないふりをして話を変えた。

「そういや、最近、工場暇そうだな」

「親父が浮かれてる。工場するより株のほうが儲かるいうて、まともに仕事せえへん」秋雄は新しい餌をつけて竿を投げた。「この前もひとり辞めてもろたんや。ずっとうちにおった人やし、歳取ってるから気の毒やった」

「秋雄は工場、継ぐのか？」

「まさか」秋雄はきっぱりと言った。「親父の代で終わりにしてもらう。僕は公務員でも目指すわ。自営はしんどいし、サラリーマンも会社が倒産したら終わりや。公務員が一番堅い」

「クソの発想だな」藤太はすこし笑った。そして、秋雄の堅実な人生設計に羨望《せんぼう》を覚えた。

「うるさい。でも、僕は堅気になりたい。酔っぱらいとか賭け事からは縁を切りたい」

藤太もそう思う。酔っぱらいと賭け事と暴力の三つからは縁を切りたい。だが、父がいる限りこの三つからは縁が切れない。

「いづみはどうする言うてた？」秋雄が新しい餌をつけた。

「市岡《いちおか》か港《みなと》か、どこか近所の高校受けるってさ」

「あいつ、成績いいのにもったいない。がんばったら大手前くらい受けれんのに」

「大学行けないのに、大手前行ってもみじめになるだけだろ」

「まあな。あそこは大学行くのが当たり前やからな」

いづみの家も金がない。父親はイカサマ麻雀、母親は宗教活動に夢中だ。高校に行かせてもらえるだけマシという家だ。

「中学出たらバラバラやな」秋雄が寂しそうにつぶやいた。

「『まつ』に来ればいい。こっそり酒飲ませてやるから」

「そうするわ」それでも秋雄の顔は晴れなかった。

藤太は反応のないウキに見切りをつけ、竿を上げた。案の定、餌はなくなっていた。舌打ちして、新しい餌をつけ竿を思い切り投げた。

中学を出たら本格的に「まつ」をやる。アル中の父の言うことなど聞くものか。自分で仕入れに行って、メニューを決め、仕込みをやって、客に出す。そして、ガラの悪い客はすこしずつ遠ざける。時間はかかるかもしれないが、きっと「まつ」を上品な店にする。カウンターは無垢《むく》、杉か檜《ひのき》の一枚板だ。スツールは張り替える。手提げ金庫の代わりに新型のレジスターを買う。欠けた皿は使わない。花だって飾る。そして、横にはいづみがいる。着物を着ている。立派な若女将だ。

新世界。中学を出れば新しい世界がはじまる。そうすれば、すべてがうまくいくはずだ。

「藤太、おまつりや」

秋雄の声に藤太は我に返った。秋雄の糸が藤太の糸に絡まっていた。

「ああ、すまん」慌てて竿を上げた。

糸はあまりひどく絡まったので切るしかなかった。

いづみとキスをしたことは秋雄には黙っていた。秋雄がいづみに好意を持っていることは知っている。藤太がいづみのことを意識するようになるずっと前から、秋雄はいづみを好きだった。今はまだ三人とも「かわいそうな子どもたち」という被害者仲間だが、いつまでもそうはいかない。春には進路が違ってバラバラになる。そして、将来、藤太は「まつ」をやる。いづみも「まつ」をやる。そのとき、秋雄はどう思うだろう。

藤太は港を出て行く大型フェリーを眺めた。考えすぎかもしれない。秋雄は大手前に行って勉強して、きっと東大か京大へ行くだろう。そうすれば完全に世界が違ってしまう。秋雄には秋雄にふさわしい世界がある、藤太やいづみのことなど気にならなくなるだろう。そうだ、きっとそうにちがいない。

昼を過ぎると雨脚が強まった。それでも夕方まで粘ったが、結局、その日はボラですらほとんど釣れなかった。見切りをつけて、家に帰ろうとしたときだった。すこし走るとカブが停まってしまった。

「くそ、ガス欠か」藤太は舌打ちした。

最近調子に乗って乗り回しすぎた。カブは燃費がいいからと油断していた。

「押して帰らなあかんか」秋雄が自転車を降りてため息をついた。「面倒やな」

藤太は返事をしなかった。面倒は押して帰らなければならないことではない。もしかしたら、明日の朝、父が気まぐれを起こして仕入れに出かけるかもしれない。勝手に乗り回してタンクを空にしたことがばれたら、どれだけ殴られるだろう。今晩中にガソリンを入れて戻さなければならないが、給油する金がない。手提げ金庫から店の金を抜くしかないが、もし父が店にいたら厄介だ。

「藤太、どうしたんや？」

「ガソリン入れる金がない。空っぽにしたことが親父にばれたら、面倒なことになる」

「ああ、そうか」秋雄も顔を曇らせた。「僕がいくらか貸そか？」

「おまえに金は借りたくない。金なんか借りたら友達じゃなくなる」

「大げさやな。まあ、気持ちはわかるけど」

日曜なので倉庫通りにはまるで人気がない。細かい雨はやたらと冷たくて、ハンドルを握るむき出しの手がかじかんできた。横をみると秋雄も同じだ。手が真っ赤になっている。黙って歩いていると悪いことしか頭に浮かばない。そのとき、秋雄が口を開いた。

「カブてガソリンやろ？　うちにフォークリフトに入れるガソリンがあったと思う。ナンバー取ってへんから公道走られへんからな。それ、分けたるわ」

「いいのか？」

「カブの分くらいやったらばれへんやろ」

「すまん」

「気にせんでええ。どうせクソ親父のクソガソリンや」

秋雄は汚い言葉とは裏腹に、やたらと上品に笑った。藤太には秋雄が大人に見えた。頭もいいし、真面目だ。その上、穏やかでやさしくて友達思いだ。ふてくされて、すねているだけの自分とは違う。なのに、こんなにやさしくしてくれる。俺は秋雄になにかしてやったことがあっただろうか、と思った。この先、なにかしてやれるのだろうか。俺は秋雄のために、一体なにができるのだろうか。

藤太はすこし考えて決めた。いつか、一流になった「まつ」で一流になった秋雄に一流の料理を出す。必ずだ。そう思うと、すこし肩の荷が下りた。

工場に行くと、事務所で父親たちが酒を飲んでいた。

藤太と秋雄は見つからないようにカブを隠し、こっそりポリタンクにガソリンを移し替えた。そのまま出ようとしたとき、男たちが出てきた。藤太と秋雄は慌ててフォークリフトの陰に隠れた。

「森下さんの気前のよさには感心しますわ」坊主の声だった。

「ほっといてくれ。おまえらにサービスしよ思て、負けてるんちゃうわ」

いづみの父の声は投げやりだった。藤太と秋雄は息を殺して耳を澄ませた。

「でも、もう、なんぼ負けても怖ないやろ。わしはあんたが負けてくれるほうがありがたいわな」今度は秋雄の父の声だ。

「ほんま、うらやましいがな。うちなんか汚いガキしかおれへん。あんなん使い道あれへんからな」父の声だった。

「なに言うてんねん。オカマすんの好きな男かておるがな。わしはイヤやけど」即座に秋雄の父が言い返す。

「気色悪いこと言うな。そら、どっかに物好きはいてるかもしれへんけど」父の声はそこで途切れた。

「あ、こいつ、真剣に考えてるで。息子、どっかの物好きに売ったろ思てるんちゃうか」

「……いや、それ、ほんま、いくらくらいになるねん？」

「こいつ本気や」

男たちが爆笑した。

藤太は怒りと屈辱で身体が震えた。たとえ冗談だとしても、言っていいことと悪いことがある。金のために息子を売るなど、平気で口にできる神経が信じられなかった。

「大体、あんたの息子が、うん、言わへんやろ」

「いやや言うても、みんなで取り囲んでしもたらええだけや。いづみちゃんかて、なんやかんや言うても、最後にはおとなしなったやないか」

「そら、三人がかりで押さえつけてやりまくったら、どうしようもないやろ。でも、最初んときはえらい暴れたなあ。あれは手こずった」

「たしかに。一発はたいたら、おとなしなる思たんやけどなあ。あら気の強い子や」

「いまだに刃向かうからなあ。往生際が悪い」

「なに言うてんねん。新品とやらせてやったんや。文句言うな」いづみの父の声だった。

「これが父親の台詞か？　ひどいもんや」また男たちの笑い声が上がった。

「森下さん、新品で割増料金とれるのは一回目だけですわ。二回目、三回目にやった分はもうそんな価値ありません。まあ、値打ち半分くらいに思てもらわんと」坊主が淡々と言った。

「半分か。厳しいなあ。もうちょっと、せめて八割くらいで計算してくれへんか？」いづみの父が哀れっぽい声を出す。

「たとえ八割で計算しても、借金チャラにするにはまだまだやろ？　わしらはまだしばらく楽しめるいうことや。なにせ借金返してもらうより、いづみちゃんとやるほうがよっぽどええからな」

「そうやそうや。なあ、森下さん、頼むから、あんた、これからもどんどん負けてくれや」

「なに言うてんねん」

男たちは笑いながら、ぞろぞろと工場の外へ出て行った。

藤太も秋雄も無言だった。音を立てないように秋雄の部屋へ戻った。ふたりとも呆然と床に座り込んでいた。どれくらいの間、そうやっていたのかもわからない。やがて、秋雄が泣き出した。

「信じられへん。親父が……まさか親父がいづみに」秋雄は床を叩いてうめいた。「なんでそんなに酷いことできるんや」

藤太はなにも感じなかった。怒りも哀しみも憎しみも、なにも感じなかった。それだけではない。全身の感覚もなかった。涙をボロボロこぼしながら秋雄がすがりついているのに、それすらまるで感じない。

「なあ、あんまりや。自分の父親がそんなことするなんて……あんまりや。情けない。なあ、藤太、僕は情けなくて死にそうや」

「秋雄、おまえに泣く資格ないだろ」藤太は秋雄の顔を見下ろした。

「なんやて?」

「泣いていいのは、いづみだけだ。俺たちには泣く資格はない」

「なんでや?」

「おまえと俺はあいつらの息子なんだよ。いづみに酷いことをしたあいつらの息子なんだ」

「そんなこと言われても……」秋雄はふたたび泣き出した。「これからどんな顔していづみに会《お》うたらええねん。いづみの顔、まともに見られへん」

「見てやれよ」藤太は自分でも驚くほどに平静だった。「あいつはいつもどおりにしてた。だから、おまえもそうしてやれよ」

藤太は気付いてやれなかった。夏以来、いづみがぼんやりしている時間が増えたこと。

「まつ」での失敗がすこしずつ増えたこと。笑顔が変わったこと。あれは落ち着いたのではなく、たんになにかを諦めただけだ。

いづみはなにも言えなかった。相手が藤太と秋雄の父親だったからだ。いづみの苦しみを思うと、どれだけの哀しみと怒りが湧き上がってくるかと思ったのに、心は静かなままだった。父のことを思っても、情けないとも悔しいとも憎いとも感じなかった。身も心も完全に凍りついてる。アイスピックで突こうが出刃で刺そうが、傷ひとつつきそうにない。

水門を見ながら笑っていたいづみの顔が浮かんだ。白い傘の下の顔は完全に死んでいた。その死んだ顔のまま、それでもあいつは笑っていたのだ。

「秋雄、一応断っとく」

藤太は静かに言った。秋雄が涙と鼻水で汚れた顔を上げた。

「俺はあいつらを殺すから」

「え？」秋雄はぽかんと口を開けて藤太を見た。

「俺の親父も、おまえの親父も、いづみの親父も、あの坊主も、みんな殺す」

「……本気か」

「本気だ」

秋雄は口を開けたまま、じっと藤太の顔を見つめていた。やがて、ゆっくりと口を閉じた。

そのまま、また動かない。藤太は無表情で秋雄を見つめていた。秋雄の顔はひとときもじっとせず、引きつったり歪んだりした。

やがて、秋雄が唾を呑み込んだ。そして、絞り出すように言った。

「わかった。僕もやる」

「無理すんな。俺ひとりでやれるから」

「あかん。僕も混ぜてくれ。あいつら許されへん。いづみの仇《かたき》を討ったるんや」秋雄の額は汗で濡れていた。見開かれた眼は飛び出して見えるほどだった。

「じゃあ、ふたりでやろう」

「ああ、ふたりでやるんや」

*

どうやって四人を殺すか。

藤太と秋雄は計画を練りはじめた。一番手っ取り早いのは、四人が麻雀で集まったときを狙うことだった。酒を飲んで無防備になったところを、ひとりずつ刺していく。準備はいらないが、危険性が高い。ひとりを刺している間に残りが逃げるかもしれない。一度刺しただけで致命傷が与えられるとは思えない。何度も何度も刺している間に、逃げられて通報されたらおしまいだ。別の方法を考えなければならない。

それから、絶対に守らなければならないことがある。それは、いづみに知られずに殺すということだ。なにがあっても、藤太と秋雄は最後までなにも知らないふりをする。それが、今まで堪えて隠しとおしてきたいづみのためだ。

「火事に見せかけて焼き殺すってのはどうだ？」

「放火殺人か。重罪やな。たしか江戸時代やったら、市中引き回しの上、獄門磔《はりつけ》や」秋雄が引きつった笑みを浮かべた。

「イヤなら降りろよ」

「そんなんちゃう」秋雄が一瞬声を荒らげたが、すぐに口ごもった。「でも……ちょっと急ぎすぎちゃうか？　実際に証拠があるわけやないし、もしかしたらあれは冗談かもしれへん。僕らの勘違いかもしれへん」

「なに言ってるんだ。あいつら、あんなにはっきり言ってたじゃないか」

「でも、世の中、冤罪《えんざい》かてある。僕はおまえと違って根性ないから、そんなに簡単に決心でけへん。あとひとつ、背中押してくれるような証拠が欲しいんや」

「じゃあ、いづみがもっとやられるまで待てってのか？」思わず声が大きくなった。

「そういう意味やない。でも、人の命は取り返しがつかへん。おまえは甘いと思うかもしれへんけど、あんなやつらでもやっぱり人間や。命奪うなんてとんでもないことなんや。念には念を入れんと」

あいつらは人間じゃない、と言い返そうとして藤太はなんとか言葉を呑み込んだ。秋雄の弱気には苛立ったが、それはやさしさという美点の裏返しであることもわかっていた。

それに、藤太のように後先を考えない人間には、秋雄のように慎重な参謀が必要だ。今は秋雄に従うしかない。

「あとひとつ証拠だな。わかった」藤太は渋々だがうなずいた。

無論、あれからいづみの様子にはずっと気を配っていた。だが、ときどきぼんやりする以外に目立った変化はない。藤太や秋雄のほうが息苦しくなってしまい、いづみの前で平静を保つのが難しいくらいだった。父親たちも相変わらずだ。秋雄の言う証拠は見つからないまま、毎日が過ぎていった。

二学期の終業式の日だった。

最低の通知表を受け取った藤太は、式のあと担任に呼び出しを食らった。説教されるのかと職員室に行くと、成績のことではもうなにも言われなかった。ただ、冬休みにバカなことだけはしてくれるな、とやけに低姿勢で頼まれた。担任が言うにはこうだ。年明けには私立高校の入試がある。ひとりの軽はずみな行動が、ほかの真面目な生徒の進路に影響するのだ、と。

わかりました、と藤太が頭を下げて話はすぐに終わった。藤太は心の中でこっそり言い返した。バカで軽はずみな行動をするつもりなどありません。ただ、自分の親を含めて四人の人間を殺すだけです、と。

教室に戻ってくると、もうだれもいなかった。ただひとり秋雄が、机に腰掛けて足をぶらぶらさせながら待っていてくれた。

「ごくろうさん。じゃ、帰ろか」秋雄が机から下りた。「なに言われた?」

「たいしたことない。いづみは?」

「ああ、ついさっき帰った」

おかしいな、と思った。藤太が呼び出されたのを知って、先に帰るはずがない。必ず待っていて、どうやった? 気にせんとき、と気遣ってくれるはずだ。ふっといやな予感がして、藤太は教室を飛び出した。

「どうしたんや」と秋雄がふたり分のカバンを持って追いかけてくる。

正門まで駆けたが、いづみの姿は見えない。角まで走ってあたりを見回した。すると、道路のずっと先にいづみの姿を見つけた。隣を歩いているのは父親だ。アパートとはまるで逆方向に歩いて行く。

「わざわざ迎えに来たんか?」秋雄の顔が強張った。同じことを考えているらしい。

いづみと父親は団地の間を抜けて三十間堀川《さんじっけんほりかわ》のほうへ向かっている。藤太と秋雄はそのあとをついていった。

川のすこし手前には、周囲を木で囲まれた広い公園がある。入口には、幼児用座席のついた自転車と補助輪のついた子供用の自転車が並んでいた。

中から子どもの歓声が聞こえた。いづみと父親は一瞬足を止めた。だが、すぐにまた歩き出した。いづみたちは顔を伏せ、そのまま公園の横を通り過ぎていった。

すぐ先の道路脇に車が一台駐まっていた。横に立っているのは、坊主と秋雄の父だ。車は坊主が檀家まわりに使うカローラだった。

「あれ……親父や」秋雄がうめいた。

「とりあえず隠れよう」

藤太と秋雄はすぐそばの文化住宅の塀に身を隠した。

「お父さんと来たんか」秋雄の父がいづみにねっとりと笑いかけた。「偉いなあ」

「こいつ、信用でけへんからな。念のため連れてきた」

いづみの父がぐいといづみを突きだした。

わざと乱暴に振る舞っているが、青黒く引きつった顔は虚勢を張っているようにしか見えなかった。すこし舌がもつれているのは、昼間から飲んでいる証拠だ。

「中井さんがまだなんや。目立つから車に乗って待っててくれるか」坊主がドアを開けた。

いづみはうつむいたまま、無言で車に乗り込んだ。髪を後ろで結っているので横顔がはっきり見えた。あのとき水門で見た、白い死人の顔だった。藤太は思わず飛び出しそうになったが、秋雄がしっかりと腕をつかんだ。

「我慢するんや」秋雄が低い声で言った。「いづみにばれる」

「離せ。いづみをこのまま行かすのか？」

「ここで騒いだらあいつら殺したときに疑われる。事件が大っぴらになったら、傷つくのはいづみや。とにかく今は我慢するんや」

そう言って、秋雄は藤太を押さえる腕に力を込めた。秋雄の言うことはもっともだった。いづみに気付かれぬようにあいつらを殺す。そのためには今、動いてはならない。

「我慢しろ、藤太」秋雄が繰り返した。「いづみのためや」

藤太は歯を食いしばった。どうして堪えていられるのか、自分でも不思議なくらいだった。

駐めた車の横では、男三人が話をしている。

「やっぱり制服はええなあ。いかにも女子中学生、って感じがするがな」秋雄の父が坊主に話しかけた。

「正真正銘のほんまもんですからねえ」坊主が苦笑した。

「ほんまもんとやれる機会なんて滅多にないやろ」いづみの父が甲高い声でまくしたてた。

「もっと感謝してほしいわ」

「森下さん、ちょっと静かに。人に聞かれたらどうするんや」

坊主が低い声でたしなめたが、いづみの父はまるで耳に入らなかったように、早口で言葉を続けた。

「なに言うてんねん。金返してもらうよりよっぽど価値ある、言うたんはだれや？　こっちは泣く泣く娘、差し出してるんや」

「恩着せがましいこと言うなや」秋雄の父がうんざりした顔で言った。「全部、あんたのせいやろ」

「なんやと？　好きでこんなことしてるんとちゃうわ」

「森下さん、絡み酒は勘弁してくれますか」坊主の声がすこし厳しくなった。

「阿呆。大事な娘売るんや。酒でも飲まんとやってられるか」いづみの父が今にも泣き出しそうな顔をした。「あんたみたいな生臭坊主に偉そうにされたないわ。こっちが警察駆け込んだら、みんな捕まるんやで。わかってるんか」

「生臭坊主？　それがどうしました。私のやってることは地獄行き。とっくに覚悟くらいできてます」坊主がにっこりと笑った。「でも、ひとりで行く気はありません。地獄に堕《お》ちるときは、皆さん一緒ですから」

思わず藤太はぞくりとした。地獄という言葉にすこしの嘘も感じられなかった。こいつは底無しの悪だ、と思った。酔って息子を殴る程度の悪ではない。覚悟があるということは、どれほど鬼畜な真似でも平気でやるということだ。

「勘弁してや。一緒に地獄行きましょ、なんて説教されたらかなわんわ」秋雄の父がかすれた笑い声を上げた。「開き直った坊さんほど怖いもんないがな」

「なに言うてんねん。こっちは被害者や。俺は悪ない。あんたらのせいで泣く泣く娘、売るんや」

いづみの父は怒鳴った拍子によろめき、ガードレールにぶつかった。坊主も秋雄の父も露骨に嫌悪の表情を浮かべている。

「もう何回目やと思てるねん」秋雄の父が吐き捨てるように言った。「ほんま根性ないやっちゃ」

「わかりました。それやったら森下さん。どうぞ、娘さん連れて家に帰ってください」坊主が穏やかに言った。「でも、娘さん送り届けたら、その足で戻ってきてくれますか。これまで滞ってるぶんを清算しましょ」

「清算て……」いづみの父がうろたえた。「そんな金あれへん」

「ないんですか。じゃあ仕方ない。娘さんが助けてくれへん以上、ほかの方法考えましょか」

「方法てなんや？」

「さあ、それなりにあるんと違いますか」坊主は法話でもするかのように、柔らかく説いて諭した。「覚悟決めて知恵しぼったら、大抵のことはなんとかなりますよ」

だが、どこか有無を言わせぬものがある。まるで容赦がない。底知れぬ不気味さが感じられた。

「いや、なんとかて……」いづみの父は真っ青になり、慌てて言葉を継いだ。「あの、うちの娘は親思いやからなあ。別に、大して嫌がってへんのとちゃうか」

「そうですか。それなら結構ですわ」

そこへ、聞き覚えのある下駄の音がした。藤太は思わずぎくりとした。

「遅《おそ》なってすまん」小走りでやってきたのは父だった。

いづみの父を残し、男三人がそそくさと車に乗り込んだ。いづみの父は運転席の窓を叩き、坊主に叫んだ。

「ほんまもんなんや。うちの娘はまだ中学生なんや。そやから、そやから……」

坊主はまるで無視してカローラを発進させた。

いづみの父は車を見送ると、ガードレールに腰を下ろし、がっくりと首を折った。乱れたごま塩の髪は急に白が目立つようになっていた。

いづみの父はしばらく動かなかったが、やがてふらふらと歩き出した。公園の入口まで来ると、突然駐めてあったママチャリを蹴倒した。次に隣の子供用自転車を蹴りつける。そのまま一台ずつ順に自転車を蹴倒していった。

公園の奥から非難の叫びが聞こえた。すると、いづみの父は走り出し、そのまま逃げ去ってしまった。

藤太は動けなかった。眼の前が暗かった。色も光もなくなって、なにもかもが影に見えた。もう一生闇しか見えないような気がした。

すまん、いづみ。今、俺はおまえを見殺しにした。

「……これでいいか？」藤太は闇の底から秋雄に言った。「この証拠で満足か？」

秋雄の返事はなかった。藤太をつかむ手はとっくに力を失って、ただすがりついているだけになっている。長い時間が経ってから、ようやく返事があった。

「満足や」秋雄はゆっくりと腕を離してうなずいた。「あいつら、絶対殺したる」

場所は秋雄の工場の事務所に決めた。

そこなら火が出ても工場が焼けるだけだ。民家は離れているので被害はないだろう。「まっ」のあたりは住宅が密集しているので、下手をすれば近隣に類焼《るいしょう》の可能性がある。

事務所に閉じ込めて焼き殺すと決めたが、問題はその方法だった。唯一の出入口であるドアをどうするかだ。

「外から鍵掛けたら、あとで警察に絶対に怪しまれるで」

「じゃあ、最初は鍵を掛けてて、しばらくしたら一回ドアを開けて中を確認する。死んでたら、鍵を開ければいいんじゃないか？」

「あかん、絶対開けたらあかん」秋雄は強い口調で言った。「藤太、おまえ、『タワーリング・インフェルノ』いう映画観たことあるか？」

「ああ、なんか高層ビルが火事の映画だな。でも、よく知らない」

「あれでな、部屋ん中が燃えてるとき、外からドアを開けたら、すごい炎が噴き出してくるシーンがあってな。ドア開けた人は火だるまになって死んだんや。閉め切った部屋の中で火が燃えてると、どんどん酸素が減って一旦火の勢いが弱まるんや。そこへ、ドアを開けると新しい酸素が供給される。そうしたら爆発的に燃えるんや」こういった計画の話になると、秋雄は俄然《がぜん》冴《さ》えはじめた。「だから、絶対に近寄ったらあかん。それに、もしだれかが早くに気付いて助けに来たとき、鍵かかってたら大変や。それと一番肝心なんは、どうやって火を点けるかや。ガソリンとか撒いたら、あとで絶対にばれるからな。なんとか自然に火を点けなあかん」

「さすがだな」藤太は素直に感心した。「なんか、俺よりおまえのほうがよっぽど犯罪者に向いてる」

「あ、ああ」秋雄はすこし黙ってから、眼を伏せ笑った。「かもな」

秋雄はベッドに腰掛けたまま曖昧な笑みを浮かべていたが、ふいに当惑したように藤太を見た。

「僕らがやろうとしているのは、事務所を燃やすことやなくて親を殺すことや。そやのに、こんなに楽しそうに計画立ててる」

「別に楽しんでるわけじゃない」

藤太は壁にもたれて天井を見上げるふりをして、秋雄の顔から眼を逸《そ》らした。わかっている。俺たちが軽口を叩きながら浮かれ気分で計画を立てているのは、本当は怖いからだ。親を殺して犯罪者になる、という未来から眼を逸らしたいからだ。

秋雄は立ち上がるとステレオセットに近づき、アンチェルの「新世界より」のジャケットを手に取った。

「なあ、アンチェルはガス室で家族を殺されたとき、辛かったやろな」

「まあな」

「僕らはそんなアンチェルの演奏を聴いておきながら、家族を……親を殺すんやな」秋雄がゆっくりと振り向いた。「自分の親を生きたまま焼き殺すんやな」

秋雄はごく冷静に、普段となにひとつ変わらない落ち着いた口調で言った。だが、きつく嚙みしめた唇の端が、わずかに震えているのが見えた。

瞬間、藤太は激しい後悔を覚えた。俺はいい。もう決めた。引き返すつもりはない。引き返すことなどできない。たとえ犯罪者になろうと、この手で親を殺す。だからといって、秋雄を巻き添えにする必要はない。

「秋雄、本当に無理しなくていいんだ。俺に気を遣わなくていい。おまえはこれから高校行って大学行って、まともな人生があるんだ。俺とは違う。だから、本当は降りたほうがいいんだ」

「藤太、今さら、なに言うねん」

「おまえをつきあわせて、ずっと悪いと思ってた。やっぱり駄目だ。俺ひとりでやる。秋雄はただ黙っててくれたらいい。俺が捕まっても、なにも知らないで通してくれ。俺は絶対にしゃべらないから」

「あほか。おまえに気い遣ってるんとちゃうわ。僕はいづみのためにやるんや。あいつらは、ほっといたら一生いづみを食いもんにする。殺すしかないんや」

「ほんとにいいのか?」

「しつこい」

「わかった」

秋雄の気持ちはわかった。もう覚悟はできているのだろう。だが、それでも藤太はすまないという気持ちが拭い去れなかった。親たちを焼き殺すことに、ためらいは微塵もなかった。だが、秋雄を巻き込んでしまったことだけが悔やまれた。

次の日の午後、工場で藤太は秋雄とひとつ芝居をした。

「けちけちすんな。ちょっとくらい貸せよ」藤太は秋雄を突き飛ばし、フォークリフトの運転席に上った。

「勝手に乗んなや。僕が親父に怒られるやろ」

「うるさいな、ちょっとだけって言ってるだろ」

エンジンを掛け、乱暴に発進させた。一速のまま、思い切りアクセルを踏み込む。ひどい音がした。すると、工場の奥にいた秋雄の父が慌てて走ってきた。たるんだ顎の肉が揺れる醜悪な光景に、思わずこのままひき殺してやりたいと思った。

「こら、阿呆、なにやっとんねん。降りんかい」

「わかったよ、つまんねえなあ」藤太はバックしてフォークリフトを停めるふりをして、わざと前進にギアを入れた。「あ、やべえ。どうしよう」

大げさに声を上げ事務所のドアに突っ込んだ。加減してやったので、ドアにはフォークの傷がすこし付いただけだった。

「あんたら、なにしてんの」電卓を持ったまま、事務所から秋雄の母が飛び出してきた。

秋雄の父は藤太を工場の床に正座させ、怒鳴りつけた。

「なに考えてるねん。これはおもちゃと違うんや。運転しようと思たら、講習受けなあかんねんで」次に、秋雄の父は秋雄に向かって罵倒《ばとう》した。「阿呆。おまえもなんで止めへんねん。役立たずなやっちゃ」

秋雄も藤太の横に正座させられた。

「そやからいつも言うてるんや。ガリ勉なんかあかん。人間、大事なんは頭と違う。勉強ばっかりしとるおまえには、なんもわかってへんのや」

秋雄の父はひとしきり息子を罵ったが、それでも怒りはやまなかった。結局、藤太は何度も何度も土下座させられた。

「どうしょうもないやっちゃな。おまえの親父に言うて、ドア代払てもらうからな」

秋雄の父は一斗缶を蹴り倒すと去っていった。


決行の夜は冷えた。今年一番の寒気《かんき》が来ているとのことだった。

藤太と秋雄は工場のドラム缶脇で息を殺していた。なかなか牌の音が止まない。いつもなら、もうとっくに終わってもよいのに、今夜はやけに長い。

「なあ、また別の日にせえへんか？」秋雄は震えながら藤太に訊ねた。

「いや、やってしまおう」藤太は口で手を覆いながら言った。白い息が人に見つかったら大変だ。

乾燥注意報が出続けて、もう二週間になる。今夜は風もない。近所に迷惑を掛ける可能性が少ない。

「そやな」秋雄も慌てて手で口を覆った。

そのとき、扉が開いていづみの父親が出てくると、トイレに向かった。ふたりは身を縮め、息を殺した。長い小便だった。ようやく戻ってくると、いづみの父は事務所の前で足を止めた。藤太も秋雄もぎくりとした。隠れていることがばれたのだろうか。ふたりは息を殺してじっと動かずにいた。いづみの父は立ち尽くしたまま大きなため息をついた。そして、ふたたび事務所に入っていった。アルミドアが閉まると、ふたりはほっと息を吐いた。

「なあ、藤太」秋雄が小声で言った。「ヒッチコックの『見知らぬ乗客』いう映画、観たことあるか？」

「また映画の話か。で、それがどうした」

「その中で交換殺人、ってのがあるんや」

「交換殺人？」

「人を殺そうと思っているやつがふたりいるとする。その殺したい相手をお互いに取り替えっこするんや」

「なんか意味あんのか？」

「赤の他人を殺すわけやから、動機もないし、警察の捜査にも引っかかりにくい」

「で、それがどうしたんだよ」

「この場合はちょっと違うんやけど……」秋雄は口ごもった。「なあ、自分の親、殺すいうのはあんまりやから、僕は藤太の親父を殺す、藤太は僕の親父を殺す、そんなふうに考えたらどうやろ」

「バカか。今頃なに言ってんだ」藤太は吐き捨てるように言った。

「もちろん火を点けるんやから、だれがだれを殺すっていうのは無理なのはわかってる。でも、心の中だけでも、せめて……」

「心の中でなに考えようと、おまえの勝手だ。交換でもなんでもやればいい。好きにしろよ。でも、俺はそんなことしない。俺は自分の手で自分の親父を殺す。俺は親父を殺すんだ」

「藤太、おまえ……」秋雄が藤太をじっと見て哀しそうな顔で笑った。「そやな。おまえはその権利があるな」

牌の音が止んだのは二時過ぎだった。

そうっとドアを開け、中の様子をうかがった。いびきと歯ぎしりしか聞こえない。みな酔いつぶれて眠っているようだ。

思ったとおり、灰皿には吸い殻が山盛りだった。秋雄は灰皿の中から比較的長い吸い殻をつまみ上げた。すかさず、藤太が火を点ける。秋雄は無造作にこたつ布団と上掛けの毛布の上に放った。それから、秋雄と藤太は吸い殻にどんどん火を点け投げ捨てた。半分ほどの吸い殻にふたたび火を点けると、残りは灰皿ごとひっくり返した。

布団にはなんの変化もない。秋雄が軽くうなずいた。藤太は息を止めて外へ出た。アルミドアのすぐ前にフォークリフトを停めた。フォークをドアに当て、開かないようにする。

「煙草の火事は最初、煙が出えへん。三十分くらいは黙って静かに燃えるんや」

布団や毛布を燃やすと青酸ガスが発生する。だから焼け死ぬのではなくガスを吸って一瞬で死ねる、と秋雄は言っていた。だから、フォークリフトは念のためだった。みなが死んだ頃にフォークリフトを片付ければいい。

「ナチスが強制収容所でやったのと同じだ。アンチェルの家族が殺されたようにな。ここはガス室なんだ」今度は藤太が秋雄に語った。

秋雄が真っ青な顔でうなずいた。

藤太は一旦秋雄の部屋に戻り、秋雄は母親の様子を見に行った。

母親の部屋は一階の廊下の突き当たりだ。酒と麻雀狂いの夫に愛想を尽かして、ひとり離れた部屋で寝ている。二階の秋雄の部屋で多少騒いでも、文句を言われたことはない。

「大丈夫。完全に寝てた」

秋雄は報告を終えると「新世界より」をかけた。静かに第一楽章がはじまった。

「第四楽章の終わりまで四十分くらいかかる。この曲が終わった頃には炎が上がるはずや」

「ああ、俺たちは大きな音でレコードを聴いていた。だから、工場の音には気付かない」

「そういうことや」秋雄がじっと藤太の顔を見て、うなずいた。

本当は別の場所に移動してアリバイをつくるべきなのかもしれない。だが、藤太ならまだしも、普段夜遊びをしない秋雄が今夜だけ家を空けるというのはあまりにも不自然だった。かえって疑われかねない。

やがて、二楽章がはじまった。小学校の頃、リコーダーで吹いたメロディーだ。

——遠き山に日は落ちて。

ゆったりと流れ出すイングリッシュホルンのメロディーとともに、藤太の中にあの頃の記憶が溢れてきた。秋雄とフォークリフトに乗った。いづみが工場で踊った。そして、蝶が羽化に失敗した。いづみと花を摘んだ。父にリコーダーを折られた。水門、白い傘、死人の顔、それでも笑ういづみ——。

藤太はレコードを裏返した。激しい三楽章がはじまる。

「あかん、我慢でけへん。ちょっと見てくる」突然、秋雄が立ち上がった。

「おい、下手に近づかないほうが」藤太は秋雄を止めた。

「そっと見てくるだけや」秋雄はじっとしていられないようだった。

仕方ない。藤太も秋雄のあとに続いた。そっと部屋を抜けだし、工場へと向かう。見たところ、事務所にはなんの変化もない。だが、よく見ると、ドアの下から薄い煙が浸みだしていた。

「うまくいってる」

このまま放置すればいい。そうすれば、中にいる男たちは青酸ガスを吸って一瞬で死ぬだろう。いづみを傷つけたやつらは死ぬのだ。

だが、そのとき部屋の中で物音がした。まだ中で生きているやつがいる。

藤太と秋雄は顔を見合わせた。秋雄の顔は強張って、ひびの入った茶碗のようだった。藤太も自分の顔が固く引きつっていることがわかっていた。十二月の夜気に晒されているのに、まるで寒いと感じない。ドアの隙間から流れ出す煙の色が濃くなってきた。

瞬間、ガチャガチャと音を立てノブが回った。ひっと秋雄がかすかな悲鳴を上げた。

一瞬で死ぬはずではなかったのか。なのに、中ではまだ人が生きている。ドアノブを回している。だが、ドアは開かない。開けてくれ、助けてくれ、という声がした。だれかが必死でドアを叩いている。ドアが揺れるとフォークにこすられ、がりがりと音を立てた。

あらかじめドアに傷はつけてある。問題はない。それに、今、人に見られたとしても言い訳はできる。こう言えばいい。――熱くて近寄れなかったから、フォークリフトでドアを壊そうとした。だが、うまくできなかった、と。これが秋雄の考えたシナリオだった。

ドアの隙間から黒い煙が吹き出してくる。

中から、何度も何度もドアを叩いている。助けてくれ、開けてくれ、と声が聞こえる。藤太と秋雄は食い入るように震えるドアを見つめていた。目を離すことができない。耳をふさぐこともできない。

「あれ、うちの親父かもしれへん」秋雄がフォークリフトに駆け寄った。運転席によじのぼって、エンジンを掛けようとする。

「バカ野郎」藤太は運転席から秋雄を引きずり下ろして、自分が座った。「動かすな」

俺は親父を焼き殺す。いづみを傷つけた男たちを焼き殺す。

ナチスはなんの罪もないアンチェルの家族をガス室で殺した。だが、今、俺たちがやっていることは違う。このガス室には意味がある。正しいガス室だ。いづみを傷つけた男たちを殺す。俺を殴った男を殺す。藤太はドアをにらみつけた。ここは正しいガス室だ。

そのとき、心が揺れた。

平気なはずだった。なのに、ふいに迷った。まさか、と思った。罪の意識など感じるはずがないのに、一体どうしたのだろう。俺はいづみを助けるために親父を殺した。あくまでも、いづみのためだ。だが、本心は違うのではないか。いづみを口実に、俺はただ親父が憎かっただけではないか。自分のために親父を殺したかっただけではないか。

そう思うと、藤太は自分がいづみを利用したような気がした。いづみを犯した男たちと自分は同じではないか。所詮、俺も親父も同類ではないか、と。

そんなことはない。藤太は頭を一振りして、ふたたびドアをにらみつけた。ドアの隙間から煙が吹き出している。ばちばちと爆《は》ぜる音がする。

秋雄の部屋から四楽章が聞こえてきた。輝かしい金管の音が響いてくる。こんなにも美しい音があるのかと思ったものだ。

いつの間にか声が止んでいた。ドアを叩く音もしない。

ふと見下ろすと、秋雄が工場の床にうずくまり声を殺して泣いていた。

「秋雄」藤太はフォークリフトをバックさせた。「家の人起こして一一九番してこい」近所の人が道路に集まりはじめた。五分ほどして消防車が到着した。すぐに放水がはじまった。秋雄はまだ泣いている。母親は半狂乱だ。消防士が事務所の扉を開けた。真っ黒な煙が吹き出してくる。

消防士がひとりの男を引きずり出してきた。ぴくりとも動かない。顔はだれともわからないほど真っ黒に汚れていたが、髪がないので坊主のようだった。

「藤太……」

振り向くと野次馬の中にいづみが立っていた。

なにもかも終わった。いづみ、これでおまえは自由だ。

そう叫び出したいのを堪え、藤太は黙って事務所を指さした。

いづみも黙って立ち尽くしていた。

6

八月十五日のニュースは決まっている。

終戦関連の式典、墓参りの人で賑わう各地の墓地、それに高校野球の結果だ。

藤太はリストに書かれた電話番号を一件、ボールペンで消した。そして、ぼんやりとテレビを眺めた。

さっき届いた薄型テレビだ。三週間ぶりにテレビが見られるようになって、ほづみは大喜びだ。

昨日、日曜日で「まつ」は定休日だった。藤太はほづみを連れて電器屋に行き、デジタルテレビを買った。

店で見たときには三十二インチは小さく見えたが、実際に六畳間に置いてみるとやたらと大きく見えた。今までのテレビが十七インチだったから、余計に大きく感じるのかもしれない。

墓参りのニュースを眺めながら、ブラウン管が液晶になっても内容は代わり映えしない、と思った。去年のVTRを流してもだれも気付かないだろう。

生まれてこのかた、盆とは無縁できた。父は大阪空襲で天涯孤独の身の上になり、出て行ったきりの母の係累《けいるい》は不明だ。つまり、藤太にはだれも親類縁者がいない。墓もないので、父が死んだときは遺骨の処置に困った。

火事のあと、司法解剖が行われた。死因は一酸化炭素中毒と言われた。泥酔して眠ったまま、煙を吸って死んだ、と。秋雄の父もいづみの父もそんな状態だったらしい。

当初の計画のように青酸ガスで、というわけにはいかなかったようだ。陰でこっそり、秋雄が悔しそうな顔をしたのを憶えている。

聞いたところによると、坊主ひとりがドアのすぐそばで倒れていたそうだ。助けてくれと叫んでドアを開けようとしていたのは、この男らしい。駆けつけた消防士に真っ先に引きずり出されたが、そのときはもう息がなかったということだ。

遺体の損傷が激しいので、と父の遺体は見せてもらえなかった。別に最後の別れなどしたいとは思わなかったので、黙って遺骨を受け取り店へ持ち帰った。そして、父の部屋の押し入れの奥に突っ込んだ。以来、一度も見ていない。湿気《しけ》た押し入れだ。黴《かび》くらいはえているかもしれないなと思う。

ほづみの部屋をつくるため床の上のガラクタは片付けたが、押し入れはまだ半分しか手を着けていない。早いうちに残り半分も片付けなくてはならない。二十五年ぶりに父の遺骨と対面というわけだ。

藤太は短いため息をついて、カウンターの端で宿題をしているほづみに眼をやった。表紙には「夏休みワークブック」とある。ほかにも計算ドリルやら漢字練習帳やら、いろいろあるらしい。藤太はなにも言わないのに、ほづみは毎日自分からやっている。さすが、秋雄と暮らしていただけはある、と感心した。

ほづみの部屋には、折りたたみ式の小さなテーブルがある。絵は自分の部屋のテーブルで描くが、なぜか宿題はカウンターでやる。ほづみなりのこだわりらしい。

ふたたび受話器を取り上げ、黒電話のダイヤルを回した。もう何時間電話をしているだろう。だが、これが最後だった。

「こちらは大阪市内で『まつ』という居酒屋をやっている者ですが、そちらに坪内さんという消防士のかたはいらっしゃいますか？　先日消防士さんが見えて。ええ、それで忘れ物をされたんですが」

飽きるほど繰り返した言葉だ。藤太は朝から大阪府内の消防署に片っ端から電話している。大阪には出張所、分署も含めればとんでもない数の消防署があった。消防本部に掛ければすむことかもしれないが、あまり大きな組織に掛けると個人情報をうるさく言われて教えてもらえない可能性があった。

受話器を握る手がだるい。くそ、とつぶやくと、ほづみがちらりとこちらを見た。なにか言いたげな顔だ。

藤太が坪内を探して電話を掛け続けていることは知っている。だが、そのことにどう触れていいのかわからないらしい。藤太が黙っていると、わずかに苦しげな顔をしてワークブックに眼を戻した。

坪内は藤太のことを知っている。住所も顔も名前もだ。だが、藤太は坪内についてなにも知らないに等しい。なんでもいいから情報が欲しかった。まず、坪内の出た高校に電話を掛けてみたが、卒業生の情報は教えてもらえなかった。仕方なしに、消防署をしらみつぶしに当たることにした。

「どこの消防署の方かはわからなくて、探しているんです。坪内裕之さん、と。四十前の。ええ。ライターです。オイルライター。大切なものだそうで」

坪内はまたわざとライターを置いていった。向こうがその気なら、こちらから仕掛けてやる。

「いない？　そうですか。ありがとうございました」

藤太は受話器を置いて、ため息をついた。この数時間の作業は無駄になったわけだ。大阪に坪内裕之という消防士はいない。京都か神戸か奈良か、近隣県まで捜索範囲を広げるべきなのか。それとも、そもそも消防士というのが嘘なのか。

個人の捜索では限界がある。刑事に話すべきか、弁護士の葉山和美に相談すべきか。だが、坪内が二十五年前という言葉を口にした以上、もう迂闊には動けない。

放火殺人の公訴時効は当時十五年。つまり、二十五年前の事件は、もう十年も前に時効が成立している。ほづみの生まれるすこし前のことだ。だから、藤太も秋雄ももう怖れる必要はない。自由の身だ。だが、事件そのものがなくなるわけではない。藤太と秋雄が四人を焼き殺したという過去は決して消えない。実際、秋雄は時効成立後もゆるしを得られず、アンチェルを聴いて泣き続けなければならなかった。

過去からは死でしか解放されない、と藤太は思った。きっと、少年に殺された秋雄はようやくゆるしを得ることができただろう。それはあの男にとっては喜ばしいことなのかもしれない。じゃあ、俺は？

俺は、と自分に訊ねて藤太は答えた。ゆるしなどいらない。俺はゆるしなど無用だ。このままでいい。

「あの男の人、見つかれへんの？」

ほづみがおずおずと訊ねた。坪内のことを、あの男の人、と呼んだ。藤太はほっとしてから、自分のあさましさを恥じた。

「見つからない」

いつまでも、ほづみを悩ませるわけにはいかない。ライターを叩き返して、ケリをつけたい。そして、二十五年前の責任という言葉の意味をたしかめたい。

ずっと話し続けたので喉が痛かった。時計を見ると、もう昼前だ。藤太は水を一杯飲んでから気を取り直して、ほづみに声を掛けた。

「気にしても仕方ない」自分でも驚くほどに自然に言えた。「ほづみ、昼食の支度だ」

「おそうめん、つくる」

ほづみの顔がぱっと明るくなった。ワークブックを閉じると、待ちかねたようにスツールを飛び下りる。ほづみはいそいそと鍋に湯を沸かし、そうめんを茹でる準備をはじめた。最近では、そうめんを茹でるのはほづみの役目だ。

はじめてほづみが茹でたそうめんはひどかった。麺《めん》は絡まって団子になっていたし、水洗いが不十分なのでぬめりが残って食感が悪かった。藤太は一からそうめんの茹でかたを教えた。以来、ほづみは昼食にそうめんをつくり続け、今ではすっかり上達した。

藤太は薬味を刻み、天ぷらを揚げることにした。ミョウガとゴボウとサツマイモのかき揚げだ。これはほづみには任せられない。

ほづみは茹で上がったそうめんを念入りに水洗いすると、氷を敷いた皿の上に真剣な顔で盛りつけていった。食べやすい分量を取って、くるりと巻いて渦にする。青もみじを添えて完成だ。ほづみは満足げにうなずいた。

そのとき、テレビからサイレンの音が流れてきた。甲子園では球児が黙禱《もくとう》していた。ほづみもそれを見ると、うつむき眼を閉じた。藤太は黙って天ぷらを揚げ続けた。

「藤太おじさんは黙禱せえへんの？」ほづみが一分の黙禱を終えると、顔を上げた。

「やりかたがわからない」

「口と眼を閉じて、うつむくだけでいいんやよ」

「秋雄はちゃんと黙禱してたんだろ？」

「うん。毎年やってた」

黙禱などできない、と思った。なにを祈ればいいのかわからない。そもそも、そんな資格がない。こんな男に黙禱されても、きっと死人だって迷惑だろう。藤太はかき揚げを皿に盛ると、抹茶塩を添えた。

「今日と明日は店を休む。あとで表に貼り紙をしておいてくれ」
十五、十六日と市場も休みだ。「まつ」も盆休みをとることにした。
「うん」ほづみは薬味のネギを申し訳程度につゆに入れた。

「今週、バレエ教室はあるのか？」そうめんを一口すする。申し分ない。「おいしい」

「ほんま？　よかった」ほづみがぱっと嬉しそうな顔をする。「普通科はレッスンはお休み。でも、研究の人は毎日やってると思う」

「研究？」

「研究科。中学生になったら、上手な人は普通科やなくて研究科に行くの。コンクール目指して練習するんやよ」

「ほづみは行けそうか？」

「行けたらいいんやけど、コース分けのテストって毎年ちょっとしか受からへんのやって」

ほづみが研究科に憧れているのは明らかだ。藤太にはほづみの才能の有無など判断できないが、本人が望むのなら進ませてやりたいと思う。だが、ほづみの説明を聞くと、バレエというものは相当大変なものらしい。毎日がバレエ漬けになり、国内コンクール、海外コンクール、海外留学と続いていく。藤太には想像もつかないことばかりだ。

俺の稼ぎで金が続くのか。秋雄の遺した金があるが、それはほづみが成人するまで手をつけるつもりはない。どうすればいい？　今から定期預金でもはじめるか？

そこで藤太はおかしな気持ちになった。今、ごく当たり前に未来のことを考えている。一体どうしたというのだろう。自分の膝の再置換手術ですら他人事《ひとごと》だったのに、ほづみのことだと違うらしい。藤太はすこし笑って、それから歯を食いしばった。

あの頃なら未来のことを考えられた。中学生の頃には、藤太といづみはとっくに将来の約束をしていた。今から思えば、ずいぶんませたガキだったわけだ。だが、と藤太は思った。こんなふうにも言える。本人たちは真剣だったが、大人の眼から見ればただの子どもだ。あれは所詮、子どもの約束だったということだ。

そのとき、電話が鳴った。

出てみると、木谷刑事だった。

「今、大丈夫でしょうか？　ずっと話し中でしたので」

「ああ、かまいません。それよりなにか？」

店にはほづみがいる。藤太は用心して受話器を手でふさいだ。

「いえ、なにかあったというわけではないんですが」木谷が申し訳なさそうに言った。「あれから、佐伯弁護士から連絡はありませんか？」

「いえ、なにも」

「ほかになにか変わったことは？」

「いえ、それも」

「そうですか」あっさりと木谷は引き下がった。「捜査は続けておりますので、なにかありましたらよろしくお願いいします」

「わかりました」

ちらりとほづみに眼をやって、藤太はどきりとした。こちらをじっと見ている。藤太はなにもなかったふりをして受話器を置いた。

「……刑事さん？」

「ああ」ばれているなら仕方ない。「秋雄を探しているが、まだ見つからないそうだ」

「そう。わかった」

ほづみがため息をついた。箸を置いてつゆに浮かぶネギを見つめている。それきり動かない。

藤太は胃が痛くなるような気がした。また、黙りこくって泣かれたらどうすればいい？最低の夏休みに逆戻りしたらどうすればいい？

「いいから食え。おまえが茹でたそうめんだ。残すな」

「……うん」

ほづみはのろのろとだが、ふたたびそうめんを食べはじめた。

結局、ほづみは残さず食べた。藤太はほっとした。

昼食の片付けをしながら、藤太は木谷からの連絡を思った。以前なら店まで来たのに電話ですませるようになったのは、捜査が縮小されたからなのか。いくらなんでも早すぎるような気がするが、それも仕方のないことなのか。

だが、秋雄を忘れていくのは藤太も同じだ。秋雄がほづみを預けに来てから、三週間とすこし。ひと月経っていないというのに、藤太もほづみも平気でそうめんを食っている。

鈍く胃を突き刺す罪悪感を押し込め、藤太はタワシでザルを洗った。


翌日は朝から、ほづみを連れて釣りに出かけた。いつものようにカブにバケツと釣り竿を積んで出かけたのだが、盆休みということもあって、天保山は凄まじい人出だった。

「まだ九時にもならないのに」藤太は赤と青に塗り分けられた水族館を見上げた。「海遊館《かいゆうかん》か。人気があるんだな」

「観覧車ももう行列してるかも」ほづみが天保山公園の裏を指さした。「藤太おじさんは海遊館行ったことある？」

「いや。子どもの頃はこんなものなかった。ほづみは来たことがあるのか？」

「秋雄おじさんと来た」

カップルとこぎれいな格好の家族連ればかりが眼につく。いつも釣りをする海遊館裏手のデッキはあまり混雑しているので、中央突堤まで歩くことにした。

ほづみは釣りがはじめてだった。餌のオキアミを見て気持ちが悪いと顔をしかめていたが、いざ竿を渡すと真剣な顔になった。竹刀《しない》でも構えたかのように、じっと黄色の棒ウキをにらみつけている。

「藤太おじさんは釣りによく来るん？」

ほづみはこの前買った花柄の帽子をかぶっていた。藤太の眼から見れば古くさい柄なのだが、ほづみに言わせるとかわいいらしい。よくわからないと思う。

「たまにな」

藤太は流れ落ちる汗を拭った。なにもかぶらずに来たのは間違いだった。中途半端に伸びた虎刈りの頭が、直射日光で熱せられてくらくらする。

「秋雄おじさんとは？」

「大昔、よく来た」

「お母さんとは？」

「いづみは釣りはしなかった」

「お母さんとはなにをしたの？」

「店の仕事をした」

「それだけ？」

「それだけだ」

「ふうん」

しばらくの間、ふたりは黙ってウキを眺めた。いい加減にしろと言いたくなるくらい、天気のよい日だ。対岸のコンビナートには巨大なクレーンとタンクが見える。遊覧船の横を白い小型艇が抜けていった。腹に大阪府警とある。すぐそこに水上《すいじょう》署があるせいだ。

今朝の電話もそうだが、藤太はやはりどきりとする。いくら時効が成立したといっても、心が安らぐときは決してこない。

そのとき、後ろから声がした。

「大将」

振り向くとハンチングが立っていた。ほづみに眼を向け、やたらとやさしい声で言う。

「ほづみちゃん、どうや。チヌでも釣れたか?」

すると、ほづみが一瞬きょとんとした。返事もできず、ハンチングを見上げたままおかしな顔をしている。そんなほづみを見て、ハンチングがすこしうろたえた。わざとらしく帽子をかぶり直し、ああ、いや、と口の中でつぶやいている。

ほづみが戸惑う理由はすぐにわかったし、それがわからないハンチングが気の毒でもあった。藤太は助け船を出してやることにした。

「だれかと思った。店の外で会うとずいぶん感じが違うな」

藤太にも経験がある。店とは別の場所で常連と顔を合わせると、なぜかきまりが悪くなった。毎夜、「まつ」のカウンターで背を丸めて酒を飲んでいる人間にも、明るい陽の下での生活がある。そんな当たり前のことが不思議に思われ、どんな顔をしていいかわからなかったからだ。

「うん、あたしも」ほづみがほっとした顔で、ぴょこりと頭を下げた。「なんかちょっとびっくりした。ごめんなさい」

「なんや、ひどいなあ。わしかて酒飲んでばっかりとちゃうで」ハンチングが顔を緩めた。

「今かてウォーキングの最中や。朝の早よからずっと歩いとる」

「毎朝、ウォーキングしてるん?」

「そや。偉いやろ?」

うん、とほづみがうなずくと、ハンチングはひどく嬉しそうな顔をした。

「……そうそう、あのね、新しいテレビが来てんよ」

「そらよかったなあ。『まつ』もやっと地デジか」

「そう、地デジ」

ちょっと待っとれ、と言ってハンチングが消えた。五分ほどして戻ってきたときには、両手にソフトクリームを持っていた。

「ほら、ほづみちゃん。大将も」

「ありがとう。いただきます」ほづみは早速ソフトクリームを舐めはじめた。

藤太は手渡されたソフトを見つめたまま、動けなかった。

「どうした、大将。冷たいもんは苦手か?」

「いや」藤太は首を振った。「人にソフトクリームを買ってもらうのははじめてだ」

ソフトクリームだけではない。アイスクリームもジュースもたこ焼きもない。そもそも、だれかになにかを買ってもらった記憶がない。必要なものがあれば、店の金庫から金を出して自分で買った。それだけだ。

「わしかて、人にこんなん買ってやるのははじめてや」ハンチングがぼそりとつぶやいた。

「珍しいことしたから雨が降るかもしれん」

藤太は黙ってソフトクリームを舐めた。最後にこんなものを食ったのはいつだろう、と思う。思い出せないくらい遠い昔だろうか。

「ほづみちゃんのお母さんいうのは、いつも、水、打っとった子やろ?」

藤太ははっとして顔を上げた。ほづみもこちらを振り向いた。

「すぐにわかった。よう似てる」ハンチングがほづみを見やって眼を細めた。そのまましばらくほづみを眺めていたが、やがて藤太の顔に眼を移した。「ずっと待ってたんやろ?」

藤太は返事ができなかった。もちろん待っていた。自分でもわかっていた。だが、待っているのではないと思おうとした。そうやって二十五年過ぎた。

ほづみはじっと藤太を眺めていたが、なにも言わなかった。そして、ソフトクリームが溶けて流れてきたのに気付き、慌てて舐めはじめた。藤太も黙って食べた。

そのとき、やたらと複雑な電子音が鳴った。ほづみは残ったコーンを口に押し込むと、腰に着けたケースから携帯を取り出した。

「リサちゃんからメールがきた」ほづみが嬉しそうに眺めていたが、そのあと小さなため息をついた。「リサちゃん、沖縄にいるんやって。写メ送ってきた」

藤太はなんと反応していいのかわからなかった。すると、ハンチングが言った。

「ほづみちゃん、気が向いたら、わしにもメールくれ。あんまり届けへんから寂しいんや」

尻ポケットから携帯を取り出した。

「うん。いいよ」

ほづみとハンチングは携帯を突き合わせなにかやっている。藤太は唖然として見ていた。

「あんた、携帯持ってたのか」

「当たり前や」ハンチングが呆れながらも得意そうな顔をした。「大将が遅れてるんや」

ハンチングは嬉しそうだった。嬉しそうだから余計に気の毒だった。小一時間ほど、ほづみの竿の面倒を見ていたが、やがて帰って行った。

ハンチングの姿が見えなくなると、先ほどはできなかった質問をした。

「シャメってなんだ？」

自分よりはるかに年長のハンチングですら、当たり前に携帯を使っていた。「シャメ」がわからないなどとは、とても言えなかった。

「携帯のカメラで写真を撮って、メールで送ること」

「そんなのでまともな写真が撮れるのか？」

「撮れるよ」ほづみが心外そうな顔で携帯を開いた。しばらくいじってから藤太に示した。

「ほら、これ、リサちゃん」

シュノーケルをつけた女の子の写真だ。どうせ粗いピンボケ写真だろうと思っていた藤太は、鮮やかな海の色に驚いた。

「これ、秋雄おじさん」ほづみが別の写真を見せた。

お団子頭のほづみと秋雄が並んで笑っている。バレエ教室で撮ったようだった。秋雄の懐かしい笑顔がある。藤太は思わず息が詰まった。ほづみに気付かれないように平気なふりで訊ねる。

「よく撮れてるな」

ほづみはしばらく黙って携帯を眺めていた。そして、小声でつぶやいた。

「これ、大事にせな」

「そうだな」

マンションが燃えてしまった以上、こんな写メでも大切な秋雄の形見ということだった。

昼まで粘って、釣果はアジとイワシとボラだった。釣った魚は海に帰した。帰り支度をしていると、ふいにほづみが言った。

「藤太おじさんはお母さんを待ってたん？」

「ああ」

「待ってるだけやったん？　自分から探しに行けへんかったん？」

「怖くて探しに行けなかった」

「怖くて？」

「書き置きができないのと同じだ。だれが俺のことなんか気に掛ける？　ってな。探して追いかけて行ってみたら、俺のことなんか相手にしてくれないと思った。なにしに来た？　って追い返されると思った」

「お母さんはそんなことせえへん。絶対追い返さへんと思う」ほづみがきっぱりと言った。

「ああ。そうだな。俺がバカだった」

俺が罰を受けるとしたら、と藤太は思った。人を殺したことじゃない。なにもしなかったことだ。なにもせず、ただ「まつ」で待っていたことだ。

＊

盆が明けた頃、朝一番で葉山和美から連絡があった。

電話ですむ用件らしかったが、藤太からもすこし話があるので、事務所に出向くことにした。ほづみを留守番させるのは気が進まなかったが、連れて行くことはためらわれた。この前のように辛い話を聞かせてしまってはかわいそうだ。置いていくしかない。だれが来ても店に入れるな、とほづみに強く言い聞かせて店を出た。

休み明けと言うこともあって、道路はかなり車が多かった。渋滞する車の横をすり抜け、藤太はカブを走らせた。この夏、何度この道を走っただろう。長い間、市場と「まつ」の往復しかしなかったことを考えると信じられないような気がする。もう大阪城は見飽きたと思うほどだ。

谷町筋の事務所は休み明けで、やっぱり人が増えていた。みな忙しそうで、藤太はすこし待たされた。応接室に入ってきた葉山和美は挨拶も抜きで話をはじめた。

「家裁の決定はまだですが、一応、選任を前提に次の準備をしましょう」

「わかりました。で、なにを?」

「一ヶ月以内に、ほづみちゃんの財産目録の作成と、毎年支出すべき金額の予定を立てなくてはいけません」

「秋雄がやっていたとおりで」

「わかりました」葉山和美はあっさりと話を終えた。

藤太の答えなどわかっていたのだろう。悔しくなって、すこし突っ張ってみることにした。コーヒーを飲み干してさりげなく言う。

「いや、これからはもうすこし金が掛かるかも。バレエをやっているんですが、将来研究科に進みたいと言っています。いずれは海外留学も」

「バレエですか」葉山和美が眼を丸くした。「それは大変ですね。よほど覚悟しないと」

そんなふうに言われると、藤太のほうが不安になった。バレエとはどれだけ大変なのか。だが、一度口に出した手前、葉山和美に弱気を見せるのはいやだった。それに、秋雄ならどんなに大変でもほづみの願いを叶えたはずだ。俺が逃げるわけにはいかない。

「すべて承知の上です」

「そうですか。わかりました」葉山和美が意外そうな顔でうなずいた。「それと、もうすぐ二学期がはじまりますが、小学校の手続きのほうはお済みですか?」

「いや、まだなにも」藤太は自分の迂闊さに舌打ちした。「しまった、すっかり忘れていた」

「やっぱり」葉山和美が呆れた顔をした。「たしかめてよかった」

「なにをすればいい?」

葉山和美がパソコンを立ち上げ、大阪市役所のホームページを見せてくれた。

「……便利だな」

思わず本気で感心してしまった。

「便利ですよ。ええと、在学証明書を前の学校で取る必要がありますね」

相変わらず愛想はないが仕事は丁寧だ。藤太のためにそのページをプリントアウトしてくれた。

「学用品はそろえました？」

「いや」

ほづみの身の周りのものはすこしずつそろえているが、勉強道具は手つかずだ。そもそも藤太に勉強という習慣がないせいだろう。

「学習机と新しいランドセルを買わないと。それに、教科書や体操服、絵の具、そのほかいろいろなものをそろえなければなりません。近所の公立へ？」

「その予定ですが」

藤太は気が遠くなりそうだった。夏休みだから、バレエ教室の送迎だけですんだ。九月になれば、毎朝ほづみは小学校へ行く。藤太も飲んだくれているわけにはいかない。

「俺が保護者……ですか？」

「ええ、そうです」

「じゃあ、俺が懇談に？」

「もちろん」葉山和美の眼が冷たい。

どうしようもない保護者だと思われているのだろう。そういえば、と思う。小学校でも中学校でも担任はこんな眼をしていた。軽蔑し、憐れむ眼だ。思わず藤太は心の中で笑った。いやな思い出しかない懇談に、まさか自分が行くことになるとは思わなかった。

「詳しいことは新しい小学校で訊いてください。全部指示があると思います」

「わかりました」

「ほかになにかご質問は？」

「秋雄のことですこし」藤太にとってはこれが本題だ。

「なんでしょう？」葉山和美がわずかに顔を強張らせた。

「秋雄はなぜ、突然、あの夜ほづみを預けに来たのか。なにかがあったからとしか考えられない。直前のトラブルが知りたいんです」

坪内は二十五年前の責任と言った。あの冬の夜のことを知っているのかもしれない。もしかしたら、秋雄は火事の件で脅されていたのではないか。

葉山和美は眉を寄せた。すこし考えて答えた。

「やはり、あの少年の事件しか思い当たりませんが」

「実は、ほづみの父親という男が現れたんですが、秋雄とも揉めていたようです」

「ほづみちゃんの？　一体だれです？」

「いや、よく知らない男で」

詳しいことは話さないことにした。二十五年前の件が絡んでいる可能性がある以上、これ以上は言えない。

「では、親権争いを？　今回の事件と関連があるんですか？」

「そこまではわかりません」

坪内の意図がよくわからない。ほづみを取り返したいのなら、さっさと認知でもして家裁に申立てなりなんでもすればいい。なのに、なにもしない。ただ、いづみ、いづみ、とわめくだけだ。しかも、二十五年前のなにかを知っている。

「失礼ですが、それはこの前うかがった坪内という人ですか？」

「え、ああ」

一度名前を出しただけだが、しっかり憶えていたらしい。さすがだな、と心の中で感心し、自分に言い聞かせた。迂闊なことを言ってはいけない。ボロを出すな。

「その坪内という人は森下いづみさんと関係があったんですね」葉山和美が探るような眼を向けた。

「たぶん」

「森下さんはその人とどういう関係にあったんですか？　恋人ですか？　それとも不倫ですか？」葉山和美は矢継ぎ早に訊ねてくる。

「さあ」

「森下さんはその人から逃げていたということですか？」

「あなたが訊きたいのは坪内のことじゃなくて、森下いづみのことか」藤太はまじまじと顔を見た。「どうしてそこまで森下いづみのことを気にするんですか？」

葉山和美はしまったという顔をし、しばらく言い淀んでいた。

「別に気にしているわけではありません。この案件に関して必要な情報を得たいだけです」

たいしたことではない、というふうにわざとらしく笑った。「ただ、少々残念だという気持ちもあります。私は佐伯弁護士にほづみちゃんの存在すら教えてもらえなかった。相談相手にすらなれなかったわけです。だから、佐伯弁護士がそこまで親身になった、森下いづみさんがどんな人か知りたいんです。もちろん、少々私の個人的な興味が入ってはいるんですが」

持って回った言い方が鼻についた。藤太はつい嫌みを言ってしまった。

「だから、ずっと悔しかったわけですか」

途端に、葉山和美の顔色が変わった。

「悔しいわけじゃありません。ただ知りたいだけです。正直に言いますと、森下いづみさんのようなケースは珍しいわけではありません。子どもの父親が不明であるとか、DVで逃げ回っているとか……そういった女性はいくらでもいます。でも、佐伯弁護士のケースとなると話は別です」

「別とは？」

「いくら未成年後見人が必要だとはいっても、自分がなる必要はありません。ひとり暮らしの独身男性が、なんの血のつながりもない赤の他人の子どもを引き取るなんて普通じゃない。

異常です。理解できません」

その言葉を聞いた瞬間、葉山和美にずっと抱いていた不快がおさえられなくなった。そして、積もり積もった不快は、今はっきりと怒りに変わった。

「あんたには理解できないんでしょうね」中途半端に丁寧な言葉遣いと乱暴な口調とは、まるで釣り合いが取れていない。自分でも滑稽だと思った。

「どういうことですか？」藤太の剣幕に葉山和美は呆気にとられた顔をした。

「あんたはいつも平気で口にする。異常です、異常です、ってな。それがどんなに残酷な言葉かってことに気付いてないんだ。たぶん、あんたみたいなエリートさんには、他人がどんなふうに育ってきたか理解できないんだろうな」

やっぱりな、と思った。だれと話してもボロが出る。どんなに努力しても、まっとうな人間にはなれないらしい。そう開き直ると、途端に楽になった。

「あんたが言う、異常です、っていう状況で生きるしかなかった人間だっているんだ」

「でも、佐伯弁護士だっていわゆるエリートでしょう？」

「エリートだ。でも、あんたとは違う。ほかの世界を知っているエリートだ」

「じゃあ、私が無知だとでも？」

「そうだ。俺だってあんたの育ってきた世界のことは知らない。ただ、俺のとはまったく違うってことくらいは理解している」藤太は葉山和美をにらみつけながら、言葉を続けた。

「でも、だからといって、異常だなんて言うつもりはない。そんな言葉は絶対に使いたくない」

葉山和美が悔しそうな顔をした。言い返すことができないようだった。

「あんたは秋雄に相手にされなかったから怒ってるんだ。父親のわからない子を平気で産んで、逃げ回るような女に負けたのが悔しいだけだ」

しまった、とかすかに思った。これは言ってはいけないことだ。でも、もう遅い。

「どういう意味ですか」葉山和美の顔が引きつった。細い眉が震えている。

「はっきり言うが、あんたは恵まれてる。それに気付かないくらい恵まれてるんだ」

「それは違います」葉山和美はきっぱりと言った。「森下いづみさんのほうがずっと恵まれている」

「なにが言いたい?」

「あの人はあなたにも、佐伯弁護士にも、そのもうひとりの男にも気に掛けてもらっている。ちやほやされて、ある意味お姫さまのようなものでしょう?」

「よくそんなことが言えるな」思わず藤太は食ってかかった。「恥ずかしくないのか」

「森下さんがどんな境遇で育ったか、どんなことがあったのかは知りません。ですが、あなたがたには大切な人なんでしょう? でも、世の中にはそうでない人が大勢います。だれにとっても大切でない人、いてもいなくてもいい人がいくらでもいるんです。学歴も財産も関係ありません」

「だから、いづみは恵まれているというのか？」

「ええ。だれからも必要とされない人間よりは、ずっと幸せです」

「それがあんたの理屈か」藤太は怒鳴った。「きっと一理あるんだろうな。でも、わかった」

「なにがですか？」

「だれかから気に掛けてもらいたかったら、ただ黙ってることだ。そんな理屈は口にしないほうがいい」

するると、葉山和美は一瞬眼を閉じた。そして、なにか堪えるような顔になった。

「……黙って努力し続けてきたつもりですけど」

藤太はこの女をひどく傷つけたことに気付いた。だが、すまないという気持ちより、面倒だと思う気持ちと嫌悪のほうが強かった。

「そうか」

うっとうしげな顔を隠しもせず、藤太は事務所を出た。カブにまたがり、しばらく膝の痛みに堪える。

わかっている、と藤太は歯を食いしばった。この怒りの原因は葉山和美にあるんじゃない。俺だ。俺自身の中にある。ほづみにしたのと同じだ。俺は葉山和美に八つ当たりしている。

――まともじゃない、異常だ。

それは、昔、藤太自身が放った言葉だった。

雨の中、いづみのアパートから駆けだしたとき、藤太はなにもかもを怨んだ。異常な親なんていらない。まともな親がほしい。そう切実に願い、全身ずぶ濡れになって走り続けた。仕事をせず、酒に酔って子どもを殴る。賭け麻雀をして借金をつくり、子どもを売る。借金のカタとして子どもをなぶり者にする。

だれが見てもまともではない。異常だ。だが、そんな親の下で育つしかなかった人間が藤太たちだった。

藤太は顎紐をひっぱり、乱暴に頭をヘルメットに押し込んだ。フルフェイスの圧迫感に馴染めず舌打ちする。

自分で異常という言葉を使っておきながら、他人から口にされると堪えられない。あまりにも都合のよい被害者根性だ。

葉山和美はただ恵まれているわけではない。弁護士になるからには並みではない努力があったのだろう。秋雄だってそうだった。あれほど成績優秀でも父親には認めてもらえず、バカにされ罵倒《ばとう》された。だが、それでも腐らずきちんと勉強し続けた。優秀な人間にはきっとそれなりの努力がある。葉山和美も同じことだ。

中学の勉強すらまともにやらず、そのあと飲んだくれて逃げ続けた藤太には、なにも言う資格がない。葉山和美を非難する資格など欠片《かけら》もない。恥知らずは藤太自身だ。

だが、それがわかっても、一度溢れてしまった怒りには行き場がなかった。

この歳になっても、やはり自分たちは異常なのだ、と思い知らされるのはあまりにも惨めだ。いづみがどれほど懸命にほづみを育てようと、秋雄がどれだけ真面目にほづみの面倒を見ようと、異常だ、まともじゃない、と言われてしまう。それではあんまりだ――。

無意識のうちに、藤太は思い切りカブのキックペダルを踏み込んでいた。激痛が走り、声も立てずにシートに突っ伏す。

くそ、と思う。雨に濡れていた頃なら、キックスタートができた。だが、今はできない。皮肉なものだ、と藤太はうめきながら笑った。できたことができなくなったのに、できなかったことができるようになったわけではない。ろくでもない俺はろくでもない俺のままだ。

やがて痛みが治まると、藤太はセルを回してカブをスタートさせた。

もし、「あなたは恵まれている」などと他人に言われたら、いづみはどうするだろう。どんな言葉を返すだろう。

いづみの答えはすぐにわかった。いづみなら、きっとこう言う。

――そやね。

ただ、それだけだ。それだけ言って笑うだろう。

藤太の脳裏に白い傘を差したいづみが浮かんだ。水門を眺めながら、それでも笑ういづみだ。あんなふうに笑えるのはいづみだけだ。あの笑顔はだれにもできない。俺の息を止めてしまうような、白い白い笑顔はいづみだけだ。

店に戻って藤太は愕然《がくぜん》とした。

坪内が当たり前のような顔をしてカウンターに座っている。その横に並んでいるのは、ほづみだ。振り向いたほづみの顔には、はっきりと後ろめたさが見て取れた。

「なぜ開けた？　絶対だれも入れるなと言っただろう」藤太は思わず怒鳴った。

「ごめんなさい」ほづみが泣きそうな顔をした。「でも、お母さんの写真を見せてくれるって……」

カウンターの上にはアルバムが広げてあった。

「ほづみは悪くない。お母さんのことを知りたいと思うのは当たり前やろ？」坪内が強い口調でほづみをかばった。「あんたは子どもの気持ちがわからないんやな」

坪内の口調はまるで変わっていた。以前のとってつけたような話しかたが消えている。だが、あの猫なで声よりはずっとマシだった。

「忘れ物なら返す。さっさと出て行け」藤太はライターをカウンターに叩きつけた。「今度忘れたら知らんぞ」

坪内は藤太をにらみつけながら、ライターを尻ポケットにしまった。

ほづみはうつむいている。だが、一枚の写真を胸に押しつけたまま、離そうとはしない。

紙だ。

藤太はアルバムに眼をやった。左ページに二枚、いづみの写真が貼ってある。右ページは白
「その写真はほづみにやるから」坪内が言った。「一番新しい写真や」

「ほんま？」ほづみが眼を輝かせた。「ほんまにもらっていい？」

「ああ。大事にするんや。ツーショットやからな」

「うん」ほづみが大きくうなずいた。

だが、すぐにちらりと藤太の様子をうかがった。顔が強張っている。怯えているようにも見えた。瞬間、藤太はひどい脱力感に襲われた。

ほづみはツーショットの写真を選んだ。坪内といづみの写った写真を選んだということは、父と母がそろって写った写真を選んだということだ。

一体、俺はなにをしているのだろう、と藤太は思った。もしかすると、ほづみを苦しめているのは俺か？　実の父親から引き離そうとしている俺が悪いのか？　なにがあろうと血のつながりは絶対なのだろうか。俺は間違っているのだろうか。ほづみは坪内と暮らすほうが幸せなのだろうか。

坪内にほづみは渡さない。そう決めたはずなのに、今になって心が揺れている。ほづみにとってはどちらが幸せなのだろう。いや、そもそも、俺がほづみを幸せにできるのか？　俺と坪内とどちらがマシだ？

「その写真を持って二階へ行け」藤太はほづみの顔を見ずに言った。「呼ぶまで下りてくるな」

「うん」ほづみも藤太を見なかった。ツーショットの写真を抱いたまま、二階へ駆け上がっていった。だが、その足取りは軽かった。

「出て話そう」藤太は表を指さした。

「わかった。まあ、ほづみの前であんまりきついことは言われへんからな」

二十五年前のことが話題に及べば、人に聞かれては困る。そのまま歩いて、近くの八幡屋《やはたや》公園に向かった。

藤太が膝を悪くした頃、この一帯で大規模な再開発があった。古びた交通公園は潰され、巨大な遊具のある芝生広場、中央体育館、プールになった。昔の面影はどこにもない。

中央体育館は半地下につくられている。建物のドーム屋根の部分には一面に木が植えられ、小高い緑の丘になっていた。遠目にはまるで古墳のように見える。頂上までは、木立の中を縫って螺旋《らせん》状に遊歩道が続いていた。

ふたりは無言で緩やかな坂を上った。思ったとおり、あたりに人影はない。ちょうど昼を回った頃だ。この暑さの中、わざわざ丘を登ろうというバカなどいない。

やがて、坂道の向こうに大きな円盤のようなものが見えてきた。体育館のドーム屋根の最上部が、丘の頂上に突きだしているようだ。藤太は足を止め、ぐるりと景色を見渡した。思ったよりも高いところにいる。

西に天保山の大観覧車が見えた。そのまま眼を移していくと、阪神高速と天保山大橋が見え、北にはＵＳＪと高層ホテルが見えた。

遊歩道の横のベンチに腰を下ろして、藤太は手の甲で汗を拭った。頂上には陽射しを遮るものはなにもない。坪内はバッグからハンカチを取り出すと、丁寧に顔を拭いていた。

「なにしに来た？　ほづみになにを言った？」

「はなからケンカ腰やな。誤解を解こうと思っただけや」坪内が眼を細めた。「ほづみにわかってもらえてよかった。えらい喜んでくれた」

「いづみの写真で釣っただけだ」

「釣ったんやない。僕は父親として当たり前のことをしただけや」

「写真一枚で家族ごっこか。ばかばかしい」

「あんたもかわいそうにな。よっぽど家族に恵まれてなかったんやなあ」

坪内の憐れむような口ぶりにかっとした。だが、思い直した。家族に恵まれなかったというのは間違っていない。あんな父親に育てられて、恵まれているわけがない。

黙っている藤太を見て、坪内はすこし拍子抜けしたようだった。

「今日はお行儀がええんやな。まあ、ええ。ついでにあんたもいい加減、俺を誤解するのはやめてほしいんやけどな」

「誤解なんてない」

「いや、あんたは俺を誤解してる。俺はいづみを幸せにしたいだけや」

「いい加減気付け。いづみはおまえと暮らすことなんか望んじゃいなかった。どうしてわからない？」

「わかってないのはいづみや。俺はいづみを幸せにする責任がある」坪内はきっぱりと言い切った。

「責任とはどういう意味だ？　一体なんのことだ？」責任という言葉は以前に聞いたときも違和感を覚えた。「いづみに惚れた、というならわかる。なのに、おまえは責任なんて言葉を使う。なぜだ？」

坪内は藤太をにらみ返した。「あんたには関係ない」

「いづみが逃げるのも当然だろう。相手が自分に惚れているのなら情も湧くが、責任なんて言葉を押しつけられて嬉しいはずがない」

「やかましい。あんたになにがわかる」

「ああ。わからんな。おまえがひとりで勝手に盛り上がってるだけだ」

坪内はじっと藤太をにらんでいた。憎しみしかない眼だった。

「あんたも佐伯も知らないことがある」坪内は鼻息荒く言った。「本当は墓の中まで持っていくつもりやった。いづみのためにもな」

「いづみのため？」

「ああ。そうや。でも、あんたの得意そうな顔見たら気が変わった。あんたの知らない、いづみのことを教えてやる」

坪内の眼は見開かれ鈍く輝いている。見ているだけで腹の底が冷えそうな気がした。

「……俺が小学校四年になってすぐのことや。朝起きると、身体がだるくて歩くのも辛いくらいやった。鏡を見たら、顔がぱんぱんに腫れ上がってた。親が慌てて病院に連れて行ってくれた。そのまま入院や。腎臓がいかれてたらしい。かなり重くていきなり透析《とうせき》や。そこからはずっと院内学級。退院できたのは中学の終わりで、高校になってやっと外の学校に行けた。入院生活はひたすら安静で退屈やった。そんなときは親父のことを考えた」

坪内は一旦口を閉じて、懐かしそうに笑った。

この男の入院生活といづみとの間に、一体なんの関係があるのだろう。藤太にはまったく想像がつかなかったが、ただひどくいやな予感がした。藤太は背中に冷たい汗を感じて、身震いした。聞きたくない、聞いてはいけない、聞いたら取り返しがつかなくなる、という恐怖がじわじわと這い上がってくる。

「俺の親父は消防士やった。消防士として活躍する親父は俺の心の支えやった。窓からサイレンが聞こえてくると、それだけで興奮した。火事のニュースを見るたび、親父を誇らしく思った。親父は俺にとって英雄やった。だから、子どもの頃からずっと、親父のような消防士になりたかった。それで、採用試験を受け続けたけど、この身体では無理やった」

「ふん」藤太はなんとか鼻で笑った。「消防士ってのはエセか。見つからないはずだ」

「うるさい」坪内が怒鳴って、ポケットから例のライターを出した。「これは俺のお守り、親父の形見や。親父はヘビースモーカーやったけど、俺が腎臓悪くしたらすぐに禁煙した。息子が闘病してるのに自分だけ好きなことしてたらあかん、ってな」

藤太は黙って坪内の震える頬を見ていた。先程までの恐怖を忘れるほどに不快だった。たとえどんな理由があろうと、父親に憧れる人間に到底共感はできなかった。

「高校に入って半年ほどした頃、親父が殉職した。ショックやったけど誇らしくもあった。火事場で殉職なんて、親父にはぴったりの死にかたやとも思った」

坪内は眼を潤ませ、わずかに声を詰まらせた。だが、その顔が急に歪んだ。坪内はこめかみを震わせながらなにか詰まったような声で言った。

「父の遺品を整理していた。すると、押し入れの奥からビデオテープが五本出てきた。全部、素人が撮ったホームビデオや」

「ビデオ？　なんの？」

「親父の部屋からエロビデオが見つかっただけなら、驚きもしない。笑ってすむ話や。でも、あれは別や。モザイクなんかないから、女の子の顔がはっきりわかった。しかも、その顔には見憶えがあった。同じ高校、三年生の先輩や。でも、すこし顔が幼かった。テープを観ていくうちに、中学の制服を着て映っているのがあった。あれは中学生のときに撮られたんやな。酷い話や」坪内が音を立てて唾を呑み込んだ。

藤太は身体中が凍り付いたような気がした。手足の感覚がない。焦がすような陽射しも感じなければ、音も聞こえない。眼もおかしい。やたらと暗い。距離感がつかめない。すぐ横にいる坪内がはるか遠くにいるようだ。

まさかあのとき、いづみがビデオを撮られていたとは。そんなことすこしも知らなかった。言葉も出ず、藤太は呆然と坪内を見つめていた。

「やっぱり知らんかったんか」坪内が気の毒そうな顔をした。「ショックやろ？　その気持ち、ようわかる」

その瞬間、藤太はふいに我に返った。こんなやつに同情されたくはない。熱と音、それに光が戻ってくる。途端に全身が軋みだした。

「そのビデオテープがどうしたんだ？」気を取り直してなんとか答えた。ひどい声だった。

「いづみに返した。最初は処分しようかと思った。でも、俺は返すことにした。そして、いづみに会った」

「会って返した？」藤太は不審に思った。

匿名で返却すればすむことだ。お互い、顔を合わせることになんの意味がある？　いづみは傷つくだけだし、坪内だって気まずいだろう。いや、そもそも返す必要があるのか？　黙って処分すればいいではないか。

「映っている内容がひどすぎる。女の子は自分が撮られてることを知ってた。ビデオがこの世に存在してると思たら、一生気が休まらへんはずや。だから、自分の手で処分させてあげようと思ったんや。それに、きちんと謝りたかった。本当は親父が返すか、それとも処分すべきやった。なのに、親父はつい忘れてたんや。もし、変な誤解をされたら困ると思て、ちゃんと謝って返すことにした」坪内はすこし早口で話し続けた。鼻の頭に汗をにじませている。「いづみに会ってビデオを返した。自分の手で確実に処分しろ、ってな。いづみは辛そうやったけど、ありがとう、言うて受け取った」

「ちょっと待て。そもそも、なぜおまえの親父がビデオを持ってたんだ？」

「佐伯の工場が燃えたとき、坊主を引きずり出したんはうちの親父や。そのとき偶然、鍵を手に入れたんや」

「鍵？」

「コインロッカーの鍵や。あの坊主はその手のビデオのマニアでな、金取って同じ趣味の連中に貸し出したりしてたらしい。その受け渡しにコインロッカーを使ってたんや。相当やばいビデオもあったんやろな。親父は近隣のロッカーをしらみつぶしに当たり、鍵に合うロッカーを見つけた。開けてみたらビデオテープが入ってたというわけや」

「なんでおまえがそんなことを知っている？」

「あとからいづみに聞いた。いづみはビデオがどう使われていたかも知っていた」坪内は苦しそうに息を継いだ。

「くそっ」藤太は拳を握りしめた。「あのクソ坊主が」

殺しても殺したりない。いづみの受けた辱《はずかし》めを思うと、あの坊主を一度しか殺せなかったことが悔しい。だが、悔しいのはそれだけではない。そのビデオがいづみと坪内を結びつけた。藤太は吐き気のするような偶然を呪った。

「だとしても、なにが英雄だ。おまえの親父はただの火事場泥棒じゃないか」

「うるさい、黙れ」坪内が顔を歪めて怒鳴った。「親父は悪くない。坊主の手の中から鍵を見つけたときも、すぐに返すつもりやった。でも、あの坊主は金に汚い、相当ため込んでいるという噂を思い出して、つい魔が差しただけや……」

汗まみれの坪内の顔は妙に青白く見えた。藤太は今の説明にひっかかりを感じた。

「なぜ、そのとき坊主が鍵を持ってたんだ？　火事場で握りしめてた理由はなんだ？」

「そんなん知るか。でも、きっと親父も同じ疑問を持ったやろうな。だから、よほど大事なものが入ってるに違いないと思ったんや」

「でも、おかしな話だな。それはだれから聞いたんだ？　ビデオを見つけたのはおまえの親父が死んでからだろう？　どうしてそんないきさつを知っている？」

するとすると坪内がしまった、という顔をした。しばらく口ごもると、

「……それは……親父の日記があって」

「火事場泥棒の記録を残すか？　変だろう？」藤太は畳みかけるように訊いた。「おまえの親父も変態ビデオのマニアだったんじゃないのか？」

「違う」坪内が立ち上がって怒鳴った。「親父は変態やない」

坪内の形相は凄まじかった。全身をぶるぶると震わせながら、青ざめた顔で藤太をにらみつけた。

「じゃあ、なぜ知ってるんだ？　おまえの親父はなにをした？　ただ持ってただけなんて嘘だろう？」藤太は確信した。この男はなにかを隠している。「言え。ここまで話したんだ」

坪内は一瞬だけ強く藤太をにらみ、うつむいた。青黒い額に細かい汗が一面に浮いている。何度も口を開きかけては閉ざし、ためらったすえにようやく口を開いた。

「いづみに聞いたんや」

「いづみに？　いづみがなぜおまえの親父のことを知ってるんだ？」

「あのビデオは上手に撮ってあって、男の顔はまったく映ってない。でも、いづみは何回もアップになって、表情まではっきりわかる。おまけに制服姿でも撮られてる。親父はいづみを特定して強請《ゆす》った。言うことを聞かないと、このビデオをばらまくぞ、と」

「いづみを脅した？」藤太は愕然とした。

まさか、火事のあと、いづみがそんな目に遭っていたとはまったく気付かなかった。なぜ気付かなかった？

藤太は懸命に記憶をたどった。たしか、火事のあと、工場をクビになった男が事情を訊かれたという話だった。だが、結局煙草の火の不始末ということで決着した。それで、すべて終わったはずだった。

あの頃、藤太は異様な興奮状態にあった。いづみを救うことができたという高揚、父から自由になれたという歓喜、そして、殺人者になったという恐怖。そんなものがないまぜになって混乱していた。

藤太はいつも以上に黙り込み、ただじっとしていても動悸《どうき》がして、冷たい汗が背中を流れるのを感じた。だが、それでも誇らしくてならなかった。俺はいづみを救った。いづみを救うことができた。大声で叫ぶことができないのが悔しくてならず、いづみの前でも自分を抑えるのに苦労した。

本当は、いづみを抱きしめてこう言ってやりたかった。

――大丈夫、もうなにも心配ない。俺があいつらを殺してやった。これからはすべてうまくいく。新しい世界がはじまるんだ。

くそ、と藤太は舌打ちした。俺がそうやって舞い上がってしまったおかげで、いづみの地獄に気付かなかったのか。

「それで、いづみはどうしたんだ？」

「親父がいづみになにをさせたか聞きたいか？」

「なにをさせた？　もったいつけるな。早く言え」藤太は怒鳴った。

「あの頃は援助交際なんて言葉はなかった」坪内のこめかみは引きつったように震えていた。

「ちょうど、テレクラができた頃や。これなら素人《しろうと》でも相手を見つけられる」

「まさか」藤太は呆然とした。「いづみが？」

「親父はいづみに稼がせた。そして、その金を受け取った」

全身の力が抜けた。声も出ない。どうして、と藤太はうめいた。どうしてなにも言ってくれなかった。もし、ひとこと言ってくれたら、どんなことをしてでも助けた。いや、絶対に坪内の父親も殺していた。四人殺したのだ。五人になっても同じことだ。

「親父が殉職するまでの一年あまり、それが続いたんや」

「坪内」藤太は叫んで坪内の胸ぐらをつかんだ。「おまえの親父が憎い。殺してやりたい。殺せないのが悔しい」

「親父は悪くない。悪いのは俺や。怨むんやったら俺を怨め」

「どういうことだ？」藤太は坪内の顔をにらみつけた。

「いづみの稼いだ金は全部俺が使ってたからや」坪内は青ざめた顔で薄笑いを浮かべた。

「おまえが？」

「ああ。全部俺の治療費や。入院費用、透析代、それに腎臓移植の手術代や」坪内は顔を歪めた。「俺はいづみのおかげで手術を受けることができたんや。それを知ったとき、どれだけショックやったかわかるか？　親父があんな鬼畜な真似をしたのは、なにもかも俺のためやったんや」

坪内はねじれた笑みを浮かべたまま言葉を続けた。

「俺は小便するたびに思う。こうやってちゃんと小便が出るのもいづみのおかげや、ってな。わかるか？　朝も昼も夜も思う。それが死ぬまで続くんや」坪内は喉の奥で笑った。「俺の小便はな、いづみが身体を売った金できれいになってる」

坪内は笑い続け、それから藤太を見た。

「親父のやったことは絶対に許されへん。でも、親父が悪いんやない。責任は俺にある。みんな俺の腎臓のせいなんや。だから、一生かけていづみに償いをすると決めた。俺はビデオテープをいづみに返して、いづみを幸せにすると誓った。なのに、いづみはわかってくれへんかった」

藤太は笑い続ける坪内から眼をそらした。坪内が償いにこだわる理由がわかった。すると、いづみがこの男を無下《むげ》にできなかった気持ちもわかった。

「みんな俺のせいや。俺が悪いんや」

だが、それでも、坪内の償いは間違っている。いづみ。おまえはなぜ坪内を突き離せなかった？　身勝手な償いにつきあう必要などなかったはずだ。

「償いなんて、おまえが勝手に押しつけただけだ。自分が楽になりたいから、償いをしたいだけだ」

「……楽になれたらどんなにええやろな」坪内が苦しげに眼を細めた。「俺が償っても意味ないことくらいわかってる。でも、俺が償うしかないんや」

「どういう意味だ?」

悪いのは自分だと言いながら、自分の償いは無意味だという。どういう意味だろう。だが、坪内は藤太の疑問には答えず、引きつった顔のままで話を続けた。

「俺はふたりで暮らせる部屋も借りた。きれいな家具も置いた。俺の気持ちをわかってもらおうと、一所懸命に尽くした。一日中尽くした」

「だからどうした? どっちにしても、いづみはもういないんだ」

「はは、能天気やな」坪内が笑った。「見かけによらず素直なんや。いづみは生きてるのに」

「いづみが生きてる? 本当か?」声が半分裏返った。「どこに? どこにいるんだ?」

途端に平静を失った藤太を見て、坪内が鼻を鳴らしてあざわらった。

「あんたは佐伯にだまされてるんや。大体、いづみが死んだという証拠があるのか? そもそも、なんで死亡届が出てないんや? いづみがいつ、どこで、どんなふうに死んだのか知ってるか? 佐伯はそのことについて、ちゃんと話してくれたか?」

「じゃあ、生きているという証拠があるのか?」

「ある」坪内はきっぱりと言い切った。「いづみの居場所を訊ねたら、佐伯は一瞬やけど顔色が変わった。その後でとうに死んだと言った。でも、あの表情を見たらそんなの信じられるか。俺がさらに問い詰めたら、ほづみの親権がどうたら言うて話を誤魔化しやがった。明らかに動揺してた。つまり、あいつは嘘をついているっていうことや。俺からいづみを引き離すために、死んだなんて嘘をついているんや。絶対、いづみをどこかに隠してる」

坪内の話を聞き、藤太は混乱していた。

実は、いづみはどこかで生きている——。そう考えたことがないと言えば嘘になる。いづみが死んだとは信じられない。信じたくない。秋雄を疑いたくはなかったが、心の隅ではわずかな望みを捨てることができなかった。

「佐伯はいづみに惚れてるんやろ？　俺を諦めさせるために芝居をしてるんや。それに、おまえも利用された、ってことやろ」

「黙れ」藤太は思わず声を荒らげた。「秋雄がそんなことするわけがない」

秋雄が嘘をつくなど、あるわけがない。考えたくもない。

「落ち着けや」坪内は動揺する藤太を見て面白そうだった。「頭のいい弁護士さんのやることや。おまえはだまされて利用されたんや。今頃、佐伯はいづみを手に入れて、ほくそ笑んでるに違いない」

「なに？　それはどういうことだ？」藤太の声が思わず震えた。「秋雄はもうとっくに……」

「本当にそんなこと信じてるんか？　よう考えてみろや。いづみが死んだ言うてるのは佐伯だけや。佐伯を殺した言うてるのはあの少年だけや。ふたりとも遺体が見つかってない。どんなふうに死んだかもわからない。変やと思えへんか？」

「じゃあ、どっちも生きているというのか？　死んだ証拠もないかもしれんが、生きている証拠もない」

「いい加減に気付けや。あっちは東大出の弁護士さんや。俺らとは違う。悪だくみと人をだますのが仕事や。俺らはあいつに利用されたんや」

「秋雄はそんなやつじゃない」藤太は怒鳴った。

「あんた、どこまでお人好しやねん。あのな、やさしそうな顔してるやつほどタチ悪いんや。きっと、いづみもだまされたんや。だまされて、あいつと一緒に逃げたんや」

「黙れ。秋雄はそんなやつじゃない」

藤太は坪内の胸ぐらをつかんだ。坪内は鈍く光る眼で藤太を見返し、きっぱりと言い放った。

「俺はいづみに償いをしたい、一番はそれや。だから、俺は絶対いづみを探し出して幸せにする。その上で、ほづみと一緒に三人で暮らしたい。きちんと籍を入れて認知したい。あんたにはほづみの後見人を外れてもらう。そのためには裁判所の心証が悪くなるようなことはするつもりはない。わかったか」

藤太は唇を噛んだ。この前、坪内の言ったことは正しい。法に触れたり暴力を振るっているのは、あきらかに藤太のほうだ。

「話は終わりや」坪内は藤太の腕を振り払うと立ち上がった。

坪内は遊歩道を下りはじめた。藤太は無言でそのあとをついていった。直射日光に照らされた頭はひどく頭痛がした。暑すぎてなにも考えられない、と思った。なにも考えたくない。いづみのことも、秋雄のことも、もうなにも考えたくない。

半分ほど下ったときだ。ずっと黙っていた坪内が口を開いた。

「なあ、このあたりの連中は、そんなに安治川が好きなんか?」

藤太は無言で坪内の顔を見た。返事をする気力もなかった。だが、坪内はかまわず言葉を続けた。

「昔、いづみが川の話をしたことがあるんや。——河口に大きな倉庫が建ち並んでる。錆びた手すりの階段を上って堤防に上る。小さな船が捨てられたように係留されてる。ときどき荷揚げされた果物の甘い匂いがする。オイルの匂いがする。それだけの話やけど、不思議と印象的やった」

坪内はうっとりと遠い目をした。川の話をするいづみを思い出しているらしかった。

体育館の正面玄関まで下りると、突然後ろから笑い声が聞こえた。振り向くと、髪を濡らした子どもが三人、プールバッグを振り回しながら駆けていった。

「いづみが見つかったら、俺とほづみと家族三人でプールへ行くんや」坪内が宣言した。

藤太はやはり返事ができなかった。


坪内と別れて店に戻ると、藤太は真っ直ぐ厨房に入ってズブロッカを取り出した。真っ昼間だが、もうどうでもよかった。手近のグラスをひっつかむと乱暴に注いだ。

立ったまま一息にあおると、むせて涙が出た。喉がひりひりと痛む。だが、喉が痛むのは酒が浸みたせいではない。喉を裂いて溢れそうな、腹の底から突き上げてくる叫びのせいだ。そして、その叫びを無理に押し込めているせいだ。

続けて注いで二杯目をあおる。

いづみ。

なぜ抵抗しなかった？　なぜ声を上げなかった？　なぜ男の言いなりになった？　なぜ言われるままに身体を売った？　なぜ？　なぜ俺に話してくれなかった？

なぜだ、いづみ。

ズブロッカとグラスをカウンターに叩きつけるように置いて、厨房を出た。たった二杯で頭がぐらぐら揺れた。回るのが早い。先ほど、陽に当たったせいか。

よろめきながらスツールに腰を下ろした。膝をぶつけたが、痛みはやたらと遠い。三杯目を注ぐ。

いづみを責めるのはたやすい。いづみを愚かだと断じるのもたやすい。だが、それは暴力を受けたことのない人間の言うことだ。暴力の恐怖を知らない人間の言うことだ。暴力は身体を傷つけるだけではない。恐怖で心をも傷つけ、やがて殺す。かつて藤太もそうだった。父の暴力を黙って受け入れていた。殴られるのが当たり前の日々を送っていた。その傷は深い。いまだに夢に見て涙を流す。

いづみの身に加えられた酷《むご》たらしい暴力は、いづみの心を傷つけた。だが、それでもいづみは笑おうとした。水門で白い傘を差し、死んだ顔をしながらそれでも笑おうとした。だが、暴力は続いた。より陰惨な形で続いた。いづみは笑うことすらできなくなった。心が殺されたからだ。坪内の撮った写真がそのことをよく表している。いづみが藤太との約束を守れなかったのも当たり前だ。とうに、いづみの心は死んでしまっていたからだ。

四杯目。ぬるい酒の入ったグラスを手に、藤太は身をよじった。

いづみの心を殺したのは俺だ。俺が工場に火をつけた。坪内の父親にビデオが渡るきっかけをつくった。いづみを救うつもりで、いづみを苦しめた。五杯目。

いづみ。

いづみ、すまん。

いづみ、ゆるしてくれ。泥のような酔いの中で藤太は叫び続けた。すまん、いづみ。

「藤太おじさん、藤太おじさん」

ほづみの声がした。

「お店は？　もう準備せんと」

小さな手が肩に触れた。そっと揺さぶる。だが、酒の回った身体は、それだけでぐらぐらと揺れ、胃が揉まれたように動き回った。

「向こうへ行け」藤太はほづみを振り払った。

はずみでスツールから転げ落ちた。頭をどこかにぶつけたが痛くない。膝を捻《ひね》ったようだが痛くない。どうやら強すぎる痛みは、もう痛みとして認識されないらしい。

ただ、眼の前が暗くなった。意識が消えていく。

代わりに雨が降ってきた。

藤太は雨の中を走っていた。いづみのアパートから駆けだした。濡れているのは傘がないからだ。父親に傘を折られたいづみに、自分の差していた傘を渡したからだ。走りながら、怨んだ。なぜ、なぜあんな親の元に生まれた？　なぜ、なぜと叫びながらずぶ濡れで走った。

なぜ――？

なのに、結局父と同じことをしている。酔って子どもに手を上げる。同じだ。つまり、これが血のつながりということだ。

雨だ。

藤太は突然咳き込んだ。口の中に水が入って、息ができない。「まつ」の狭い通路が水浸しだ。もがきながら起き上がると、ホースを持ったほづみが見えた。藤太に向かって水を撒いている。

今度は鼻に水が入った。涙が出た。

「やめろ」藤太はよろめいて壁にぶつかった。

「やめへん」ほづみが叫んだ。「お母さんも水を打った」

藤太は呆然とほづみを見た。ほづみはまたホースを藤太の顔に向けた。たっぷりと十秒は水を掛けてから、ホースを放り出して蛇口を閉めた。ようやく水が止まった。

ほづみはそのまま鍋を取り出し、湯を沸かしはじめた。藤太のほうを見もしない。冷蔵庫から枝豆を取り出し、いつものようにカウンターに腰掛けると、ハサミを入れはじめた。

ほづみの唇はへの字に強く折り曲げられていた。顔は真っ赤で、すこし手は震えている。枝豆の入ったザルの上にぽたぽたと滴《しずく》が落ちた。ほづみは泣いていた。

藤太は濡れた顔を拭った。軋む足をひきずって、厨房に入った。ズブロッカの瓶を逆さにし、残った中身をシンクに流した。買い置きの瓶を取り出し、みな同じように捨てた。

「すまん」藤太はほづみを真っ直ぐに見つめて言った。「俺が悪かった」

藤太は言い聞かせた。生きると決めたはずだ。ほづみのために死なずに生きると覚悟したはずだ。

ほづみは黙って枝豆を切っている。

「俺の親父はアル中だった。酒に酔っていつも俺を殴った。毎日、殴って蹴られて怒鳴られた。でも、そんなとき俺をなぐさめてくれたのが秋雄と……おまえの母親だ」

「お母さんが？」はっと顔を上げた。

「そうだ。俺をいつもなぐさめ、そばにいてくれた」藤太の顎を伝って、シンクに水滴が落ちた。「今、俺は親父と同じことをしている。酔っておまえを傷つけている。親父と同じだ。最低だ」

ほづみは真っ直ぐに藤太を見つめている。

「俺は親父のようになりたくない。子どもを傷つけるようなやつになりたくない。だから、酒をやめる。二度と飲まない」

ほづみが黙ってハサミを置いた。スツールから下りると、厨房に入ってきた。じっと藤太を見上げる。

「すまなかった」藤太はもう一度詫びた。眼を閉じ頭を下げる。

そのとき、ふいにほづみがしがみついてきた。強く藤太を抱いて言った。

「ハグって言うんやよ。大好きってことやって」

藤太はもう返事ができなかった。黙ってほづみの頭に手を置いた。そして、もう一度自分に言い聞かせた。

親父のようにはならない。絶対、絶対だ。

翌朝、ほづみに頼んでハンチングに連絡を取ってもらった。ウォーキングの最中だというハンチングは三十分ほどで「まつ」に来た。汗だくだ。かなり急いで来てくれたらしい。なるほど、と藤太は思った。携帯は便利なものだ。

「なんや、大将」呼びつけられたくせに、どこか嬉しそうだ。

「用事を片付けてきたい。ほづみと一緒に留守番してほしいんだが」名前も知らない。ただの常連だ。非常識なことだとわかっている。だが、この男しか思いつかなかった。「もしだれか来ても、絶対入れないでほしい」

「わしでええんか？」ハンチングは一瞬驚いたようだった。

「あんたしか頼める相手がいない」

すこし気後れしたふうの藤太を見て、ハンチングがにっと笑った。

「……タダではようせんな」

「いくらだ？」

金か。藤太は失望を感じた。そして身勝手な期待をした自分を罵った。

「アホか」ハンチングがぴしりと言った。「焼酎一杯でええ」

「ああ」藤太は一瞬でもハンチングを疑った自分を恥じた。「そんなもの言うまでもない」

「でも、安物はいやや。一度でいいから幻の焼酎いうのが飲んでみたい」

「わかった。村尾《むらお》でも森伊蔵《もりいぞう》でも用意する」

「頼むわ」

やたらと嬉しそうなハンチングにほづみを任せ、藤太は店を出た。

途中でコンビニに寄ってガムを買った。昨日の昼間の酒だ。もう大丈夫だとは思うが、念のためだ。藤太はガムを嚙みながらカブを走らせた。酒の匂いをさせて小学校に行くわけにはいかない。

本当はほづみを連れてきて、転校の挨拶をさせるべきなのだろう。ほづみだって通った小学校に別れがしたいだろう。だが、藤太はひとりで来た。まだだ、と思ったからだ。ほづみの保護者としてきちんと生きるには、完全に酒を抜く必要がある。今はまだダメだ。もっとまともになって、いずれは懇談やら参観やらに堂々と出られるようにしなければならなかった。

藤太は職員玄関の前にカブを駐めると、事務室に向かった。一応、朝に電話を入れておいたので、書類を受け取るだけになっていた。来客用の緑のスリッパを引きずりながら、ひんやりした廊下を歩いた。

校庭でサッカーをする子どもの声が聞こえてくる。窓からは中庭が見えた。小さな花壇がある。ペチュニアはなかったが、不格好なほど伸びたひまわりが林をつくっていた。

事務室にいたのは五十過ぎの女性だった。小太りではち切れそうな上半身にピンク色のポロシャツを着ていた。事務員はちらりと藤太の顔を見たが、その眼にはなんの反応もなかった。藤太はほっとした。すくなくとも、ひと目見ただけでわかるほどの酔っぱらいではなくなっているようだ。藤太が名を告げると、用意してあった在学証明書と共済やら教科書やらの証明書を渡してくれた。

「お住まいの地域の区役所へ行ってこの在学証明書を見せると、就学通知書がもらえます。それとこの今渡した書類一式を新しい学校に提出してください」

これで終わりだった。藤太はふたたびスリッパを引きずりながら廊下を戻った。

おかしな気持ちだった。人気のない校舎はやたらと小さく感じられた。あの頃は、学校で起きることは大事件だった。体力測定でいづみの身体の柔らかさが示されたこと、リコーダーのテストがあったこと、蝶の羽化の観察をしたことが、世界のすべてだった。

今でもそうだ、と藤太は思った。相変わらず、あの頃の世界から抜け出せない。

あの頃の終わりは中学校の卒業式だった。

秋雄は卒業生代表として答辞を読んだ。堂々として、誇らしげで、非の打ちどころのない少年に見えた。完璧な未来しか想像できなかった。そんな息子を見て、秋雄の母はずっと泣いていた。心ゆくまで気持ちよさそうに泣いていた。

いづみの母も来ていた。憑《つ》きものが落ちたよう、とはこんな感じだろうな、と藤太は思った。神さま狂いの母は以前のとげとげしさがなくなり、すっきりした顔になっていた。

藤太はひとりだった。「まつ」のことを考えながら、正門に向かった。中学も終わった。これからは完全に自由だ。自分の思うとおりに生きられる。好きなだけ、「まつ」をやれる。そう思うと、勝手に胸が震えた。身体中が熱くなった。

門を出たところで、呼び止められた。

――藤太。

振り向くと、いづみが笑っていた。

――大丈夫。もう心配ないよ。これからみんなうまくいくから。

その笑顔を見た途端、藤太は心の底からほっとした。そうだ。これからみんなうまくいく。もう心配は要らない。

藤太は、ああ、そうだな、と答えた。そして、じゃあな、と別れた。二度と会えないとは思わずに別れた。それが、いづみと交わした最後の言葉になった。

カブにまたがり学校を出た。

それから、秋雄のマンションに寄ってみた。道路から見上げると、黒く焦げた部屋がそのままになっている。割れた窓にはまだブルーシートが張ってあった。事後処理はすべて葉山和美が行うので、藤太にできることはなにもない。

目には目を、火には火を。

少年の遺書の言葉が思い出された。しばらくの間、藤太は焼けた部屋を見上げていた。

マンションをあとにして、谷町筋を下った。

新しいタイヤはアスファルトに吸い付くようだ。見違えるほど挙動がいい。

また、おかしな気持ちになった。秋雄が現れて、ほづみを預かって、火事があった。もうずいぶん昔のことのような気がするが、まだひと月ほどのことだ。だが、そのひと月の間に、どれだけあの頃のことを思った？　どれだけ秋雄のことを思った？　どれだけいづみのことを思った？

そして思い知らされたのが、あの頃にも、秋雄にも、いづみにも、決して代わりはないということだ。あの頃の思い出を上回るものなどなかった。

店に戻ると、ほづみとハンチングがカウンターで迎えてくれた。

ふたりはすぐに大真面目な顔でうつむいた。なにをしているのだろうと、のぞき込んで呆れた。ノートに線を引いて、延々と五目並べをやっていたらしい。

「ほづみちゃん、結構強いで」

ハンチングが握っているのは、リボンをつけた猫の描かれたキャラクター鉛筆だ。陽に焼け節の目立つ手にピンクの鉛筆を持つ様子は、おかしいのか哀しいのか藤太にはわからなかった。

「ほな、またあとで来るから」ハンチングが鉛筆を置いて立ち上がった。「じゃあな、ほづみちゃん」

「うん。ありがとう」

「今日は本当にすまん」藤太も軽く頭を下げた。

「それより、幻の焼酎楽しみにしてるで」

「ああ。でも、すこし待ってくれ。あれはそう簡単には手に入らん」

「わかってるがな」

ハンチングは鼻歌を歌いながら帰って行った。やたらと上手い「ルビーの指環」だった。

それからは忙しかった。大急ぎで下ごしらえをし、開店準備を整え、バレエ教室に向かった。バレエ教室に着くとほづみを降ろし、ふたたびカブにまたがって谷町筋を下った。

慌ただしい一日だ。だが、この忙しさはなぜだか不快ではなかった。酒が切れてもそれほど苦しくはない。やたらと身体が軽く感じる。膝の具合も悪くない。その気になれば結構まともに暮らせるかもしれない。そう思うと、藤太はまたまたおかしな気持ちになった。


二日続けて弁護士事務所を訪れた。

葉山和美とは昨日の件があって気まずかったが、逃げるわけにはいかなかった。

「どんなご用件でしょう？」葉山和美がまるで無表情で訊ねた。

「俺になにかあったときのことを頼みたいんですが」手早く用件を伝える。

葉山和美がかすかに眉を寄せた。「死後事務委任契約ということでしょうか？　それとも遺言状の作成でしょうか？」

「どちらも」藤太はボロボロの茶封筒を差し出した。「土地の権利書、店の登記書類、それから実印。それからすこしだが貯金も」膝の再置換手術用に貯めた金だった。「秋雄の遺したものに比べたら雀の涙だろうが、それでもないよりはマシだと思う。俺が死んだら、すべてがほづみのものになるようにしてほしいんです。そして、あの子が成人するまできちんと管理してほしい。それから、俺の葬式はいらない。そんなことに使う金があったら、ほづみに残してやってください」

「なぜ、佐伯弁護士もあなたも、そこまで？」

葉山和美はじっと藤太を見ていた。藤太は返事をせず言葉を続けた。

「残念だが、俺には身内も知り合いも、だれひとりいない。スペアの後見人は指定できない。だから、なにかいい方法を考えてほしいんです」

「もし、中井さんになんらかの事情があって後見人の責が果たせなくなったときは、家裁との協議で代わりのかたを選任します。それで結構ですか？」

「はい。それから……ちょっと訊きたいことがあるんですが」

すこし気になることがあるので、思い切って言ってみた。

「なんですか？」

「パソコンがあればなんでも調べられるんですか？」

「ええ、大抵のことは」

「俺でも？」

すこし沈黙がある。

「ええ。最初は時間がかかるでしょうが、慣れればすぐに」

「わかりました。じゃあ、電器屋で買えばいいんですね」

藤太が立ち上がろうとすると、葉山和美が止めた。

「買ってすぐにインターネットが使えるわけじゃないんです。プロバイダと契約しなきゃいけないんですよ」呆れたというよりは、なにか気の毒そうな顔つきだった。「急いで調べたいことがあるのなら、今、私のパソコンをお貸ししますよ。やりかたもお教えします」

藤太はしばらく迷って答えた。

「助かります」藤太はすこし迷って言った。「この前は言いすぎました。申し訳ない」

藤太が頭を下げると、すこしの間、葉山和美は困惑と羞恥が混ざり合った曖昧な表情を浮かべ黙っていた。

「いえ。私からお詫びするべきでした。こちらこそ偏狭《へんきょう》にすぎました」深々と頭を下げた。そのまま、ずいぶん間があった。「それから、公私混同をして申し訳ありません。今後は、プライベートでは嫉妬丸出しの中年女かもしれませんが、弁護士としては最善を尽くしたいと思っています」

顔を上げたときには、完璧な職業上の笑顔になっていた。藤太ははじめて葉山和美に好感を持てたような気がした。どんないきさつがあろうと、プロとしての仕事には敬意を払おうと思った。

「じゃあ、パソコンとやらを教えてください」

藤太はソファに座り直した。緊張していることに気付いて苦笑した。


生まれてはじめてのパソコンに手間取ったため、バレエ教室に着いたときにはもうレッスンは終わっていた。ほづみはシャワーをすませ着替え終わり、ロビーで吉川香と待っていた。

「藤太おじさん、遅い」ほづみがすねたふうに言う。

「すまん」ほづみに謝る。そして、横の吉川香にも頭を下げた。「ご迷惑をお掛けしました」

「いえ」吉川香が驚いた顔をした。

駐車場の車の数は減っていた。小学生を送迎する車はもうみな帰ってしまったらしい。外車や3ナンバーがいなくなって、片隅のカブが見すぼらしく見えずに幸いだった。

「研究科の人ってすっごく上手いんやよ」ほづみがヘルメットをかぶった。

「そうか」少々無理があるかもしれないが、言わずにはいられなかった。「でも、たぶん、おまえの母親には負ける」

「ほんと？」ほづみが声を高くした。「秋雄おじさんもそう言ってた」

「秋雄もか。あいつもバカだな」

「バカ？」ほづみが真顔でたしなめる。「秋雄おじさんはバカやないよ」

「バカみたいにいいやつだってことだ」

空が暗い。夕立がきそうだ。見る間に雲が大きくなる。

「夏休み」ほづみも空を見上げながらつぶやいた。「あと十日ちょっとしか残ってない」

藤太はすこし考えた。この前は釣りに行った。ほかに俺がしてやれることはなんだ？

「今度、市場に行ってみるか？」

「市場？　仕入れに？」

「ああ。朝、早いが起きられるか？」

「起きる。大丈夫」ほづみが何度もうなずいた。「目覚まし掛けて起きるから」

「どうせなら……そのあと、プールも行くか？」

沖縄でダイビングは無理だが、大阪プールで我慢してもらおう。悪いな坪内、と藤太はヘルメットをかぶりながら笑った。俺が先手だ。

「プール？」ほづみがシートの上で跳ねた。「いつ行く？」

「じゃあ、明日……は無理だな。水着も買わなきゃならんし。日曜は市場が休みだ。月曜でいいか？」

「うん。月曜日。わかった。すっごく楽しみ」

シートの上で跳ね続けるほづみをおとなしくさせ、藤太はカブをスタートさせた。

大川を越えたあたりで雨が落ちてきた。ぱらぱらとヘルメットを叩いた雨が、あっという間に激しさを増した。シャワーの真下に立っているようだ。ヘルメットのシールドに水滴が付いて前が見にくい。撥水剤《はっすいざい》を塗っておかなかったことを後悔した。

とにかく早く帰ろう。藤太はアクセルを開けた。ほづみがぎゅっとしがみついてくる。以前なら坊主タイヤでズルズル滑ったのだが、今は大丈夫だ。タイヤを換えておいてよかった、としみじみと思った。

そうだ、と藤太は自分に言い聞かせた。撥水剤は塗っていないが、タイヤは換えてある。半分だけだが転校の手続きもすんだ。もしものときの準備も依頼した。葉山和美にも吉川香にも、きちんと詫びた。

雨はいよいよ激しくなり、どしゃぶりになった。アスファルトから水煙が上がって、信号がにじんで見えた。

だが、どれだけ濡れても苦しくはなかった。それどころか、全身に突き刺さる雨を面白いとさえ思った。ふざけて水遊びをしているようで、なんだか笑い出したくなってきた。

腹にはほづみの手がある。どれほど食い込んでも辛くない。

今日の雨は、二十五年前の雨とはまるで違っていた。


その夜、「まつ」に小包が届いた。

中元歳暮のひとつも届かない店だから、不思議に思った。宛先は藤太で、配達日と時間帯の指定がしてある。ちゃんと「まつ」の営業時間に届くようになっていた。

送り状を見ればひどい金釘《かなくぎ》だ。差出人の名にはまるで心当たりがなかったが、住所は違った。この近くだ。校区のはずれ、今は駐車場になっている場所。昔、いづみが住んでいたアパートの建っていたところだった。

店の後片付けも終え、ほづみが眠るのを待って小包を開けた。

中にはビデオテープが五本入っていた。背ラベルには一九八五年とあった。心臓が跳ね上がった。息を整え段ボールの中を探ったが、ほかにはなにも入っていなかった。

藤太は五本のテープを見つめ続けた。この家にはビデオデッキなどない。このビデオの内容を確認するためには、どこかでデッキを借りてこなければならない。

一時をまわった頃、電話が鳴った。

藤太は呆然と受話器を眺めた。しばらくためらっていたが、ゆっくりと手を伸ばし、受話器を取った。息苦しさにあえぎながら、恐る恐る耳に当てた。

「藤太か」電話の向こうで押し殺した声がした。

藤太は息を呑んだ。一瞬声が出なかった。

「おまえ、秋雄か？」

「そうや」

「秋雄、本当に秋雄か？　おまえ生きてたのか？」藤太は受話器を握りしめた。「今、どこにいる？　今までどうしてたんだ？」

「ビデオ、ちゃんと届いたか？」

「ビデオか？　ああ、受け取った。まさかあれは」

「いづみから預かったものや。今度はおまえが大切に保管してくれ」

「それはどういうことだ？　秋雄、説明しろ」

「藤太、頼む。とにかく大事にして……」そのとき電話の向こうから咳き込む様子が聞こえてきた。

「おい、大丈夫か」藤太は受話器に向かって叫んだ。「ほづみも心配している。一体なにがあった？」

返事がない。藤太は不安になった。

「秋雄、秋雄、いるのか？　返事をしろ」

「すまん。ほづみを迎えに行けなくなった」

「どうして？　一体なにがあったんだ？」

「いつまでも僕が迎えに行くのを待ってたら悪いと思てな」

「だから、どういうことだ？」

「ほんまにすまん。これからほづみを頼む」

「バカ野郎」藤太は怒鳴った。「すまん、ですむか。出てきて、これまでのことを全部俺に説明しろ」

「それは無理や」

「無理だろうがなんだろうが、とにかく顔を出せ」ふいに声が詰まった。「……秋雄。頼むから顔を見せてくれ。会って話をしよう」

秋雄はしばらく黙っていた。長い沈黙だった。それから、ごく上品な懐かしいため息がひとつ聞こえてきた。

「……じゃあ、一日だけ待ってくれ。用意もあるし、僕も頭の中を整理したいからな。そう、二十一日。日曜日の夜や。店は休みやから時間空いてるやろ。日付の変わる頃、そっちへ行く。二十五年待ったんやろ？　それくらい待てるはずや」

「わかった」

「それから、僕のことはだれにも内緒にしてくれ。ほづみにも黙っててほしい」

ああ、と答えて受話器を置いた。手が震えていた。興奮と混乱とで息が苦しかった。

翌日、近くのレンタルショップでビデオデッキを借りた。夜、ほづみが眠るのを確認し、テレビにデッキを接続した。テープのラベルに書かれているのは、一九八五年という数字だけだ。適当に一本取ってデッキに入れた。

窓のない和室が映った。見覚えのある部屋だ。いつもは真ん中に置いてあったこたつが、今は隅に寄せられている。その上には焼酎と缶ビール、それに吸い殻が山になった灰皿が載っている。映っているのは、今はない工場の事務所だった。

聞き覚えのある声がした。

男たちの顔は映らない。首から下だけだ。だが、火傷だらけの腕はたしかに父の腕だったし、その横のたるんだ腹肉は秋雄の父に間違いなかった。

テープは伸びきり、画像ノイズがひどい。まだ新しい液晶テレビが映すのは、二十五年前の映像だ。そこには、十五歳のいづみがいた。

まだ薄い胸の上に、ときおり滴が落ちる。男たちの汗のようだった。いづみの顔もアップになった。いづみは汗ひとつかいていなかった。表情のない顔のまま揺れていた。

覚悟はしたはずだった。どれほど酷いものを見せられようとも、堪えなければと思っていた。だが、いづみの真っ白い顔を見た途端、そんな覚悟は消し飛んだ。

藤太は知らぬ間に右膝を握りしめていた。たぶん激痛が走っているはずだ。堪え難いほどの痛みで全身が軋んでいるはずだ。だが、なにも感じなかった。右膝以上の苦痛が藤太を圧倒していた。

すぐ眼の前にいづみがいる。なのに、なにもできない。いづみを助けることができない。二十五年前と同じだ。また、俺はいづみを見殺しにしている。

そのとき、それまでずっと無表情だったいづみが短い悲鳴を上げ、はっきりと苦痛に顔を歪めた。男たちの下卑た笑い声が上がった。

あまりの凄惨《せいさん》に藤太は全身を震わせた。もう無理だ。堪えられない。これ以上なにも観たくない。なにも聞きたくない。いっそ、このままテレビを叩き壊してやりたい。

藤太は卓袱台をつかんだ。テレビに叩きつけようとして、懸命に思いとどまった。

この阿呆。逃げるな。なにもかもすべてを見届けろ。本当に苦しかったのはいづみだ。俺ではない。甘えるな。

画面の中では男が交代していた。藤太は歯を食いしばり、なんとか最後まで観た。そして、二本目をセットした。

二本目もメンバーは同じだが、内容はずいぶん違っていた。暴れるいづみを何本もの腕が押さえつけていた。いや、やめて、といづみが悲鳴を上げた。すると、火傷の痕のある腕がいづみの頬をひとつ叩いた。次に、太った腕がいづみの口にタオルを押し込んだ。

映っているのは窓のない薄暗い部屋だ。部屋の奥では扇風機が、がたがたと音を立てて回っている。首を振るたびにいやな音がした。電灯の紐が揺れている。男の背中の向こうにカウンターが見えた。

藤太は右手で膝をつかみ、左手を拳にして口に突っ込んだ。そうでもしないと、突き上げてくる叫びを抑えることができなかった。それでも、あとからあとから腹の底から湧き上がってくる。血が逆巻き、身体が引きつれた。

いづみ。

藤太は獣のようなうめきをもらしながら、身をよじった。

坪内がはじめて「まつ」に来たとき、店の中を見回していた理由がわかった。はじめて見る場所ではなかったからだ。

いづみが折り曲げられているのは、今まさに藤太が座っている場所だった。そして、いづみの尻の下に押し込まれたのは、藤太がずっと枕代わりにしてきた座布団、カブのリアシートに敷いてほづみを座らせた、あの座布団だった。

7

約束の夜、藤太は戸締まりをして指定された保税上屋まで向かった。

安治川の河口には市設の保税上屋が並んでいる。毎日頻繁に大きなトラックが出入りし、未通関の荷をさばいていた。道路脇にはパレットが積まれ、フォークリフトが動き回っている。南洋からの果物が着いたときは、あたりに甘い匂いが漂った。

頭の上からは、ひっきりなしに車の音が降ってくる。すぐ上を走る高架道路は阪神高速大阪港線で、天保山大橋の手前で大きな弧を描いて湾岸線と接続していた。

蒸し暑い夜だった。痛む足を引きずりながら上屋に着いたときには、すっかり全身に汗が浮いていた。

上屋の前はだだっ広い岸壁になっている。夜釣りの人間がたまにいるが、潮の加減か今夜は見えない。

前方に灯りが見えた。ヘッドライトを灯したままのプリウスが海に向かって駐めてある。

藤太の足音を聞くと、影がひとつ振り返った。

「久しぶりやな」秋雄が上品に微笑んだ。

「ああ、ほとんどひと月ぶりだ。ずいぶん会ってない」

藤太の返事を聞くと、秋雄が声を立てて笑った。

「おまえ、変わったたな。ほづみを預けたときにはひどい顔してた。でも、今はいい顔や。僕のほうがひどい」

「その顔、例の火事か？」

秋雄は顔から首に掛けて包帯を巻いている。あまりきれいな仕上がりではないので、どうやら自分で巻いたものらしい。右目が腫れて半分ふさがっている。長袖のジャケットを羽織っているのは、それ以上の包帯を隠すためかもしれなかった。

「まあ、そんなもんや。それよりどうや？　夏休み、ちゃんと楽しんでるか？」

「ああ。こんなに大変な夏休みははじめてだ」藤太は真っ赤なボラードに座った。「今日、水着を買った。ほづみとプールへ行く約束をしたからな。プールなんて中学以来だ」

「はは、大変やな」秋雄はひとしきり笑って、ふいに声を落とした。「でも、二十五年前、いづみの夏休みはもっと大変やった」

「夏休みだけじゃない。そのあともだ」

「その後も、ずっとずっとやな」秋雄は岸壁のぎりぎりのところに腰を下ろした。転落防止のために黄色と黒のブロックが目印代わりに埋め込まれている。秋雄は子どものように足をぶらぶらさせて、安治川のはるか対岸に眼をやった。ライトアップされた高層ホテルとマンションが見える。ＵＳＪができて、すっかり眺めが変わった。

「昔はあんなん影も形もなかったのになあ」秋雄は子どもの頃そのままのため息をついた。大人がつくため息ではなく、大人びた子どもがつくため息だった。「向こう側はずいぶん変わった。でも、こっちはなにひとつ変われへん」

「いや、変わった。天保山はきれいになったし、海遊館もできた。中央体育館もできた」

「まあな。でも、なんか変わったような気がせえへん」またため息をついて、藤太の手にした紙袋を見た。「それより、なに持ってる？」

「一九八五年のビデオ」

「今度はおまえが持っててくれ。いづみの形見や」

「形見？　これがか」

その質問に秋雄は答えず、暗い河口を指さした。

「なあ、藤太。河口って中途半端やと思えへんか？」

「中途半端？」

「ああ。海でもなく川でもなく、淡水でもなく潮水でもなく。だだっ広いのに、開けた感じがしない。流れもそうや。潮の満ち引きで川から海に注いだり、海から川に遡ったり。複雑と言うたらいいけど……要するにどっちつかずなんや」

藤太は秋雄の言いたいことがよくわかった。海に面した町にいれば、港のそばに暮らしていれば、遠い世界を夢見ることもあるだろう。海の向こうにはまだ自分の知らない世界が広がっている、と胸を膨らませることもあるだろう。だが、河口は違う。そこは川の終点で、行き止まりだ。どれだけ広がっていようと、海ではない。

「秋雄。おまえ、この二十五年の間、俺がどんなふうに暮らしてたか知ってたな」

「なんでわかった？」

「ほづみを預けに来た夜、おまえは俺の足を見てもなにも言わなかった。鋭いおまえが気付かないはずはない。前から知ってたってことだ」

「ああ、そうなんや」秋雄はすこし悔しそうな顔をした。「会ったらつっこまなあかん、と思ってたのに、つい忘れてしもたんや。おまえがあんまり昔のままやったから」

「悪かったな」

「おまえは知らんと思うが、何回か『まつ』の近くまで来たことがあるんや」秋雄はいたずらっぽく眼を細めた。「おまえが事故で入院したときは、一応、本気で心配した」

「フォークリフトに轢《ひ》かれた。笑うしかないな」

「そやな。笑うしかない」秋雄は声を立てて笑った。

藤太は秋雄が笑い終わるのを待って、訊ねた。

「坪内のことだが、あいつは本当にほづみの父親なのか？」

「そうや。いづみがそう言ってたから間違いない」

「おまえが父親っていう可能性はないのか？」

「僕か？」秋雄が静かに頭をめぐらして微笑んだ。「まさか。可能性はゼロや」

「そうか」藤太は舌打ちした。「おまえならよかったのに」

その言葉を聞くと、一瞬秋雄の顔が強張った。だが、それはすぐに消え、苦笑とも嘲笑ともつかない曖昧な笑みに変わった。

「僕ならよかったんか？」

「ああ、当たり前だ。おまえはやさしいし、真面目だし、頭もいい。おまけに金も持ってる」

「火事のあと、工場整理したんや。ちょうどバブルになりかけの頃やったから、結構な額で売れた」秋雄は今度ははっきりと苦笑した。「もう、何年かあとやったらもっと高値がついたやろ。おふくろがずっと悔やんでた。でも、税金もすごかったやろけどな」

一九八〇年代後半はバブルの時代だった。秋雄の家は自宅と工場を売り払い、億ションというやつに越していった。いづみの住んでいたアパートは地上げにあい、取り壊された。だが、結局跡地は駐車場のままだ。

「今までどうしてた？」

「能勢《のせ》の山の中にいた」

「能勢？　そんなところに隠れてたのか」

「ああ。朝晩涼しいけど、ヤブ蚊《か》がすごくてな」秋雄があちこち掻く真似をした。「刺されたところは腫れるし、火傷は化膿するしで、大変やった。一応、見苦しくないように身なりを整えてきたんやが」

それでも穏やかに微笑む秋雄を見て、藤太は胸が詰まった。

「……もういい、秋雄。そろそろ、今回のこと、俺にもわかるように説明してくれ」

「今回のこと、か」秋雄は困った顔で微笑むと、髪をかきあげた。「どこから話していいのか、いろいろとややこしいんや。今回のことのそもそものはじまりは、みんな二十五年前にある。それはわかるな？」

「ああ。あの冬の夜、俺たちがしたことだな」

「違う。はじまりはそこやない。一番最初、すべてのはじまりは夏休みや。そして、冬が来て、春が来て、僕らはバラバラになった。もう会うこともないと思てた。ひとりで生きていくのやと覚悟してた。でも、今から七年前、ちょうど梅雨の時分の話や」

事務所に一本の電話があったんや、と秋雄は静かに話しはじめた。


朝からずっと雨が続いて肌寒い日やった。

事務所に僕宛に電話があった。同僚がつないでくれた。「森下さんというかたから」と言われてもピンとこなかった。だれやろう？　と思って出てみたら、電話の向こうから小さな声がした。

――秋雄？

その声を聞いた瞬間、僕は息が止まりそうになった。声は控えめで遠慮がちなのに、口調は親しげ。僕のことをあんなふうに呼ぶのは、いづみしかいない。僕はすこしの間返事ができへんかった。

――まさか、いづみか？

――お久しぶり。ちょっと頼みたいことがあって。

いづみの声はひどく思い詰めたふうだった。でも、僕はすっかり舞い上がってしもた。

――今、どこにいるんや？　もしよかったら、これから会って話をしよか。

――できたら、外より秋雄の家がいい。ごめん、迷惑？

僕はすこし迷った。

――いや、全然迷惑やない。ちょっと散らかってるだけや。じゃあ、仕事が終わってからになるから、七時頃でいいか？

――うん、無理言うてごめんね。

僕はいづみに住所を教え、その日は仕事を切り上げてまっすぐに帰った。僕は混乱してた。いづみに会うのは中学卒業以来、十八年ぶりや。いろいろなことを思い出して、苦しくてたまらなかった。それに気になることがあった。外ではなく家で、ということはよほど人に聞かれたくない話ということや。かなり深刻なトラブルに巻き込まれている可能性がある。僕はすこしでもいづみをリラックスさせようと、雨の中、花を買い、ケーキを買った。

七時過ぎ、雨が激しくなった頃、いづみがやってきた。ひとりやなかった。小さな女の子の手を引いてた。

いづみは質素な格好をしてた。シンプルなワンピースにカーディガンを羽織ってた。指輪もネックレスもイヤリングもない。大きなボストンバッグを提げてたけど、ブランドものやなかった。傘はビニールやったし、サンダルは履き古してた。

それでも、僕はいづみに見とれてた。昔のまんまやった。もちろん相応に歳をとってたけど、額の真ん中で分けた髪型も一緒で相変わらず細かった。バレリーナみたいに細かったんや。

僕は花を飾ったテーブルでいづみと向き合った。ほづみはソファに座って、テレビを見ながらケーキを食べてた。いづみによく似てた。

——名前は？

——ほづみ。今、三歳。

——ご主人は？

——結婚はしてへんから。

いろいろわけありのようやった。頼みがあると言ってたから、認知か慰謝料か、そういったことやろうと思った。ほかにも訊きたいことは山ほどあったけど、いづみが話してくれるまで待つことにした。僕はいづみと世間話をした。いづみは僕のことをよく知ってた。難しい少年犯罪を扱うことまで知ってて、こう言ってくれた。

——秋雄、すごいね。がんばってるんやね。

そう言って笑った。僕はぞくぞくした。僕の大好きな笑顔やった。ちょっと寂しげで、抱きしめたくなる笑顔や。

でも、そのときふっと気がついた。いづみは僕の仕事を知ってるだけやない。どう調べたかはわからんけど、今の暮らしぶりを知ってる。独身でひとり暮らしやということを、ちゃんと知ってるんや。そうやないと、いきなり子ども連れで家へ行きたいなんて言うはずがない。

どういうことや、という疑問が湧いた。いづみに訊こうと思ったとき、突然ほづみが叫んだ。

――チョウチョ。

僕といづみはぎくりとして顔を見合わせた。

――お母さん、チョウチョ。

ほづみがテレビを指さして笑った。関西ローカルのニュースに映ってたのは小さな蝶やった。ゼフィルスっていうシジミチョウの仲間で、能勢の三草山《みくさやま》っていうところにいるそうや。そのあたりが生息地の東限で、ちょうど梅雨の頃に飛んでるんや。僕らはほっとして、もう一度顔を見合わせた。

――秋雄、憶えてる？　あのアゲハチョウのこと。

――憶えてる。羽化に失敗したやつやな。

僕は嬉しかった。ふたりとも同じことを思い出してたんや。

――ちゃんと飛ばせてあげたかった。

そう言って、いづみは寂しそうに笑った。中学の頃とまるで同じ表情やった。僕はまたどきりとした。

——ほづみをお願い。

——え？　どういうことや？

——事情があって、ほづみを育てていけなくなって……。こんな勝手なこと頼んでごめん。でも、秋雄しかおれへんから。

僕は驚いた。

でも、さっきの疑問は解けた。なるほど、子どもを預かってくれと頼むつもりなら、僕のことを調べても当然や。

とにかく事情を説明してくれ、と言った。すると、いづみはこう言った。ある男につきまとわれて、ずっと逃げ回っている。とにかく、ほづみだけは落ち着いて安全な暮らしをさせたい、と。

僕はストーカー規制法というものを説明した。だが、いづみは警察へ行くのをいやがった。なにかわけありのようやった。


「ある男ってのは坪内のことか？」

「藤太、おまえ、坪内を知ってるんか？」

「何度か『まつ』に来た。償い償いとうるさいやつだ」

「そうか。相変わらずやな」秋雄は半分ふさがった眼に、はっきりと嫌悪を浮かべた。「……まあ、あいつの話はまた後や。とにかく、僕はいづみから詳しい事情を訊きだそうとした」

——いづみ。僕はいづみの力になりたい。だから、僕を信用して全部話してくれ。

でも、いづみは黙ってなにも言わない。苦しくてたまらないのを堪えているように見えた。

そんないづみを見ているだけで、僕も辛くなった。

——いづみ、お願いや。事情がわからんと、力になりたくてもなられへん。

僕は何度もいづみに訴えた。

——いづみ。僕を信用してくれ。僕らはいつも三人一緒やったやないか。

すると、いづみがうつむいた。薄い肩が震えてる。そして、両手で顔を覆って声を立てずに泣きだしたんや。

——いづみ……。

僕はいづみをなぐさめようと手を伸ばした。そのとき、いづみが顔を上げた。ぼろぼろ涙をこぼしながら、それでもきっぱりとこう言った。

——ごめん。秋雄、覚悟して。

僕はどきりとした。

——覚悟って……？

——秋雄と藤太には絶対知られたくなかってん。……ううん、知られたらあかんと思ってた。

——どういうことや？

まさか、と思った。僕と藤太が関係するとしたら、中学時代のあのことしかない。

いづみは涙を拭いた。そして、ぽつりぽつりと……でも落ち着いた声で話してくれた。

——高校三年のとき、坪内っていう男に声を掛けられて……同じ高校の一年で、父親の持ってたビデオを返したい、って。

——ビデオ？　なんの？

いづみはまたすこし黙った。でも、もう泣かなかった。涙をこぼさず、僕をまっすぐに見た。

——中三の夏休み、父親の麻雀の借金のカタに売られてん。相手は残りの三人。

——まさか……僕の親父と藤太の親父と、あの坊主か？

——そう。

僕は息を呑んだ。はじめて知って、ショックを受けたふりをしようとした。でも、そんな演技は必要なかった。その後、いづみの口から、信じられないことを聞かされたからや。

——それをビデオに撮られてん。何回も何回も。でも、だれにも言われへんかった。秋雄と藤太だけには知られたらあかん、と思て……。

いづみはそれだけ言って唇を噛んだ。顔は真っ白やった。

秋雄は一旦そこで口を閉ざした。苦痛に歪んだ顔は、包帯のせいで余計に引きつれて見えた。

「バカが。余計な気を回しやがって」藤太は吐き捨てるように言った。「あんなやつを親だと思ったことなんかない。もっと早くに相談してくれたらよかったんだ」

「簡単に言うな。一番辛かったのはいづみや」

「ああ、わかってる」藤太は怒鳴った。

わかっている。いづみがどれだけ辛かったかなど、言われなくてもわかっている。だれにも打ち明けられず、ひとり苦しみ続けた。

今になってようやくわかった。あの頃、秋雄は藤太にこう言った。――いづみに甘えすぎやろ、と。その指摘は正しかった。父に殴られ、将来を遮られ、自分だけが苦しんでいるようなつもりになっていた。いづみの苦しみになど思い至らなかった。

「僕は呆然としてた。まさかビデオを撮られてたなんて想像もせえへんかった」

「俺も同じだ。まさかあんなビデオがあったとはな」

「ビデオにショックを受けたせいで、僕らがとうに知ってたことは、なんとかごまかせたみたいや」秋雄はひとつ咳をした。「それより、おまえ、ビデオがあること知ってたんやな」

「この前、坪内から聞いた。でも、いづみに返して処分させたと言ってたが」

「いづみがほづみと一緒に僕に預けていった」秋雄が顔を歪めた。「あの坊主は記録魔やった。憶えてるか？」

「ああ。いつも麻雀の記録をノートにつけてた」

「あいつは記録を残すことに興味があった。だから、一部始終をホームビデオで撮影した。で、坊主はこのビデオを金を取って、同じ趣味の連中に貸してたらしい」

「コインロッカーか？」

「そこまで知ってるんか。そうや。そのビデオマニア連中のサークルがあって、そこでビデオの貸し借りや鑑賞会をやってたらしい。あの坊主はそのことをわざわざ、いづみに聞かせたらしいな。——いづみちゃん、評判よかったよ、大人気だったよ、って。見上げた変態や」

藤太は怒りで眼がくらんだ。いづみの味わった果てのない苦しみを思うと、頭がおかしくなるような気がした。藤太はただ殴られただけだ。そしてそれは二十五年前に終わった。だが、いづみは違う。いづみの苦しみは終わらなかった。いや、むしろ藤太が新しい苦しみを上乗せしたようなものだ。

「きっと、坪内の父親もビデオマニアやったんやろう。いづみのビデオを喜んで観てた変態や。だから、坪内は親父の罪を償おうとしたんや。いづみには迷惑なだけやったけどな」秋雄はすこしためらってから言葉を継いだ。「少々大げさやし、思い込みの強いところもあったけど、坪内はそれでもいづみのことを真剣に思てた。そのことは認めてやらんと」

「なに甘いこと言ってるんだ？　あいつの撮った写真見たか？　どの写真のいづみも幸せそうじゃなかった。それに、いづみはほづみを連れて必死で逃げてたんだ。すこしでも坪内にいいところがあったら、そんなことはしなかったはずだ」

藤太はもどかしかった。秋雄は坪内の父親がいづみに強いたことを知らないようだ。だから、坪内の言う「償い」がどれだけ重い意味を持つかがわからない。そして、その「償い」への執着が、どれだけ坪内を歪めてしまったのかもわからない。いづみはビデオの存在を打ち明けたが、だが、秋雄にそのことを教えるわけにはいかない。いづみはビデオの存在を打ち明けたが、テレクラの件は黙っていた。

きっと、と藤太は思った。いづみはそれだけは絶対に知られたくなかったのだ。借金のカタにされたときのように、力ずくで行われたことではない。強請られていたとはいえ、いづみは自分から男を誘い、服を脱ぎ、金を受け取らねばならなかった。

いづみは地獄にいた。たったひとりでだ。そして、と藤太は暗い川を見つめて歯を食いしばった。真面目ないづみのことだ。きっと自分を責めただろう。地獄の底でぼろぼろになりながら、それでも自分を責め続けただろう。

「藤太、落ち着け。いづみは坪内のことをこう言ってたんや。——あの人はかわいそうな人やから、って」

「かわいそう？」

「ああ。いづみらしいやろ？　でも、そんなふうに同情してズルズルつきあってた結果がこれや。ある意味、いづみはダメな男を選ぶ女だった、てことやな」秋雄がすこしためらってから笑った。いつものように首をめぐらしたが、笑顔はひどく濁っていた。

藤太は安治川の水門を思い出した。一緒に「まつ」をやる、と言ったときのいづみの顔は真剣だった。だが、あれは藤太に同情しただけだったのか。子どもの頃は、ダメな藤太を選び、大人になってからはダメな坪内を選んだ。ただそれだけのことなのか。

秋雄は笑うのをやめ真顔になった。ひとつため息をついて、ふたたび口を開いた。

「いづみはほづみを産んだ。そのあと、やっぱり縁を切ることにしたが、坪内が探し回るのはわかっている。だから、一時的にほづみを僕に預けにきた。だから、なにかあったときほづみを守れるように、僕が後見人になった。法律上の権限は大事やからな」

「どうしてそんなになるまで、いづみは坪内と別れなかったんだ？」

「結局は男と女の腐れ縁ってやつやろ。よくある話や」

「そんなこと、いづみに限ってあるわけがない」藤太はきっぱりと言い切った。

「余裕やな」秋雄がじっと藤太の顔を見た。「昔っから、おまえはそうやった」

「どういうことだ？」

「自信があるんやろ？」

「自信？　なんの自信だ？」

「いづみに惚れられてる自信や。藤太、おまえは昔っから思てる。いづみが自分以外の男に惚れるわけがない、って」

「なにをいきなり」藤太は秋雄の言葉にうろたえた。「そんなことあるか」

「いや、今さら隠すな。おまえはそんな自信があったから、平気でなにもせえへんかったんや。ここで待ってたらいづみが帰ってくる、と思てたんや。でもな、結局、いづみは坪内と十年以上つきあって、子どもまでつくったんや。まんざらやなかった、ってことや」

「違う。そうじゃない。いづみは……」

藤太はもどかしくてたまらなかった。いづみを弁護したい。だが、坪内の父親に強請られていたことは話せない。言葉を探していると、秋雄がふいに話題を変えた。

「なあ、いづみが工場でバレエ踊ったの、憶えてるか？」

「もちろん憶えてる」

「僕はいづみは本物のバレリーナやと思ってた」

「俺もだ」

「たった一回、踊る真似しただけやのにな」秋雄は真っ青な顔で額に汗を浮かせながら、微笑んでいた。

いづみはバレリーナだ。本当は天才バレリーナだ。藤太も秋雄と同じように、いづみはバレリーナだと信じて夢を見ていた。心地よい夢だった。だが、実際にいづみが踊ったのは一度きりだ。その一度きりの夢をずっと信じ続けて、互いにこの歳までやってきた。

「ああ、一度きりだ。でも、あのとき、たしかにいづみは踊った。そして、軽々と跳んで宙に浮いたんだ」

「そやな。指先までぴんと伸ばして、ふわりと浮いた」

「グラン・ジュテ」

「はは。おまえがそんな言葉知ってるとは思わなかった」

「ほづみに教えてもらった」

「そうか……」秋雄は笑い続けた。「そうか」

秋雄はゆっくりと首をめぐらせて懐かしそうな眼をしていたが、また咳き込んだ。

「……そろそろ話、戻そか。いづみは坪内とのいきさつを話すと、僕にほづみを預かってくれ、と言うたんや」

あのときの気持ちをどう言ったらいいんやろう。

いづみの話を聞いて混乱してた。

見ず知らずの男との子どもを預かれ、っていうんや。虚仮《こけ》にされて悔しくて、腹が立って、惨めになった。ばかにするな、って怒鳴って追い返すべきなんやろうと思った。

でも、情けないことに僕は喜んでしもた。僕のことを頼ってくれて、嬉しいと思ってしもたんや。

――ごめん。ほんとにごめん。でも、秋雄しか頼む人がおれへん。

そのときのいづみの眼は僕だけを見てるように思えた。いづみが僕を選んでくれた。そう思たら、もう断ることなんかでけへんかった。

そのときはこう思てた。その男との問題が片付いたら、いずれ三人で暮らせる。そうしたら、やっと僕も……。

僕はほづみを預かる準備をはじめた。いづみは所在不明ということにして、未成年後見の申立てをすることにした。

それから、ほづみの身の周りのものを買いそろえた。僕といづみとほづみと三人で、梅田のデパートを回って、服、布団、食器、それに、絵本やおもちゃをどっさり買い込んだ。いづみは困った顔をして遠慮したけど、僕はカードで買いまくった。ほづみはピンクのクマのぬいぐるみを抱きしめてた。あんなに楽しい買い物は生まれてはじめてやった。

たった三日間やけど、僕といづみとほづみは一緒に暮らした。

至福のときやった。

いづみに指一本触れたわけやない。つまらん見栄かもしれへんけど、男の問題が片付いてないのにこそこそするのはいややった。いづみは僕を選んでくれたんや。あとすこし辛抱すればいいと思った。

僕のそばにいづみがいて静かに微笑んでる。そして、ほづみが無邪気に笑ってる。それだけで涙が出そうやった。

それまで、僕はずっと苦しかった。いづみのために親を殺してしもた。最低の親や。後悔なんかしてるつもりはなかったけど、それでもやっぱり人を殺したことを思うと頭がおかしくなりそうやった。

それ以上に辛かったことがある。それは、自分のしたことは無意味やった、と思うことや。僕はいづみが好きやった。はじめて会った日から好きやった。だから、いづみを助けるために人を殺した。そやのに、告白することすらできず、高校に行ったらそれっきりになった。実の親まで焼き殺したのに、まったく無意味やったんや。すると、自分がただの間抜けにしか思えんようになった。欲しいものはなにひとつ手に入らへん。僕の人生はむなしいだけで、なんの意味もない。みじめに死んで行くのかと思たら、怖ろしくて辛くて、やりきれへんようになって……。

じわじわと息が詰まっていく感じや。気がついたときには身体が動かんようになってる。そのときにはもう遅い……。

秋雄はそこでふっと笑った。相変わらず上品な笑顔だったが、今の藤太にはただもどかしかった。

「秋雄、おまえの人生が無意味だったら俺はどうなる？　贅沢言うな」

「はは、贅沢か。懐かしい言葉や……」秋雄はかすかに笑ってからひとつ咳をした。「あのとき、いづみはレモンスカッシュを贅沢や言うてたなあ」

「おまえがつくらせたようなものだ。食いもの屋なんだから、水じゃなくてもっといいものを出せ、ってな」

「そう。そやったなあ」秋雄は眼を細めた。嬉しいのか苦しいのか、どちらともつかなかった。「……とにかく、僕はずっともがいてた。でも、いづみとほづみと一緒にいたら、息ができるようになったんや。いづみが僕の名を呼んでくれて、ほづみが笑いかけてくれて……そうしたら、僕の心はどんどん軽くなって楽になった。ゆっくりと静かに、でも確実に癒《い》えていくのがわかるんや。僕は思った。――救われる。これですべてが救われるんや」

藤太は頰の痩《こ》けた秋雄の顔を見つめた。半分ふさがった眼が震えている。なんと言葉をかけていいのかわからなかった。

「いづみとほづみと一緒に暮らせば、自分のやったことにはちゃんと意味があったんや、と思うことができる。そうすれば僕は報われる。救われる。前へ進める。罪を償ってこれからの人生を生きていける。はじめてそう思った。あの三日間、いづみとほづみと一緒に暮らした三日間、僕は幸せやった。僕は救われたと思った……」

そこで秋雄はがらりと口調を変えて、妙に明るい声で言った。

「なあ、殺し癖、ってあるんやなあ」

「殺し癖？」

「一度人を殺すと癖になってしまうみたいや」

「どういうことだ？」

秋雄はその質問には答えず、さらに問いで言葉を続けた。

「藤太、人を殺した罰ってなんやと思う？　僕はずっと考えてたけど、おまえに会ってやっとわかったような気がする」秋雄はそこでひとつ息をつき、絞り出すように言った。「人を殺した罰、それは行き止まり、ってことや」

「行き止まり？」

「行き止まりの袋小路《ふくろこうじ》や。おまえ、自分のこと、大人やと思うか？　いつまで経ってもガキのまんまやと思えへんか？」

「ああ。そういうことか。わかった」藤太はうなずいた。「そのとおり、行き止まりの袋小路だ。どこにも行けない。でも、行き止まりになったのは俺だけじゃない。時間もだ。あの冬の夜で時間が止まった。十五のガキのままだ」

「おまえも同じなんやな。僕も親父らを焼き殺した夜から止まってる。そこから先には進まれへん。でも、下がることもでけへん。どこにも行かれへん」

「たしかに俺はそうだ。どこへも行けなかった。『まつ』から動けなかった。だが、おまえは違う。きちんと勉強して弁護士になって、ほづみを育てた」

「傍目《はため》にはそう見えるかもしれんな。でも、自分では実感がない。なんにも感じられへんのや。依頼人の前では誠実な弁護士のように振る舞って、ほづみの前では親切なおじさんのふりをする。一所懸命やったから、そこそこはできたはずや。でも、僕の中身は……大人のふりをする中学生なんや。背伸びしてるガキなんや」

「ふりができるだけマシだ」

「でも、行き止まりには違いない。結局、どこにも行かれへん。同じことを繰り返すだけや。おまけに殺し癖がついたみたいや」秋雄はおそろしく上品に苦笑した。「家裁の前で焼身自殺した少年、あれは僕が殺したんや」

「あれは自殺だろう？」

「自殺させたんは僕や」

「どういう意味だ？」

「あの事件以来、僕はあの子と何度も会った。真面目で正義感が強くて、頭のいい子やった。いろいろな話をして、あの子の憤《いきどお》りはまったくその通りやと思った。なんといっても、僕自身が少年法なんか全然評価してへんからな」秋雄は声を立てて笑った。「なんの反省もしていない少年は山ほどいる。つかまって運が悪かった、くらいや。少年法があるから平気や、なんて開き直ってるやつまでいる。そんなやつを守るのが僕の仕事や。あほらしい」

「昔、おまえは公務員になるつもりだと言っていた。どうして信じてもいない弁護士になったんだ？　しかも少年犯罪に熱心に取り組む弁護士先生にな」

「罪滅ぼしのためや。僕は自分で罪滅ぼしだと信じてたんや。自分が少年時代に起こした罪を償うため、少年犯罪と向き合おうとしているんや、って。そんな理屈で弁護士になった」

「立派な理由だ」

「でも、違《ちご》てた。僕は罪を犯した少年たちを弁護することで、自分を弁護してたんや。僕は悪くない、ってな。僕は僕のために弁護士になった。それだけや」

「そんなことはない。おまえは立派に人を助けた」

「お世辞はいい。あの子は言うた。被害者になってみればわかる、って。きっとそのとおりなんやろうな。僕は加害者になったことはあっても、被害者になったことはないからな」秋雄は苦笑した。そして真顔になった。

「あの子は僕がただの偽善者やと罵った。所詮、人殺しの手先や、ってな。僕たちは何度も何度も話し合った。だが、僕はあの子を納得させられず、話せば話すほどボロが出た。それがあの子を苛立たせた。世の中の正義は少年法やけど、でも、その法律が実際にやってることは人殺しを守ることや。あの子は自分の無力に打ちひしがれ、どんどん思い詰めていった。話し合うたび興奮して、正直、僕は身の危険を感じるようになった。だから、しばらくの間ほづみを避難させることにした。あの子が落ち着くまで夏休みの間だけでも、と思っておまえのところへ行った。二十五年ぶりやから、かなり緊張したけどな」

「あれで緊張してたのか。余裕たっぷりに見えたがな」

「足のことをつっこむのを忘れた、言うたやろ。おまえが僕のこと憶えてくれてるかどうか、メチャメチャ不安やった」

「忘れるはずがない」

「そやな。当たり前や」秋雄は今度は声を立てずに笑った。しばらく笑っていた。「あの夜、あの子と会う約束があった。あの子は覚悟を決めてきた、と言って僕を殴り、ガソリンを撒いて火をつけた。そしてこう言った。――目には目を、火には火を、ってな。僕は火の中に倒れながら、なんとかあの子を説得しようとした」

――もう気がすんだか？　これ以上ばかな真似はやめるんや。

――ばかな真似やない。人殺しの手先を殺してなにが悪い？

――僕はもう助かれへんやろ。だから、死ぬ前にこれだけは言わせてくれ。僕を憎む気持ちはわかる。理不尽な法律と社会を憎む気持ちもわかる。でも、落ち着いて考えろ。いくら正しいことをしたつもりでも、今度は君が加害者や。現住建造物放火に傷害。これから君は少年法の世話になる。君を守ってくれるのは少年法や。

――僕は少年法の世話になんかなれへん。そんなもんに守られるくらいやったら、死んだほうがマシや。


「あの子はそう叫んで去っていった。僕はいつでもひと言余計なんや。でも、皮肉のつもりやなかった。ただ、あの子に現実を受け入れて欲しかっただけや。なのに、あの子にはわかってもらえなかった。僕は火の中でこんなふうに思ってた。――これは天罰や。このまま焼け死ぬべきなんや、ってな。でも、やっぱり怖くなった。結局、僕は根性なしのヘタレなんや。それで、ビデオをひっつかんで逃げ出した。いづみの大事なビデオや。それだけは守らんとな。そして、非常階段から逃げた。もし、あの子がとどめを刺しに戻ってきたらヤバイ、ってな。そんなケチなことだけは頭が回る」秋雄は息を切らしながら笑った。

「なぜ、ずっと山に隠れてた？」

「人前に出るのが怖かったんや。あの子はな、少年法の世話になるくらいなら死ぬことを選んだんや。そこまで追い込んだんは僕や。僕が殺したも同然や。僕はまた人を殺した。一体何人殺した？　とんでもない殺人鬼や」

「秋雄、それは違う。俺の親父も坊主も殺されても仕方ないやつらだった」

「でも、人殺しには違いない。なあ、あの子は覚悟の焼身自殺を遂げた。僕なんかよりずっと立派な人間や」秋雄は肩で息をしながら話し続けた。「知ってるか？　焼身自殺ってのはとにかく苦しい死にかたなんや。意識があるまま身体が焼けていくからな。自殺の中でも一番苦しい」

「もういい、秋雄」

「とにかく、自殺の引き金を引いたのは僕や。殺し癖っていうのは一旦ついたら直らないもんやな」

「そんな言いかたはやめろ」

「あの少年はな、おまえに似てた。全然タイプは違うけど、おまえと一緒でこの世の中の色々なことを許すことができなかったんや」そこで秋雄は突然むせて咳き込んだ。「……久しぶりに人としゃべったら喉が痛くなった」

「大丈夫か？」

「たいしたことない。ちょっと風邪引いただけや」

秋雄はすこし笑って、また咳をした。そして喉をぜいぜいと鳴らした。藤太は憔悴《しょうすい》しきった秋雄を見つめた。これほど哀れな姿は信じられなかった。

「ここ来る途中、何回も車、ぶつけそうになった」秋雄が咳き込みながら笑った。「片方の眼、火事んときに火の粉が入ったせいやろな。涙が止まれへんし、よう見えへん。肩も背中も結構ひどいけど、まあ、服着てたらわかれへんしな」

「秋雄、朝になったら一緒に医者へ行こう。おまえ、相当具合が悪そうだ」

「医者か。医者になってもよかったなあ。弁護士とどっちがよかったやろ」

「秋雄、もういい」

「僕は弁護士としては無能やった。自分のことを弁護しようと思って、ずっとずっと弁護し続けたけど、結局うまくでけへんかった」

「もうよせ、秋雄」藤太は繰り返した。「おまえは無能じゃない。立派な一流の弁護士だ」

だが、秋雄は藤太の言葉などまるで聞いていないようだった。ふっと微笑むと懐かしそうな目をした。

「なあ。おまえといづみと……三人でつるんでた頃、毎日楽しかったなあ。あの頃は最低の日々や思てたけど、今になったらわかる。あれは最高の日々やったんや」

秋雄はうつむいた。どこか照れくさそうにも見えたし、辛いのを堪えているようにも見えた。

「秋雄、店で休め。連れて行ってやるから」

すると、秋雄が顔を上げた。

「藤太、おまえはどう思う？　しょっちゅう殴られてたおまえに、こんなこと言ったら無神経かもしれんが。……あの頃は最高の日々やったか？」

秋雄はもう笑ってはいなかった。藤太は胸が詰まった。

「ああ、当たり前だ。俺だって最高の日々だった。おまえと同じだ。今になったらわかる。どんなに殴られようと蹴られようと、おまえがいて、いづみがいて……あれは最高の日々だった」

「そうか」秋雄が嬉しそうに笑った。「おまえもそう思てくれてて嬉しい。めちゃくちゃ嬉しい。……いづみも同じこと言うてたから」

「いづみもか」

「ああ。最低の夏休みもあったけど、それでも最高の日々やった、って」秋雄は笑うのをやめて、ふいに真顔になった。「なあ、小学校の頃、蝶の羽化を観察したのは憶えてたな。じゃあ、羽化に失敗した蝶に花の蜜を運んだことは？」

「憶えてる。いづみがせっせと花を摘んで蝶にやってた。俺はときどき手伝って、おまえも一度手伝った。たしか、リコーダーのテストのときだな。おまえはできるだけ大きな花を摘もうと、大真面目で花壇を見渡してた」

「藤太、おまえはいいやつやな」秋雄が泣きそうな顔で笑った。「ちゃんと憶えててくれたんや」

「憶えてる。おまえといづみのことなら、なんだって憶えてる」

藤太はきっぱりと言い切った。秋雄はもう笑わなかった。ちらりと時計を見た。

「でも、本当は最初っからわかってた。いづみはおまえばかり見てた。どんなに親切にしても、どんなに勉強しても、おまえにはかなわへん。自分の親父を焼き殺しても、いづみは僕を見てくれへんかった」

「秋雄、それは……」

「もうええ。藤太、おまえはもうしゃべるな。墓穴掘るだけや」

秋雄はすこし黙った。そして、五本のビデオが入った紙袋を顎で示した。

「あの坊主の癖は顔のアップを撮りたがるとこやな。でも、慣れた撮影や。編集も上手で、最初から最後まできちんと計算して撮ってる。何回観ても感心する」

「何回も？」藤太は愕然として秋雄を見つめた。「おまえ、あれを何回も観たのか？」

「ああ。観た。繰り返し繰り返し、何度も何度も観た」秋雄は哀しそうな笑顔を浮かべた。

「ビデオの中で、いづみが泣いてるのを観た。助けを求めるのも聞いた。身も凍るってのはああいう感じを言うんやな」

「じゃあ、なぜ観た？」

「言い訳するためや。あのいづみを観たら、僕は自分にこう言い聞かせることができた。――こんな酷いことする連中や。殺されて当然や。だから僕は悪くない、正しいことをしただけや。僕は正義の味方や、ってな」

「ああ、そうだ。俺も間違っていないと思う。自分の父親を、おまえの父親を焼き殺したことで後悔したことは一度もない。あれは正しいガス室で……でも、俺たちは最低のクソだ」

「どういう意味や？」

「相手がどんなやつでも、どんな理由があろうとも、人を殺した段階でそいつはクソだ。カス、畜生。最低の外道《げどう》。つまり、俺も親父も同じだ」

「違う。それは絶対に違う。僕はあんなやつらとは違う」

「いや、同じだ、秋雄」

藤太はふいにひどい疲れを覚えた。あれからずっと自分に言い聞かせてきた言葉だ。

「人を殺した以上、正義なんて二度と口にできるか。俺は親父を殺した瞬間、親父と同じところまで堕《お》ちたんだ。いづみをなぶりものにした、俺の親父と同レベルにまでな」

「違う。僕らは正しいことをしたんや」

「ああ、でも、正しいことをした畜生だ」藤太は秋雄の顔をにらみつけた。「でも、俺は後悔なんかしていない。畜生で十分だ」

「僕は畜生やない」秋雄は頭を抱えた。「親父らを焼き殺して以来、まともに眠れた夜はあれへん。一晩もない。苦しくて怖ろしくて、ほづみになぐさめられても震えがとまれへんのや。どこにも救いが見つかれへん」

「バカか」藤太は苛々と言った。「人殺ししておいて救われようなんて、なにムシのいいこと言ってんだ」

「ムシがよすぎることくらいわかってる。だから、自分のやったことを忘れたらあかん、逃げたらあかん。そう思ってアンチェルの『新世界より』を聴いた。あれを聴いたら絶対に思い出すからな」

「偉いな。俺は二十五年間、一度も聴かなかった。偶然聞こえてきたときは、泡食って逃げ出した。そうしたらこのザマだ」藤太は膝を軽く叩いた。予想をはるかに超える痛みが走った。「秋雄、おまえは真面目すぎるんだ。かわいそうに」

「かわいそう、か」秋雄がすこし安堵したように笑った。「いづみも言った。ほづみも言った。やっぱりおまえもそう言うんか」

「秋雄、俺は……」

「東大出て、弁護士になって」秋雄は笑い続けていた。「やのに、やっぱりかわいそうって言われるんや」

「秋雄、そんな意味で言ったんじゃない」

「いづみはな、おまえのことをかわいそう、なんて絶対言えへんかった。これぽっちも同情せえへんかった。なんで僕だけなんや」

「俺はおまえに悪いことをしたと思っている。おまえは昔から真面目で、やさしくて、大人だった。俺みたいなバカじゃなかった。だから、ずっとおまえに申し訳なく思ってた。おまえをこんな目に遭わせてすまないと思ってた」

「もうええ」秋雄が力なく言った。「親友やと思てたやつから、申し訳ない、すまん、って謝られたら……どうしようもない」

藤太は秋雄をひどく傷つけてしまったことに気付いた。だが、もう謝ることはできなかった。藤太が言葉を探して戸惑っていると、秋雄がひとつため息をついた。

「あのビデオのことやけど、ほんまに大切にしてくれ。いづみが預けていったんや。あのビデオテープはいづみにしてみたら大事な証拠や。あいつらの犯罪の唯一の証拠やからな。いくら時効が成立しているとはいっても、捨てる気にはなれないんやろ」

「時効か」藤太はそのとき、ふと思い出した。「十年前、日付の変わった頃、電話が鳴った。しばらく鳴って切れた。あれはおまえだな」

「ああ。公訴時効成立おめでとう、ってことや。解放された祝いに掛けた」

「だが、いづみは解放されなかった」

「そうや」秋雄が顔を歪めて笑った。「喜んでたのは俺たちだけやった」

「秋雄。俺はあいつらを焼き殺したことを後悔していない。でも、結果的にあいつらを犯罪者として死なせることができなかった。罪人として晒してやれなかった。それは後悔している」

「ああ、そやな。善良な一市民、清廉潔白な一市民として死んだわけやからな。悔しいな」

秋雄はまたひどく咳き込んだ。丸まった背中が痙攣《けいれん》した。

「大丈夫か？」

「火傷してから咳が止まらん」秋雄は肩で息をした。「抵抗力、なくなってるんやろな。風邪が治れへん」

そのとき、藤太は足音に気付いた。振り向くと、影がひとつ近づいてきた。顔はわからない。秋雄が時計を見て顔を上げた。

「来たな、坪内。時間どおりや」

坪内はヘッドライトのすぐそばに立った。強張った顔で見下ろしている。

「おまえが呼んだのか？」藤太は驚いて秋雄の顔を見た。

「ああ。何回も同じこと話すのは面倒やろ？　一度にすまそうと思ってな」秋雄は立ち上がって、坪内を迎えた。

「久しぶりやな、佐伯」坪内が抑えた声で言った。「いづみのこと、さっさと教えてくれ」

「みんな僕を急《せ》かすんやな」秋雄はごく上品に呆れて、プリウスのドアにもたれた。「わかった。じゃあ、いづみの話をしよう。――いづみは坪内のところを逃げ出し、ほづみを産んだ。そして日本中を転々とした。そして、ほづみが三歳になったとき、僕のところへ来た。事情があってほづみを育てられない。預かってほしい、と言った」

「事情ってのはなんや？」坪内が早口で言った。

「ある男につきまとわれている。ほづみを巻き込みたくない、ってな」

「嘘や。いづみがそんなこと言うはずがない」

「僕の言うことが信じられへんなら、帰れ」秋雄がぴしりと言った。「でも、もう二度といづみの話はしない。それでもいいんか？」

「わかった」坪内は悔しそうだった。「話を続けろや」

「じゃあ、これから僕の話に一切口を挟まんといてくれ。黙って聞け。そもそも、これは僕と藤太の話なんや。だから、おまえがひと言でもなにか言ったら、僕はもうなにもしゃべらへん。わかったか」

「ああ。わかった」坪内は不承不承うなずいた。

秋雄はゆっくりと話しはじめた。

いづみとほづみが来て三日、買い物も終わり、ほづみの部屋も整えた。保育園の手配もした。無認可で高額やったけど仕方ない。でも、これで僕とほづみが暮らす準備ができた。すべてが終わると、いづみはしばらく大阪を離れると言った。僕は大阪駅まで送ることにした。いづみは断ったけど、僕は無理に車に乗せた。ほづみは後部座席で眠ってた。

――悪いけど、弁天町まで乗せてってくれる？

――いいよ。でも、なんで弁天町？

――最後に、安治川の水門、見ときたいから。

――いつ頃、戻ってこれそうや？

だが、いづみは返事をしなかった。僕は無言で車を走らせた。あの頃はマークⅡに乗ってた。

水門に着いたのは十時頃やった。僕は水門事務所のすぐそばに車を駐めた。いづみは車のドアを開けて、外へ出た。雨はもう止んでた。

いづみはしばらくの間、無言で水門を見上げてた。かなり長い間、なにも言わずにじっと水門を見てた。僕は声が掛けられへんかった。いづみの顔は静かやった。泣いてるわけでも笑ってるわけでもなかった。ただ、黙って見ているだけやった。

――ありがとう、秋雄。じゃあ、あたし、行くから。

――水門だけでいいんか？　昔、住んでたあたりは行かんでいいんか？

――あのあたりは前に一度行ったから。ここを最後にする。

僕は大阪駅まで送ると言った。だが、いづみはここで別れよう、と断った。水門の前は人気がなくて、セメント工場も真っ暗やった。物騒やし送る、と僕は何度も言った。

――ううん。ここでいい。本当にありがとう、秋雄。

そう言って、いづみは笑った。そして、車から自分の荷物を下ろした。仕方なく、僕は用意しておいたプレゼントを渡した。

――餞別《せんべつ》や。新しい傘や。使ってくれ。

いづみは汚いビニール傘を持ってた。骨が錆びて今にも折れそうな古い傘や。僕の家に来たときも持ってた。気になったからきれいな折りたたみの傘を買っておいたんや。

――ありがとう、秋雄。

でも、傘は口実やった。傘の包みの中に百万入った封筒を入れておいた。まともに渡したら受け取ってくれないと思ったんや。

――ああ、古い傘は置いていき。僕が捨てとくから。

――ありがとう。でも、こっちも持ってくから。

――二本も持ってたらじゃまになるやろ？

――ううん。そんなことない。大丈夫。

いづみはそのボロ傘にこだわった。そのとき、僕は気付いた。


口を閉ざすと、秋雄は真っ直ぐに藤太を見た。

「まさか……」藤太は息を呑んだ。

「そうや。おまえが貸した傘や。『まつ』の酔っぱらいが忘れていった、しょうもない傘や」

秋雄は吐き捨てるように言った。「そんなもんをいづみは後生大事に、宝物みたいに扱ってたんや。僕は思わずかっとして、その傘を奪い取ると叩き折った」

「秋雄」

藤太は怒鳴った。秋雄は肩を震わせながら、大きく息をついた。

「すると、いづみは僕を突き飛ばして、折れた傘を抱きしめた。その姿を見て、僕は打ちのめされた。やっぱり、僕ではだめなんや。おまえにはかなわないんや、って」

「秋雄、おまえ……」

「僕はそのときもうわけがわからなくなった。腹が立って、悔しくて、惨めで……どうかしてたんや。そして、いづみにこう言った」

——今から藤太に会いに行くんやろ？　僕に子ども押しつけて藤太のところに行くんやろ？　大阪離れるなんて嘘や。駅へ行かずに水門が見たいなんて嘘をついたのは、藤太のところに行くつもりや。ふたりで「まつ」で暮らすつもりや。

すると、いづみは真っ青になった。暗闇の中でも白さがわかるくらいの、死人のような顔をしてた。そして、血の出るような声で言ったんや。僕は今まで、あんな哀しい声は聞いたことがなかった。

——違う。藤太とは会わへん。二度と会わへん。会われへんから。

——会われへん？　なんでや？

——あたしは藤太との約束を守られへんかった。一緒に「まつ」をやるっていう約束を守られへんかったから。

秋雄は低く声を震わせて笑った。すすり泣いているようにも聞こえた。

「おまえ、いづみと約束してたんやってな。しかも小学生のときに。あの頃、僕らは三人一緒やったと思ってたのに、実際は違った。三人やなくてふたりとひとり。おまえといづみ、そして遠く離れて僕がひとり。僕はだまされてたってことや」

「バカ言うな」藤太は呆然とした。そんな言い方をされるなど考えてもみなかった。「だますつもりなんかなかった。どんなふうに言えばいいのかわからなかっただけだ」

「言い訳なんかいらん。最高の日々やと思ってたのに、僕の勘違いやったんや」

「言い訳じゃない、勘違いじゃない」藤太は怒鳴った。「俺にはおまえといづみしかいなかった。おまえはフォークリフトの運転を教えてくれた。宿題を写させてくれた。『まつ』に来てくれた。俺と釣りに行ってくれた。俺はずっとおまえに感謝してた。ずっと、ずっとだ。おまえは俺の恩人だ」

「今さらそんなこと言っても」秋雄は顔を歪めた。

「うるさい、聞け」藤太は秋雄の顔を見つめ声を絞った。「最高の日々だった。嘘じゃない。あれ以上の日々は一度もなかった。あれから二十五年経ったけど、一日たりともなかった」

藤太はそこで息が切れて黙り込んだ。また膝から熱が上がってきているようだった。

秋雄がぼそりと言った。

「結局、だれもここから離れられへんかった。二十五年前から先に進まれへんかったということや。いづみもそうや。日本中を転々としながらも、心はずっとここにあった。ずっとおまえのことを思っていたけど、会われへんかった」秋雄はまた咳き込んだ。「……そして、いづみはこんなことを言うたんや」

――母子手帳をもらうときに、一度だけ戻ってきてん。こっそり隠れて「まつ」を見てたら、戸が開いて藤太が出てきた。ホースで水を撒きはじめたんやけど、右足を引きずってた。それで、足が悪くなったんやとわかった。

いづみは足を悪くしたおまえの姿を見て、涙が止まらなかったんやと。そして、そのときのことを思い出して、僕の前で泣き出したんや。

――藤太はもう走られへん。昔は雨の中、あたしの家まで走ってきてくれたのに。そう思ったら、あたし、もう我慢でけへんようになって「まつ」から逃げ出した。いつの間にか早足になって、おなかに赤ちゃんがいるのも忘れてめちゃくちゃに歩いて……。

藤太はうめいた。胸がえぐられ息ができなかった。いづみはやはり「まつ」まで来た。あの薄汚い暖簾の前まで来ていた。もしそのとき、俺がいづみに気付いていたら、なにもかも変わっていたのだろうか。なぜ、下ばかり見ていた？　どうして、顔を上げていづみを見なかった？

藤太の混乱を冷たい眼で眺めながら、秋雄は淡々と言葉を続けた。

――いつのまにか藤太とキスした場所にいた。あのときもそうやった。混乱して歩いて、たどりついた。

こんなことまで僕に言うんや。すっかり信用されてるってわけや。でも、男としてやない。完全に僕は置いてけぼりや。そんな話を聞かされた僕の気持ちがわかるか？　やっぱり、いづみはおまえのことしか考えてなかった。

それやったら僕は一体なんや？　そう思ったら、腹が立って、情けなくてたまらなくなった。

難しい少年犯罪にがんばって取り組んでる、って褒めてくれたのは、ただのお世辞か？それとも打算か？　おだてて頼み事を聞いてもらうつもりやったんか？

いづみが僕に期待したのは、弁護士としての能力だけや。要するに、子どもがらみのトラブルを片付けて欲しかっただけや。

結局、僕はいづみに利用されただけや。ただの便利屋ってことなんや。

結局、僕の人生は無意味や。ただの間抜けな人殺しや。欲しいものはなにも手に入らへん。僕はもう頭に血が上って、わけがわからなくなった。そして、つい……こう言うた。

――やっぱり藤太のことばっかりやな。子ども押しつけといて、僕にはなんにもなしか？一回くらいやらせろよ。

すると、いづみは真っ青になった。しばらくじっと僕の顔を見て、あかん、って小さな声で言った。僕はなんでや、って怒鳴った。そうしたら、いづみはごめん、って言った。

――ごめん。でも、秋雄とはそんなことできへん。

――なんでや？嫌いやない。でも、そういうのはあかん。

――違う。嫌いやない。でも、そういうのはあかん。

あさましいことを言ってるのはわかってた。下品で下劣で、自分が最低の男やと思った。やのに、言葉が止まらないんや。

――藤太とはやってたんやろ？いつからや？小学校の頃からしてたんか？

――そんなことしてへん。藤太とはキスだけ。一回、キスしただけ。

――嘘や。それだけですむはずがない。

――本当にキスだけ。信じて、秋雄。

いづみの顔は真剣やった。嘘をついている様子はなかった。僕は黙るしかなかった。

――藤太とはキスを一回だけ。あんなことになってからは、もう二度とキスしてくれへんかった。やっぱり、あたし、どこか汚く見えたんやろね……。

「バカな」藤太は血の気が引いた。「そんなことあるわけない。汚いなんて」

汚いなんて思うわけがない。なにもできなかったのは、つけこみたくなかったからだ。いづみはそれでも笑っていたのだ。だから、藤太も信じようとした。それでも、まともな未来がくる。それでも、新しい世界がくる。そこでなら堂々といづみを抱ける。

「おまえがもう一度キスしてくれるのを、いづみはずっと待ってたんや。きっと、そのときも待ってたんやと思う。僕を拒んでおきながら、ずっと昔のキスの続きを待ってるんや」秋雄の眼から涙が滑り落ちた。「いづみの返事を聞いて、眼の前が暗くなった。やっぱり、いづみの頭にあるのはおまえだけや」

「いづみが待ってた……」藤太は呆然と繰り返した。

怖ろしく非現実的な言葉だった。待っていたのは自分だけだと思っていた。一方的に捨てられたのだと思っていた。まさか、いづみも俺を待っていたのか？

「藤太、おまえは勝ち組や」秋雄が笑った。「僕も坪内もいづみに関しては負け組。おまえひとりが勝ち組や」

坪内がなにか言おうと身を乗り出した。だが、唇を噛んでなんとか堪えたようだ。

「つまらんことを言うな」藤太は我に返って怒鳴った。「勝ち組とか負け組とかくだらん」

「くだらん、なんて言えるのは余裕やな。なあ、僕だっていづみを助けるために……」

「秋雄、言うな」藤太は思わず声を荒らげた。「おまえ、まさかいづみに……」

「アホか。いくら僕がヘタレでもそんなことするか」秋雄が心外そうに言った。

「ああ、悪かった」藤太はほっとした。

あの男たちを焼き殺したのは、あくまでも藤太と秋雄の勝手だ。いづみを助けるために、などと言ってはいけない。いづみには絶対知られてはいけない。

「でも、そのときはいづみに拒まれて気持ちが収まらなかった」秋雄はふたたび話しはじめた。


僕は悔しくて情けなくて、どうしようもなくなった。

——藤太のどこがいいんや？　どこが僕より優れてるんや？　教えてくれ。

いづみは返事をしなかった。真っ青な顔で震えてた。ずっと、なにかを考えてるようやった。それからしばらくたってから、思い切ったふうに言った。

——藤太は飛べない蝶のために花を集めてくれたから。

僕はその瞬間、本当に眼の前が真っ暗になった。僕も集めた。僕も集めたのに、いづみはそんなこと憶えてなかった。おまえが集めたことしか憶えてなかった。そして、ごめんなさい、って僕に泣きながら頭を下げたんや。断られた挙げ句、泣きながら謝られたらどうしようもない。こんなに惨めなことがあるか？

はじめて会った日から好きやった。髪型がオリビア・ハッセーと同じや、と思て、眼が離されへんようになった。「まつ」のカウンターではいつも並んで座った。僕の部屋でアンチエルを聴いた。ずっといづみと一緒やったんや。

あれから、だれと付き合っても違うと感じてしまう。ほかのどんな女が眼の前にいても、工場で踊るいづみの姿が浮かぶ。秋雄、って呼ぶいづみの声が聞こえる。ほんまはみんな忘れたいのに、忘れたいと思ってるのに……いづみのせいでなにひとつ忘れることができへんのや。苦しくて苦しくて……。

それやのに、いづみは僕を見捨てた。僕は永久に救われへん。やっぱり僕の人生は無意味やったんや。僕はこの先、たったひとりで歳をとって、たったひとりでみじめに死んでいくだけや。

この女は僕を救ってくれへん——。

僕は頭の中がぐちゃぐちゃになって、とうとう言ってしもたんや。

——あんな薄汚い親父らとやりまくってたくせに、好きでもない男の子どもまで産んだくせに。そんなやつらとはできても、僕とはできへんのか、僕はあいつら以下か？

「秋雄、おまえ……」藤太は秋雄につかみかかった。思い切り一発殴りつける。

秋雄はよろめき尻餅をついた。藤太も一緒に倒れ込んだ。アスファルトに膝をしたたか打ち付けた。瞬間、ガチンという不自然な音と共に、激痛が走った。今までとは桁《けた》が違う。藤太は一瞬気が遠くなった。

「気がついたら……僕はいづみの首を……」

秋雄の声がした。なにを言っているのか、膝の痛みのせいで理解できない。藤太は身を丸めてうめき続けた。

「シジミチョウ」秋雄がぼそりと言った。

なにを言っている？　秋雄はなにを言っているんだ？　藤太はもがきながら身を起こした。歯を食いしばって、なんとか立ち上がる。涙か汗か、藤太にもわからないものが顎から滴った。

「秋雄、おまえ、今、なんて……？」

「テレビで見たシジミチョウは小さな蝶や。アゲハチョウなんかよりずっと小さい。羽閉じてるときは、灰色の地味な蝶や。でも、羽を広げたら、青とも緑とも言えない鮮やかな色でな、それがまたうっすらと金色がかって、きらきら輝いて……本当にきれいなんや」秋雄はアスファルトに転がったまま、動かなかった。

「秋雄、答えろ。いづみをどうした？」

「そんとき、ふっと思った。あの羽化に失敗したアゲハチョウは、そもそもあんな大きな羽を広げるのは無理やったんや。もっと小さな羽やったら、うまくいったんやないか。あのシジミチョウくらいの羽やったら、ちゃんと羽化できたかもしれへん。僕らにはシジミチョウくらいでちょうどよかったかもな、って。そう、僕もおまえも、いづみも、アゲハチョウやからダメやったんや。小さなシジミチョウなら、ちゃんと飛べたんや」

「秋雄」藤太は怒鳴った。

秋雄は寝転がったまま、じっと藤太を見上げた。そして、はっきりとした声で言った。

「すまん。いづみを殺した」

藤太は秋雄を呆然と見下ろした。秋雄は静かな顔をしていた。

「水門の前で殺して、能勢の山に埋めた」

「まさか……」

「三草山に行ってみたらいい。いづみがいっぱい飛んでるはずや。小さい羽やから、きっと失敗してないと思う。ちゃんと羽化して飛んでるやろ。あのときのグラン・ジュテみたいにな」

「秋雄、嘘だと言えよ」

「ほら、あのとき、工場には西陽が射してたやろ？ いづみはきらきら輝いてた。あのシジミチョウも同じや。金色がかった羽で舞うように飛んでる」

「秋雄、言えよ、言ってくれ」

いづみは死んだ。死んで蝶になった？ とうにわかっていたことだ。いや、殺された。秋雄が殺した。殺されて蝶になった？ 蝶の飛ぶイメージだけが、ぐるぐると頭の中を回った。

そこから先に進まない。ターンテーブルの上のレコードのようだ。とうに曲は終わって、針が動かなくなっているのにいつまでも回転し続ける。

「いづみは本当に……本当にもういないのか？」

「もういない。どこにもいない」

どうした？　と藤太は思った。膝がまるで痛まない。いや、膝だけではない。全身の感覚がない。心臓が動いている気がしない。血が流れている気がしない。息をしても胸が膨らまない。本当に俺は生きているのか？

「僕はあの少年に言われた。偽善者《ぎぜんしゃ》ってな。陳腐な言葉やけどその通りなんや。いづみを殺したとき、ほづみはすぐ横の車の中で眠ってた。なにも知らずにすやすやとな」秋雄は横たわったまま、静かに言葉を続けた。「僕はいづみを埋めると、ほづみの後見人になった。保育園に通わせ、バレエを習わせ、小学校の入学式には手をつないで行った。母親を殺しておきながら、平気な顔でその娘を育ててたんや。絵に描いたような偽善者やろ？」

藤太は秋雄の顔を見つめていた。穏やかでやさしく上品な顔。フォークリフトの運転を教えてくれた男、勉強を教えてくれた男、一緒にいてくれた男。唯一の友達だった男。昔となにひとつ変わらない。

「でもな、僕はやっぱり小心者や。ほづみを見てると苦しくなった。ほづみが自分になつけばなつくほど、惨めになった。自分の母親を殺した男に笑いかけてくるんや。頭がおかしくなりそうやった」秋雄は長いため息をついて、こんこんと自分の頭を叩いた。「で、僕は開き直ることにした。偽善者なら偽善者でいい。せめて自分のやったことを忘れんとこうと思て、アンチェルを聴いてビデオを観た。でも、そうやって泣いてたら、ほづみがなぐさめてくれるんや。余計に苦しくて余計に惨めで」

秋雄は一旦口を閉ざし、ごくゆっくりと首を巡らした。そして、じっと藤太を見て穏やかに微笑んだ。

「自分に厳しい偽善者。わかりやすいやろ？」そして、坪内に声を掛けた。「坪内。ちゃんと聞いたか？　これで、いづみの話は終わりや。いづみはもういない。とっくに僕が殺したからや」

藤太ははっとして振り向いた。今の今まで、すっかり坪内のことを忘れていた。それほど静かだったのだ。

坪内は呆然と立ち尽くしていた。眼を見開き、舌を突き出し、口を半開きにして息をしているだけだ。

「僕はずっとアンチェルのことを考えてた」秋雄は微笑んだまま言った。「アンチェルが海外公演に出ているとき、ソ連がチェコに侵攻した。アンチェルはそのまま亡命して、二度と祖国には戻れなかった。もう一度ここに戻ってこれた僕は、アンチェルよりは幸せなんやろな」

秋雄はゆっくりと身を起こした。上品に歩くと、プリウスのドアに手をかけた。

「……折った傘は安治川に捨てた。浮いたまま流れていった。きっと、『まつ』のあたりまで流れていったやろな。いづみはおまえに会いたがっていたから」

「秋雄、おまえ」ようやく口にできたのはそれだけだった。

秋雄は藤太の顔を見てすまなそうに微笑んだ。

「能勢の山の中で死ぬつもりやった。でも、それではおまえに悪いと思った。おまえのことやから、僕がほづみを迎えに行くのをずっと待ち続けると思った。なにも言えへんかったら、いつまでもいつまでも待ってるに違いない。だから、ちゃんと断って、謝らなあかんと思たんや。なにせ……」

秋雄はうつむき黙ってから、顔を上げて笑った。

「なにせ、いづみもおまえとの約束を守られへんかった、って言うてたからな。僕もいづみも、ふたりとも約束破るんや。それやったら、あんまりおまえが気の毒やろ」

「秋雄。おまえは約束を守った。ちゃんと戻ってきたじゃないか」

秋雄は黙って首を振った。そして、また笑った。

「じゃあ、もう行くな」

そのままあっという間にプリウスに乗り込んだ。藤太は割れたように痛む膝も忘れて、プリウスの前に回り込んだ。無理に引きずった右足がねじれて曲がった。

「秋雄、待て」

ボンネットに両手を突いて、秋雄をにらんだ。秋雄はエンジンを掛けると、じっと藤太を見返している。

「話は終わってない」藤太は叫んだ。

そのとき、秋雄がなにか言った。だが、聞こえない。

「秋雄、降りてこい」藤太はボンネットを叩いて怒鳴った。

秋雄の手にはペットボトルが握られていた。それを見た瞬間、藤太は身が凍った。

秋雄は軽く首を曲げると頭から液体をかぶった。そして、藤太に笑いかけた。ゆっくりと首を巡らせて、生真面目に、すこしはにかんで、悟ったように笑う。頭からガソリンを滴らせている以外は二十五年前とまったく同じ、懐かしい笑顔だ。

「やめろ」藤太が運転席に向かった瞬間、突然秋雄は車をバックさせた。藤太は地面に転がった。プリウスは向きを変え、走り出した。

「行くな、待て」

藤太は起き上がろうともがいた。右足はもうほとんど使いものにはならなかった。左足一本で身体を支え、なんとか立ち上がった。もう、痛みすら感じない。

次の瞬間、すさまじい爆発音が響いた。車のすべてのガラスが割れて吹き飛び、数メートルにもなる炎が噴き出した。一瞬で車は完全に火に包まれていた。

「秋雄」藤太は絶叫した。「秋雄、秋雄」

燃える車は安治川に落ちていった。藤太はもう一度秋雄の名を呼んだ。もう立っていられなくて、そのまま岸壁に座り込んだ。まるで身体が動かなかった。

いつの間にか夜が明けかけていた。

藤太はのろのろと起き上がった。五本のビデオからすべてテープを引き出した。そして、秋雄の沈んだ川に向かって投げた。引き出されたテープはたがいに絡まり、しばらく水面に浮いていた。

「……おまつり、や」

藤太は秋雄の口まねをしてみた。

こんなもののために、いづみも秋雄も一体どれだけの夜を苦しみ続けたのか。

いづみ。

秋雄。

本当にもういない。ふたりとも消えた。もう二度と会えない。俺はひとりだ。

藤太は朝凪《なぎ》の安治川を眺め、立ち尽くした。これからなにをすべきか、まるでわからなかった。

そのとき、気付いた。坪内がいなかった。

足を引きずりながら、藤太は懸命に走った。カブで来なかったことが悔やまれた。

店に戻ると、表の扉が開け放したままになっていた。いやな予感がした。

「ほづみ」

大声で呼びながら、急ぎ足で中に入った。だが、返事はない。物音ひとつしない。

「ほづみ」もう一度叫んで、藤太は足を止めた。

カウンターにホワイトボードが置いてあった。「本日のおすすめ」という字の横に、数字が書かれている。携帯の番号のようだった。そしてひと言、至急連絡請う、とある。

「くそ」

坪内の慇懃無礼に頭に血が上った。藤太は黒電話に飛びつきダイヤルを回した。数度のコールで坪内が出た。

「中井か」いきなり坪内の声がした。「いづみの場所を教えろ。佐伯からいづみの居場所を聞いてるはずや。教えてくれ」

「なにを言ってる？　おまえ、秋雄の話を聞かなかったのか？」藤太はぞっとした。「それより、ほづみはどこだ？」

「佐伯が勝手に死ぬはずがない。おまえにいづみを頼んだんやろ？　俺から引き離すように頼んだんやろ？　わかってるんや」

くそ、と藤太は唇を噛んだ。まるで話が通じない。

「いづみは死んだ。秋雄の話を聞かなかったのか？　それより、ほづみはどこだ？」

「また俺をだますつもりやろ。もしかしたら佐伯の自殺もトリックがあるんやないか？　本当はみんな生きてて、俺からいづみを引き離すつもりなんや」

「いい加減にしろ」藤太は叫んだ。「ひとの話を聞け」

「とにかくいづみを連れてこい」

「バカ野郎。いづみは死んだ、って言ってるのがわからないのか？」

「そうやって白《しら》を切るからこんな面倒になるんや。いづみに訊いたらすぐにわかる。俺たちの思い出の場所にいるから」

坪内の声が止んだ。代わりに忍び笑いが漏れ聞こえてきた。藤太は肌が粟立った。完全におかしくなっている。

「今度こそ三人で暮らせる」

笑い声とともに電話が切れた。

「くそっ」藤太は受話器を叩きつけた。

思い出の場所とはどこだ。いづみも秋雄も死んだ。もう確かめるすべはない。考えろ。考えるんだ。

ホワイトボードの横には、ほづみのバッグが放り出してあった。すっかり忘れていた。市場の仕入れにほづみを連れて行く約束をしていた。きっと、用意をして待っていたのだろう。

そのとき、藤太はほづみの携帯のことを思い出した。掛けてみれば、居場所がわかるかもしれない。

バッグを逆さにして中身をぶちまけた。ハンカチ、ティッシュ、手鏡など細々したものがカウンターに散らばった。もし、この中に携帯がなければ、ほづみが身につけているはずだ。

バッグの中に携帯はなかった。藤太は黒電話の受話器を取った。だが、はっと気付いて、思い直して受話器を置いた。状況がわからない以上、携帯を鳴らしていいものか判断ができない。下手に坪内を刺激して、ほづみになにかあっては大変だ。

どうすればいい？　藤太は懸命に落ち着こうとした。焦るな。ほづみを助けるために考えろ。

カウンターに手をつき深呼吸した瞬間、ピンクの手鏡の下から一枚の写真がのぞいているのが見えた。この前、坪内がほづみに与えた写真だ。いづみとツーショットの写真だ。

写真を手にとって、思わず息を呑んだ。それは藤太の予想とはまるで違っていた。

写真の場所には見覚えがあった。懐かしい場所で、いづみは笑っていた。

「まさか……」

写真を持つ手が震えた。

次の瞬間、藤太はひと声吠《ほ》えてカウンターに突っ伏した。

今、ようやくわかった。

なぜ、いづみがあんな哀しい人生を送らなければならなかったのか。すべての理由が今、わかった。

どうして今まで気付かなかったのだろう。正解はこんなに単純だった。なのに、俺は二十五年も愚かに時間を過ごした。

いづみ、おまえは――。

信じたくはなかった。なんの証拠もないことだ。みな俺の想像にすぎない。そう言って笑い飛ばしてやりたかった。

だが、できなかった。これが正解だった。

いづみ、いづみ。まさか、おまえは――。

藤太はうめきながら拳を握りしめた。そして、歯を食いしばって顔を上げた。今は泣いてはいられない。ほづみを助けに行かねばならない。

包丁ケースの前に立った。最初は出刃を取り上げたが、すこし迷って柳刃に持ち替えた。刃が長い方が届く範囲が広がる。膝のせいで素早く動けないのなら、得物《えもの》のリーチでカバーするしかなかった。

カブを安治川の堤防の下に駐めた。

コンクリート製の堤防は高さが五、六メートルほどで、石段が付いていて越えられるようになっている。晒に巻いた柳刃は背中に回してベルトに差す。錆びた手すりにつかまりながら石段を上った。ここへ来るのは二十五年ぶりだ。

石段を上り切ると、狭い堤防の上に出る。幅は一メートルほどしかない。藤太は河口を見やった。白い天保山大橋がすぐ近くに見える。何本ものケーブルが弦《げん》のように張られた美しい橋だ。

「来たな」下から坪内の声がした。「やっぱりいづみは生きてたんや」

藤太は黙って見下ろした。堤防の向こう側は船溜まりで、艀や小型船が何隻も係留されている。やはり石段で下りられるようになっていた。

「藤太おじさん」ほづみの声がした。

石段を下りた先に坪内とほづみがいた。坪内はほづみの腕をしっかりとつかんでいる。

「いづみはどこや」

藤太は返事をしなかった。上るより下りるほうが辛い。手すりにつかまりながら、不格好に足を引きずりながら下りる。石段を下りると水際までは数メートルの距離だ。そこに、捨てられた古タイヤ、係留ロープが散乱していた。

「いづみはどうした？」坪内が焦《じ》れたように叫んだ。

「いづみは死んだ」

「じゃあ、なんでここがわかった?」坪内が得意そうな顔をした。「ここは、俺といづみしか知らない思い出の場所や」

「坪内」藤太は思いきり呆れた声を出した。「おまえ、恥ずかしくないのか。中学生じゃあるまいし。なにが、思い出の場所、だ」

「気の毒やな。そこまで心が荒んでるとはな。おまえには大切な思い出なんか、ひとつもないんやろうな」

「気の毒なのはそっちだ、坪内」藤太は足許のロープを避けながらゆっくりと近寄った。「おまえの大切な思い出とやらは、ただの勘違いだ。ここはおまえといづみの思い出の場所じゃない。俺といづみのだ」

「は? なに言ってるんや」

「まだわからないのか? いづみが惚れているのは俺だ。秋雄でもおまえでもない。ただひとり、俺だけだ」藤太はゆっくりと、ひと言ひと言をはっきり言った。

「違う。いづみはここで俺のプロポーズを受け入れてくれたんや」

「この写真か?」藤太は先ほどの写真を見せた。「たしかにツーショットだな。いづみと、おなかの中のほづみの」

写真には腹のふくらみの目立ついづみがいた。背後に写っているのは真っ白な天保山大橋だ。

「この場所で撮ったんだな。おまえは、これが一番新しい写真だと言った。言い方を変えれば、おまえはこれ以降、いづみに写真を撮らせてもらえなかったということだ」

「なにが言いたい？」

「撮らせてもらえなかったというより、おまえは二度といづみに会えなかったんだ。違うか？」

「……ああ、そうや」坪内が悔しそうな顔をした。

「会えなかったのは、いづみがおまえの元から逃げたからだ。いづみは、母子手帳をもらうためにこの町に戻ってきた。どうせおまえの監視付きだったんだろう。手帳をもらったいづみは隙をついて逃げ出した。そのまま逃げればよかったのに、わざわざこの薄汚い堤防を訪ねた。そして、追いかけてきたおまえに見つかった」

「それがどうした？」坪内が苛々と叫んだ。

「いづみは臨月に近かった。無茶はできない。だから、結婚を承諾するふりをしておまえを油断させた。おまえは喜んで記念撮影というわけだ。そして、舞い上がったおまえから、今度こそいづみは逃げ出した」

「違う。いづみは逃げたんやない。佐伯がだまして余計な入れ知恵をしたせいや。いづみは本当は俺と一緒になりたかったはずや」

「おめでたい頭だな。どこまで幸せにできてるんだ。考えろ。なぜ、大きな腹を抱えて、いづみがこんな堤防に来た？　こんな人気のない危険な場所だ。なぜ来る必要がある？　それは、ここがいづみにとっての思い出の場所だったからだ。今から二十五年前、俺との思い出の場所だ」

「おまえとの？　嘘や」

「いや、本当だ。あの頃とは景色はすっかり変わってしまったがな。たとえば」

たとえば、と言いながら、藤太は頭上に眼をやった。

「昔は阪神高速なんかなかった」そして、今度は河口に眼を向けた。「天保山大橋もなかった。あの頃は」

「なにが言いたいんや？」

「この写真を見ろ。一枚だけ笑っている。なぜこの一枚だけ、いづみが笑っているかわかるか？　ここが俺との思い出の場所だからだ。俺との思い出の場所で撮ったから、俺に笑いかけてるんだ。いづみはおまえのことなんか、これっぽっちも考えてない。俺のことを思って笑ったんだ」

そうだろ、いづみ、と藤太は思った。おまえは、たった一度のキスをした思い出の場所で、二度と会わない男に向かって笑いかけているんだ。

「嘘や。勝手なことを言うなや」坪内が絶叫した。

その隙に、ほづみが手を振り払った。藤太に駆け寄ろうとしたが、坪内に行く手をふさがれた。ほづみはまるでバレエのターンのように、くるりと身を返した。だが、その方向は川だった。水に落ちないためには、すぐ横の船のタラップに足をかけるしかなかった。ほづみはそのままの勢いでタラップを駆け上がり、係留してある小型船に逃げ込んだ。

「ほづみ、逃げるな」坪内が叫んだ。

「待て、坪内」あとを追おうとした坪内に向かって叫んだ。「昨日、俺はビデオを観た。いづみのビデオだ」

「ビデオ？　どういうことや？」坪内が足を止めて愕然とした顔をした。「高校生のとき、俺はいづみに返した。いづみは処分したと言ってた。ほかにだれか持ってるやつがいたんか？」

「違う。いづみは処分しなかった」

「なんでや？　なんで処分せえへんかったんや？」

「処分したかっただろうな。あんなもの、この世から消し去りたかったはずだ。だが、それでも大切に持っていた。なぜかわかるか？」

「わからん。どうしてや？」

「おまえにはわからないかもしれんが、俺にはわかる。そもそものはじまり、二十五年前に関しては、おまえの知らないことがまだまだある、ってことだ」

「もったいつけんと、早よ言え」

「俺はずっと不思議だった。なぜ、いづみがおまえや、おまえの親父の言いなりになってきたか、っていうことだ。俺の知っているいづみは、そんな弱い女じゃない。俺はな、おまえにいづみの写真を見せられたとき、いづみの心は死んでしまったんだと思った。男たちの暴力によって、心が殺されたと思った。だが、本当は違った。いづみの心は死んでなんかいない。それどころか、ずっとずっと強いままだった」

あんなビデオを捨てずに持っていれば、絶対に忘れることはできない。いづみはずっとずっと、あの夏休みを繰り返していた。最低の夏休みを終わらせることができなかった。だが、それでもビデオを守り続けた。

「それくらい俺かて知ってる。いづみは俺の償いを拒み続けた。人から憐れまれるのが嫌いやった」

「そんなことを言ってるんじゃない。おい、坪内。おまえ、アンチェルを知ってるか？」

「アンチェル？　前も聞いたな、それ」

「アンチェルを知らないのか」藤太は思いきり鼻を鳴らして笑ってやった。「アンチェルを知らないいってことは、いづみのことをなにも知らないのと同じだ」

「なに？」坪内の顔が真っ赤になった。

「いづみはな、アンチェルの『新世界より』を聴いてこう言った。――それでも、こんな演奏ができるんやね、と。わかるか？　その意味が。いづみはな、それでも生きていけるやつなんだ。どんな酷いことがあったとしても、それでも、それでも、あいつはものの美しさを知り、笑うことができるやつだったんだ」

藤太がアンチェルのレコードをはじめて聴いたとき、いづみはなんと言った？

――それでも、こんな演奏ができるんやね。

最低の夏休みがはじまったとき、水門の前でいづみはなんと言った？

――きれいやね、ほんまにきれい。

港の夜景を見ながら、白い傘を差しながら、それでもいづみは笑った。

それでも。

「それでも、という言葉がどれほどの意味を持つかわかるか？」

「それでも？　それがどうしたんや」

「それでも、と言えるいづみが、なぜ黙って堪えてきたか。それは、俺をかばうためだ」

「かばうため？　なにから？」

「二十五年前の冬の夜、四人の男が焼け死んだ。火事の原因は煙草の火の不始末。酔って寝てしまった挙げ句、四人全員が死んだ」

「親父がいづみと知り合うきっかけになった火事やな。それがどうした？」

「その後、おまえの親父がビデオをネタにいづみを脅したわけだ。だが、おかしいとは思わなかったのか？　無論、だれだってあんなビデオをばらまかれたくはないだろう。だが、いづみはあくまで被害者だ。後ろ暗いところなんかない。ビデオをネタに強請られています、と警察に駆け込まれたら、おまえの親父は終わりだ。なのに、一年余りも脅迫が続いた。ということは、おまえの親父は別の強請のネタを持っていた可能性が高い」

ほづみの前だ。本当はこんな話はしたくないが、仕方ない。藤太は精一杯言葉を選んで話そうとした。

「別のネタ？」

「あの時期に考えられるネタはひとつ。あの火事のことだ」

葉山和美にいづみの様子を聞かされて以来、ずっと考えていた。なぜ、いづみがこんな哀しい人生を選んだのか。いや、もっとずっと前から考えていた。なぜ俺との約束を破った？なぜ俺と一緒に「まつ」をやってくれなかった？なぜ俺の前から消えた？なぜ、なぜ、とずっと考えていた。そして、今、ようやくわかった。

「じゃあ、いづみが火事に関係してるとでも？」

藤太は船の上にいるほづみをみた。ほづみは船室の陰から、じっとこちらを見ている。ひとつ息を吸った。決心がついた。

「いや、いづみは関係ない。でも、あの火事は煙草の火の不始末なんかじゃない。放火だ。火を点けたのは俺だ」

「まさか」坪内が愕然と眼を見開いた。「おまえが？」

ほづみもぽかんと口を開けたまま、藤太を見ている。これでいい、と藤太は思った。秋雄は死んだ。真実を知っているのは俺だけだ。秋雄はあくまで「親切でやさしい秋雄おじさん」であるべきだ。俺ひとりが泥をかぶればいい。

「俺があいつら四人を焼き殺したんだ。だが生憎《あいにく》、時効はとっくに成立している。おまえがその足で警察に行っても無駄だ」

「だったらおかしいやないか」坪内が真っ青な顔で声を震わせた。「なんで親父はいづみを強請ったんや？」

「たぶん、坊主が握りしめてた鍵のせいだ。あの坊主はただの火事ではないことに気付いたんだ。失火じゃない。だれかが自分たちを焼き殺そうとして火をつけたんだ、ってな。なにせ、ドアに鍵は掛かってないのに開かないんだ。だれかが細工したってことだ。そして、坊主はいづみが犯人だと思った。あれだけ鬼畜なことをしたんだ。いづみが怨んで放火しても当然だとな。だから、死ぬ間際に、犯人を示す証拠としてあの鍵を握りしめた」

「そんなことしたら、自分らのしてたことがばれるやろ」

「あの坊主には覚悟があったんだよ。どうせ地獄に堕ちるんだ、この世でどうなろうとかまわない、ってな。そうでないと、あとで証拠になるようなビデオなんか撮ったりしない。

——死なばもろとも、だ」

藤太は坊主の言葉を思い出していた。

公園横でいづみが車に乗せられたときだ。あのとき、坊主は笑ってこう言った。

――とっくに覚悟くらいできてます。地獄に堕ちるときは、皆さん一緒ですから。

あの坊主はいづみを道連れにするつもりだったのだろう。だが、相手を間違えた。火を放ったのはいづみではない。地獄への道連れに選ぶべきは、俺と秋雄だった。

「辻褄《つじつま》は合うかもしれんが」坪内が口の端で笑った。「あんまりできすぎた話とちゃうか」

「ああ、そのとおりだ。もうだれにも本当のことはわからない。俺たちにできるのは辻褄を合わせていくことだけだ。とにかく、おまえの親父はあのビデオを観た。そして、映っているのは焼け死んだ男たちだと気付いたんだ。秋雄の親父は太っていた。体つきで見当がついてもおかしくない。おまえの親父は考えた。なぜ、坊主がこの鍵を握りしめていたんだろう。そして、こう推理した。もしかしたら、坊主は真犯人を教えようとしていたのではないか、となし
「じゃあ、親父はいづみを放火犯やと思って脅したいうことか？」

「そうだ。もしかしたら、はじめから火事に不審を抱いていたのかもしれない。おまえの親父はビデオからいづみを特定した。そして、あの火事のことを問い詰めた。すると、いづみは放火を認めた」

「いづみはなにもやってないんやろ？　じゃあ、なんで認めた？」

「さっき言っただろう？　いづみは俺をかばったんだ。それだけだ」

いづみは知っていた。なぜ知っていたのだろう。いつ気付いたのだろう。今となってはもうわからない。だが、確実にいづみは知っていた。そして、知らないふりをし続けた。

「でも、それはおまえが想像してるだけや。証拠がない。そんなこと信じられるか」

「証拠ならある。あのビデオテープだ。わざわざおまえから返してもらったビデオテープを、いづみは処分しなかった。それどころか、大切に保存し続けた。おかしいと思うだろう？　おまえもさっき驚いてたじゃないか」

「それが、おまえをかばうことと、どう関係するんだ？」

「もし、あの火事が放火だとわかったとき、関係者はみな調べられるだろう。もちろん、俺も秋雄もいづみもだ。そのときには、あのテープが役に立つ。あの四人のやったことがわかれば、情状酌量の材料になる。あのとき中学生のいづみはそう思ったに違いない」

「そんなん、いくら辻褄が合っても信じられるか。おまえの想像にすぎん」

「ああ。想像であってほしい。でも、これが正解だ」藤太は怒鳴った。

あの男たちも、いづみも、坪内の父親も、みんな死んでしまった。もう、真実を知るものはだれもいない。俺にできるのは精一杯辻褄を合わせ、想像することだけだ。いづみならどうする？　いづみなら、いづみなら――。

答えにたどり着いたのは、ツーショットの写真を見たときだった。

人気のない寂しい船溜まり、そこは藤太といづみが一度だけのキスをした場所だ。

死体のような顔をした写真ばかりの中で、その一枚だけが笑っていた。見ている者が心からやすらぎ、ほっとするような笑顔だ。

その笑顔を見た瞬間、藤太はふいに二十五年前に引き戻された。卒業式の日、いづみと最後に言葉を交わした日だ。あのとき、いづみは笑ってこう言った。

――大丈夫。もう心配ないよ。これからみんなうまくいくから。

「もう心配ないよ」の本当の意味は「藤太と秋雄の罪はあたしが引き受けたから、もう心配ないよ」だ。いづみはなにも知らないふりをし続けながら、藤太と秋雄をかばう覚悟を決めたのだ。

「放火の時効が成立したのは十年前だ。成立を見届けて、いづみはおまえの元を逃げ出した。もし、追いかけてきたおまえとトラブルが起こって警察沙汰になったとしても、過去の放火が罪に問われることはないからだ。そんなことまで考えて、いづみは我慢してたんだ」

それだけではない。あの坊主はいづみのビデオの鑑賞会を開いていたと言った。もしかしたら、ビデオと火事の関係に疑いを持つ人間がほかにもいるかもしれない。心配しだしたらきりがない。

放火の時効はとうに成立している。だが、もし発覚すれば、秋雄は社会的信用をすべて失うだろう。そのときに、たとえすこしでも俺と秋雄の立場をよくしようと、いづみはテープを守り続けた。そして、身を切るような思いで秋雄にテープを託した。

　だが、いづみも秋雄もわかっていたはずだ。あのビデオテープは諸刃《もろは》の剣《つるぎ》だ。藤太と秋雄の情状酌量の証拠でもある。だが、あのテープからいづみと四人の男の関係がばれ、そこから藤太と秋雄へとつながる可能性がある。致命傷を与えかねない守り刀。あのテープを手許に置くことで、いづみも秋雄もどれだけ心をすり減らしていっただろう。

「おまえ、自分の父親を焼き殺したわけか」坪内が呆然と藤太を見た。

「そうだ」

「平気か？」

「ああ、平気だ。俺は四人を焼き殺したことを後悔していない。人生がやり直せるとしても、また絶対にあいつらを殺してやる」

　眼の端にほづみの血の気のない顔が映った。眼を見開き、哀れなくらい怯えている。なにもかも知られてしまった、と思った。罪の意識などない最低の人殺し、冷酷な親殺しだと知られてしまった。もう二度と俺に笑いかけてくれることはないだろう。

「藤太おじさん……」

　ほづみがすがるような声で言った。

「すまん、ほづみ」

　この夏休み、何度もほづみを傷つけ、そのたびに詫びた。だが、今ほどすまないと思ったことはない。

なにもかも嘘だ、でたらめだ、と言ってやりたかった。人など殺したことはない、まともでやさしい藤太おじさんとしてやり直したいと思った。だが、やはり無理だった。

「……すまん」

藤太は絞り出すように繰り返した。決して取り返しがつかない。人を殺したという事実が消えることはない。

「藤太おじさん……」

声こそ震えていたが、ほづみが真っ直ぐに藤太を見返してきた。いづみと同じで強い眼だ。ほづみの眼が藤太の一番深いところにまで、鮮やかに射し込んだ。藤太は息が止まりそうになった。

「藤太おじさん」

ほづみがもう一度名を呼んだ。もう声は震えてはいなかった。藤太をひたと見つめたまま、ほんのわずかも視線を逸《そ》らす様子はない。

「ほづみ……」

勝手に口が動いて、ほづみの名を呼んでいた。藤太は呆けたように立ち尽くした。まさかおまえは、まさかおまえは俺を――。

そのとき、坪内がひどく軋んだ声を上げた。

「もし、おまえの言ったことが本当やとしたら、俺の親父は無実のいづみを放火犯やと思い込んで脅してた、ってことになるな」

「ああ、そうだ」

「つまり、俺の親父は人間のクズってことやな、そやろ？」顔一面に汗が浮いている。

「ああ、そうだ。いづみを食いものにしたクズだ」

「でもな、昔は勇敢な消防士やった。俺の憧れの英雄やったんや」坪内がゆっくりと立ち上がった。「入院してるとき、病室の窓から消防車のサイレンが聞こえると興奮した。親父が火を消してる、人を助けてる、ってな。見舞いに来てくれたときは、火事の話をせがんだ。銀色の防火服を着た親父が筒先を持って放水してるところを、ありありと想像した。辛い食事制限、水の制限、退屈な透析。そんな毎日が堪えられたのは、親父が英雄やったからや。わかるか？　でも、それをクズにしたのは俺や。俺の腎臓や。だから、俺はいづみに詫びる。もう一度詫びて償いをする。今度こそ親父の罪を赦《ゆる》してもらうんや。一生掛けてや。それが俺の責任や」

「なあ、坪内」藤太は口を開いた。「おまえは嘘ばっかりだ。いづみの言ったとおり、かわいそうなやつだ」

「なに？」

「パソコンは便利だな。なんでもわかる。感心した」

「なにが言いたいんや？」

「この前、おまえはこう言った。悪いのは父親じゃない。自分の腎臓だ。自分が悪いのだ、と」

「ああ、そのとおりや」

「なのに、その後でちらっとこんなことを言った。――俺が償っても意味がない、ってな」

藤太は坪内の顔を真っ直ぐに見据えながら、言葉を続けた。「本当に悪いやつが償うのに意味がない？　おかしいじゃないか」

「それは……」一瞬、坪内が言葉に詰まった。

「調べたところによると、透析には保険がきくらしいな」

「だからどうした？」坪内がはっきりと顔色を変えた。

「患者の運動もあって、一九七〇年代には保険適用が認められた、とあった。今は自己負担の上限が一ヶ月一万程度だと」

「だからたいしたことないと？　簡単に言うなや。腎臓病ってのは生活のすべてに影響するんや。食事も運動も制限されて、合併症と薬の副作用の心配もある。移植でよくなっても、その腎臓が一生保《も》つ保証はない」坪内は息を切らせて、藤太をにらみつけた。

「病気を軽く見てるんじゃない。そんなこと思ったこともない。どれだけ苦労があるかは俺なりに理解しているつもりだ。だが、これだけは言う。腎臓病で長期入院すること、透析を受けることは、ほかの病気に比べてそれほど高額な治療費がかかるわけではない。子どもならなおさらだ。補助があるからな。少なくとも、女の子を脅して金を巻き上げるほどの理由にはならない」

「勝手なこと言うな。親父は俺の病気で金に困ってたんや。俺の腎臓を治すために仕方なく、いづみを売ったんや。好きでやったんやない。みんな俺のためや」

「坪内」藤太はきっぱりと言った。「おまえはわかっている。わかって嘘をついている。おまえの腎臓は口実だ。おまえの父親はいづみから金をむしり取るために、おまえの病気を利用しただけだ」

「違う」坪内が藤太につかみかかった。「親父は俺のためにやったんや」

藤太は思いきり坪内の顔を殴りつけた。坪内はうめいて転がった。前歯が折れたようだった。

「俺はおまえが大嫌いだ。俺と同じだからだ。殻に閉じこもり、臆病で、自分のことばかり考えている。本当のことを知るのが怖いから、逃げ続けている。無様なクソ野郎だ」

「俺はクソ野郎やない」

「いや、クソ野郎だ。いづみの足許にも及ばない。俺たちは最低のクソ野郎だ」

「違う。いづみはそんなこと絶対に言わへん。俺のことを、かわいそうに、って言ってくれたんや。俺はいづみになぐさめられて嬉しかった。はじめて心が軽くなった。あんなことをした親父の息子を許してくれるんや」坪内は憑《つ》かれたように話し続けた。「そのとき、俺は絶対に絶対にいづみを幸せにすると誓った。一生、そばにいると誓った。それやのに、いづみはちょっと眼を離すと逃げようとする。鍵を掛けても壊そうとする。大変やった」

「おまえ、まさか、いづみを監禁してたのか?」藤太はぞっとした。

「だから言ったやろ? ほづみの父親は俺以外ありえないんや」

「このクソ変態が」

藤太はもう一度坪内の顔を殴りつけた。坪内は仰向けに転がり、鼻血を出した。

「いづみはどこや」坪内の顔の下半分は血まみれだった。「お願いや。教えてくれ」

藤太は坪内を黙って見下ろした。

「いづみは死んだ」

「嘘言うな」坪内は叫んだ。「おまえも佐伯もふたりしていづみを隠してるんや。わかってる」

「いづみは死んだ。嘘じゃない」

「死亡届かて出てないのに、だれが信じるか。いづみの居場所を教えろ」坪内が倒れたまま、藤太の足を蹴り上げた。

藤太はタイヤの上に倒れ込んだ。中から雨水が溢れて顔にかかった。その隙に坪内がタラップを駆け上がり、ほづみを抱きかかえた。素早い動きだった。ほづみが悲鳴を上げて、手足をばたつかせた。

「ほづみ、暴れるな。じっとしていろ」藤太は怒鳴った。

坪内は完全に常軌を逸している。刺激しないほうがいい。ほづみははっとして、すぐに暴れるのをやめた。

「諦めろ。いづみは死んだ。とっくに死んだんだ」

「嘘や」坪内が絶叫した。

驚いたほづみがびくりと跳ね上がった。そのままバランスを崩し、足があかくみのバケツにぶつかった。ほづみを押さえ込もうとした坪内も転倒した。藤太はその隙に狭いタラップを渡った。

船に乗り込んでベルトから柳刃を抜いた。坪内が顔色を変えた。

「卑怯やぞ」

「どっちがだ」

藤太は舌打ちした。船の上は足場が悪すぎる。足をひきずったまま動けるような場所ではない。柳刃を構えようとした瞬間、起き上がった坪内が太いロープの端を振り回した。左の脇腹に入る。藤太は倒れた。脇腹と右膝が同時に痛んで、一瞬息が止まった。

手から柳刃が飛んで転がった。なんとか起き上がろうとしたとき、坪内に思い切り腹を踏まれた。藤太は咳き込み吐いた。空っぽの胃が痙攣し、胃液を絞り出す。身体を折り曲げているの吐いた。涙を流しながら眼を開けたとき、坪内が船に備え付けの消火器を振り上げているのが見えた。

避ける暇もなかった。真っ赤な筒が左膝に振り下ろされた。ぐしゃりと音がした。ずいぶん昔にも聞いた音だ。フォークリフトに潰されたとき、雨に混じって頭の中でアンチェルの「新世界より」が鳴り響いていたときに聞いた音だ。

藤太は絶叫した。

「これで逃げられへんやろ」坪内が消火器を抱えたまま、息を切らせて言った。「さあ、いづみの居場所を言え」

藤太は身を震わせうめき続けた。凄まじい痛みの奔流に意識が混乱した。くそ、どうしよう。両の膝が使いものにならなくなった。二度と厨房には立てないかもしれない。料理ができない。いづみとの約束が守れない。「まつ」を立派な店にすることができない。すまん、俺はおまえとの約束を守れない。すまん、いづみ――。

いづみ。

「藤太おじさん」

ほづみの悲痛な声が聞こえた。藤太は現実に引き戻された。身体を折り曲げて見ると、ジーンズの左の膝に赤黒い染みができていた。そのとき、頭に浮かんだのはトマトだ。しかも完熟の露地物。手で軽く潰してソースを作る。きっと、今、ジーンズの下はトマトを握り潰したようになっているだろう。

「言え、いづみはどこや」

「しつこい」藤太は痛みを堪えながら、奥歯を軋らせた。「いづみは死んだ。いい加減、受け入れろ」

「俺にはいづみが必要なんや。いづみは俺に言ってくれた。——かわいそうに、って。お父さんのしたことで苦しめられて、かわいそうに、って。俺は悪くないって言ってくれた。俺には責任がないって言ってくれたんや」

かわいそうに、か、と藤太は思った。いづみならそう言うだろう。自分がどれだけ苦しめられようと、それでも、かわいそうに、となぐさめてくれるだろう。藤太には坪内の気持ちが痛いほどにわかった。藤太や秋雄にいづみが必要だったように、坪内にもいづみが必要だったのだろう。

「俺はな、高校出て消防士になるために専門学校に通って勉強した。親父の罪を償うためにも、絶対に消防士にならなあかんかった。何年も受け続けて、やっと合格して名簿に名前が載った。どれだけ嬉しかったかわかるか？　やのに、半年の消防学校で訓練の最中、移植した腎臓がいかれた。透析生活に逆戻りや。もう一生消防士にはなられへんとわかった。俺は泣いて泣いて……でも、いづみはなぐさめてくれた。かわいそうに、って言ってくれた」

言い終わると、坪内がタラップを外して川に落とした。大きな水音がした。ほづみが絶望的な顔をした。船からもとの岸壁まで三メートルはある。もう一方の艀までも二メートル近くあるように見える。これでは、岸に戻ることができない。かわいそうに、って言ってくれたんや」

「いづみが死ぬわけない。俺を置いて死ぬわけがない。

坪内が柳刃を拾って、無造作に藤太の腹に突き立てた。藤太は短くうめいて跳ねた。ちくりと針を押し当てられたときのような冷たさを感じたかと思うと、一瞬で熱に変わった。腹に開いた穴に熱い油を流し込まれたようだ。

「藤太おじさん」ほづみが悲鳴を上げた。

「やっぱり料理人なんや」坪内が大仰《おおぎょう》に感心して見せた。「手入れがええな。ちゃんと研いであるから、すっと入った」

坪内は笑いながら、刺したときと同じように無造作に柳刃を引き抜こうとした。藤太はすかさずその腕をつかんだ。

「離せ」坪内がたじろいだ。

坪内が腕を引こうと暴れた。薄く柔らかい柳刃が腹の中でねじれた。藤太は全身の力を込めて坪内の腕を握りしめ、引き寄せた。坪内は懸命にもがいて離れようとしたが、腕をつかまれているので逃げられない。藤太は叫びながら、思い切り坪内の顔面に頭突きをした。

坪内が悲鳴を上げた。額が割れて血が噴き出した。藤太は腕をつかんだまま、今度は坪内の股間を膝蹴りした。チタン合金の膝に想像を超えた痛みが走った。気を失うことすらできない痛みだ。藤太は余りの痛みに、なかば陶然《とうぜん》としながら思った。どうやら、痛みには果てがないらしい。いづみの味わった苦しみに果てがなかったようにだ。

坪内は濁った声を上げて跳び上がった。ふたたび、藤太の腹の中で柳刃がねじくれ踊った。

「来るな、逃げろ、ほづみ」

思わず腕の力が緩むと、坪内が無理矢理に身体を引き離した。腹から柳刃が抜け落ちる。傷口に川風が当たってひやりとした。

「でも、でも」ほづみは泣き叫んだ。「藤太おじさん、血が、血が」

「早く逃げろ」藤太は血を吐きながら怒鳴った。

坪内が身を折り曲げ、うめきながら足許に落ちていた消火器を拾った。

「ほづみ、逃げるんだ」すこしでも時間を稼がなければならない。

坪内が消火器をふたたび振りかざした。

「今度はその頭、潰したる」

そのとき、ふいに複雑な電子音が鳴り響いた。

ほづみの腰で携帯が鳴っている。坪内がはっとしてあたりを見回した。その瞬間を藤太は見逃さなかった。かろうじて動く右膝を伸ばして、坪内の足を払った。果ての果ての痛みがやってくる。これくらい、と藤太は言い聞かせた。これくらいの痛みがなんだ。いづみと秋雄が引き受けた苦しみに比べれば、無いも同然だ。

坪内は仰向《あおむ》けに倒れ、消火器が手を離れて転がった。携帯はまだ鳴り響いている。ほづみが携帯を耳に当て、ボタンを押した。

「もしもし」

――ほづみちゃんか。

ハンチングの焦った声が漏れ聞こえてきた。

――なんかあったんか？　店の戸、開けっ放しで……。

「助け……」

ほづみが言い終わらないうちに、坪内が起き上がった。ほづみの手から携帯を奪い取って、そのまま川に投げ捨てた。また、ほづみが悲鳴を上げた。

「うるさいんや。どいつもこいつも」

坪内が起き上がって藤太に向かってきた。そのとき、ほづみが消火器に駆け寄るのが見えた。教えたとおり黄色のピンを抜く。ホースを外し、ノズルを坪内の背中に向けた。

「坪内、後ろだ」藤太は怒鳴った。

坪内が反射的に後ろを向いた。瞬間、消火器から真っ白な煙が吹き出した。坪内の顔が煙に包まれ見えなくなる。悲鳴だけが白い靄《もや》の向こうから聞こえてきた。坪内の上半身は完全に見えない。足だけが酔っぱらいのように、あちらこちらへとよろめきふらついている。

ほづみは消火器を胸に抱きしめ、揺れる船の上で足を踏ん張っている。坪内の悲鳴が消え、代わりにむせて激しく咳き込む様子が伝わってきた。消火器の粉末が噴出し終わるまでの十数秒が怖ろしく長く感じられた。

煙が薄くなっていくと、真っ白になった坪内が現れた。坪内は眼を閉じ、闇雲《やみくも》に腕を振り回している。息ができないようだ。喉を鳴らしながらもがき回ると、船縁《ふなべり》にぶつかった。不自然に傾いたかと思うと、そのまま川へ落ちていった。

「あっ」ほづみが悲鳴を上げた。

恐怖に眼を見開き、震えている。その真っ青な顔を見た瞬間、ふいに身体が動いた。

「坪内」藤太は叫んで船縁まで這った。

膝を潰された左足は使いものにならない。わずかに動く右足でバランスを取り、川面に身を乗り出す。沈んでしまったか、坪内の姿は見えない。泡立つ水面に呼びかけた。

「坪内、どこだ」

俺はなぜこんなやつを助けようとしているのだろう。藤太は自分のしていることが理解できなかった。四人も焼き殺して平気な俺だ。命の大切さなど信じていない俺だ。なのに、なぜこんなクソ野郎を助けようとしている？

「上がってこい、坪内」

いづみを苦しめたやつだ。なのに、なぜ俺は助けようとしている。なぜだ？　なぜ、今さら？

「どうしよう、あたし……」後ろでほづみの悲痛な声が聞こえる。「あたしのせいで」

そのとき、水面に影が見えた。坪内が浮かび上がってきたのだ。藤太は船縁に身体を支え、懸命に手を伸ばした。だが、届かない。坪内は水を叩き必死で助けを求めている。藤太は船の中を見回した。赤い救命浮輪が見えた。

「ほづみ、その浮輪を投げろ」

だが、ほづみはまだ消火器を抱えたまま、呆然と立ち尽くしている。

「あたし……」ほづみはひくひくと喉を震わせた。「あたしのせいで……」

「違う。おまえのせいじゃない」藤太はもう一度怒鳴った。「ほづみ。赤い浮輪だ」

ほづみはようやく我に返った。空っぽの消火器を放り出すと、赤い浮輪に走った。

「これ?」ほづみが浮輪を抱えて持って来た。

藤太は浮輪を受け取ると、坪内のすこし川上を狙って投げ入れた。腹の傷がびりびりと裂けたような気がした。藤太は揺れる船の上でまた血を吐いた。浮輪はもがく坪内からすこし離れたところに落ちた。

「坪内、つかまれ」藤太は怒鳴った。「おまえを死なせるわけにはいかないんだ。つかまれ、つかまるんだ」

叫ぶと、腹の底から血の塊が突き上げてきた。口から鼻から血が溢れ出す。

おまえを死なせるわけにはいかない。ほづみを人殺しにするわけにはいかないんだ。

「坪内、死ぬな」藤太は絶叫した。

ほづみを俺のような人殺しにさせるわけにはいかない。俺のような親殺しにさせるわけにはいかないんだ。たとえどんな理由があろうとも、たとえだれかを助けるためであっても、人殺しにさせるわけにはいかない。相手が坪内のようなクソ野郎であったとしてもだ。

人を殺せば時が止まる。どこにも行けず、袋小路を虚しくさまようだけの人生になる。ほづみをそんな人間にするわけにはいかない。ましてや、俺なんかを助けるために——。

激しく水面を叩く坪内の手が浮輪をつかんだ。

「そうだ、しっかりつかめ。絶対離すな」

坪内が両手で浮輪を抱え込んだのが見えた。藤太はロープでたぐり寄せようとしたが、手が血で滑ってうまくいかない。それに、もう身体が言うことをきかない。腕にまるで力が入らない。くそ、とかすむ眼で坪内の様子を追う。坪内は流されて川の中央に押し出されていくが、沈む様子はなかった。

どうやら大丈夫らしい。港はすぐそこだ。だれかに拾ってもらえるだろう。ほづみは人殺しにならずにすんだ。そう思った途端、全身から力が抜けた。船縁につかまることもできず、ずるずると崩れ落ちてしまった。

「藤太おじさん」ほづみが泣きながらすがりついた。「大丈夫？　大丈夫？」

「ああ。あの男も大丈夫。なにも、心配することはない」息が切れた。「さあ、行って、助けを呼んできてくれ」

「藤太おじさんは？」

「ここで待ってる」

「でも」ほづみは迷っている。「船が……」

岸壁との距離は三メートルほど。艀との間なら二メートルはない。大人の背丈ほどか。子どもの足をすくませるには十分な距離だ。だが、ほづみなら跳べる。

「グラン・ジュテ」藤太はひとつ血の塊を吐いた。「アゲハチョウでも、シジミチョウでもいい。いっぱいに羽を広げて、ふわりと」

「グラン・ジュテ？」

「大丈夫、ほづみなら跳べる。バレエ教室で何度もやった。俺は見ていた。ほづみはあれが上手だったから、絶対に跳べる」

「わかった」ほづみは泣きながらうなずいた。

「ああ、おまえなら跳べる。いづみも跳んだ。本物のバレリーナだった」

「お母さんも？」ほづみが涙でぐしゃぐしゃの顔で笑った。「じゃあ、あたしもやってみる」

「ツーショットの写真だ。大事にしろ」

藤太はいづみの写真を手渡した。すこし血で汚れてしまったが、拭けばなんとかなるだろう。

「でも、いいん？　これ、藤太おじさんに笑ってるのに」

「いや、おまえが持つんだ」藤太は軽くほづみの背中を押した。血の痕がついた。「さあ、行け」

「うん。行ってくる」ほづみが涙を拭きながら立ち上がった。

「いい夏休みだった」藤太はほづみを見上げ、笑いかけた。「ひさしぶりに、いい夏休みだった」

「まだ終わってへん」ほづみは真剣な顔で藤太を見つめた。「市場に行ってへん。プールも行ってへん」

「ああ。そうだ」藤太は血まみれの手でもう一度ほづみを押した。「まだ、夏休みは終わってない」

ほづみが頭の上に両腕を差し上げた。完璧なポーズを決める。狭い船の中で軽やかにステップを踏んだ。

跳べ。

藤太は心の中で叫んだ。

ほづみの小さな身体がふわりと跳ねあがり、浮いた。手の指、足の先までぴんと伸びている。

蝶だ。蝶が飛んだ。ちゃんと羽化できた。

待っていた甲斐があった、と思った。二十五年待ち続けた甲斐があった。

ほづみが大きく両手を広げたまま、着地するのが見えた。一度、こちらを振り返る。

「藤太おじさん」

行け、走れ、と叫びたかったが、もう声がでなかった。全身の力を振り絞って、片手を上げる。行け、と手を振った。ほづみがうなずいたように見えた。

もう日が暮れてきたらしい。あっという間にあたりが暗くなる。

遠き、海に、日は落ちて。

どこからか、「新世界より」の第二楽章が聞こえてきた。

帰ったら市場に仕入れに行こう。プールに行こう。それから小学校へ行こう。ほづみと一緒に転入手続きをしよう。そして、携帯とパソコンを買おう。使いかたはほづみに教えてもらえばいい。ハンチングだっている。葉山和美だっている。すこしは世の中のことを知って、すこしはまともな人間になろう。

生きると決めたはずだ。

大丈夫だ。もう心配は要らない。これからみんなうまくいく。夏休みは――。

まだ終わってへん。夏休みはこれからや。

今日も暑くなりそうや、と空を見上げて藤太は笑った。

解説

香山《かやま》二三郎《ふみろう》
（コラムニスト）

遠田《とおだ》潤子《じゅんこ》は二〇〇九年、長篇『月桃夜《げっとうや》』で第二一回日本ファンタジーノベル大賞を受賞、プロデビューを果たした。本書『アンチェルの蝶《ちょう》』は長篇第二作に当たるが、本書で初めて遠田作品に触れる人はともかく、前作に引き続いて読まれる人はちょっと驚かれるかもしれない。何となれば、江戸時代、幕末の奄美大島《あまみおおしま》を主要舞台にしたファンタジータッチの恋愛小説（『月桃夜』）から、現代の大阪を舞台にしたノワールな犯罪小説（本書）へと、作風がガラリと変わっているからである。

しかし中身を読んでいけば、一見まったく異なるかのようなこの二作にも共通していると ころが多々あることに気付かれるはず。『月桃夜』のメインストーリーは、豪農《ごうのう》に隷属《れいぞく》する労働者ヤンチュ（家人）の子に生まれた少年フィエクサ（鷲《わし》）が、逃亡に失敗した瀕死《ひんし》のヤンチュとその娘サネン（月桃）に出会うところから動き出す。山の神に兄妹になることを誓った彼は彼女の面倒をみることになるが、当時の奄美大島は薩摩《さつま》藩の支配下、砂糖収奪《しゅうだつ》のため厳しい身分制が敷かれており、フィエクサも生まれてから死ぬまで自由のない身、物心がつく頃には黍畑《きびばたけ》で働かされていた。ふたりの働きずくめの生活が続くが、やがてフィエクサは新参者の老ヤンチュから囲碁《いご》を教わり、のめり込むようになる。

子供にも過酷《かこく》な日常生活、その中で芽生える出世への希望、そして血のつながらない兄妹の間で育まれる禁断の愛……。

すでに本書を読み終えたかたなら、幕末の奄美大島と現代の大阪がしっかりとリンクしていることがおわかりになるだろう。いや、結論を急いではいけない。まずは本書のあらすじから紹介していこう。

なお、多少のタネ明かしは避けられないので、本書を未読のかたは、ここから先は読了後にお目通しください。

『アンチェルの蝶』は二〇一一年一二月、光文社から刊行された「書下ろし作品」である。

物語は七月後半のある晩、大阪市港区、安治川《あじがわ》（新淀川《しんよどがわ》）の河口近くにある居酒屋「まつ」に予期せぬ客が訪れるところから幕を開ける。入ってきたのは大きなバッグを提《さ》げた身ぎれいな中年男と小学生の女の子で、男は店主・中井藤太《なかいとうた》の幼馴染《おさななじみ》・佐伯秋雄《さえきあきお》。二五年ぶりの再会であった。秋雄は弁護士になっており、連れの娘を同じ幼馴染・森下《もりした》いづみの娘だという。秋雄は、いづみはすでに死んでいるといい、事情も話さぬまま娘を置いて立ち去ってしまう。バッグには五〇〇〇万円の札束と、ほづみというその娘をしばらく預かってほしい、自宅のマンションには絶対近づくな、という手紙が入っていた。翌朝、ニュースで秋雄のマンションが火事になったことが報じられ、藤太は警察や秋雄の勤めていた法律事務所を訪ね事情を話すが、秋雄の行方は知れない……。

かくして「まつ」での藤太とほづみの生活が始まる。藤太と秋雄、いづみには昔何かがあったらしいが、詳細は伏《ふ》され、まずはふたりの生活描写が続くのだ。そして二五年ぶりの再会をきっかけに始まるこの疑《ぎ》似《じ》父娘劇が素晴らしい。

「まつ」は常連しか寄り付かない「薄汚くてガラの悪い居酒屋」。藤太も三〇年来の馴染客にも愛想ひとついわない無骨《ぶこつ》な男で、一五年前の事故で膝に埋めた人工関節がいまだに馴染まぬせいか、いつも鈍《にぶ》い痛みに襲われており、それがなおさら不機嫌さを募《つの》らせてもいた。そんな藤太の暮らしもしかし、ほづみの出現で徐々に変わっていく。つい粗暴な態度を取ってしまう藤太だが、料理の支度を手伝わせるなどして店の暮らしに馴染ませるいっぽう、彼女の通うバレエ教室への送り迎えにも努める。客の中には下品な冷やかしを入れてくる者もいるが、藤太は許さずに追い出してしまう。荒《すさ》んだ顔の常連客たちも「掃《は》き溜《だ》めに鶴や」といい、いつしかほづみを受け入れていくのだ。

著者自身、本書の刊行に寄せたエッセイで、次のように述べている。

「ある程度の年齢になってから変わるのは容易ではありません。最初、男は苛立《いらだ》ち、怒り、怯《おび》えます。逃げ出したいとまで思います。でも、自分が一人ではないことに気付き、すこしずつ変わっていきます。やがて、自分のためにも他人のためにも、再び生き直そうと決意す

るのです。『アンチェルの蝶』は、一度は人生を捨てた男の再生の物語です」（「小説宝石」二〇一二年一月号）

大阪には東京でいう下町は存在しないともいわれるが、著者自身、本書の舞台については「大阪の港に近い下町」と表現しているし、「まつ」で繰り広げられるドラマはまさに下町人情劇のタッチというべきか。それも、決してスウィートな味付けではない。藤太の自虐《じぎゃく》的な気質に加えて過去の秘密も絡《から》むなど、ちょっと苦味が利いているのだ（強面な常連客たちの造形も、また然り）。

いっぽう中盤からは、時間を四半世紀前に巻き戻し、藤太たちの少年時代の話も挿入されていく。そこでは、序盤で小出しにされていた藤太たちのかつての生活事情が詳《つまび》らかにされる。藤太と秋雄、いづみは学校の同級生ではあったが、それ以外は特につながりはなかった。つながりがあったのは彼らの親たちである。麻雀《マージャン》仲間といえば聞こえはいいが、三人の父親に破戒《はかい》坊主を加えた四人組は家族そっちのけで賭《か》け麻雀にのめり込んでいた。藤太の父はアル中で子供相手に容赦《ようしゃ》のない暴力を振るうDV男、秋雄の父は工場持ちで成功者の部類に入るが、自分の息子には「ガリ勉は好かん」とこれまた冷たい仕打ち。いづみの父は麻雀に負け続けて借金まみれ、母親は母親で「神さま」にはまって布教活動に入れあげ、家庭を顧《かえり》みている様子はない。つまり、揃《そろ》いも揃ってバカ親ばかりなのだった。

逆に、だからこそ、藤太たちの結束は固かったともいえる。少年時代の藤太は癇癪《かんしゃく》持ちではあったが、熱い正義感の持ち主でもあった。彼の憤懣《ふんまん》は、たとえば蝶の羽化《うか》の観察をする授業で、担任教師が羽化に失敗した蝶に対して冷たくあしらったときにも爆発しそうになるが、間一髪でいづみに止められる。藤太の熱情を感知したいづみは次第に藤太への思いを募《つの》らせていき、それはやがてふたりで「まつ」の店を再建するという夢となって膨《ふく》らんでいく。そこに、父の罵倒《ばとう》とDVに切れた藤太が大阪弁を話さない決心をするくだりや、彼がいづみからカレル・アンチェル指揮の「新世界より」を聞かされ、心を打たれるシーンが織り込まれていくのだが、痛ましい話であるにもかかわらず引き込まれてしまうのは、そうした細部の設定、演出の巧《うま》さに因《よ》る。

ようやく希望が見えたというとき、藤太たちの運命はある出来事をきっかけに忌《い》まわしい方向へとねじれていくが、それと交互に描かれる現代篇でも、「まつ」の新たな客の出現を契機に藤太とほづみは窮地《きゅうち》に陥《おちい》ることに。その後の展開はスリリングな犯罪小説のそれなので、詳《くわ》しい言及は控《ひか》えなければなるまいが、子供時代のトラウマを抱えたまま暴走を止められないオトナたちの怖さがひしひしと伝わってくるであろうことは請《う》け合い。少年時代の藤太たちの暴走劇と、いづみ&ほづみ母娘をめぐるオトナたちの暴走劇とをシンクロさせたノンストップ・サスペンスの切れ味はプロパー作家にも引けを取らない。

さてそこで、冒頭で提示した『月桃夜』との比較である。筆者は「幕末の奄美大島と現代の大阪がしっかりとリンクしていることがおわかりになるだろう」と記したが、むろんそれは「子供にも過酷な日常生活、その中で芽生える出世への希望、そして血のつながらない兄妹の間で育まれる禁断の愛」といった『月桃夜』の読みどころが本書でも踏襲《とうしゅう》されていることを指す。子供たちにとって逃げ場がないという点では、悪政下の社会も悪親下のＤＶ生活も何ら変わりはない。そんな中でも囲碁に活路を見い出したフィエクサのように、藤太もまた調理師の資格を取っていづみとふたりで「まつ」を再建する夢にひとときは燃える。そして虐《しいた》げられた子供同士という、いわば義兄弟も同然の関係の中で育まれる藤太といづみの愛。『月桃夜』と本書とでは、確かに時代も舞台も作風も異なるが、物語的な演出の根幹は見事にまで共通しているのだ。

その根源にあるものは何かといえば、『月桃夜』の版元の著者紹介にある「ドストエフスキーや森鷗外《もりおうがい》の作品世界の『理不尽な何か』に惹《ひ》かれ、創作活動を始めた」という言葉に的確に表わされていよう。いつの世にも理不尽な出来事は絶えない。いくら教育が普及し、便利な社会になったとて、残念ながらそれには何ら変わりがない。だが、人々が「理不尽な何か」に苛《さいな》まれる限り、著者のモチベーションが下がる恐れはなさそうである。

遠田潤子は一九六六年、大阪府生まれ。関西《かんさい》大学文学部の独逸《どいつ》文学科卒業。デビュー作の『月桃夜』について、選考委員のひとり、作家の椎名誠《しいなまこと》は選評で「ぼくの知っているかぎり、これまでこれほど綿密にこの島を舞台にして小説が語られたことはなかったように思う」と絶賛したが、著者は奄美大島に足を踏み入れたことはなかったという（!!）。本書の後、長篇第三作もすでに刊行されている。その『鳴いて血を吐く』（二〇一二年八月刊　角川書店）は悪女テーマのミステリーということで、本書を気に入られたかたはこちらもぜひ。最後に前出のエッセイから、著者のメッセージを引いておこう。

私は別にクラシックに詳しいわけではありません。アンチェルという名すら知りませんでした。たまたま買ったCDがアンチェルの「新世界より」だっただけです。でも、これが本当にすばらしかったのです。聴き手に媚《こ》びず、余計な飾りなどなく、それでいて美しい。身体が震えるくらい感動しました。
その瞬間、ふっと浮かんだのが『アンチェルの蝶』という言葉でした。なぜアンチェルと蝶とが繋《つな》がるのかはわかりませんでしたが、いつかこのタイトルで物語を書こうと決めました。それがすべてのはじまりです。（中略）
もし機会があれば、アンチェル指揮、チェコ・フィルハーモニー管弦楽団による「新世界より」を聴いてみてください。そして、すばらしい演奏と共に『アンチェルの蝶』を開いていただければ幸いです。

二〇一一年十二月　光文社刊

光文社文庫

アンチェルの蝶《ちょう》

著者　遠《とお》田《だ》潤《じゅん》子《こ》

2014年1月20日　初版1刷発行
2018年2月15日　6刷発行

発行者　鈴木広和
印刷　萩原印刷
製本　フォーネット社

発行所　株式会社　光文社
〒112-8011　東京都文京区音羽1-16-6
電話（03）5395-8149　編集部
8116　書籍販売部
8125　業務部

ISBN978-4-334-76682-5　Printed in Japan

組版　萩原印刷

暗黒神殿　田中芳樹
蛇王再臨　田中芳樹
女王陛下のえんま帳　田中芳樹 垣野内成美 らいとすたっふ編
ボルケイノ・ホテル　谷村志穂
ショートショート・マルシェ　田丸雅智
優しい死神の飼い方　知念実希人
屋上のテロリスト　知念実希人
シュウカツ「就職活動」　千葉誠治
娘に語る祖国　つかこうへい
ifの迷宮　柄刀一
翼のある依頼人　柄刀一
猫の時間　柄刀一
槐　月村了衛
青空のルーレット　辻内智貴
セイジ　辻内智貴
いつか、一緒にパリに行こう　辻仁成
マダムと奥様　辻仁成

にぎやかな落葉たち　辻真先
サクラ咲く　辻村深月
探偵は眠らない 新装版　都筑道夫
アンチェルの蝶　遠田潤子
雪の鉄樹　遠田潤子
野望銀行 新装版　豊田行二
グラデーション　永井するみ
金メダルのケーキ　中島久枝
おふるなボクたち　中島たい子
ベストフレンズ　永嶋恵美
視線　永嶋恵美
ぼくは落ち着きがない　長嶋有
離婚男子　中場利一
雨の背中　中場利一
暗闇の殺意　中町信
偽りの殺意　中町信
武士たちの作法　中村彰彦

光文社文庫　好評既刊

- 風の殺意・おわら風の盆　西村京太郎
- マンション殺人　西村京太郎
- 十津川警部「荒城の月」殺人事件　西村京太郎
- 新・東京駅殺人事件　西村京太郎
- 祭ジャック・京都祇園祭　西村京太郎
- 迫りくる自分　似鳥 鶏
- 雪の炎　新田次郎
- 名探偵に訊け　日本推理作家協会編
- 現場に臨め　日本推理作家協会編
- 暗闇を見よ　日本推理作家協会編
- 驚愕遊園地　日本推理作家協会編
- 奇想博物館　日本推理作家協会編
- 象の墓場　楡 周平
- 痺れる　沼田まほかる
- アミダサマ　沼田まほかる
- 犯罪ホロスコープⅠ　六人の女王の問題　法月綸太郎
- 犯罪ホロスコープⅡ　三人の女神の問題　法月綸太郎

- いまこそ読みたい哲学の名著　長谷川 宏
- やすらいまつり　花房観音
- 時代まつり　花房観音
- まつりのあと　花房観音
- 二進法の犬　花村萬月
- 私の庭　北海無頼篇(上・下)　花村萬月
- いまのはなんだ?　地獄かな　花村萬月
- スクール・ウォーズ　馬場信浩
- CIRO　浜田文人
- 機密　浜田文人
- 善意の罠　浜田文人
- 利権　浜田文人
- ロスト・ケア　葉真中 顕
- 絶叫　葉真中 顕
- 「綺麗な人」と言われるようになったのは、四十歳を過ぎてからでした　林 真理子
- 私のこと、好きだった?　林 真理子
- 東京ポロロッカ　原 宏一